Rencontre en haute mer

*

Une sage-femme à Barcelone

*

Avec toi, enfin

SCARLET WILSON

Rencontre en haute mer

Traduction française de

MARIE-JOSÉ LARMORLETTE

BLANCHE

HARLEQUIN

Collection : Blanche

Titre original :
HIS BLIND DATE BRIDE

HARPERCOLLINS FRANCE
83-85, boulevard Vincent-Auriol, 75646 PARIS CEDEX 13
Service Lectrices — Tél. : 01 45 82 47 47 - www.harlequin.fr
ISBN 978-2-2804-5593-0 — ISSN 0223-5056

Composé et édité par HarperCollins France. Achevé d'imprimer en mars 2021.
par CPI Black Print - Barcelone - Espagne
Dépôt légal : avril 2021.

FSC www.fsc.org MIXTE Papier issu de sources responsables FSC® C159065

Pour limiter l'empreinte environnementale de ses livres, HarperCollins France s'engage à n'utiliser que du papier fabriqué à partir de bois provenant de forêts gérées durablement et de manière responsable.

1.

Il était tard. Ivy Ross s'était installée en pyjama sur son canapé avec le chien Ruff qui faisait semblant de dormir, pelotonné sur ses genoux.

Comme la plupart des chiens dont elle s'occupait, son protégé du moment n'était pas du genre soigné et n'avait pas de pedigree. Il semblait croisé avec un petit terrier, et il était assez caractériel. Mais elle pouvait faire avec ! En qualité de chirurgien volant sur les navires de la marine américaine, elle avait été assez souvent entourée de personnel masculin pour être habituée aux forts tempéraments.

Elle soupira en passant en revue les messages sur son portable, tentant d'ignorer le sentiment de solitude logé dans son ventre.

Elle avait tout réussi. Elle avait suivi la carrière de ses rêves et fait sa place dans un secteur dominé par les hommes. Cela avait été son but pendant longtemps. Mais il lui semblait à présent que, en poursuivant cet objectif, elle avait perdu un peu de sa vie en chemin.

Son portable bourdonna de nouveau, et elle consulta la réponse sur l'application « sites de rencontres ».

Elle s'était inscrite sur trois sites.

Comme elle était envoyée régulièrement en mission, souvent pour des mois d'affilée, nouer des relations était difficile. La plupart des hommes qu'elle rencontrait – très bien en général – n'étaient pas intéressés par une femme qui partait travailler à des milliers de kilomètres, entourée de centaines de collègues masculins.

Ce qui lui convenait mieux qu'elle ne l'avouait à ses amies. Avoir eu le cœur brisé une fois, c'était suffisant. S'être entendu dire qu'elle n'était pas à la hauteur, pas assez bien, c'était une fois de trop. Paul était maintenant un lointain souvenir, mais la cicatrice qu'il lui avait laissée l'avait conduite à reconsidérer ses vues sur les rencontres et les relations. Elle n'avait plus jamais voulu sortir avec un collègue. C'était trop compliqué, source de trop d'ennuis.

Les sites de rencontres remplissaient bien leur rôle. Ses amies étaient contentes qu'elle « cherche » et s'amusaient des anecdotes qu'elle leur racontait parfois. Du coup, cela lui épargnait une foule de questions gênantes sur sa situation personnelle, et elle protégeait son cœur d'autres blessures potentielles en ne s'impliquant pas vraiment.

Elle louait un deux pièces sur la baie de l'île de Coronado, juste en face de San Diego. C'était superbe, un peu cher mais accessible aux animaux et intégré dans un complexe bien pourvu en commerces. Chaque fois qu'elle traversait le pont de San Diego-Coronado, elle mesurait sa chance de vivre dans une si belle ville.

Pourtant, dernièrement, rentrer dans un appartement confortable mais vide lui pesait. Vivre dans un endroit aussi magnifique, c'était parfois dur moralement. Elle entendait constamment la vie palpiter autour d'elle. Régulièrement, elle apercevait des couples et des familles qui vaquaient à leurs occupations quotidiennes, et cela renforçait son sentiment de solitude.

Cet état de fait l'avait poussée à garder des chiens « à socialiser ». Elle prenait un animal à problèmes dans un refuge local pour quelques semaines d'affilée, et elle essayait de le réhabituer à vivre dans un foyer, en espérant le rendre plus adoptable.

Ruff était le sixième. Il s'avérait être un peu plus difficile que les autres, sans doute parce qu'il était plus âgé et qu'il avait de mauvaises habitudes bien ancrées – en particulier de mâcher tout ce qui se présentait. Son séjour de trois semaines chez elle se terminait le lendemain, et elle ne pouvait se cacher qu'elle était un peu triste. Mais le refuge avait apparemment trouvé une famille d'accueil pour lui, ce qui était pour le mieux.

Elle secoua la tête tandis qu'un message s'affichait sur un de ses trois sites.

Elle balaya l'écran et fronça les sourcils.

Le dernier contact s'était révélé insipide dès le premier message. Effacer.

La dernière chose qu'elle souhaitait était d'être reconnue par un des marins avec qui elle servait. Elle utilisait des pseudonymes. Au cours du dernier mois, elle avait appris à maîtriser ces applications. Elle cherchait quelqu'un avec qui sortir, se distraire, pas une rencontre de cinq minutes ni un « coup » d'un soir. Elle le précisait sur ses trois profils, mais cela n'empêchait pas quelques hommes qui avaient autre chose en tête de lui envoyer des messages. Elle les effaçait tous rapidement.

Un autre message apparut sur son écran.

Salut, Ali, j'espère que vous allez bien. Dans quelle ville êtes-vous en ce moment ? R x

Elle sourit et changea de position, ce qui fit grogner Ruff.

Rob. Il était l'une des quelques possibilités intéressantes à l'horizon. Ils avaient tout d'abord échangé des textos d'ordre général, puis flirté un peu ces deux derniers mois. Bien qu'ils habitent tous les deux à San Diego, leurs carrières respectives rendaient la coordination difficile. Par deux fois ils s'étaient fixé un rendez-vous, et par deux fois ils avaient dû annuler. Rob était un banquier international qui se déplaçait beaucoup et souvent, dans le pays ou à l'étranger. Ali, telle qu'elle se faisait appeler sur ce site, prétendait être experte en assurances et devoir s'absenter des semaines de suite pour des missions.

Elle répugnait à révéler son vrai nom et son vrai métier tant qu'elle ne connaissait pas un peu mieux l'autre personne. Mais elle voulait être honnête sur le fait qu'elle partait beaucoup, alors s'inventer un travail où elle pouvait disparaître assez longtemps était pratique.

Elle avait échangé des textos avec trois hommes distincts pendant quelques semaines, maintenant. Mais Rob était bel et bien celui qui l'intéressait le plus. Il semblait avoir les pieds sur terre. Il était drôle, impertinent, et il la draguait un peu.

Ses doigts s'agitèrent pour répondre.

Salut, Rob, je suis chez moi depuis trois semaines. Et vous ? A x

Je viens d'atterrir. Si nous essayions enfin d'avoir ce rendez-vous ?

Elle fut bien obligée de constater que son estomac faisait une petite pirouette.

Elle jeta un coup d'œil à sa montre.

Il était tard, mais pas trop.

Ses doigts restèrent figés au-dessus de l'écran.

Si elle répondait tout de suite, n'aurait-elle pas l'air trop empressée ? Et que mettre si elle disait oui ?

Ruff glapit quand elle se redressa d'un bond, le faisant choir de ses genoux.

— Désolée, mon vieux.

Elle alla dans sa chambre, ouvrit sa penderie et inspecta le contenu de sa garde-robe, se mordillant la lèvre en essayant de décider quoi répondre.

Son portable bourdonna de nouveau : Rob attendait sa réponse.

Alors… ?

Elle sourit, et sortit un jean et un haut noir à bretelles parsemé de quelques brillants.

D'accord. Retrouvons-nous quelque part pour prendre un verre.

Ruff restait dans ses jambes comme pour lui rappeler qu'elle devait faire attention à lui.

Elle ne pouvait certainement pas prétendre que son estomac était dans son état normal. Elle soupira en s'apercevant dans le miroir. Ses cheveux étaient remontés n'importe comment sur sa tête. Ils étaient propres mais informes. Elle les détacha, les secoua et brancha ses plaques pour les lisser.

Un bourdonnement sur son portable. Elle se jeta presque dessus.

Rob indiquait un bar à vins connu situé sur la baie à un quart d'heure environ de chez elle.

Tandis qu'elle fixait le message, son téléphone sonna, cette fois.

Son amie Liz.

Elle mit le haut-parleur pour discuter en commençant à s'habiller.

— Alors, mon chou, qu'est-ce que tu fais ? demanda Liz.

— Je me prépare pour un rendez-vous, répondit Ivy en enfilant son jean.

— Tu *quoi* ? glapit son amie.

Ivy retint un sourire. Elle s'attendait à cette réaction.

— Ce garçon avec qui j'ai échangé des messages.

— Lequel ? Je ne peux pas suivre !

— Rob.

— Ah…

— Qu'est-ce que ça veut dire ?

— C'est celui qui te plaisait bien, non ?

— Possible, répondit Ivy en faisant passer son haut par-dessus sa tête.

— Il ne t'avait pas décommandée, une fois ?

— Si, mais je l'avais décommandé la première.

— Alors cette fois, c'est pour de bon ?

— Apparemment…

Elle contempla son reflet d'un œil critique, se demandant si elle devait mettre ses cheveux en forme avant de partir.

— Attends une minute, dit-elle en attrapant son portable pour faire un selfie qu'elle envoya à Liz. Qu'est-ce que tu en penses ? Qu'est-ce que ça dit ?

Liz marqua une pause.

— C'est bien, déclara-t-elle finalement. Ça dit : « Regardez dans quoi je peux paraître spectaculaire. » Mais, s'il te plaît, dis-moi que tu vas faire quelque chose pour tes cheveux !

Ivy rit et passa un peigne dans ses boucles blondes qui refusaient de se laisser dompter.

— Que veux-tu que je fasse de ça ?

— Laisse-les naturels, conseilla Liz. Ils sont dans cet état quand tu les lisses trop. Je sens le brûlé d'ici ! Vaporise de l'eau dessus et prends simplement ton séchoir. Et, à propos, où vas-tu rencontrer ce type ? Dans un endroit central, sûr ?

Ivy sourit, sachant qu'elle dirait les mêmes choses à la place de son amie.

— Nous nous retrouvons chez Gino, dans la vieille ville.

— Hum, c'est bien. Assez central, avec des banquettes confortables et du bon vin. Il connaît ?

— Je suppose. Il est de San Diego, mais je ne sais pas où il habite.

— Tu ne lui as pas dit où toi tu habites, j'espère ?

— Bien sûr que non…

Ivy rit.

— Je me sens assez mal. Il ne connaît même pas mon vrai nom, ni ce que je fais dans la vie.

— Tant mieux. Assure-toi d'arriver avec au moins dix minutes de retard. Ainsi, tu pourras inspecter le bar en entrant et vérifier qu'il n'est pas l'un de tes collègues.

Elle frémit en saisissant son mascara.

— Ne dis pas ça, ce n'est pas drôle ! On a reçu tout un contingent de nouveaux marins qui se croient fantastiques. Par pitié, que ce ne soit pas l'un d'eux ! Ce serait un désastre…

Elle secoua la tête.

— Mais non, je pense que Rob est bien ce qu'il dit être.

— Tu l'as cherché sur Internet ?

Sa main se figea.

Bien sûr qu'elle l'avait fait. Mais elle ne l'avait pas trouvé.

Le silence provoqua de la part de Liz un cri qui fit sauter Ruff en l'air.

— Tu l'as cherché, et tu n'as rien trouvé, hein ? C'est plutôt bizarre. Parce que, s'il était vraiment un banquier international, il devrait être mentionné quelque part, tu ne crois pas…

Il y eut une pause infime.

— Hé, tu ne veux pas que je vienne avec toi ? Juste pour le cas où il ne serait pas ce que tu penses ?

Liz était visiblement méfiante.

Tandis que l'inquiétude s'immisçait dans la tête d'Ivy, ce rendez-vous commençait à perdre un peu de son attrait.

Devrait-elle être plus prudente ?

— Ivy ? Tu es toujours là ?

Elle donna une caresse à Ruff qui ne la quittait pas d'une semelle.

— Oui, je suis là.

Elle se redressa, aperçut ses cheveux et tenta sans conviction de discipliner ses boucles. Soudain, ses yeux se posèrent sur la pendule.

— Bon sang, il va falloir que je coure ! Il y a un trolley dans quelques minutes.

— Tu prends le trolley de la vieille ville ?

Renonçant à se coiffer, Ivy hocha la tête.

— Oui, pourquoi ?

— Il est bourré de touristes, dit Liz avec dégoût.

— J'aime bien les touristes. En plus, j'ai toujours droit à un rabais. Et Elvis est de service à cette heure-là, en général.

Les trolleys orange et verts de la vieille ville couvraient un circuit de quarante kilomètres dans l'agglomération. Elvis était l'un de ses conducteurs favoris. Assez excentrique, il se déguisait en Elvis pour travailler, poussait parfois la chansonnette et racontait l'histoire de San Diego aux passagers.

Ivy attrapa son téléphone et son sac.

— Bon, souhaite-moi bonne chance. Il faut que j'y aille.

— Envoie-moi un message. Et pars immédiatement si tu as l'impression qu'il n'est pas net.

Ivy rit.

— Liz, je n'ai pas quinze ans, je peux prendre soin de moi !

Son amie soupira.

— Je sais, mais je me sens obligée de te le dire. Amuse-toi bien !

Ruff suivit Ivy jusqu'à la porte, plein d'espoir.

Elle se baissa pour l'étreindre.

— Désolée, mon chou.

Elle ébouriffa son pelage.

Il allait lui manquer, mais avec son métier elle ne pouvait pas avoir un chien à demeure.

Elle regarda ses grands yeux bruns.

— Ta nouvelle famille va t'adorer.

Comprenant qu'elle n'allait pas le sortir, Ruff s'en alla, l'air dégoûté.

Elle prit une grande inspiration, enfila des ballerines et sortit en hâte.

Travis King secoua la tête en atteignant la rue de chez Gino, à dix minutes à pied de son appartement.

Qu'avait-il fait ?

Il avait plus ou moins flirté avec cette femme sur le site de rencontres, ces dernières semaines. Ils avaient prévu de se rencontrer, et il avait été ennuyé de devoir la laisser tomber à la dernière minute quand il avait été appelé en mission. Il avait été tenté de lui dire quel était son vrai métier. C'était son frère qui était banquier international, ce qui était pratique pour avoir quelques tuyaux.

La vieille ville était animée, comme d'habitude. Quel que soit le soir de la semaine, cette partie de San Diego vibrait toujours, emplie de monde. Son appartement sentait le renfermé lorsqu'il en avait poussé la porte une demi-heure plus tôt, alors il avait ouvert en grand les baies vitrées pour aérer.

Il avait acheté cet appartement quelques années plus tôt, pensant qu'il serait plus ou moins installé en permanence à San Diego. Mais à peine avait-il signé qu'il avait été expédié à Chicago, puis à Washington, puis à Hawaï. La vie d'un chirurgien dans la marine n'est pas de tout repos.

Son portable bourdonna dans sa poche.

Je suis en route.

Il sourit.

Enfin ! Il allait finir par rencontrer la fuyante Ali, l'experte en assurances qui semblait prendre l'avion presque aussi souvent que lui.

Il tapota nerveusement son téléphone, une habitude, et le remit dans la poche de son jean.

Ce n'était pas qu'il soit anxieux à propos de ce rendez-vous « mystère ». Bien sûr que non. Il avait fait assez de rencontres dans sa vie pour écrire un guide. Certaines avaient été bien, d'autres non. Dans son adolescence, il y avait eu la fille du bout de la rue qui était venue camper dans son jardin après deux rendez-vous, au grand amusement de ses sœurs. Puis il y avait eu celle qui sortait en même temps avec trois de ses amis. En fac de médecine, il avait rencontré une fille dans un restaurant du coin : la police était arrivée et l'avait arrêtée pour vol à l'étalage.

Enfin, il y avait eu toutes les filles très bien mais pas faites pour lui que ses sœurs lui avaient présentées. Celles-ci semblaient s'être donné pour mission de le caser. Et son frère ne lui avait été d'aucune aide. M. le banquier international avait épousé sa petite amie du lycée des années plus tôt, il avait la femme parfaite et deux enfants.

Les sites de rencontres rendaient les choses faciles. C'était une couverture parfaite. Depuis son déploiement quatre ans plus tôt dans une zone de guerre, suivi d'un terrible incendie dans un hôtel où il résidait, ses nuits étaient emplies de cauchemars qui lui faisaient revivre l'une ou l'autre de ces expériences. Parfois, ces cauchemars s'estompaient et s'arrêtaient un certain temps, mais ils revenaient quand il s'y attendait le moins. Il ne savait pas vraiment ce qui les provoquait. Tout ce qu'il savait, c'était qu'il ne voulait surtout pas partager avec quiconque l'horreur qu'il vivait.

Il n'était pas sorti sérieusement avec une femme les quatre dernières années. Pas de relation suivie, pas de nuit passée avec une partenaire. La dernière vraie petite amie qu'il avait eue vivait à Hawaï, et les choses s'étaient terminées d'elles-mêmes lorsqu'il avait été envoyé ailleurs. Elle n'était pas du genre à l'attendre alors qu'il partait pour une zone de guerre, et il s'était avéré qu'elle avait bien fait. Depuis, il était seul, et il apaisait ses sœurs en évoquant ses rencontres ou ses échanges sur les sites de rencontres.

En apparence, il donnait l'impression de chercher quelqu'un, mais, quand les cauchemars se déchaînaient, il effaçait les applications et se mettait en retrait pour se protéger un moment. Sa famille n'avait aucune idée des horreurs qu'il traversait la nuit, et il n'était pas près de leur en parler. Il était médecin, il pouvait gérer ça lui-même.

Alors, pourquoi ce rendez-vous particulier le rendait-il nerveux ? Était-ce à cause du moment où il arrivait ?

Il espérait être affecté désormais de façon permanente à San Diego, et ses nuits avaient été plus tranquilles dernièrement. Peut-être que les choses se calmaient une fois pour toutes ? En fin de compte, il pourrait rencontrer quelqu'un et s'installer dans une vie normale – autant qu'elle pouvait l'être pour un membre de la marine américaine.

Peut-être était-ce l'âge ? La plupart de ses amis au milieu de la trentaine comme lui avaient trouvé l'âme sœur et faisaient des plans pour fonder une famille. Mais il n'avait jamais eu ce genre de pensées auparavant, et il se demandait bien pourquoi elles lui viendraient à l'esprit maintenant.

Ses amis aimaient le fait qu'il semble aller d'une rencontre à l'autre. Apparemment, ça mettait du piment dans leur vie. Mais il apprécierait de cesser d'être leur distraction préférée.

Il entra chez Gino, content de voir les lumières tamisées et l'ambiance détendue. Il s'adressa à un barman et prit place sur une banquette au milieu du bar. De la musique de jazz emplissait l'air en sourdine. Lorsqu'il finirait par rencontrer Ali, il voulait pouvoir l'entendre parler.

Elle lui avait transmis de bonnes ondes. Sûre d'elle. Décidée. Drôle. Surtout, elle prenait son travail au sérieux, comme lui. Seule chose : il n'avait aucune idée de son aspect physique. Mais cela importait-il ?

Il n'aimait pas se voir comme un homme qui juge une femme sur son apparence. Certains de ses amis lui avaient dit que le fait qu'elle n'ait pas de photo de profil était mauvais signe. Il leur avait fait remarquer qu'il n'en avait pas non plus. C'était compliqué. Mettre une photo alors qu'il n'utilisait pas son vrai nom pouvait causer toutes sortes de problèmes. Des programmes informatiques pouvaient scanner son image et la chercher ailleurs, ce qui donnerait lieu à des questions gênantes. Pourquoi un chirurgien de la marine se mettrait-il en ligne sous un faux nom ?

De plus, il avait le sentiment qu'il fallait faire confiance à l'autre, à un moment donné. Il fallait espérer qu'il n'allait pas rencontrer une femme de trente ans plus âgée que ses dires.

Il envoya un message rapide.

Je suis arrivé. Que voulez-vous boire ?

La réponse arriva si vite qu'il sourit.

Je suis dans le trolley de la vieille ville. Je serai là dans dix minutes environ. Du vin rosé, s'il vous plaît, bien frais !

Il haussa les sourcils à ce choix peu courant.

Mais il y avait chez Gino une belle gamme de rosés. Il s'en fit recommander un et le rapporta à leur table en espérant que cela irait. Une femme à la table voisine lui lança un regard admiratif, mais il fit mine de ne pas s'en apercevoir. Même s'il n'était pas désagréable d'être admiré, il n'avait qu'une femme à l'esprit pour l'instant, et il était heureux de l'attendre.

« Elvis » entonna un tube peu après qu'Ivy fut montée dans le trolley. Aussitôt, la plupart des passagers se mirent à chanter avec lui.

Elle ferma les yeux une seconde et sourit tandis qu'ils traversaient le pont de Coronado.

Elle avait un bon pressentiment pour cette soirée, ce qui n'était pas habituel chez elle. En général elle était nerveuse, mais cette fois c'était différent.

Elle avait bavardé avec Rob pendant quelques semaines. Il paraissait solide et équilibré, avait de multiples centres d'intérêt et une pointe d'impertinence. Cela lui plaisait. Il y aurait juste quelques instants embarrassants quand, après l'avoir rencontré et s'être assurée qu'elle ne risquait rien, elle devrait lui révéler son vrai nom et son vrai métier. Mieux valait être prudente, mais elle était sûre qu'elle saurait vite si elle pouvait se dévoiler ou non.

Lorsqu'elle reçut le nouveau texto de Rob, elle afficha un grand sourire.

C'était parfait. Il était arrivé le premier !

À peine eut-elle envoyé son message que son téléphone sonna. Cela lui causa un tel choc qu'elle faillit le lâcher – plus encore quand elle reconnut le numéro.

— Ivy Ross, répondit-elle.

— Madame Ross, il y a une urgence, dit la voix grave de son commandant.

Elle se redressa sur son siège.

— Quelle sorte d'urgence ?

— Il s'agit du *Calvin Coolidge.*

Le *Calvin Coolidge* était l'un des plus grands navires de la flotte. Un porte-avions qui pouvait transporter jusqu'à cinq mille personnes.

— Qu'est-ce qui ne va pas ?

— La femme et les enfants du chirurgien volant Davis ont eu un grave accident de voiture. Nous devons le rapatrier chez lui et le remplacer.

— Qu'avez-vous besoin que je fasse ? demanda-t-elle, l'estomac noué.

— Que vous rejoigniez le navire sur-le-champ.

Sa bouche s'assécha.

Ce n'était pas à cause du travail. Elle avait déjà effectué ce genre de mission, et ça lui avait plu. C'était le fait d'être prévenue dans de si brefs délais. En outre, elle attendait une promotion et croisait les doigts pour l'avoir. Elle avait les qualifications, elle avait subi un entretien, et elle avait espéré que, lors de son prochain appel, son commandant lui annoncerait qu'elle était promue médecin-major. Ce remplacement l'exclurait de tout nouveau poste dans l'immédiat… Mais elle répondait toujours présente.

Non sans regret, elle demanda :

— Où est le *Calvin Coolidge ?*

— Dans le Pacifique. Faites votre paquetage, chirurgien volant Ross, on a besoin de vous.

Elle avait encore la bouche ouverte quand l'appel se termina.

Elle n'avait même pas demandé si ce remplacement serait permanent ou non. Combien de temps durerait sa mission ? Des semaines, des mois ? Il n'y avait pas si longtemps qu'elle était rentrée. Elle adorait son travail, mais elle savait que le repos et la récupération étaient essentiels.

Travailler sur le porte-avions signifierait que, en tant que chirurgien volant, elle serait responsable avec le médecin-major et le médecin chef de la santé de milliers de collègues. Une tâche énorme. Elle travaillerait chaque minute de chaque jour. Elle serait de garde en permanence – toujours prête à bondir au premier coup de sirène. Sa dernière mission avait été moins prenante. Celle-ci la forcerait à sauter tout de suite dans le grand bain…

Elle humecta ses lèvres sèches.

Mais le commandant l'avait appelée. Il avait pensé à elle en plein désastre. Elle n'était certes pas la seule personne qualifiée susceptible de partir sur-le-champ. La marine américaine ne fonctionnait pas ainsi. Elle imaginait très bien le nombre de dossiers sur son bureau, tandis qu'il soupesait qui convenait le mieux. Il l'avait choisie *elle*.

Cette fois, son cœur manqua quelques battements.

C'était bien. Non, c'était super !

Elle avait passé des années avant d'être enfin sur l'écran radar du commandant. Elle l'admirait et souhaitait l'impressionner. Il pensait visiblement qu'elle était à la hauteur de la tâche. Mais la prendrait-il en compte pour une tâche encore plus importante ? Il y avait de quoi réfléchir. Une chose était sûre : si elle refusait de se charger de cette urgence, elle redégringolerait les échelons et perdrait sa chance de promotion.

Son estomac se serra tandis qu'elle se rappelait Ruff.

Il faudrait qu'elle s'arrange avec une collègue pour le ramener au refuge le lendemain – il ne serait pas ouvert avant 6 heures du matin.

La photo d'un verre de vin apparut sur son portable.

Oh non…

Le vin semblait parfait. Glacé, avec de la condensation sur le verre, dans un bar aux lumières tamisées – l'endroit parfait pour une première rencontre.

Au nom du ciel, comment dire à Rob qu'elle annulait ?

Ses doigts se mirent à taper les lettres avant qu'elle réfléchisse.

Affreusement désolée, mais une urgence familiale m'appelle. Je promets que nous finirons par nous rencontrer.

Elle se leva et alla à l'avant du trolley, faisant signe à Elvis qu'elle avait besoin de descendre.

Il secoua la tête. Il ne pouvait pas s'arrêter n'importe où.

— Désolée, supplia-t-elle. C'est une urgence.

Au bout d'un moment, il haussa une épaule et ralentit pour qu'elle puisse descendre.

— Vous ne savez pas ce que vous perdez, dit-il en montrant le cœur de San Diego.

Elle appela un taxi pour rentrer chez elle. Par chance, une voiture n'était qu'à quelques minutes.

En sautant dedans, elle s'avisa que Rob n'avait pas répondu, et le regret la submergea.

Elle se sentait horriblement mal. Elle avait attendu cette rencontre avec impatience et là, sur un appel téléphonique, elle devait y renoncer. Mais c'était son travail, son devoir.

Une partie d'elle souhaitait avoir été un peu plus sincère : alors, elle aurait pu révéler pourquoi elle était appelée d'urgence. Mais c'était trop tard, maintenant.

Tandis que le taxi repassait le pont de Coronado, elle tourna le portable dans ses mains, se disant qu'elle avait tout gâché.

Travis venait de s'asseoir et de prendre sa première gorgée de bière, laissant le liquide frais glisser dans sa gorge.

Il était prêt. Prêt à rencontrer cette femme amusante qui vivait dans la même ville que lui, et à voir où cela mènerait.

Peut-être pourraient-ils sortir ensemble et prendre quelquefois du bon temps ?

Ses yeux ne cessaient d'aller vers la porte, même si Ali avait dit qu'elle était encore à dix minutes.

Une petite femme en manteau rouge entra.

Il sentit son pouls s'emballer, mais la femme courut à une autre table enlacer un autre homme.

Il soupira et feignit de ne pas être soulagé.

Il n'était pas sûr qu'elle ait été son genre.

Deux autres femmes qui avaient à peu près le bon âge entrèrent à leur tour, bavardant et riant comme des conspiratrices. Une brune et une rousse, toutes deux vêtues d'un jean et d'une chemise.

Ali avait peut-être amené une amie ? Cela pourrait se comprendre… Mais quelques secondes plus tard, deux hommes entrèrent derrière elles et les rejoignirent au bar. Il s'agissait manifestement de deux couples.

Son portable bourdonna. Un mail.

Il l'ouvrit et soupira.

Peters. Ce collègue et ami essayait de le convaincre de quitter la marine et de s'installer à San Diego dans un cabinet privé. Le sien, pour tout dire. Un de ses associés était parti, et il avait jeté son dévolu sur lui pour le remplacer.

C'était flatteur, en un sens, mais il n'y songeait même pas. Il voulait rester dans la marine. Il adorait ce métier.

Il fit glisser le mail.

Les conversations qu'il avait eues avec Peters avaient toujours eu lieu après une crise de cauchemars. Exercer dans le privé ferait probablement partie de son avenir un jour, mais pour l'instant ça allait bien, et il ne souhaitait pas changer de carrière avant d'y être obligé.

Il s'efforça de ne pas regarder la porte.

Cela ne faisait pas encore dix minutes…

Puis son téléphone bourdonna de nouveau.

Quand il vit le message sur l'écran, son premier mouvement fut de jeter un rapide coup d'œil alentour.

Ali était-elle entrée dans le bar ? Lui avait-elle jeté un regard avant de s'en aller, déçue ?

Pas d'erreur possible. Autant qu'il pouvait le voir, il était l'unique personne assise seule devant un verre de rosé.

Il jeta un coup d'œil à son reflet dans le miroir derrière le bar, nerveux.

Son métier voulait qu'il soit en forme, physiquement. La plupart des femmes le jugeaient assez séduisant, quelques-unes l'avaient même trouvé beau. Et non, il ne s'agissait pas seulement de sa mère et de ses sœurs…

Puis il secoua la tête et se moqua de lui-même.

Avait-il oublié les codes propres aux filles ? Devenait-il trop vieux pour interpréter les signes ? Peut-être Ali cherchait-elle seulement à se faire désirer… Mais il pouvait s'agir de tout autre chose. C'était juste étrange qu'elle l'ait envoyé bouler après qu'il lui avait envoyé la photo du verre de vin. Peut-être était-elle simplement nerveuse, à l'ancienne mode ?

Cette idée lui plaisait davantage, mais il n'en restait pas moins assis seul dans un bar de San Diego.

Il lui avait proposé de sortir à la dernière minute. Toutefois, elle avait été assez prompte à répondre. Peut-être avait-elle vraiment une urgence familiale. Peut-être lui enverrait-elle un message plus tard, ou même le lendemain, pour s'excuser et arranger un nouveau rendez-vous.

Si elle le faisait, accepterait-il ?

Il débattit de la question tandis que de plus en plus de gens pénétraient dans le bar. Des couples, des groupes d'amis. Un homme âgé, seul, assis au bar, lisait le journal. Une douce musique de jazz jouait toujours.

La femme à la table voisine lui décocha un sourire enjôleur.

— Qu'est-ce qui ne va pas ? Elle vous a posé un lapin ? L'idiote. Je peux vous tenir compagnie, si vous voulez.

Il prit une grande inspiration.

Il ne voulait pas d'une partenaire qui compterait passer la nuit avec lui. Il voulait quelque chose qui ait plus de sens que ça. C'était la raison pour laquelle il avait passé les dernières semaines à apprendre à connaître Ali. C'était pourquoi la première chose qu'il avait faite après avoir atterri avait été de lui envoyer un message et de l'inviter. Il désirait la rencontrer enfin face à face. Voir si le courant qui semblait passer entre eux par textos existait bien lorsqu'ils se rencontreraient en personne.

Il regarda le verre de vin et la place vide face à lui, cherchant une explication qui ne lui donne pas l'air d'avoir été planté là. Il lança un sourire à sa voisine et se leva.

— Disons que parfois on gagne, parfois on perd, et que certaines ne valent pas la peine qu'on les attende.

Il vida sa bouteille de bière et la reposa avant de gagner la porte et de sortir dans l'air chaud de la soirée.

2.

Le temps qu'Ivy atteigne le *Calvin Coolidge,* elle était épuisée.

Le porte-avions étant en plein milieu du Pacifique, la distance était trop longue pour la parcourir d'un seul jet. Elle était donc allée jusqu'à Hawaï, puis un avion militaire était venu la chercher. Bien qu'elle ait vu maintes fois des avions de combat se poser sur des porte-avions, elle avait connu en tant que passagère un moment de terreur : il lui avait semblé que l'appareil n'allait pas s'arrêter en bout de piste.

Son pilote, un brin insolent, sourit de toutes ses dents.

— Vous voilà arrivée, docteur. Bienvenue sur notre porte-avions dernier cri.

— Merci, capitaine Yang.

Le soleil était haut dans le ciel ; l'océan Pacifique sans tache s'étendait à perte de vue autour d'eux. Mais lorsqu'elle sortit de l'avion, le vent faillit la renverser.

Un matelot l'attrapa par le coude.

— Baissez la tête et allez par là, madame.

L'entrée du porte-avions, à l'autre bout du pont d'envol, semblait à des kilomètres.

Elle empoigna son sac et marcha à grandes enjambées, pressée d'échapper au vent violent.

L'ironie de la situation la frappa : elle avait dix-huit ponts sous les pieds. La majorité de l'équipage passait des semaines enfermé sous le pont supérieur et adorerait sans doute prendre l'air. Mais elle, pour l'instant, elle avait hâte d'être à l'intérieur.

Dès qu'elle eut franchi la porte, elle laissa tomber son sac à ses pieds pour reprendre son souffle. Lorsqu'elle leva les yeux, un homme aux cheveux gris la regardait en souriant.

Tony Briggs.

Elle se pencha en avant pour l'étreindre.

— Tony ! Je n'avais aucune idée que vous étiez médecin chef sur le *Coolidge.*

Il haussa les épaules.

— C'est super de vous voir, Ivy. Quand j'ai appris que vous étiez la remplaçante, je n'aurais pas pu être plus heureux.

Il lui lança un coup d'œil de côté.

— Je croyais que vous visiez plus haut ?

Elle hocha la tête en riant.

— Cet appel m'a surprise, mais comment pourrait-on refuser une telle mission ? Quant au reste, je suppose que je devrai attendre un peu plus longtemps.

Tony acquiesça.

En tant que médecin chef sur le porte-avions, il serait son collègue le plus proche. Elle était soulagée que ce soit quelqu'un qu'elle connaissait déjà – quelqu'un avec qui elle avait travaillé par le passé et en qui elle avait confiance.

Il était l'un des premiers médecins qu'elle avait rencontrés quand elle avait rejoint la marine américaine. Solide comme un roc, encourageant sans jamais aller trop loin, il l'avait plus d'une fois laissée apprendre de ses erreurs, en étant toujours prêt à l'assister. Il la respectait autant qu'elle le respectait.

Elle regarda les cloisons grises autour d'elle, et frissonna.

— Pour être honnête, je n'imaginais pas me retrouver ici.

Tony hocha la tête, il savait ce qu'elle voulait dire.

— Vous êtes plus que qualifiée. Ce travail ne sera pas différent d'un autre – il y a juste un peu plus de monde. Le rôle d'équipage comporte cinq mille cinq cent trente-deux personnes.

Elle avala une goulée d'air et afficha un sourire éclatant.

— D'accord.

Il rit.

— Là, vous me décochez le « sourire Ivy ».

Elle secoua la tête, perplexe.

— Qu'est-ce que c'est au juste ? Je ne vous ai jamais entendu employer cette expression.

— C'est quand vous souriez à quelqu'un mais que, à l'arrière-plan, votre cerveau se pose mille questions.

Elle rit à son tour et lui donna une petite tape sur le bras.

— Vous me connaissez trop bien.

Il désigna de la main l'étroite coursive.

— Venez, laissez-moi vous montrer vos quartiers.

— Mon placard, vous voulez dire ?

Les cabines sur un navire de la marine étaient toujours minuscules, elle y était habituée.

Elle précéda Tony, devant de temps à autre se plaquer contre la cloison pour laisser passer d'autres personnes et descendant des escaliers presque verticaux tandis qu'ils s'enfonçaient dans le cœur du bateau.

Le *Calvin Coolidge* était pratiquement neuf. Achevé et lancé l'année précédente, c'était le porte-avions le plus moderne de la flotte.

— Je vous montrerai le département médical et nos équipements une fois que vous serez installée, lui dit Tony en marchant. Le médecin-major veut évidemment vous recevoir – vous savez, vous faire le topo habituel sur la pression à gérer et le travail en équipe. Connaissez-vous Isaiah Bridges ?

Elle fit signe que non. Le médecin-major serait son patron à bord du porte-avions.

Il avait une réputation impeccable mais sévère. Elle était un peu nerveuse à l'idée de le rencontrer. En particulier parce qu'elle voulait avoir son poste un jour.

Quand son portable bourdonna dans sa poche, elle sursauta.

— Oh ! le satellite fonctionne ?

Tony hocha la tête.

— Étonnamment bien, à moins que vous ne soyez au fin fond du navire. Vous ne devriez pas avoir de problème pour vous connecter.

Il lui désigna une porte grise sur sa gauche.

— Vous êtes ici.

En tant qu'officier de bord et chirurgien volant, elle avait ses propres quartiers. Ce n'était rien de dire qu'ils étaient réduits.

Mais vu qu'une partie de l'équipage dormait à soixante sur trois rangées de couchettes, avoir un minuscule espace à soi était un luxe.

Elle laissa choir son sac et ôta son manteau.

La chaleur qui régnait dans le bateau l'atteignait déjà. Elle se changerait plus tard, mais, pour rencontrer le médecin-major, elle voulait faire bonne impression. En quelques secondes, elle rattacha ses cheveux décoiffés et redressa son uniforme.

Tony hocha la tête en signe d'approbation et la précéda dans la coursive.

Sur les navires militaires, les services médicaux et salles d'opération se trouvent toujours au centre pour assurer la plus grande stabilité possible. Sur un bâtiment de la taille de ce porte-avions, il y avait aussi des postes de soins en différents points stratégiques pour les cas d'urgence, mais le service se trouvait au cœur du bateau.

Tony rayonnait de fierté en lui faisant visiter ces installations ultramodernes. Elle se sentit fière aussi. Même au milieu d'un océan, on pouvait effectuer des radios, des analyses de sang et des opérations courantes. Il y avait un service d'urgences, une salle d'opération, une unité de soins intensifs, jusqu'à soixante lits d'hôpital s'il le fallait, un laboratoire, une pharmacie, un cabinet de radiologie, un cabinet dentaire, et tout le personnel nécessaire pour les faire fonctionner. Certains marins étaient aussi formés comme aides-soignants et pouvaient assister l'équipe médicale si nécessaire.

Un frisson la parcourut à l'idée que, si une catastrophe quelconque se produisait, ce navire pouvait se changer en unité d'urgence.

Les choses étaient calmes ce jour-là. Il y avait quelques patients alités et d'autres dans la salle d'attente.

Même si sa spécialité était la chirurgie, elle ferait aussi de la médecine générale et préventive à bord. Ça lui plaisait. Elle avait vite découvert qu'elle ne voulait pas trop se focaliser sur un domaine précis. En plus de sa formation, elle avait également étudié la médecine de l'air et la médecine aérospatiale, et elle avait fait de la recherche. La variété de son travail en faisait à son avis un des meilleurs au monde.

Ses pensées dérivèrent.

Elle avait toujours voulu grimper les échelons aussi haut que possible. Elle se voyait bien diriger un jour un tel service…

Les mots habituels résonnèrent dans sa tête.

Je peux être assez bonne.

C'était le mantra qu'elle se répétait depuis que Paul l'avait quittée. Elle l'avait détesté de lui avoir brisé le cœur, en la rabaissant par-dessus le marché. Mais à présent, elle était plutôt contente que cela se soit produit. Cet échec l'avait motivée encore plus pour être la meilleure dans ce qu'elle faisait. Elle s'employait toujours à être le meilleur médecin, le meilleur chirurgien, ne perdait jamais sa carrière de vue. Elle aimait exercer mais souhaitait aussi utiliser ses qualités d'organisatrice et être respectée pour cela.

Être médecin-major sur un porte-avions, c'était son but.

Elle pinça les lèvres une seconde.

Elle avait vraiment espéré obtenir cette promotion pour son prochain poste. Là, elle avait l'impression d'être sur liste d'attente. Mais elle devait l'accepter et aller de l'avant.

Elle observa une infirmière assise au chevet d'un malade, lui tenant la main et lui parlant à voix basse.

Les relations affectives entre membres d'équipage n'étaient pas encouragées, pour ne pas dire plus, mais personne ne semblait trop faire attention à ces deux-là.

Elle pouvait voir l'inquiétude dans les yeux de la femme et le tremblement convulsif de l'homme.

— Que s'est-il passé ? demanda-t-elle à Tony.

Il regarda dans la même direction qu'elle.

— Il y a eu un accident hier. Nous avons de la chance que notre quartier-maître soit toujours là. Il s'est placé entre une machine et un marin.

Elle inspira à fond.

En mer, il y a chaque jour des dangers potentiels.

Tony lui sourit.

— Vous devinez quelle va être votre première tâche ?

Elle hocha la tête.

Chaque fois qu'un membre d'équipage était blessé accidentellement, un médecin participait à l'enquête.

— Pas de problème.

Elle sentit son cœur se serrer un peu tandis qu'elle observait le couple. Il y avait une vraie connexion entre eux. Ce quelque chose de spécial qui peut lier deux personnes.

Est-ce qu'elle aurait un jour dans sa vie une relation comme celle qu'elle avait en cet instant sous les yeux ? Si elle était promue – ou plutôt quand elle le serait –, aurait-elle de la place dans sa vie pour une histoire de couple, ou ses fonctions de médecin-major occuperaient-elles toute son existence ? Et si une étincelle se produisait un jour, risquerait-elle encore d'avoir le cœur brisé, et le sentiment de ne pas être à la hauteur ?

Ses pensées la ramenèrent à deux jours plus tôt.

Elle aurait aimé avoir une chance de rencontrer Rob, même si ce n'avait été qu'une demi-heure avant sa convocation. Elle aurait aimé donner un visage à l'homme qu'elle imaginait dans sa tête. Voir si la facilité de leurs échanges passait dans la vraie vie, s'il existait une réelle attirance entre eux.

— Tout va bien, Ivy ? demanda Tony, les sourcils froncés.

— Bien sûr ! répondit-elle d'un ton enjoué. Continuons notre tour.

Une heure plus tard, elle avait rencontré un certain nombre de membres de l'hôpital flottant, Tony était retourné voir des patients, et elle frappa à la porte du médecin-major.

— Entrez ! répondit une voix autoritaire.

La peau sombre d'Isaiah Bridges brilla un peu lorsqu'elle pénétra dans la pièce. Il était penché sur son bureau comme s'il étudiait quelque chose avec attention ; pourtant la table était vide.

— Monsieur…, dit Ivy d'une voix un peu hésitante.

Il leva les yeux et la détailla rapidement avant de lui tendre la main.

— Chirurgien volant Ross, c'est un plaisir de vous rencontrer. J'ai eu de bons échos.

Le soulagement la submergea.

— Merci, monsieur, c'est un honneur d'être ici. Merci de m'avoir fait appeler. J'ai été navrée d'apprendre ce qui est arrivé à la famille du chirurgien volant Davis.

Son supérieur hocha la tête.

— La pause va être longue pour lui. Sa femme et sa fille auront besoin de lui à la maison. Il devra rester avec elles les prochains mois. Nous avons eu de la chance que vous puissiez le remplacer aussi vite.

— Je suis heureuse d'être là, malgré les circonstances.

Le médecin-major sortit un dossier d'un tiroir et le lui tendit.

— Voici les instructions que l'officier Davis a laissées. Quelques notes sur des membres d'équipage qui le préoccupaient et la liste des tâches à accomplir.

— Pas de problème, dit-elle. Je commencerai avec joie.

Le Dr Bridges fit une pause et la regarda de nouveau. Elle remarqua qu'il remuait les épaules comme s'il éprouvait une gêne.

— J'ai également entendu dire que de bonnes choses pourraient vous attendre dans un proche avenir.

Ravie, elle sentit sa peau la picoter de plaisir, et elle ne put s'empêcher de sourire.

— Je l'espère. Mais vous savez ce que l'on dit, les bonnes choses arrivent à qui sait attendre. Pour l'heure, je me satisfais d'être votre chirurgien volant.

Il acquiesça d'un signe de tête.

— Mon équipe dîne à 19 heures. Je vous verrai à ce moment-là.

Soulagée d'être congédiée, elle regagna sa cabine pour prendre enfin une douche après son long voyage. Elle ignorait dans quel fuseau horaire elle se trouvait, mais, pour être honnête, elle se serait volontiers pelotonnée sur sa couchette probablement inconfortable.

Elle frictionna un peu ses cheveux, puis les laissa sécher naturellement. Avec l'humidité qui régnait dans le porte-avions, autant oublier les coiffures lisses.

Elle prit son portable. Le signal de réception étant bon, elle passa en revue ce qu'elle avait sur ses réseaux sociaux.

Elle était en ce moment à deux mille miles de la terre ferme, les rendez-vous ne seraient donc pas pour tout de suite. En secouant la tête, elle effaça deux de ses trois sites de rencontres. Les doigts posés sur la dernière application, celle sur laquelle elle avait rencontré Rob, elle hésita.

Elle n'avait pas eu le temps de lui envoyer de message après leur rendez-vous manqué. À sa place, elle serait furieuse. Il y avait de fortes chances qu'il ne veuille plus lui parler.

Ses doigts hésitaient sur l'écran.

À quoi bon s'excuser, alors qu'elle ne serait peut-être pas chez elle avant plusieurs mois ?

Elle entendit la voix de sa tante : « Ça ne coûte rien d'être poli ! »

Bien sûr, elle devait s'excuser, c'était le moins qu'elle puisse faire. Mais que dire sans trop en révéler ?

Elle prit une grande inspiration et se mit à pianoter.

Travis était très occupé. L'administratif n'était pas cette partie qu'il préférait dans le travail, mais cela devait être fait. Il était allé courir à l'heure du déjeuner, ignorant la chaleur torride de San Diego. Il avait battu les trottoirs environnants de ses talons pour tâcher d'éliminer un peu de sa frustration à être coincé derrière un bureau.

Il venait de sortir de la douche quand son portable bourdonna. Il l'ignora – ce devait être une de ses sœurs – et se servit un café.

Son téléphone bourdonna de nouveau, et un éclair violet apparut sur son écran.

Il fronça les sourcils, se rappelant que les messages du site de rencontres étaient violets. Mais il ne parlait plus à personne sur l'application, pas après le désastre du samedi soir.

Il balaya l'écran. Ali.

Sa première réaction fut de l'exaspération, et il faillit effacer le message sans le lire, mais les premières lignes retinrent son attention.

Salut, Rob, mes plus profondes excuses pour samedi soir. Je ne pourrais vous blâmer d'être furieux. Je sais que je le serais à votre place. Mais, honnêtement, j'ai été appelée à la dernière minute pour une urgence, et je ne serai pas en ville les prochains mois. Pourtant…

Il fixa les points de suspension, troublé.

Que voulait-elle ajouter d'autre ? Quant à ses excuses, qui disait qu'elle les méritait ? Il pouvait imaginer quantité d'explications à sa défection…

Mais peut-être disait-elle la vérité, après tout.

Il vit d'autres points traverser l'écran.

Bien sûr. Elle avait vérifié qu'il avait lu le début du message avant de continuer.

La vérité, c'est que je me réjouissais de vous rencontrer. Je suis frustrée que nous n'ayons pas pu nous voir en personne. Vous savez ce que c'est, quand on se fait une image de quelqu'un dans sa tête et qu'on veut voir si la réalité correspond ?

Il posa le téléphone, enfila son uniforme et fronça les sourcils.

Il ne s'était pas attendu à ça. Leurs messages avaient en général été légers, avec une pointe de flirt, mais là elle paraissait plus sincère. Presque comme… comme si elle en était au même point de sa vie que lui. Cinq minutes plus tôt, il aurait coupé court, mais à présent il était curieux.

Il s'assit et fixa l'écran, ne sachant pas très bien quoi répondre.

Et moi qui croyais que vous m'aviez aperçu, le seul type du bar devant un verre de rosé, et que vous aviez tourné les talons…

Sa réponse fut immédiate.

Quoi ? Oh ! mon Dieu, non ! Absolument pas. Je ne ferais jamais une chose pareille.

Il sourit.

Vraiment ? Vous n'avez jamais fait ça ?

Il y eut une brève pause.

Eh bien, pas récemment, en tout cas.

Alors, vous êtes partie pour les prochains mois ?

La réponse fut rapide.

Malheureusement, oui. L'appel du devoir. Disons juste que je suis dans un endroit avec aucune terre en vue.

Cela piqua son intérêt, mais, avant qu'il puisse répondre, Ali continua.

Que diriez-vous de prendre un verre quand je rentrerai ? Je voudrais vraiment vous rencontrer. J'étais prête. Dans le trolley pour aller vous retrouver, mon chauffeur préféré, Elvis, poussait la chansonnette…

Il y avait quelque chose de familier et de touchant dans cette histoire. Il prenait rarement le trolley de la vieille ville, mais il avait entendu parler par ses amis du chauffeur chantant surnommé Elvis.

Il répondit.

Pourquoi ne scellez-vous pas cet accord en m'envoyant une photo ? Prouvez-moi que vous êtes vraiment une personne réelle et pas une création de mon imagination.

Était-ce une bonne idée ? Mais il se sentait téméraire, et il semblait qu'Ali l'était aussi. Quel mal y avait-il à demander une photo ?

Les secondes s'étirèrent, puis il reçut une courte réponse.

Laissez-moi y réfléchir.

Pas de points de suspension. Pas de phrase inachevée.

Le téléphone de son bureau sonna, et il le saisit pour répondre.

Les tentatives de flirt devraient attendre.

3.

Ce dernier message avait donné la chair de poule à Ivy, mais elle n'avait pas le temps d'y réfléchir dans l'immédiat.

Elle fit rapidement défiler les photos d'elle qu'elle avait sur son portable.

Trop de rides de rire. Une robe suggestive qui pouvait envoyer le mauvais message. Sur une photo, son nez trop grand. Sur la suivante, elle avait les cheveux en bataille.

Elle soupira, sachant ce que Liz lui dirait : que tous ces portraits étaient très bien et qu'elle était trop critique vis-à-vis d'elle-même.

Finalement, elle en choisit un. Ses cheveux blonds étaient lisses et brillants. Elle portait un haut foncé et un pantalon slim. La photo n'était pas posée, elle avait été prise à l'improviste et la montrait assise en terrasse dans un restaurant de San Diego, un verre de vin à la main, riant. Elle captait ses meilleurs angles sans paraître retouchée.

Elle se sentit soulagée. C'était ce cliché qu'elle enverrait, si elle décidait finalement de le faire.

Mais là, c'était l'heure de se rendre au mess pour dîner.

La salle des officiers était bruyante et bondée. L'équipe médicale se trouvait dans le coin gauche du local. Quelques personnes lui firent un signe de la main lorsqu'elle entra. Elle eut tôt fait de choisir son menu et se dirigea vers la longue table présidée par le médecin-major, qui lui désigna la place vide à côté de lui.

Tony, qui était près d'elle, eut un rire bref.

— Préparez-vous à l'interrogatoire. Et prenez garde, ses questions sont acérées.

Ivy sourit avec bonne humeur.

Elle s'était à moitié attendue à ça. Isaiah Bridges voulait qu'elle se sente bien accueillie et intégrée à l'équipe. Elle avait de la chance, tous les supérieurs n'agissaient pas ainsi.

Les questions arrivèrent vite, soutenues : sa famille, sa formation, ses centres d'intérêt. Elle apprit en retour que Bridges était marié, qu'il avait un garçon et une fille, et que sa femme était productrice à la télévision. Il était engagé depuis près de trente ans et était médecin-major sur un porte-avions depuis quinze ans. Il avait servi sur tous les porte-avions existants.

Comme elle souhaitait avoir cette vie, cette carrière !

En parlant, il défit son col et tira dessus. Elle aussi avait chaud. Comme c'était sa première soirée à bord, elle avait mis sa veste d'uniforme, comme tous les officiers à sa table, constata-t-elle. Ailleurs, dans la salle, certains étaient en manches de chemise.

L'interrogatoire d'Isaiah se ralentit, et elle remarqua qu'il avait très peu mangé. Elle lui passa la carafe d'eau.

— Tout va bien ?

Il lui sourit et secoua la tête.

— Une petite indigestion. Je crois que j'ai besoin de prendre l'air. Si vous voulez bien m'excuser, je vais regagner mes quartiers.

Il haussa son épaule gauche et la fit jouer comme si elle le gênait.

Il ferait encore plus chaud dans les coursives que dans le mess, se dit-elle, perplexe. Il n'était pas facile de prendre l'air sur un porte-avions.

Elle se leva en s'excusant et jeta un regard à Tony.

— Quelque chose ne va pas ? demanda-t-il.

Elle hocha lentement la tête.

— Question de précaution. Pouvez-vous venir avec moi une minute ?

Il acquiesça et la rejoignit dans la coursive.

— Je suis inquiète pour Isaiah Bridges. Je pense qu'il ne se sent pas bien, mais qu'il ne veut pas le montrer.

Tony prit aussitôt un ton professionnel.

— A-t-il dit où il allait ?

— Dans ses quartiers, mais je me demande s'il ne se rendrait pas plutôt en médecine. Il n'est pas idiot.

Ils s'avancèrent dans la coursive.

— Que suspectez-vous ? demanda Tony, qui marchait vite.

Comme ils tournaient le coin, elle n'eut pas l'occasion de répondre : devant eux, le médecin-major s'appuyait d'une main à la cloison, l'autre pressée sur sa poitrine. Elle remarqua la sueur qui perlait sur son front sombre.

— Isaiah, dit Tony, dites-moi comment vous vous sentez.

Il fit signe à un matelot qui arrivait.

— Allez me chercher une chaise roulante aux urgences.

Isaiah fronça les sourcils comme s'il ne pouvait pas répondre à la question.

— Bon sang, marmonna-t-il.

Ivy lui prit le pouls.

— Des douleurs dans la poitrine ? Mal à l'estomac ? Si vous nous laissiez vous emmener au service médical pour faire quelques tests ? Juste Tony et moi. Nous nous occuperons de vous.

Elle savait d'instinct que son supérieur allait détester ça. Elle repensa avec angoisse à la façon dont elle l'avait vu bouger les épaules dans l'après-midi. Elle lui parla d'une façon rassurante tandis qu'ils l'installaient sur la chaise roulante, l'emmenaient en médecine et l'allongeaient sur un chariot.

Tony et elle pensaient à la même chose : infarctus du myocarde. En quelques secondes, ils déboutonnèrent sa chemise et fixèrent des électrodes pour faire un électrocardiogramme.

Isaiah transpirait toujours abondamment. Ils étaient dans une des cabines de soins, mais Ivy fit signe à une infirmière confirmée de venir les assister. Jane évalua la situation d'un coup d'œil et réagit aussitôt comme il le fallait.

C'était aussi ce qu'Ivy adorait dans ce travail : où qu'elle aille, dans n'importe quelle base, sur n'importe quel navire, le personnel médical travaillait de façon fluide, presque sans qu'on ait besoin de donner des instructions. Ils connaissaient tous leur métier à la perfection. C'était un privilège d'appartenir à ce genre d'équipe.

Elle vérifia l’oxygénation du malade.

— Vous avez déjà eu de l’asthme ? Une pneumopathie ?

Quand il fit signe que non, elle lui mit le masque à oxygène.

Les résultats de l’électrocardiogramme s’imprimèrent.

— Qu’est-ce qu’il dit ? demanda Isaiah d’une voix rauque.

C’était clair pour Ivy, qui tendit le diagramme à Tony.

— Infarctus du myocarde. Nous n’allons pas attendre les analyses de sang. Nous allons vous traiter tout de suite pour gagner du temps.

Dans un tel cas, il faut dissoudre le caillot qui bloque le flux sanguin et cause l’atrophie du muscle cardiaque.

Jane revint avec de l’aspirine – le premier traitement à donner contre un infarctus.

Ivy demanda un médicament spécifique pour dissoudre les caillots.

— Je suis content qu’on l’ait diagnostiqué à temps, dit Tony. Nous pouvons vous donner les premiers soins ici, puis vous envoyer dans un hôpital avec un service de cardiologie pour la suite du traitement.

Ivy déglutit nerveusement.

Le but était de le stabiliser avant de le transférer ailleurs. Isaiah aurait sans doute besoin de soins plus pointus dans les vingt-quatre heures. Elle savait qu’on ne pouvait pas pratiquer d’angioplastie ou de pontage sur le bateau.

Tony partit informer le commandant que le médecin-major du porte-avions devait être traité et qu’il faudrait le transférer à terre par avion.

Pendant que Jane s’occupait de la perfusion, Ivy tira une chaise à côté d’Isaiah et s’assit.

Il n’était plus son patron, il était un patient. Et comme tout malade qui vient d’avoir un infarctus, elle savait qu’il devait être anxieux.

Elle lui sourit.

— Bien. Nous savons tous les deux que les membres du corps médical font les pires patients. Que puis-je faire pour vous aider dans l’immédiat ?

Il s'adossa à ses oreillers et poussa un énorme soupir.

Elle comprenait ce qu'il ressentait. Il ne pouvait pas croire que ça lui était arrivé, à lui.

— Aimeriez-vous que je contacte votre femme ?

Il fixa ses yeux sombres sur elle.

— Vous ne connaissez pas ma femme. Elle va mal le prendre.

Ivy inclina la tête sur le côté.

— Parce qu'elle vous le prédit depuis des années ?

Il leva une main en l'air.

— Vous êtes bien comme elle.

— Bon. Nous allons probablement vous envoyer à l'hôpital d'Hawaï.

— Ma femme s'y trouve, en visite avec les enfants.

Il ferma les yeux un instant. Lorsqu'il les rouvrit, ils étaient embués de larmes.

— Tout va bien, dit-il. Je n'ai pas mal. Mais je me demande ce que cette histoire va entraîner pour ma carrière.

Évidemment. Isaiah Bridges avait dans les cinquante-cinq ans. Bien des gens se remettent complètement après un infarctus, mais il était probable qu'il serait consigné à terre et dans un bureau pour longtemps.

Impulsivement, elle lui pressa la main.

— L'important est que vous recouvriez votre santé.

Il eut un rire creux.

— Vous savez que j'adore naviguer, non ? C'est pour cela que je me suis engagé dans la marine. J'ai la mer dans le sang.

Elle avait souvent entendu ces mots dans sa carrière. Ses collègues venaient souvent d'une famille dans laquelle servir la marine était une tradition. Ce n'était pas son cas. Elle avait toujours su qu'elle voulait faire médecine, sans plus. Puis une de ses camarades s'était engagée et lui avait parlé des opportunités qu'offrait la marine.

Isaiah plissa les paupières et l'observa un moment.

Gênée, elle vérifia que la pompe libérait lentement et régulièrement le médicament.

— Vous m'avez dit tout à l'heure que votre famille était disséminée aux quatre vents.

— Oui, mes parents vivent dans le Colorado, ma sœur est professeur à Columbia et mon frère vit en Australie.

Il regarda sa main.

— Vous n'êtes pas mariée ?

Elle rit nerveusement.

— Pas encore, mais il ne faut jamais dire jamais !

Il plissa le front.

— Vous avez rencontré quelqu'un ?

Elle ouvrit la bouche pour répondre, mais ne sut que dire. Jamais un supérieur ne lui avait posé une question aussi indiscrète.

Comme s'il sentait qu'elle était mal à l'aise, Isaiah leva une main.

— Ce que j'essaie de dire, comme un vieil idiot, c'est que je peux supporter ce qu'il m'arrive parce que je sais que ma femme et mes enfants m'attendent à la maison…

Sa voix trembla un peu.

— Si je ne reprends jamais la mer, je sais que j'ai ma vie avec eux. J'ai toujours eu quelque chose vers quoi retourner.

Il fit une pause et détourna son regard.

— Ma femme m'a tempéré dans mes ambitions. Elle a fait de moi la personne que je suis aujourd'hui.

Il inspira profondément.

— Donc, ne tardez pas trop. Ne laissez pas la marine consumer les meilleures années de votre vie. Cela aurait pu m'arriver. Vous devez être un médecin de talent, ou vous ne seriez pas ici. Vous avez le potentiel pour être un formidable médecin-major, mais pensez à ce que vous avez à la maison. N'ayez pas que votre carrière en tête, car elle peut vous être enlevée d'un claquement de doigts.

Elle pouvait lire l'émotion dans ses yeux, chose étonnante. Cet homme était connu pour être un supérieur d'acier, mais son accident de santé l'avait changé. Cela arrivait à beaucoup de patients, qui remettaient alors leur vie en question. Toutefois, avec lui, il y avait quelque chose de plus personnel. Comme s'il jouait avec les pensées qu'elle avait depuis plusieurs mois.

Elle hocha la tête, s'assurant que personne ne les écoutait.

— Je sais ce que vous voulez dire, murmura-t-elle en souriant doucement. Je réfléchis à ces choses-là depuis un moment... Mais c'est difficile de rencontrer quelqu'un avec un métier comme le mien. Ma carrière est ma priorité. J'espère que mon prochain poste sera la promotion que j'attends. Ce qui me mettra encore plus de pression. Et je ne peux pas y renoncer. Cela a été mon rêve, ces dernières années.

Isaiah lui rendit son sourire.

— Je crois qu'il y aura quelqu'un pour vous quelque part, dit-il gentiment. Quelqu'un qui sera parfait pour vous. Peut-être lui rentrerez-vous dedans à un coin de rue, comme cela m'est arrivé avec Adele. Ou peut-être...

Il lui prit la main et la serra.

— Peut-être une possibilité existe-t-elle déjà, et vous avez juste besoin de tendre la main et de la saisir. Vous aurez votre chance pour le travail, Ivy. Assurez-vous simplement de saisir votre chance pour la vie, aussi.

Il regarda la pompe à côté de lui.

— J'ai l'impression que ça va.

Elle consulta le moniteur.

— Les choses semblent bien se passer. Je vais rester avec vous jusqu'à ce que la perfusion soit finie et que Tony revienne.

Elle se leva et lissa sa jupe.

— Ensuite, j'appellerai Adele. Ne vous inquiétez pas, je lui annoncerai la nouvelle avec précaution.

Son portable bourdonna dans sa poche. Elle le sortit.

J'attends toujours cette photo. Seriez-vous une poule mouillée ?

Elle sourit, piquée au vif.

C'était comme si Rob la connaissait. Comme s'il savait que la houspiller et la défier ferait ressortir son côté compétitrice. Son tempérament de guerrière.

Jane apparut dans le box avec Tony.

— Nous allons prendre la suite, dit-elle aimablement. Vous devez être fatiguée. Allez vous reposer.

Ivy hésita une seconde.

— Vous êtes sûre ? Je resterais volontiers.

Tony s'avança et posa la main sur son épaule.

Elle savait qu'il avait servi plusieurs années avec Isaiah Bridges. Il voulait probablement passer un moment seul avec son collègue après avoir vu le commandant.

Elle acquiesça d'un signe de tête, puis se tourna vers le malade.

— Médecin-major Bridges, ça a été un honneur pour moi. Je vais aller appeler votre femme.

Il lui adressa un signe de main.

— Chirurgien volant Ross, rappelez-vous ce que je vous ai dit.

Quelle première journée ! songeait Ivy en suivant la coursive pour rejoindre ses quartiers après sa conversation téléphonique avec l'épouse d'Isaiah.

Les choses commençaient à tourner dans sa tête.

Elle était là. Elle était prête. Il existait au moins une demi-chance qu'on la prenne en considération pour remplacer Isaiah Bridges. Ce serait logique. Pourquoi expédier quelqu'un d'autre au milieu du Pacifique alors qu'elle était déjà sur place ? Une part d'elle détestait le fait d'avoir cette pensée, mais, bien sûr, elle lui était venue.

Ce n'était pas un crime d'être ambitieuse. Elle espérait simplement que quelqu'un, en haut lieu, ferait le lien et déciderait de lui donner une chance.

Sa démarche se fit plus assurée. Le temps qu'elle arrive à sa cabine, elle avait son téléphone en main.

Montrez-moi la vôtre, je vous montrerai la mienne.

C'était peut-être un peu osé, mais tant pis. Il était peut-être temps de faire avancer les choses.

La réponse ne se fit pas attendre.

Je ne pensais pas que nous en étions à ce stade. Êtes-vous ce genre de fille ? Parce que je me demande si je suis ce genre de garçon…

Elle éclata de rire à cette répartie pleine d'humour. C'était exactement ce qu'il lui fallait.

Vous savez très bien ce que je veux dire. Si je vous envoie une photo, vous devez m'en envoyer une en retour. Marché conclu ?

Elle avait la photo prête à être envoyée s'il acceptait. Une pensée lui traversa l'esprit : et s'il se retirait du jeu ? Si elle lui envoyait sa photo et qu'il laisse tomber ? S'il trouvait qu'elle n'était pas assez bien pour lui ?

La panique lui contracta un instant la poitrine. Cette pensée était horrible… Puis elle revit en pensée le visage d'Isaiah Bridges – son expression quand il avait parlé de sa femme et de ses enfants, et un sentiment de chaleur l'envahit.

Elle n'eut pas le temps de s'appesantir dessus, car son portable bourdonnait de nouveau.

Entendu.

Un mot. Comment un tout petit mot pouvait-il faire bondir son cœur et lancer son estomac dans un salto arrière digne d'une médaille olympique ?

Il n'y a que les idiots qui hésitent.

Elle prit une inspiration et appuya sur « Envoyer ».

4.

L'appel arriva en pleine nuit et fit bondir Travis de son lit, prêt à entrer en action.

Du regard, il fit rapidement le tour de l'appartement, seulement éclairé par une bande de lumière qui filtrait à travers les stores. Il lui fallut quelques secondes pour se rendre compte que c'était son téléphone qui sonnait et non une sirène.

C'était ridicule, il le savait.

En tant que médecin, il avait passé la moitié de sa vie de garde, prêt à réagir sur un simple appel, mais les dernières années cela avait changé. D'abord, il avait été déployé dans une équipe médicale en zone de guerre. Ils avaient été pris sous des tirs de mortiers. En un clin d'œil, il avait perdu trois collègues proches, avec vingt blessés autour de lui. Pendant trois jours, ils avaient été constamment sous le feu avant qu'une autre équipe ne vienne les secourir. Et cela avait laissé des cicatrices. La nuit, dans le noir, il se demandait sans cesse s'il n'aurait pas dû choisir d'autres priorités, peut-être sauver plus de vies ou utiliser différemment ses maigres fournitures. Chaque débriefing lui confirmait qu'il avait agi au mieux – mais les débriefings ne rassurent pas au milieu de la nuit.

Quelques mois plus tard, il se trouvait dans un hôtel de Chicago, assistant à une formation. Cette fois, le bruit en pleine nuit avait été dû aux alarmes incendie, tandis que le feu se propageait dans l'établissement cinq étoiles. Il s'était frayé un chemin dans la fumée qui l'aveuglait, qui l'étouffait, aidant des gens, leur montrant comment aller jusqu'aux escaliers et issues de secours, retournant encore et encore sur ses pas pour dégager d'autres personnes blessées dans le chaos.

Le chef des pompiers l'avait félicité et traité de fou à la fois. Ses poumons avaient souffert de la fumée inhalée, et il avait eu des brûlures superficielles. Peut-être que ce serait différent si un seul événement s'était produit, mais les deux drames s'étaient succédé sur une courte période, et ils semblaient avoir laissé une marque indélébile dans son cerveau et sur ses sens.

Furieux contre lui-même, il ignora la façon dont son cœur tambourinait dans sa poitrine et saisit son téléphone.

— Travis King.

Il écouta avec attention, posant quelques brèves questions.

— Quand ? Qui ? Son état ?

Dans sa tête, il franchissait déjà la porte.

La conversation terminée, il enfila son uniforme, attrapa le sac qu'il gardait toujours prêt à côté de la porte. Il ouvrit la poche latérale et y glissa des affaires personnelles : quelques T-shirts, des joggers, le chargeur de son téléphone et un livre qu'il était en train de lire. Alors qu'il prenait son portable pour le remettre dans sa poche, la photo qu'il avait regardée avant de s'endormir apparut.

Ali. Vêtue de façon décontractée, un haut noir et un jean, avec une fine chaîne en or autour du cou et de longues boucles dorées aux oreilles. Ses cheveux blonds semblaient avoir été ébouriffés par le vent, et elle riait à quelque chose qu'on lui avait dit.

Ce portrait l'avait pris par surprise. Il en avait écarquillé les yeux, stupéfait.

Elle n'était pas seulement jolie, elle était superbe, d'une façon merveilleusement naturelle. Ses lèvres étaient corail, et elle tenait à la main un verre de vin rosé – visiblement sa boisson préférée.

Il n'aurait su dire à quoi il s'était attendu. Encore une fois, il n'était pas du genre à juger les gens sur leur apparence, mais, si Ali était entrée dans un bar où il se trouvait, il aurait eu du mal à détacher son regard d'elle.

Il empocha son téléphone et ses clés de voiture.

Un long trajet l'attendait. En route, il pourrait envoyer

quelques messages à Ali. Cela serait amusant et le distrairait de la tâche à venir.

Ivy consulta le tableau d'affichage dans la salle d'hôpital.

Il permettait de voir rapidement qui était de service, combien de patients comptait l'unité et quelles tâches particulières étaient à effectuer. Elle avait quelques interventions prévues pour ce jour-là. Un certain nombre de marins avaient passé trop de temps au soleil. Plusieurs devaient se faire enlever des grains de beauté et des taches aux contours irréguliers. Deux ou trois biopsies étaient nécessaires ; ils étaient équipés pour analyser les prélèvements. Ce travail était facile. À terre, un dermatologue s'en serait chargé, mais en plein océan c'était à elle de s'en occuper.

Tony lui donna un coup de coude.

— J'ai assigné l'aide-soignant Donnelly à l'exercice d'aujourd'hui. Cela lui donnera confiance en lui.

Elle hocha la tête.

Les marins faisaient un exercice en mer ce jour-là, et un membre de l'équipe médicale devait être présent en cas de difficultés. Elle avait coopéré elle-même maintes fois. Donnelly était un bon choix. Il était jeune, enthousiaste et avide d'apprendre. Il serait assigné à un poste de soins et pourrait demander de l'aide si nécessaire.

— Et le médecin-major Bridges ? demanda-t-elle.

Tony regarda sa montre.

— Il devrait bientôt atterrir à Hawaï. Un collègue doit appeler pour nous dire comment ça s'est passé. Et notre nouveau médecin-major sera bientôt avec nous.

Elle sentit son cœur sombrer, tous ses espoirs détruits en quelques mots.

On ne l'avait même pas envisagée pour le poste !

— Déjà ? Ça a été rapide !

Tony rit.

— Organisation militaire.

Il était clair qu'il n'avait pas pensé à elle non plus, et ça faisait mal.

— Qui est-ce ? Quelqu'un que l'on connaît ?

— Aucune idée. Le commandant ne me l'a pas dit. Il m'a juste envoyé un message pour dire d'attendre dans l'heure le remplaçant de Bridges.

Elle se sentait irritée. Ils envoyaient quelqu'un pour faire un travail qu'elle aurait pu faire elle-même ! Mais il ne fallait pas montrer combien elle était dépitée. L'amertume n'est pas recommandée dans le travail d'équipe.

Elle afficha son plus beau sourire.

— Bon. Je vais aller enlever quelques grains de beauté à l'air louche.

— Amusez-vous bien. On se parlera plus tard.

Elle venait d'ôter son cinquième grain de beauté et recouvrait les points d'un pansement quand une infirmière passa la tête à la porte.

— Vous êtes au courant ?

— Au courant de quoi ?

— Le nouveau médecin-major a atterri. Il paraît qu'il est canon.

— Jenny ! s'exclama-t-elle en riant.

L'infirmière disparut, vraisemblablement pour répandre la nouvelle dans tout le service.

« Canon. » Un terme qu'elle avait récemment employé elle-même. Environ dix secondes après avoir reçu la photo de Rob et appelé Liz.

— Quoi… ? lui avait fait répéter son amie d'une voix ensommeillée.

— Il est canon. Rob. Il vient de m'envoyer sa photo. Je te la transfère.

Peu après, elle avait entendu Liz glapir.

— Il n'est pas canon, il est torride, ma fille !

Ivy avait souri au portrait de l'homme bronzé, aux larges épaules, aux cheveux sombres et aux brillants yeux bleus.

— Tu crois qu'il a utilisé un filtre ? avait demandé Liz.

— Je ne pense pas. Quelle idée !

Il y avait eu une pause.

— Ça ne pourrait pas être une vieille photo, d'après toi ? Il doit y avoir un lézard. Un mec aussi beau sans femme quelque part ? Ou peut-être qu'il en a une. Peut-être qu'il est marié et qu'il a cinq enfants !

Ivy avait soupiré.

— Arrête, veux-tu ? Laisse-moi penser cinq minutes que ce garçon peut (a) exister, (b) s'intéresser à moi et (c) n'avoir rien à cacher. Je sais que c'est un rêve, mais j'aimerais le savourer durant quelques minutes.

— Tu ne diras pas que je ne t'ai pas prévenue, avait déclaré Liz avec un gros soupir. Mais, mon chou, si ce type est bien vrai, attrape-le et cache-le vite quelque part.

Ivy avait coupé la communication et tenu le téléphone sur son cœur, laissant son imagination dériver vers San Diego. Ses rêves avaient été intéressants, cette nuit-là.

Le navire tangua légèrement, et elle fut ramenée à la réalité par ses instruments qui glissaient sur le plateau.

Ce n'était pas souvent qu'elle sentait le mouvement de la mer. Les porte-avions sont si grands qu'ils sont en général stables.

Elle rangea ce qui lui avait servi. Tout serait stérilisé et ré-empaqueté pour être utilisé plus tard.

La curiosité la rongeait. Elle mourait d'envie de savoir qui était le nouveau médecin-major. C'était probablement quelqu'un qui avait occupé ce poste pendant des années. Mais dans ce cas, le décrirait-on comme *canon ?*

Elle ferma les placards et les tiroirs de la salle de soins. Elle ferait aussi bien de retourner jeter un coup d'œil dans le service, pour s'assurer que tout allait bien malgré la mer forte.

Un autre coup de roulis se produisit, et elle glissa le long d'une cloison, réussissant à peine à rester sur ses pieds. Dans la coursive, elle s'appuya des deux mains de chaque côté.

Il y eut du bruit au fond, et Tony apparut, riant tandis qu'il heurtait la cloison.

— Vous avez apporté le mauvais temps avec vous ! lança-t-il à la personne qui le suivait.

Elle entendit résonner un rire grave. Quelques secondes plus tard, un homme de haute stature en uniforme s'avança.

Elle plissa les paupières, puis fronça les sourcils.

Non. Ce n'était pas possible.

Elle se secoua, regarda de nouveau.

Ça ne se pouvait pas. Pas sur son bateau ! Pas en plein milieu de l'océan Pacifique ! C'était juste une vision. Peut-être était-elle en hypoglycémie ?

Les pas de l'homme ralentirent. Il s'arrêta, l'air incrédule.

— Ali ? demanda-t-il.

— Rob ?

La tête de Tony se tourna vivement de l'un à l'autre, tel un jouet mécanique.

— Que se passe-t-il ? C'est le jour où l'on change de nom ? demanda-t-il d'un ton à la fois perplexe et amusé.

Aucun d'eux ne répondit. Les yeux bleus de Rob la scrutaient. Ses yeux pour de vrai, tellement plus brillants que sur la photo.

Tony agita une main comme s'il ne voulait rien avoir à faire avec ça.

— Chirurgien volant Ivy Ross, voici notre nouveau médecin-major, l'officier Travis King.

Il se racla la gorge, les sourcils levés.

— Essayez d'utiliser vos vrais noms, les gars. Je vous laisse faire connaissance.

Puis il battit en retraite le long de la coursive.

Ivy ne pouvait détacher les yeux de Rob.

Non, de Travis. Qu'est-ce que c'était que ce nom ?

Une onde de chaleur et d'embarras la traversa à la pensée qu'il essayait sans doute lui aussi de déterminer si elle avait plus l'air d'une Ali que d'une Ivy.

Ils étaient entièrement seuls dans la longue coursive, ce qui était rare.

Sa langue était collée à son palais, les mots ne voulaient pas se former. Être à court de mots était nouveau pour elle.

Elle se sortait toujours de n'importe quelle situation. Mais elle n'avait jamais vécu cette expérience : voir un homme avec qui elle avait échangé des messages sur le ton du flirt apparaître devant elle comme son nouveau patron.

C'était comme un mauvais film romantique au lieu de la vraie vie. L'homme avec qui elle avait flirté venait de prendre le poste qu'elle convoitait ! Et, non, il n'était pas si âgé. Il ne devait pas être médecin-major depuis longtemps.

Quelque chose brûlait au fond d'elle. Un vif ressentiment : on n'avait pas envoyé un vieux loup de mer avec des années d'expérience, on lui avait envoyé un beau mec digne d'un calendrier de pin-up, juste un peu plus expérimenté qu'elle !

Un coin de la belle bouche de Travis se releva.

— Alors, comment se portent les assurances ? demanda-t-il.

Elle se détendit un peu, et sa langue se décolla. Elle chassa de sa tête sa crise de jalousie.

Ce devait être la situation la plus étrange au monde. Était-ce ainsi qu'il voulait prendre les choses ? Avec humour ? Dieu merci. Elle s'était à moitié attendue à ce qu'il la sermonne pour ses mensonges en ligne dans le style militaire, en patron qui voulait imprimer sa marque.

Elle lui lança un regard circonspect.

— Il se pourrait qu'il y ait eu des bâtons dans les roues, répondit-elle tranquillement.

— Vraiment ?

Il se rapprocha un peu, et elle le sentit. Elle le *sentit* vraiment. L'air tremblait entre eux. C'était dû à la façon dont il la regardait. La façon dont ses yeux soutenaient les siens, alors qu'il y avait l'ombre d'un sourire sur son visage. Un sourire qui l'illuminait et le rendait plus sexy encore. Ou bien cela venait de sa haute taille, de sa présence – tout ce qui ne passe pas vraiment dans une photo. La force de ses pas, sa silhouette musclée. Quoi que ce soit, c'était *beaucoup plus* que ce qu'elle aurait imaginé.

— En quoi consistent ces bâtons, donc ?

Sa voix était grave et rauque tandis qu'il s'approchait encore.

— S'agirait-il d'une petite fraude à l'assurance ?

Il haussa les sourcils. Il riait presque.

— Ouh là ! fit-elle, feignant d'être horrifiée. D'après moi, il doit aussi y avoir des activités frauduleuses dans la banque internationale.

— Touché, dit-il en hochant la tête.

Il commençait à ressembler davantage à un Travis, maintenant. Rob était peut-être un prénom trop traditionnel pour cet homme. Travis pourrait être bien plus intéressant qu'elle n'aurait pu se le figurer.

Ils sursautèrent tous les deux au bruit d'une sirène, qu'elle identifia immédiatement.

— Équipe d'urgence, poste de soins numéro 7.

Une fraction de seconde, avant de se retourner pour courir chercher des packs de secours dans le service, elle vit vaciller quelque chose dans les yeux de Travis. Ce fut très bref, mais elle le vit distinctement.

— Ouvrez le chemin, dit-il.

Tandis qu'elle courait dans la coursive, il la suivait de si près qu'il était presque dans son dos. Dans le service, il jeta son sac dans un coin, enleva sa veste d'uniforme et attrapa les fournitures qu'elle lui lançait.

Le poste de soins numéro 7 se trouvait à plusieurs ponts au-dessus d'eux, et elle courut tout le long, avec le souffle de Travis sur sa nuque.

— Une idée de ce qui s'est passé ?

— Les marins font un exercice aujourd'hui. Un de nos aides-soignants est avec eux. C'est lui qui a dû sonner l'alarme.

— C'est sans doute à cause du mauvais temps. Mon avion a eu du mal à atterrir.

Eh bien ! Comme elle ne pouvait pas voir dehors, elle n'avait aucune idée de la force de la tempête, mais, si le jet amenant le nouveau médecin-major avait failli ne pas se poser, le porte-avions était visiblement affecté. Et maintenant, avec cet incident potentiel touchant une des équipes, les choses devaient aller mal.

Tony arriva d'une autre direction.

Une forte bourrasque les frappa, accompagnée d'une brusque-

baisse de la température. Un panneau était ouvert, exposant l'intérieur du navire aux éléments. On ne pouvait presque rien entendre avec le bruit de la tempête.

Donnelly était sur le pont, entouré de silhouettes sombres. Quand elle les poussa de côté, elle vit un homme allongé dans une mare de sang.

Elle se mit aussitôt à genoux et appuya sur la blessure du marin au-dessous d'elle.

— Que s'est-il passé ? cria-t-elle dans l'oreille de l'aide-soignant.

Tout de suite après, une voix forte tonna au-dessus d'eux.

— Matelot, est-ce qu'il y a encore quelqu'un dehors ?

Elle n'entendit rien dans le vacarme ambiant, mais une minute plus tard Travis était à l'entrée avec un autre marin, et ils tractaient un homme accroché à une corde. Peu après, ils tirèrent l'homme par-dessus le bastingage, tombant par terre et hurlant aux autres marins de fermer la porte.

Elle s'aperçut qu'il y avait un troisième homme adossé à une cloison, du sang coulant d'une blessure ouverte au front.

Le panneau fut refermé avec peine par quatre matelots qui luttaient contre le vent. Dès que la porte claqua, elle sentit ses oreilles se déboucher.

Travis prit de nouveau les choses en main.

— Tony, dit-il en montrant le marin blessé au front.

Lui-même se mit à ausculter celui qu'il avait tiré à bord.

— Rapport, aide-soignant, ordonna-t-il à Donnelly d'un ton bourru.

Ivy souleva le pan de la veste de son blessé pour voir son bras et mesura immédiatement la gravité de la situation.

Il fallait arrêter l'hémorragie pour pouvoir le transporter.

— J'ai besoin d'un garrot ! cria-t-elle en espérant se faire entendre.

— Le marin Felipe a été blessé durant la descente, expliqua Donnelly près d'elle. Les vents forts l'ont projeté contre le côté du navire, et il s'est assommé. Le marin Ajat a voulu l'aider, mais il s'est accroché à une pièce métallique qui dépassait et, quand on a voulu le remonter, il a été blessé au bras.

— Il s'est déchiré une artère, dit-elle tandis qu'une aide-soignante arrivée entre-temps sortait un garrot d'un kit d'urgence et le mettait en place.

Ivy se tourna vers Travis.

— Et vous, qu'avez-vous ?

— Probable fracture du tibia.

À présent, toute l'équipe d'urgence était arrivée. Travis donnait des ordres d'un ton sévère, et elle s'aperçut que les hommes échangeaient des regards irrités. Comme il avait ôté sa veste d'uniforme, ils ignoraient qui il était.

— Je vous présente notre nouveau médecin-major, Travis King, dit-elle tandis que l'on glissait une civière sous son blessé pour l'emmener en salle de soins.

Il y eut des hochements de tête.

Le transfert des blessés, difficile, fut exécuté de façon impeccable, comme la suite. Ivy fit apprêter le bloc chirurgical. Le marin Ajat fut dévêtu et préparé. De l'autre côté de la salle, Tony soignait la blessure au front, et Travis inspectait une radio. Tout allait très vite.

L'infirmière anesthésiste était prête. Elle avait pris connaissance du dossier du patient.

— Avez-vous besoin de sang ? demanda-t-elle.

Ivy hocha la tête.

— Il en a perdu beaucoup.

Elle entendit du bruit dans son dos tandis que le marin Ajat était amené. Elle se tourna et vit Travis qui se lavait les mains.

— Cela ne vous ennuie pas que je vous assiste cette fois, chirurgien volant Ross ?

Ce n'était pas vraiment une question, plutôt une marque de politesse.

Elle secoua la tête.

— Bien sûr que non, répondit-elle derrière son masque.

Il était le patron. Comment pourrait-elle objecter ? Et surtout, elle voulait qu'il soit rassuré sur ses compétences et qu'il sache qu'il pouvait compter sur la justesse de ses diagnostics et de ses décisions. Il ferait un rapport sur elle, après ça. Apprendrait-il qu'elle était en lice pour devenir médecin-major comme lui ? Elle devait lui montrer qu'elle était prête. Elle n'appréciait peut-être pas qu'il ait pris le poste qu'elle visait, mais elle ne devait pas commettre d'impair, et obtenir un bon rapport était essentiel.

Ses gants enfilés, elle alla à la table d'opération.

Une des infirmières se tenait près du bras du marin, appuyant toujours sur la blessure avec une compresse. L'artère brachiale était abîmée. Lorsqu'on enlèverait la compresse, il était probable que le sang envahirait le champ opératoire et qu'elle ne pourrait pas voir clairement les dommages. La procédure serait délicate.

— Prête à aspirer ? demanda-t-elle à Lynn, l'infirmière debout près d'elle.

Les yeux de celle-ci se plissèrent : elle souriait derrière son masque.

— Nous avons les choses en main, ne vous inquiétez pas.

En service depuis plus de vingt ans, elle avait dû sentir sa légère nervosité et voulait la rassurer.

Ivy déglutit.

Travis avait-il lui aussi perçu qu'elle était nerveuse ?

Elle voulait impressionner son nouveau patron. Elle était bonne. Il fallait simplement qu'elle le lui montre.

Sans jeter un coup d'œil à Travis, elle hocha la tête.

— Commençons.

Travis inspira profondément.

Lors d'une opération, il n'oubliait jamais une chose : on a la vie d'une personne entre ses mains. La plupart des chirurgiens qu'il avait rencontrés étaient arrogants. Il s'était juré de ne jamais l'être, et il aimait s'assurer que les gens qui travaillaient pour lui ne l'étaient pas non plus.

Il regarda Ivy Ross se préparer et converser avec son infirmière chirurgicale. Au dernier moment, elle marqua une pause. Se focalisait-elle sur la tâche à effectuer, ou sa présence la rendait-elle nerveuse ? Si elle était compétente, elle ne devait pas être troublée par le fait d'être observée par un collègue.

Il attendit, se demandant s'il devait intervenir, puis l'instant de flottement passa, et elle se mit au travail.

Le patient perdait rapidement son sang, et il était crucial de suturer l'artère, que l'infirmière s'évertuait à garder visible et dégagée. C'était une opération difficile et inhabituelle, qui aurait normalement dû être réalisée par un chirurgien vasculaire, mais dans la marine un chirurgien doit se montrer compétent dans toutes les spécialités.

Il resta silencieux, observant la technique d'Ivy.

— C'est fait, dit-elle enfin.

En lui-même, il soupira de soulagement.

Elle tourna vers lui ses yeux verts brillants.

— Ça n'a pas été du gâteau !

Il ne put s'empêcher de rire, tandis que les deux femmes riaient aussi. Il se dit qu'il regarderait le dossier d'Ivy, plus tard, pour en apprendre un peu plus sur sa mystérieuse partenaire du site de rencontres.

Il s'approcha un peu plus et la regarda terminer la délicate opération, recousant habilement la plaie. Alors, le moniteur lança un signal, et l'anesthésiste changea de position.

— La tension artérielle a baissé, le rythme cardiaque s'accélère.

Ivy leva les deux mains et scruta la plaie avec soin.

— Je pense qu'il s'agit d'une réaction tardive à la perte de sang, dit-elle posément. Il n'y a pas d'autre fuite.

Bien. Elle restait calme, ne paniquait pas.

Elle se fit donner un tabouret et se percha dessus.

— Néanmoins, je vais attendre avant de refermer complètement. Assurons-nous d'abord de stabiliser le patient. Je n'aimerais pas avoir à le rouvrir. Tout le monde est d'accord ?

Elle regarda autour d'elle, attendant les acquiescements de son équipe, puis elle chercha le regard de Travis.

— Et vous, médecin-major ? Avez-vous une opinion ?

Il la considéra avec curiosité. Savait-elle vraiment travailler en équipe, ou manquait-elle d'assurance pour prendre la décision elle-même ?

— Vous êtes le chirurgien, chirurgien volant Ross, c'est à vous de voir, répondit-il d'une voix ferme.

Il y eut un bref silence.

— Bien, répondit-elle. Alors, nous attendons.

L'embarras aurait pu s'installer durant cette attente, mais ce ne fut pas le cas. Tout en interrogeant régulièrement l'anesthésiste, Ivy bavardait avec aisance avec son équipe. Hormis ses yeux, le reste de sa personne était couvert. On ne voyait quasiment rien d'elle, mais ce qui se dégageait de son attitude était son intérêt pour les autres membres d'équipage, son professionnalisme.

Au bout d'un moment, quand la tension artérielle du marin Ajat commença à remonter, elle se leva.

— Je vais refermer maintenant, les gars. Ne vous inquiétez pas, je vous libérerai à temps pour le dîner.

Il sut alors qu'il était temps pour lui de s'en aller.

Il jeta un coup d'œil à la pendule. Il se doutait que le commandant avait dû l'attendre plus tôt, mais il avait sa façon à lui de faire les choses. Il allait d'abord voir les autres blessés et s'assurer qu'ils étaient bien soignés. Puis il prendrait le temps d'interroger l'aide-soignant Donnelly et vérifierait qu'il allait bien. C'était son équipe. C'était son travail. Ensuite, il s'entretiendrait avec le commandant pour déterminer comment un accident pareil avait pu se produire.

En quittant la salle d'opération, il s'arrêta un instant pour jeter un regard à Ivy, penchée sur son patient.

Il n'était toujours pas sûr de son opinion sur elle. Avait-elle vraiment l'esprit d'équipe ou non ?

Il avait l'intention de le découvrir.

5.

Ivy avait l'impression bizarre d'avoir fait quelque chose de travers.

En général, elle n'était pas inquiète au travail. Elle prenait ses marques, veillait à connaître l'équipe médicale et l'équipage, à comprendre comment les uns et les autres travaillaient. Habituée à passer d'un poste à l'autre, elle déterminait rapidement les détails pertinents chez ses collègues. D'ordinaire, elle réussissait en quarante-huit heures à les connaître.

La seule personne qu'elle n'avait pas réussi à cerner du tout, c'était Travis. Les autres mentionnaient constamment le médecin-major, lui parlaient de ce qu'il faisait, mais elle l'avait à peine aperçu. Pour un peu, elle aurait pu croire qu'il l'évitait. Mais ça ne se pouvait pas, si ?

Elle ne s'était rien imaginé, elle en était certaine. Lorsqu'ils s'étaient rencontrés, il y avait eu dans ses yeux un éclat intéressé, une pointe de taquinerie. Elle s'était à moitié attendue à avoir de ses nouvelles – au moins par texto à défaut d'autre chose. Il semblait ridicule que l'homme qui lui avait occupé la tête les dernières semaines, qui avait pris le poste qu'elle voulait et qui se trouvait maintenant dans un espace confiné avec elle n'ait pas essayé de la contacter ces deux derniers jours.

Elle avait envoyé des messages frénétiques à Liz, posant un million de questions sur les hypothèses possibles, et de toute évidence elle avait fini par fatiguer son amie.

Pour l'amour du ciel, qu'est-ce qui ne va pas chez toi, ma fille ? Ressaisis-toi. Coince cet homme et demande-lui ce qu'il en est.

Cette réponse l'avait abattue. Elle s'était jetée sur sa couchette en soupirant.

Liz ne comprenait pas. Elle avait du courage à revendre, mais il s'agissait de la marine et de son métier. Elle pouvait difficilement « coincer » son supérieur et lui demander où ils en étaient.

Elle soupira de nouveau et s'assit sur sa couchette. C'était le milieu de la nuit, et elle était encore complètement réveillée. Elle n'avait pas grand-chose à faire. Certes, elle avait quelques rapports à regarder, mais ça l'ennuyait.

Elle enfila une tenue médicale qu'elle gardait dans sa cabine – elle s'en servait parfois de pyjama –, et s'engagea dans la coursive pour se rendre au service de médecine.

L'infirmière de garde lui adressa un signe de tête et un regard rassurant.

— Tout va bien, Ivy, chuchota-t-elle.

— Je ne peux pas dormir. Je vais faire quelques papiers.

— Il faut vraiment que vous soyez à bout.

Ivy leva les yeux au ciel.

— Je le suis.

Tandis qu'elle se servait un café et chipait un cookie avant de passer dans le bureau du fond – elle n'avait pas réalisé qu'elle avait faim –, l'infirmière parut sur le point de dire quelque chose mais hocha juste la tête.

Ivy prit les dossiers et l'ordinateur qu'il lui fallait, puis ouvrit la porte du bureau en s'aidant des fesses pour entrer à reculons, gardant en équilibre son café et son cookie.

Elle se tourna et poussa un cri.

Le bureau n'était pas vide, quelqu'un était assis dans le fauteuil.

Le cookie tomba et le café se renversa, mais la personne en question bondit et rattrapa les deux au vol.

La seule lumière venait d'une petite lampe de lecture posée sur la table, mais elle distingua parfaitement Travis. Travis dans un T-shirt blanc maintenant taché de café !

— Travis, que faites-vous ici ?

Il eut un sourire indigné.

— Et vous, alors ?

— Je n'arrivais pas à dormir.

Elle haussa les épaules, regarda son T-shirt et fit une grimace.

— Désolée.

Il haussa les épaules à son tour.

— Pas grave. Et si vous voulez le savoir, je me cache.

Elle se laissa choir dans l'autre fauteuil près du bureau.

— Quoi ? Pourquoi diable vous cachez-vous ?

— L'occupant de la cabine voisine de la mienne se dispute au téléphone avec sa moitié. Il semble en avoir pour un moment. Il était exclu de dormir.

Elle plissa le front.

— Attendez, qui est votre voisin ?

Il devait s'agir d'un autre officier.

Travis leva la main.

— Ne vous en mêlez pas.

Il désigna le biscuit.

— Comptez-vous partager ce cookie ?

— Comptez-vous me donner le meilleur fauteuil ?

Il regarda autour de lui, le coin de sa bouche se relevant.

— Laissez-moi y réfléchir pendant que je vais chercher un café et un couteau.

Il revint deux minutes plus tard, et elle nota alors qu'il portait un short gris et des chaussures de course. C'était bien loin de son uniforme habituel. Elle trouva ça plutôt bien.

Il leva le couteau.

Elle mit les mains autour du cookie.

— Vous devez savoir que je l'ai chipé en passant dans la salle de garde. C'est un vol ; alors si nous sommes pris, vous écoperez avec moi.

Travis hocha la tête d'un air solennel en s'asseyant.

— Je pense que cela peut en valoir la peine.

Son regard bleu croisa le sien, et elle sentit un frisson lui parcourir l'échine. Elle ne put s'empêcher de sourire.

— D'accord, mais j'ai des règles pour partager.

Il rit.

— Étant nanti de trois sœurs et d'un frère, je sais déjà que je vais regretter cette question, mais quelles règles ?

— *Vous* coupez, et *je* choisis.

Il agita le couteau en l'air.

— Vous oubliez que je suis chirurgien. Je peux couper avec précision.

Elle croisa les bras sur sa poitrine.

— Oh ! je n'en doute pas ! Mais savez-vous couper de façon juste ?

Il haussa les sourcils.

— Nous allons voir, dit-il en se penchant sur le cookie.

Elle aimait ça. C'était totalement inattendu, mais, dès la seconde où ils s'étaient vus, l'atmosphère entre eux avait été détendue. Peut-être s'était-elle juste imaginé qu'il l'évitait ?

— C'est fait.

Travis s'adossa fièrement à son fauteuil, regardant les deux moitiés du cookie.

Elle prit l'assiette et la fit tourner lentement, examinant les deux parts. Au bout d'un moment, Travis grogna.

— Dépêchez-vous, mon café refroidit.

Elle le fit attendre, soupesant quelle moitié elle allait choisir, puis elle en prit une et mordit dedans.

Elle ferma les yeux.

— Hum… Délicieux.

Travis acquiesça, mangeant la sienne en deux bouchées.

— Alors, qu'est-ce qui vous amène ici en pleine nuit ?

— Je ne pouvais pas dormir. Il n'y a pas de bar ici, pas de cinéma. J'ai déjà atteint le niveau 144 sur « Jouez au chirurgien », alors j'ai décidé que la seule chose à faire était de travailler.

Il laissa échapper un rire.

— Le niveau 144 ?

Elle haussa une épaule.

— L'ennui est quelque chose de terrible. Je joue tout en écoutant un livre audio.

— Quelle sorte de livre ?

— En général un polar. De quoi me faire travailler les méninges.

C'était le genre de conversation qu'ils auraient pu avoir chez Gino, à San Diego, et sa tête avait du mal à concilier cela avec le fait d'être assise dans un petit bureau avec son nouveau patron.

Elle passa les doigts sur le côté de son mug.

— Vous ne pouvez pas savoir à quel point j'aimerais que ce soit un verre de rosé.

Elle leva les yeux, et son regard bleu se fondit dans le sien. Un instant, ni l'un ni l'autre ne dit rien, puis Travis soupira.

— Il vaut peut-être mieux que nous ne nous soyons pas rencontrés ce soir-là.

Elle ne put réprimer une vague de déception.

— Pourquoi ?

Il pinça les lèvres et pencha la tête de côté.

— Parce que, si nous nous étions déjà rencontrés, qui sait ce qu'il aurait pu se passer ?

Il était là, le courant. Celui qu'elle avait espéré, attendu. Ce « et si ? » faisait trembler l'air entre eux.

Elle hocha lentement la tête et croisa les jambes, souhaitant porter quelque chose de plus sexy qu'une tenue de médecin.

— Cela aurait pu être… intéressant.

Il acquiesça.

— M'auriez-vous dit votre vrai nom ?

— M'auriez-vous dit le vôtre ?

Ils se souriaient de nouveau.

Elle poussa un léger soupir et haussa les sourcils.

— Je suppose que j'aurais pu le faire si… Si j'avais décidé que vous me plaisiez.

Elle le taquinait et se rendait compte qu'il aimait ça.

Il s'adossa à son siège et croisa les pieds sur le bureau, tenant son café dans ses mains.

— Ah, il en était ainsi… Alors, quelles étaient mes chances ? Pensez-vous que je vous aurais plu ?

Elle l'imita, posant elle aussi les pieds sur le bureau. Elle prit une gorgée de café et le fixa entre ses paupières mi-closes.

— Le jury est encore en train de délibérer.

— Êtes-vous toujours aussi impertinente ?

— Vous avez trois sœurs, et vous trouvez que c'est impertinent ?

Elle pouvait presque palper le courant électrique qui passait entre eux. Elle ne pouvait pas se rappeler la dernière fois où elle avait eu une conversation comme celle-là. À flirter, à s'amuser. Avec une telle tension sexuelle. C'était encore mieux que ce qu'elle avait imaginé.

Travis hocha la tête, ôta ses pieds du bureau et se pencha en avant.

— La vérité, c'est que je vous aurais probablement dit mon vrai nom, c'est ce que je fais dans les cinq premières minutes.

Elle marqua une pause, se léchant les lèvres, puis elle fit comme lui. Ils n'étaient plus qu'à quelques centimètres l'un de l'autre.

— Je pense que j'aurais pu en faire autant.

Il lui sourit. D'un sourire lent, sexy.

— Pourquoi le faux profil ?

— Sans doute pour la même raison que vous. Nous avons un métier sérieux. Je ne souhaite pas vraiment que l'on me piste. Un harceleur m'a suffi, merci.

— Vous avez été harcelée ?

Il se recula, l'air sincèrement surpris.

Elle fit un bref signe de tête.

— Assez gravement pour que le type soit poursuivi. Il a toujours l'interdiction de m'approcher.

— Waouh ! C'est du sérieux.

Elle approuva.

— Heureusement, j'habite à côté de toute une bande de marins qui ont ma sécurité à l'œil. Ils m'ont aidée quand il l'a fallu.

— Et votre famille ?

Elle rit.

— Mon frère est venu avec une batte de base-ball dans sa voiture. Par chance, un des marins l'a raisonné.

— Avez-vous eu peur ?

— Oui et non, admit-elle. Je craignais qu'il ne s'introduise chez moi ou m'espionne avec une caméra cachée, mais les quelques fois où il m'a abordée dans la rue je n'ai pas eu peur.

Elle secoua la tête, pensive.

— Je pouvais en faire mon affaire.

Travis la regarda avec intérêt.

— Pas étonnant que vous ne vouliez pas mettre votre véritable identité sur le site.

— Je regrette seulement de ne pas y avoir pensé plus tôt. Cela m'aurait évité beaucoup d'ennuis.

Son café était froid maintenant, et elle n'avait pas touché au travail qu'elle pensait faire. Mais sa concentration était bel et bien là. Elle était focalisée sur le parfait spécimen masculin qui se trouvait devant elle. Travis portait un déodorant de sport, propre et frais, avec une pointe de musc. Elle, en revanche, elle ne portait rien. Ni maquillage ni parfum.

— J'aime bien vos cheveux lâchés, dit doucement Travis. Ils ondulent.

Elle toucha ses boucles en désordre.

— Quand il fait humide, ils frisottent. Parfois, je passe des heures à les lisser. Cela dépend de mon humeur.

Il eut un sourire nonchalant.

— Comment étaient-ils, le soir où nous devions nous rencontrer ?

Les souvenirs lui revinrent à flots : l'impatience, la nervosité, l'excitation. Elle haussa une épaule.

— À peu près comme ça. Vous ne m'avez pas exactement laissé beaucoup de temps pour me préparer.

Il leva les mains.

— Hé, je descendais tout juste d'avion. Je ne voulais pas perdre de temps. Je pensais que j'allais rencontrer une femme qui m'avait émoustillé par texto durant les semaines précédentes. Au lieu de quoi, je me suis retrouvé assis seul dans un bar, triste et solitaire.

— Arrêtez !

Elle lui donna une petite tape sur le bras, rencontra sa peau chaude et, au lieu d'enlever sa main, elle la laissa là.

— Vous espériez tomber sur une fille canon, chaude à souhait, et à la place vous m'auriez eue, moi.

Elle désigna sa tunique bleu clair, se rappelant aussitôt combien elle était peu habillée. Les mots qu'elle avait prononcés lui pincèrent le cœur. Une part d'elle bien cachée ne se sentait jamais assez bien. Elle avait parlé sans réfléchir. Par bonheur, elle avait eu l'air de se moquer d'elle-même.

Travis s'avança, reprenant sa position précédente, son visage à quelques pouces du sien.

— J'aurais été ravi de vous avoir.

Il leva un doigt et lui caressa doucement la joue.

Elle ne dissimula pas son instinct. Son visage s'inclina naturellement vers sa main.

— Qui dit que vous n'êtes pas une fille canon ? murmura-t-il.

Ces mots doux et rauques à la fois lui firent l'effet d'une caresse. Elle leva une main et la posa sur la sienne, la tenant contre sa joue.

— Il y a des règles qui interdisent ceci, chuchota-t-elle.

— Je sais, répondit-il sans bouger. Mais en cet instant, je fais comme si nous n'étions pas sur le *Coolidge,* en plein océan Pacifique. Je fais comme si nous étions chez Gino, à San Diego. Vous venez de boire votre rosé, moi ma bière, et nous nous demandons ce qu'il va se passer.

Elle ferma les yeux et laissa son esprit la transporter dans le bar. Elle était là, portant son jean, son haut noir et, pour quelque étrange raison, une paire de talons aiguilles noirs d'une hauteur incroyable. Elle ne possédait pas de telles chaussures, mais après tout c'était son rêve.

— Comment êtes-vous habillé ? demanda-t-elle d'une voix basse.

Il n'hésita pas.

— Jean et T-shirt noirs.

Son autre main bougea, se posant sur le dos de la sienne, et il mêla leurs doigts.

— Ce que je vois me plaît, chuchota-t-elle.

La main de Travis bougea de nouveau, cette fois pour s'enfiler dans ses cheveux.

Son souffle s'arrêta. Elle savait ce qui allait arriver. Et elle n'avait jamais rien souhaité aussi fort de toute sa vie.

— Moi aussi.

Les yeux fermés, elle sentit qu'il s'approchait, et elle retint sa respiration, attendant que ses lèvres touchent les siennes.

Il y eut un bruit dehors. Un chariot qui passait avec fracas dans la coursive, juste comme le navire tanguait légèrement. Ils se séparèrent brusquement tandis que le chariot percutait une cloison. Il y eut des voix, puis le piétinement de membres du personnel qui rattrapaient le chariot égaré.

Ivy reconnut la voix grondeuse de Lynn.

— Bon sang, ça a dû réveiller la moitié des patients ! Rangez-moi ce chariot correctement. Vous savez bien qu'il ne faut pas laisser traîner de matériel.

Son cœur tambourinait dans sa poitrine, son souffle était entrecoupé.

Elle se renfonça dans son fauteuil.

— Waouh.

Travis eut un instant l'air perdu. Comme quand l'alarme s'était déclenchée lors de son premier jour. Et là, comme la fois précédente, ce fut si rapide, si fugace, que si elle avait cligné des yeux elle n'aurait rien vu.

Il eut un petit frisson, puis la regarda.

Quelque chose avait changé. Non, *tout* avait changé.

— Ivy, dit-il d'une voix tendue, en se levant et en tirant sur son T-shirt comme s'il redressait sa veste d'uniforme, je vous présente mes excuses. Je ne sais pas à quoi je pensais. Je suis votre officier supérieur. Je suis désolé, cela n'aurait jamais dû se produire. Cela ne doit jamais, jamais se reproduire !

6.

Travis était furieux contre lui-même.

Il était vraiment le roi des mauvaises décisions. Il n'aurait jamais dû commencer… Et encore moins s'arrêter.

Il sentait encore sous ses doigts le contact des doux cheveux d'Ivy, et il avait toujours dans les narines le parfum fruité de son shampoing.

Il s'était perdu. Perdu dans cet instant et dans cette femme. Durant quelques minutes, ils avaient été dans ce bar où ils auraient dû se rencontrer. Loin de ce porte-avions, loin des règlements qui interdisent les relations entre membres d'équipage. Il avait été à mille lieues des traumatismes, de la chirurgie, des souvenirs qui restaient coincés dans sa tête.

Jusqu'à cette seconde où le bruit sonore l'avait projeté de nouveau là-bas. De nouveau sous les tirs de mortiers, se cachant tout en essayant d'aider ses collègues blessés.

Il le savait parfaitement, il souffrait d'un syndrome post-traumatique lié à cet épisode de guerre, à l'incendie de l'hôtel ou aux deux événements confondus. Parfois, une odeur ou un son le figeaient un instant et lui faisaient revivre ces moments. Cela durait le temps d'un flash. La plupart des gens qui se trouvaient avec lui ne s'en rendaient pas compte. Mais cela lui était arrivé par deux fois quand il était avec Ivy, et il savait qu'elle s'en était aperçue.

Il était bon pour cacher certaines choses. Il l'avait fait durant ces quatre dernières années. Il ne voulait pas voir de psychiatre ni de psychologue. La mention d'un syndrome post-traumatique dans son dossier médical serait une entrave à sa carrière. Alors, il se montrait cynique.

Il était chirurgien. Un excellent chirurgien. Il était là parce qu'il méritait de l'être. Mais…

Il prit une grande inspiration.

Il ne savait pas très bien ce qu'il s'était passé la nuit dernière. Oh si, il savait ce qu'il aurait voulu qu'il se passe ! Mais ce bruit l'avait arrêté net.

Il y avait quelque chose qui le touchait chez Ivy. Son sourire. Sa silhouette. Sa façon de flirter.

Il était resté longtemps à attendre de rencontrer quelqu'un. Et là, elle était juste devant lui !

Mais le fait d'envisager une relation déclenchait dans son cerveau un avertissement : il baissait sa garde, il ouvrait son esprit à de nouvelles possibilités. Et cela risquait de révéler des parts de lui-même qu'il voulait garder pour lui.

Si les choses progressaient avec Ivy, comment s'en sortirait-il avec ses problèmes ? La vérité, c'était que, même s'il allait sur des sites de rencontres, il n'avait jamais vraiment envisagé de rencontrer quelqu'un qui l'amènerait à songer à l'avenir. Quelques rendez-vous, et ça s'arrêtait là. C'était ainsi qu'il s'était comporté ces dernières années. Pas de questions gênantes. Pas d'attentes. Mais Ivy Ross mettait à découvert des parties de lui qu'il n'était pas sûr d'être prêt à exposer.

Et puis, il y avait autre chose. Par chance, elle ne l'avait pas remarqué cette nuit-là, mais il était en train de lire son dossier. Elle avait de l'ambition. La marine l'appréciait. Elle avait d'excellents rapports, et l'on envisageait sa candidature pour le prochain poste de médecin-major qui se libérerait.

De minuscules éléments se mettaient en place : Ivy était là, sur ce navire, quand Isaiah Bridges était tombé malade. Au lieu de l'envoyer le remplacer, lui, on aurait pu lui donner ce poste que, d'après son dossier, elle méritait. Bien sûr, ils auraient alors eu le problème de trouver un autre chirurgien volant pour le *Coolidge*. Ivy avait beau être bonne, elle ne pouvait pas occuper deux postes. Il ne comprenait pas toujours comment l'état-major prenait ses décisions. Certes, s'ils avaient promu Ivy, l'équipe médicale aurait peut-être eu du mal à la voir comme le nouveau médecin-major. Le respect se gagne durement dans la marine. Sans doute leurs supérieurs voulaient-ils qu'elle soit médecin-major dès le départ dans un autre poste, et sur un navire un peu plus petit pour que ce soit plus facile. C'était ainsi qu'il avait commencé. Un certain nombre de médecins-majors étaient sur le point de s'en aller, elle aurait sa chance. Mais qu'avait-elle ressenti quand il était venu prendre la place alors qu'elle attendait dans les coulisses ?

Il grogna et s'adossa à son fauteuil.

En tant que médecin-major, il avait une cabine où il pouvait étendre les bras sans toucher les cloisons. Mais il se sentait malgré tout en proie à la claustrophobie. Soudain, son téléphone émit un signal. Il baissa les yeux dessus tandis que son cœur bondissait dans sa poitrine, pour se calmer aussitôt.

C'était son groupe de conversation familial. Ses parents, son frère et ses sœurs pouvaient bavarder pendant des heures, et il préférait parfois faire comme s'il n'y avait pas de liaison au milieu de l'océan.

Il savait pourquoi cet appel l'avait tellement intéressé. Il avait espéré un instant qu'il vienne d'Ivy. Mais, bien sûr, ce n'était pas possible. Pas après la façon dont il l'avait traitée la nuit dernière. Il pouvait entendre ses trois sœurs lui sonner les cloches, s'il leur disait ce qu'il s'était passé…

Chaque fois qu'il fermait les paupières, il revoyait l'éclair furieux dans le regard d'Ivy. La posture coléreuse de son menton tandis qu'elle le regardait droit dans les yeux et le remettait à sa place.

Cela l'avait excité plus que jamais.

Trop de choses allaient de travers dans cette histoire – la première étant qu'il était son officier supérieur. Peu importe que leur relation « potentielle » ait commencé ailleurs. Peu importe qu'Ivy soit manifestement une femme très indépendante qui ne se laisserait jamais influencer pour accepter quelque chose qu'elle ne voudrait pas. Il y avait des règles, des lignes à ne pas franchir.

Et il avait eu envie de les franchir. Complètement. En vérité, il en avait encore envie.

Il regarda ses poings serrés.

Il n'avait plus qu'à se rendre au gymnase du bateau pour chasser un peu de sa frustration grandissante.

Ivy était calme, méthodique. Elle avait un travail à faire. Elle pratiquait de petites interventions chirurgicales sur des membres de l'équipage et assurait ses consultations tout en jouant une partie imaginaire de ballon prisonnier : si Travis risquait d'être à un endroit, elle s'assurait d'être ailleurs. Le suivi médical et la médecine préventive étaient essentiels sur le porte-avions, mais ça ne voulait pas dire qu'ils avaient à empiéter sur leurs domaines respectifs.

Le téléphone sonna alors qu'elle finissait de rédiger ses notes.

— Chirurgien volant Ross ?

— Oui, que puis-je faire pour vous ?

— Ici le quartier-maître Cho. Nous avons un appel de détresse d'un bateau qui a besoin d'assistance médicale.

Elle sentit sa peau la picoter.

— Des détails ?

— Montez sur le pont d'envol, nous vous informerons quand vous y serez, on ne peut pas attendre.

Elle marqua une petite pause.

— Est-ce que le médecin-major King est au courant ?

— Nous n'avons pas réussi à le joindre

La procédure ne semblait pas tout à fait correcte, et assister médicalement une autre embarcation signifierait sans doute qu'elle serait accrochée au bout d'un câble, ce qui n'était pas sa position favorite, mais elle n'avait pas le loisir d'hésiter.

Le cœur battant déjà la chamade, elle saisit un pack de secours et cria à un aide-soignant de l'accompagner.

Avant qu'elle ait le temps de réfléchir davantage, elle se retrouva sur le pont supérieur, coiffée de son casque et portant son épais gilet, se dirigeant vers l'un des hélicoptères. En voyant l'aide-soignant, l'officier secoua la tête.

— Il n'y a de la place que pour une personne. Vous, allez essayer de trouver le médecin-major King.

Dès qu'Ivy fut montée à bord, elle parla dans son micro.

— Qu'est-ce qui se présente ?

Le pilote se tourna, et elle l'entendit dans ses oreillettes.

— Un appel au secours. Une femme en plein travail.

Il désigna du bras l'océan vert et bleu qui s'étendait sur des miles autour d'eux.

Elle se renfrogna.

— Au nom du ciel, qu'est-ce qu'une femme en fin de grossesse fait dans un endroit où il n'y a pas d'assistance médicale ?

Le pilote haussa les épaules et fit une grimace.

— Qui a dit qu'elle était en fin de grossesse ?

Elle sentit son estomac se crisper.

— Oh non ! Elle est enceinte de combien ?

Elle se rabattit en arrière tandis que l'appareil décollait.

— Trente…

Elle n'entendit pas le chiffre suivant. Le copilote leva une main et indiqua qu'ils en avaient pour dix minutes.

Elle déglutit avec peine, réfléchissant à toute vitesse.

Elle ne pouvait pas transférer une parturiente en plein travail. Mais elle pouvait transférer une femme qui aurait accouché et un nouveau-né qui aurait besoin d'un soutien médical.

— Informez le porte-avions que nous allons ramener un bébé prématuré et une femme venant d'accoucher.

Du moins, c'était ce qu'elle espérait ramener sur le porte-avions. Elle refusait de penser à d'autres hypothèses.

Travis fixa Jane dans les yeux.

— Elle est allée *où* ?

— Elle a été appelée pour une urgence. Une femme à…

L'infirmière consulta ses notes par-dessus l'incubateur qu'elle faisait rouler dans la salle.

— … trente-trois semaines de grossesse, apparemment, qui est entrée prématurément en travail. On a essayé de vous appeler d'abord, mais vous n'avez pas répondu.

Elle continua d'avancer et lui jeta un coup d'œil par-dessus son épaule, le jaugeant des pieds à la tête.

— Où étiez-vous ?

Il jura intérieurement.

Il était en short et T-shirt, et transpirait copieusement. Toute la frustration qu'il venait d'évacuer sur un sac de frappe au gymnase en écoutant du rock très fort dans son casque était de retour.

— Vous ne m'avez pas bipé ?

— Ce n'est pas moi qui voulais vous trouver. C'est le quartier-maître.

— Zut !

Il grimpa l'escalier quatre à quatre, et se retrouva au centre de communication.

— Passez-moi mon médecin, dit-il d'un ton bref. J'ai besoin de savoir ce qu'il se passe.

L'opérateur en service lui tendit des écouteurs et lui donna un signal.

— Ivy, que se passe-t-il ?

Elle lui répondit par un juron. Un vrai juron. Puis le pilote intervint.

— Votre doc est un peu occupée pour l'instant. On la descend.

Travis sentit son cœur manquer un battement.

Comme Tony le rejoignait, tout rouge, ayant apparemment accouru depuis l'autre bout du navire, il posa une main sur le micro.

— J'ai raté l'appel. Ivy est probablement sur le point de mettre au monde un bébé prématuré.

Tony leva les yeux au ciel.

— Heureusement que ce n'est pas moi ! Il y a un bout de temps que je n'ai pas fait d'accouchement.

Travis se sentit mal et inspira à fond.

— Je ne sais pas depuis quand Ivy n'en a pas fait, si elle en a jamais fait un…

Tout ceci pouvait horriblement mal se passer. Il avait manqué l'appel alors que lui-même avait de l'expérience et qu'il aurait dû être dans l'hélicoptère. S'il avait pu échanger sa place avec elle, il l'aurait fait sur-le-champ.

— Il n'y a plus qu'à espérer qu'elle sera en mesure de régler ce qui se présente, grommela-t-il.

Ivy se concentrait au maximum sur sa descente, mais, tandis qu'elle était suspendue au câble, malmenée par les vents du Pacifique, elle entendait Travis et Tony parler d'elle comme s'ils avaient oublié qu'elle les écoutait. Pourvu que le pilote soit bien concentré : elle n'avait aucune envie de se retrouver dans l'eau bleue, si calme qu'elle paraisse.

Debout sur le pont d'un petit yacht de plaisance, un homme agitait frénétiquement les bras au-dessous d'elle. Il lui attrapa les jambes et la guida jusqu'au sol. Elle connut un instant de soulagement quand ses pieds touchèrent le pont. Puis elle défit son harnais et fit un signe du pouce à l'hélicoptère.

— Je suis Ivy Ross, médecin de la marine américaine. Nous avons entendu votre appel de détresse. Que se passe-t-il ? demanda-t-elle rapidement.

— Ma… ma femme, balbutia-t-il en désignant la cabine.

Sans attendre, Ivy pénétra à l'intérieur et défit la fermeture de son gilet. Elle avait déjà trop chaud. Elle vit une femme allongée sur une banquette, haletant, les jambes légèrement écartées.

Elle s'accroupit près de sa tête.

— Mon nom est Ivy, je suis médecin, dit-elle d'une voix ferme. Dites-moi comment vous vous appelez et à combien de semaines vous en êtes.

— Je m'appelle Kalia, dit la femme dans un souffle. Je suis à… trente-trois semaines. C'est arrivé comme ça, d'un coup.

Ivy hocha la tête, gardant ses commentaires pour elle.

— De combien sont espacées vos contractions ?

— J'ai besoin de savoir où vous en êtes, déclara une voix froide dans son oreille.

Comme Kalia serrait les dents et lui saisissait la main, Ivy ignora la question, concentrant toute son attention sur sa patiente.

— Quelques minutes, répondit Kalia d'une voix étranglée.

Elle hocha la tête.

— D'accord. Des problèmes pendant la grossesse ?

La jeune femme fit signe que non.

— Est-ce votre première grossesse ?

— Oui… C'est trop tôt… Est-ce que mon bébé ira bien ?

— Des informations, Ivy.

— Restez en ligne.

Elle se retourna vers Kalia.

— Vos échographies étaient bonnes ?

— Tout allait bien jusqu'à maintenant…

La future mère s'agrippa à sa main tandis qu'elle avait une nouvelle contraction.

La naissance n'allait sûrement pas tarder. Derrière elle, Ivy sentait la panique du mari.

Elle lui fit signe.

— Venez vous asseoir près de votre femme. Prenez-lui la main. Bien, Kalia. Est-ce que je peux vous examiner pour m'assurer que tout va bien ?

La jeune femme acquiesça.

Ivy enfila ses gants et procéda à l'examen.

Le col de l'utérus était complètement effacé, et la tête du bébé se présentait.

Elle adressa un signe de tête et un sourire à Kalia.

— Tout semble en ordre. Nous aurons bientôt un bébé avec nous. Savez-vous ce que ce sera ?

Elle parlait au couple, mais elle savait que Travis l'entendait. Il se mit à crier dans son oreille.

— Des problèmes ? De quoi avez-vous besoin ? Quand pourrez-vous remonter ?

Elle garda son calme et l'ignora. Il était peut-être son supérieur, mais c'était elle qui était là, et tout reposait sur elle. Elle avait besoin de toute son attention.

— Très bien, dit-elle doucement à Kalia. Lors de la prochaine contraction, préparez-vous à pousser. Le bébé sera bientôt là.

En elle-même, elle priait pour qu'il n'y ait pas de problème quand le bébé sortirait. Elle n'était pas équipée comme dans un hôpital, et cela faisait des années qu'elle n'avait pas supervisé un accouchement. Depuis sa formation.

Dans son casque, elle entendit que l'hélicoptère était de retour sur le porte-avions. Il reviendrait dès que nécessaire.

Maintenant, au beau milieu de l'océan Pacifique, il n'y avait qu'elle, deux futurs parents et une arrivée imminente.

Des volutes de doute se mirent à l'entourer comme un génie sortant d'une lampe.

Peut-être avait-elle été trop ambitieuse ? Peut-être n'était-elle même pas un chirurgien volant compétent et allait-elle foirer ? Peut-être ne serait-elle jamais médecin-major ?

Pour la première fois de sa vie, elle ressentit le mal de mer.

C'est alors que la voix de Travis résonna dans son oreille. Calme. Rassurante.

— Vous allez y arriver, Ivy.

C'était comme s'il avait entendu ses pensées et compris qu'elle traversait un moment de doute. Elle en eut un frisson dans le dos. Son ton était totalement contrôlé.

Finalement, la naissance se passa bien. Après avoir poussé pendant une demi-heure, Kalia mit au monde une fille. Ivy connut un instant de panique tandis qu'elle frictionnait le bébé pour le faire respirer. Elle n'avait pas de masque à oxygène pour un nourrisson de cette taille. Mais il y eut enfin un petit cri, et elle relâcha le souffle qu'elle retenait.

Elle parla dans son casque.

— OK, le bébé est là. Il est petit, bien sûr, entre trois et quatre livres. Il respire, mais il pourrait avoir besoin d'un peu d'aide. Pouvons-nous organiser un transfert, s'il vous plaît ?

Maintenant qu'elle s'était occupée du bébé, elle coupa le cordon et posa la petite fille sur la poitrine de sa mère. À l'arrière-plan, elle entendait Travis crier des ordres.

Le moment d'encouragement était passé.

Elle expliqua aux deux parents comment ils allaient procéder. Kalia serait d'abord tractée à bord de l'hélicoptère, puis elle-même monterait avec le bébé. Le père devrait rester sur son bateau, qui ne pouvait pas être laissé à la dérive. Elle lui promit que le commandant du porte-avions trouverait une solution pour le faire remorquer.

Quelques minutes plus tard, elle entendit de nouveau la voix de Travis dans son oreille, et le bruit de l'hélicoptère dans le lointain.

— Nous serons bientôt au-dessus de vous. Je descendrai pour escorter la mère à la montée, puis vous suivrez avec le bébé.

— Vous venez ? répéta-t-elle, stupéfaite.

— Bien sûr, que je viens ! J'aurais dû être là dès le début.

Elle ne sut qu'en penser. Voulait-il vérifier ce qu'elle faisait, ou était-il seulement ennuyé d'avoir manqué l'appel ?

Quelques instants après, il y eut un choc sourd sur le pont, puis Travis apparut sur le seuil de la cabine, un grand sourire aux lèvres et un harnais à la main. Il tendit son autre main au mari de Kalia.

— Félicitations, papa. Vous avez une belle petite fille. Vous avez pensé à un nom ?

Elle n'en revenait pas. Il se comportait comme s'il était normal de donner naissance en plein océan ! Pas de reproches. Pas de questions. Juste des félicitations.

C'était gentil.

Il se tourna vers elle.

— Vous avez libéré le placenta ?

— Oui, il est intact.

Puis il s'approcha de Kalia et lui demanda s'il pouvait voir sa fille. Elle hocha la tête et lui tendit le bébé, les bras tremblants.

— Leila, dit-elle en regardant son mari. Nous allons l'appeler Leila.

Travis débarrassa le bébé du châle dans lequel Ivy l'avait enveloppé et l'examina rapidement.

Leila semblait minuscule dans ses grandes mains, mais ce qui étonna surtout Ivy, ce fut la façon dont il lui parla et roucoula pour elle. Elle aurait parié qu'il n'avait pas mis d'enfant au monde récemment, mais il faisait comme si cela lui arrivait tous les jours. C'était un aspect de lui qu'elle n'aurait jamais imaginé, et qui l'émut étrangement.

Travis rendit le bébé à sa mère et informa le père des dernières nouvelles : apparemment, un gros bateau devait passer dans les parages le lendemain. Il pourrait ramener les trois passagers à Hawaï en tractant leur embarcation.

Ensuite, Ivy prépara Kalia pour l'ascension avec Travis. Puis elle attacha Leila sur sa poitrine et attendit que le harnais redescende.

Un moment plus tard, elle se balançait elle-même dans les airs pour rejoindre l'hélicoptère.

Elle avait le cœur au bord des lèvres, mais elle baissa la tête et parla doucement à Leila durant toute la montée, mettant de côté son appréhension. La petite fille, enroulée dans des couvertures que Travis avait apportées, ne semblait pas du tout perturbée par la situation.

Des bras forts les tirèrent à bord de l'appareil, et dix minutes après ils étaient de retour sur le porte-avions, où toute une équipe les attendait.

Ivy ne voulait pas que l'on remarque que ses jambes tremblaient, mais Tony lui pressa l'épaule.

— Ça va ? Vous avez besoin de quelque chose ?

Travis tourna brusquement la tête, l'œil interrogateur.

— Ivy déteste le harnais, expliqua Tony. En général, soit elle vomit, soit elle a le vertige les jours suivants.

Travis jeta un regard accusateur à Ivy.

— Vous ne m'en avez rien dit.

Elle haussa les épaules en se détournant.

— J'avais un travail à faire.

Trente secondes plus tard, elle était malade par-dessus le bastingage.

Tandis que Tony et Lynn prenaient en charge la mère et l'enfant, Travis lui passa un bras sur les épaules.

— Venez, je vais vous faire une piqûre.

Elle voulut protester, mais la tête lui tournait.

Elle enfila les coursives avec Travis sans parler. Il l'assit dans une salle de soins. Comme elle se relevait en vacillant pour ôter son équipement, il la rattrapa et la fit rasseoir.

— Eh bien, vous en tenez une bonne ! Pourquoi n'avez-vous rien dit ?

Elle garda les yeux fermés.

— Vous n'étiez pas là. On ne pouvait pas attendre…

Elle se leva vivement et alla de nouveau vomir dans l'évier.

Travis ramena en arrière ses cheveux qui s'étaient libérés de leur élastique, et attendit patiemment.

Elle se montrait vraiment sous son pire jour, mais il restait là, à son côté. Plus tard, elle se demanderait sans doute ce que cela signifiait, mais pour l'heure elle voulait juste s'allonger.

Le malaise passa, et il lui mit un verre d'eau dans la main.

— Laissez-moi vous administrer quelque chose contre la nausée, dit-il.

Elle ouvrit les yeux et les referma.

— Il me faudrait un remède contre la migraine, aussi.

Puis elle poussa un soupir exaspéré.

— En fait, non, ne faites rien. Je suis de service ce soir.

— Eh non ! Ce soir, vous êtes une patiente.

— Pas question, protesta-t-elle tandis qu'il lui piquait le haut du bras par deux fois.

Sapristi, il n'y allait pas par quatre chemins !

— Si vous ne voulez pas vous retrouver dans un lit d'hôpital, vous devrez accepter que l'un de nous passe vous voir.

Elle s'avachit sur le tabouret.

— Dès que j'aurai bu une tasse de thé brûlant et que je me serai reposée quelques heures, j'irai mieux.

Tony apparut à la porte.

— Il lui faudra aussi une grosse tranche de gâteau au chocolat ou quelque chose de similaire, ou bien elle sera très grognon. Croyez-moi, j'en ai eu l'expérience par le passé.

Travis le regarda, surpris.

— Vous étiez au courant, et vous ne me l'avez pas dit ?

Tony haussa les épaules.

— Ça ne s'est pas présenté. Je voulais juste vous informer

que nous avons mis Leila sous oxygène. Ce ne sera sans doute que pour quelques heures, mais nous la gardons en observation.

En se tournant pour partir, il jeta un coup d'œil à Travis.

— Je vais m'occuper des nouvelles patientes si vous vous occupez de celle-ci. Trouvez-lui du gâteau, plus tard.

Ivy fit une grimace d'appréhension.

Elle détestait être chouchoutée, mais elle était surtout ennuyée d'avoir montré une faiblesse devant son nouveau patron. Un chirurgien volant qui déteste les descentes d'hélicoptère, ce n'était sûrement pas pour lui plaire.

Elle s'attendait à une remarque perfide, mais, à la place, Travis poussa un gros soupir.

— Je suis désolé, Ivy.

Elle rouvrit brusquement les yeux, et le fixa.

— Quoi ?

— Je n'ai pas entendu l'appel. J'étais au gymnase avec un casque sur les oreilles. C'est moi qui aurais dû y aller.

Elle secoua la tête, très légèrement par précaution.

— Non. Vous êtes médecin-major. C'est une tâche que vous auriez déléguée à un autre médecin, de toute façon.

Il soutint fermement son regard.

— Mais si j'avais été au courant pour votre vertige, je ne vous y aurais pas envoyée. En outre, quand avez-vous fait un accouchement pour la dernière fois ?

Elle déglutit, souhaitant avoir cette tasse de thé.

— Environ neuf ans.

— Et malgré tout ça, vous y êtes allée ?

— C'est mon travail. On n'avait pas le temps d'attendre.

Les lumières de la pièce lui faisaient mal aux yeux. Elle referma les paupières.

— Laissez-moi vous raccompagner à votre cabine.

Travis avait dû se rapprocher d'elle ; elle sursauta en entendant sa voix douce si proche.

— Je devrais aller voir Leila, murmura-t-elle, très lasse.

Il lui passa un bras sur les épaules.

— Je vais vous faire un thé et vous trouver ce gâteau.

Elle rit doucement.

— J'hallucine !

Curieusement, elle était à l'aise avec son bras autour d'elle. Elle oubliait qu'il l'avait fâchée. Elle leva une main et la glissa dans la sienne. Elle se moquait de savoir ce qu'il en penserait. Elle avait juste besoin de se tenir à lui.

— Allons dans ma cabine, dit-elle.

— Vos désirs sont des ordres.

Il la guida dans la coursive.

Elle savait que, si quelqu'un les voyait ainsi, on jaserait. Mais elle n'en avait cure, elle voulait juste s'allonger au plus vite.

Peu après, il ouvrit sa porte et la fit entrer.

— Je ne peux rien vous donner d'autre contre la migraine, dit-il.

— Je sais. Mais quand j'aurai dormi quelques heures, je serai en pleine forme. Vraiment.

Il sourit.

— Je vais vous chercher ce thé et ce gâteau.

Dès qu'il fut parti, elle se mit en pyjama avant de s'allonger, impatiente de détendre ses muscles crispés.

Quelques instants plus tard, Travis revint avec une tasse de thé brûlant, qu'elle but avec gratitude.

Elle avait été en colère contre lui auparavant, mais il avait finalement été gentil avec elle dans cette épreuve.

— Vous n'êtes peut-être pas si mal, finalement, murmura-t-elle en s'endormant.

Travis avait réussi à faire tout ce qu'il fallait en l'espace de deux heures. Tout allait bien, à part ce sentiment de culpabilité qui le poursuivait vis-à-vis d'Ivy.

Elle n'aurait pas dû effectuer cette mission à sa place. Il avait demandé à la coquerie de confectionner un gâteau au chocolat pour leur héroïne du jour. Lorsqu'il revint le chercher et eut préparé un autre thé, Ivy dormait depuis près de trois heures. Il marqua une pause devant sa porte avec son plateau.

S'était-elle assez reposée ?

Il frappa doucement et ouvrit.

Les lumières étaient tamisées, et Ivy dormait toujours, pelotonnée sur le côté dans un pyjama qui soulignait ses courbes. Il hésita, se demandant s'il devait rester, mais elle remua le nez et, sans changer de position, ouvrit les paupières.

— Est-ce du gâteau au chocolat ?

Il hocha la tête.

— Et du thé ?

— Je suis multitâche.

Elle sourit.

— Laissez-moi une seconde.

Elle se leva et disparut dans le cabinet de toilette. Quand elle revint, elle paraissait plus en forme.

— Désolée, une vieille habitude. Je dois me brosser les dents dès que je me réveille.

— Pas de problème.

Il avait posé le gâteau et le thé sur le bureau, et s'était assis dans le fauteuil ; alors elle s'installa sur la couchette.

— Vous avez payé quelqu'un pour qu'on vous fasse ce gâteau ?

Ses cheveux blonds étaient décoiffés, et elle avait une marque d'oreiller sur la joue.

Évitant de penser qu'elle était adorable, il secoua la tête.

— Non, pas besoin. Le docteur qui a mis un bébé au monde en plein océan est maintenant une légende à bord. Dans le porte-avions, on ne parle que de vous.

Elle se pencha, tendit un doigt et l'enfonça dans le gâteau avant de le mettre dans sa bouche.

— Hum… Délicieux.

Il la regarda fixement.

— Vous me choquez.

Elle sourit et haussa les épaules.

— Vous pouvez prendre un morceau de l'autre côté.

Il coupa deux tranches et les posa sur les assiettes.

Elle avait un peu plus de couleurs, à présent.

Après quelques bouchées, Ivy décocha à Travis un sourire prudent.

Elle était toujours froissée par sa conduite de l'autre nuit, mais il semblait vraiment vouloir se rattraper. Une relation à bord d'un navire avec un collègue, surtout un supérieur, c'était probablement une très mauvaise idée. Quand de telles possibilités s'étaient présentées, elle les avait écartées. Mais là, c'était différent parce qu'ils s'étaient connus auparavant – avant d'apprendre leur véritable identité.

Elle prit une autre bouchée de gâteau. Il descendait bien.

— D'après vous, que se serait-il passé si nous avions eu ce rendez-vous ?

Elle aurait pu se contenter de parler du travail, mais elle ne le souhaitait pas. Si elle voulait pouvoir collaborer facilement avec Travis, il fallait qu'ils règlent cette question une bonne fois pour toutes. Ils étaient seuls dans sa cabine et ne seraient pas dérangés. C'était maintenant ou jamais.

Il s'étrangla un peu avec son gâteau, et elle éclata de rire.

— Pardon, je vous ai fait avaler de travers ?

Il rit aussi et secoua la tête, s'adossant au fauteuil.

— Vous aimez bien me mettre sur des charbons ardents, hein ?

Il était là, ce ton plaisantin qui l'avait séduite dans ses textos. Le détail qui avait fait de Rob alias Travis quelque chose de plus qu'une simple rencontre sur un site. Même si cela n'avait pas été son intention au départ.

Elle haussa nonchalamment une épaule.

— Pourquoi pas ? Ce n'est pas comme s'il y avait un tas d'autres choses à faire ici.

Elle plaisantait, bien sûr.

Il posa son thé sur le bureau, et croisa les bras.

— Je pense, commença-t-il en haussant les sourcils, que, si nous avions eu ce rendez-vous avant de nous rencontrer ici, cela aurait été un vrai désastre.

Ces mots firent à Ivy l'effet d'une vague glacée.

— Bon…, fit-elle, se sentant stupide car dans sa tête leur rendez-vous n'aurait pas été un désastre.

Il leva une main.

— Attendez, laissez-moi vous expliquer ma pensée.

— Je n'ai pas besoin d'une analyse détaillée du fait que rien ne s'est passé entre nous, dit-elle en écartant de son esprit le sentiment de ne pas être « assez bien ».

Il tendit la main et la posa sur son genou. Lorsqu'il parla, sa voix était basse et enrouée.

— Notre rendez-vous aurait été un désastre, Ivy, parce qu'une seule rencontre aurait suffi à m'accrocher. Qui sait ce qu'il aurait pu se passer ? Je reste souvent éveillé la nuit à me le demander.

D'un coup, la vague glacée fit place à une bouffée de chaleur. Le niveau sonore dans la cabine sembla doubler de volume. Elle croyait entendre battre le cœur de Travis.

Elle plongea les yeux dans les siens, et se pencha un peu.

Une partie de son esprit la tançait vertement. Quand elle s'était rapprochée ainsi l'autre fois, le tapis lui avait été tiré de sous les pieds. Elle n'avait pas envie que cela se reproduise. Mais c'était plus fort qu'elle.

— On dirait que vos sœurs vous ont appris à mettre le bazar dans l'esprit d'une fille, dit-elle.

Travis eut la grâce de paraître gêné, mais cela ne l'empêcha pas de se rapprocher de quelques pouces.

— Je pense que, si je vous avais déjà rencontrée et que nous nous soyons retrouvés à bord, j'aurais dû quitter le navire. Je n'ai jamais vraiment compté rencontrer quelqu'un sur ce site. Je cherchais une compagnie légère, rien de sérieux. Juste pour bavarder un peu. Mais être près de vous, Ivy, est une délicieuse forme de torture. Surtout pour un homme qui est censé être votre patron.

Elle avait la tête qui tournait.

Ce que Travis disait du site de rencontres rejoignait ce qu'elle en pensait : des rencontres sans lendemain, pas sérieuses. Aucune chance de trouver une relation à long terme. Et, même s'il ne l'avait pas dit à haute voix, aucun risque de souffrir.

Elle se lécha les lèvres.

— Et si je promets de ne jamais tirer avantage de cette position ? Vous me jugerez sur mon travail et ma conduite, voilà tout. Seulement au-delà de cette porte, bien sûr.

Elle le vit frémir à ces mots. Il était si près qu'elle sentait son souffle sur sa joue, et ses lèvres la frôlèrent lorsqu'il parla.

— Cela pourrait être dangereux.

— Oui, très dangereux.

Elle toucha des doigts son maxillaire, inhala son odeur.

Ouh là, elle craquait. Du parfum de son after-shave à la tension sexuelle qui régnait dans la pièce, elle savait qu'elle revivrait cet instant durant les cinq prochaines années.

— Qui dit que j'embrasse la première fois ? murmura-t-elle.

— Moi.

Il posa ses lèvres sur les siennes. Elles étaient chaudes, douces, déterminées. Il fit glisser sa main derrière sa tête tandis que leur baiser s'approfondissait, et elle noua les bras autour de son cou. Il y eut un bref mouvement, elle se retrouva assise sur ses genoux, et il toucha sa peau sous le haut de son pyjama.

Visiblement, les intentions de Travis étaient loin d'être honorables.

Cela ne l'ennuyait pas du tout. En vérité, pour la première fois depuis une éternité, elle en avait envie, bien qu'un petit drapeau rouge s'agite dans son esprit.

Son expérience passée l'avait rendue ultra-prudente, elle ne pouvait pas dire le contraire. Elle aurait souhaité pouvoir se débarrasser de cette part d'elle, mais elle devait faire avec. Connaissait-elle Travis en réalité ? Si les choses se passaient mal, elle serait coincée sur ce porte-avions avec lui comme patron pour les mois à venir. Nulle part où fuir.

Elle poussa doucement sur son épaule et lui adressa un sourire taquin.

— Rob ? dit-elle, utilisant son pseudonyme. Ou Travis King, j'ai le sentiment que vous me devez quelque chose.

Il eut un sourire nonchalant.

— Quoi ? En cet instant, vous pouvez avoir tout ce que vous voulez.

Elle hocha lentement la tête, appréciant ces mots.

— Dans ce cas, ce que je veux, c'est ce premier rendez-vous que je n'ai pas eu. J'aimerais m'habiller, et que vous le fassiez aussi. J'aimerais qu'il y ait de la musique de fond et de quoi grignoter. J'aimerais un verre de rosé bien frais.

Elle passa les doigts dans ses cheveux courts.

— Et j'aimerais que l'homme assis en face de moi prenne tout son temps pour se demander ce qu'il pourrait arriver ensuite. Comme moi, lui chuchota-t-elle à l'oreille.

Là-dessus, elle se leva.

Elle était curieuse de savoir comment Travis allait prendre cela, mais il le prit bien. Il se leva à son tour, l'air pensif.

— Un rendez-vous. *Notre* premier rendez-vous sans se connaître. Je pense que c'est dans mes cordes.

Il eut un sourire sexy, hocha la tête de plus belle et lui jeta un regard appréciateur.

— Cette idée me plaît assez. Quand ?

Elle prit son téléphone et vérifia leur emploi du temps.

— Bien, samedi soir paraît convenir.

Avec un clin d'œil espiègle, elle ajouta :

— À moins, bien sûr, que j'aie une meilleure proposition… Ou que mon patron m'envoie de nouveau dans une périlleuse mission en mer avec hélicoptère.

Il leva les yeux au ciel.

Elle garda son sourire en allant ouvrir sa porte, laissant sa main effleurer la sienne.

— Je meurs d'impatience, lui chuchota-t-il à l'oreille.

Il parcourut la cabine du regard, comme s'il cherchait quelque chose.

Elle réagit vivement.

— Ah non. Merci de vous être occupé de moi, médecin-major King, mais vous n'avez pas le droit d'emporter le gâteau au chocolat…

Elle mit ses bras autour du plat.

— Il est tout pour moi !

Il partit en riant, et elle entendit résonner son rire dans la coursive tandis qu'il s'éloignait.

Le samedi soir était à un million de miles de là. Mais elle savait qu'elle avait raison, l'anticipation rendrait cette soirée encore plus délicieuse.

7.

Travis riait encore en repensant à l'épisode de la cabine.

Il avait été habilement manipulé. Et il aimait ça.

Peu importe ce qu'il se disait dans sa tête – qu'il valait mieux qu'il se tienne à l'écart d'Ivy Ross –, son corps n'écoutait pas. Elle agissait comme un aimant sur lui.

Il l'admirait. Elle avait du courage, sa mission en mer l'avait montré. Elle s'était débrouillée toute seule pour cet accouchement, sans rien demander. Et elle s'en était très bien sortie.

Il avait pris les dispositions nécessaires pour faire rapatrier Kalia et sa fille à Hawaï. Personne n'avait mentionné qu'il avait aidé Ivy à regagner sa cabine, mais il remarquait quelques regards en coin.

Les ragots se répandent vite sur un bateau. C'est comme un petit village. Il pouvait seulement espérer que leur rendez-vous du samedi passerait inaperçu. Il avait déjà réussi à se procurer du rosé, malgré le strict règlement du porte-avions concernant l'alcool.

Il y avait beaucoup de travail en médecine, mais Ivy et lui travaillaient rarement ensemble.

Au cours des dernières nuits, il avait souffert de terribles cauchemars. Récemment, il n'en avait plus qu'un ou deux par mois, mais là ils revenaient en force. Du coup, il se sentait tout le temps fatigué et pouvait se montrer cassant. Il détestait être comme cela au travail. Deux de ses sœurs lui avaient déjà demandé ce qui n'allait pas, en voyant sa mine par vidéo. Il avait trouvé des excuses et les avait rabrouées.

— Travis, pouvons-nous parler ?

Aileen était psychiatre, mais aussi psychologue à bord du bateau. Elle tenait deux dossiers à la main.

— Bien sûr, répondit-il en lui désignant son bureau.

Elle s'assit dans un fauteuil et croisa les jambes.

— En quoi puis-je vous aider ? demanda-t-il.

Elle lui exposa le cas d'un quartier-maître qui montrait des signes de dépression et d'anxiété. Elle voulait s'assurer que le traitement qu'elle préconisait ne contrarierait pas les médicaments qu'il prenait par ailleurs. Travis consulta le dossier et donna son accord.

— Vous allez le prendre en consultation ?

Elle hocha la tête.

— Une fois par semaine pour l'instant. Si j'ai des soucis, je vous le ferai savoir.

Lorsqu'elle lui tendit le second dossier, il battit des cils.

C'était le sien. Aileen était l'une des rares personnes à bord à y avoir accès.

— Qu'est-ce que…

Elle le regarda dans les yeux, conservant une posture détendue. Curieusement, son calme le rendit nerveux.

— Cela fait sept ans que nous avons servi ensemble pour la dernière fois, dit-elle.

Il hocha la tête. Il s'en souvenait très bien.

— Beaucoup de choses se sont passées, depuis.

— Je sais, même sans cela, déclara-t-elle en désignant le dossier.

Il sentit ses mécanismes de défense se mettre aussitôt en place.

— Où voulez-vous en venir, Aileen ? demanda-t-il plus brusquement qu'il ne l'aurait fait normalement.

Elle haussa légèrement un sourcil.

— Voilà.

Elle inspira.

— Travis King, vous êtes humain. Nous le sommes tous. Et nous sommes tous affectés de différentes manières par les événements auxquels nous sommes exposés.

— Qu'est-ce que c'est censé vouloir dire ?

Elle secoua doucement la tête.

— Cela veut dire que ma porte est toujours ouverte, Travis, c'est tout.

Elle se leva avant qu'il puisse ajouter quelque chose, puis s'arrêta, la main sur la poignée.

— Notre nouveau médecin…

— Oui ?

Elle sourit.

— Elle me plaît. J'aime sa ténacité et son tempérament. C'est une bonne recrue pour l'équipage. Elle gagne le respect des hommes rien qu'en étant elle-même, et elle se fait des admirateurs.

Il remua inconfortablement dans son fauteuil.

— Vous croyez ?

Aileen hocha la tête.

— Les gens parlent. Maintenant, rappelez-vous, ma porte est toujours ouverte.

— C'est noté, dit-il, moins abrupt. Merci.

Elle le salua et disparut.

Il s'adossa à son siège et croisa les bras.

Il ne savait pas très bien de quoi il devait s'inquiéter en premier lieu. Du fait qu'Aileen ait vu qu'il avait changé, ou du fait qu'Ivy avait d'autres admirateurs que lui.

Il sourit largement.

Il était face à un défi. Pas Ivy en elle-même, mais leur rendez-vous. Il le rendrait aussi agréable que possible. Il pouvait le faire. Et il le ferait.

Ivy avait trouvé la petite robe bleu marine roulée en boule au fond d'un de ses sacs. Sans doute était-elle restée là depuis son dernier voyage à New York avec des amies. Elle était froissée, mais, après un coup de fer, elle serait comme neuve. Avec ses manches courtes, son décolleté en V, son gracieux effet de drapé et sa fente au niveau du genou pour laisser voir un peu de jambe, elle irait très bien. Pour l'accompagner, elle avait des escarpins à petits talons qui devraient faire l'affaire.

S'habiller pour sortir tout en étant à bord était étrange. Il lui paraîtrait encore plus bizarre d'aller de sa cabine à celle de Travis dans cette tenue. Elle enfilerait peut-être sa veste d'uniforme sur sa robe pour se faire un peu moins remarquer.

Il avait insisté pour qu'ils se retrouvent chez lui, elle ne savait pas très bien pourquoi. Dans la semaine, ils avaient joué au chat et à la souris. Lors des rares occasions où ils avaient travaillé ensemble, elle avait fait de son mieux pour paraître détachée. Mais son corps semblait avoir oublié ce que ce mot voulait dire.

Sans cesse, leurs regards se rencontraient, et l'un ou l'autre esquissait un sourire. Chaque fois que c'était arrivé à Travis, elle s'était sentie très embarrassée, comme si une sirène s'était déclenchée et qu'une grande flèche rouge lumineuse le désignait à l'attention des autres. Cela lui avait donné des picotements dans le dos.

Elle avait voulu que cela se passe ainsi, que l'attente, l'anticipation du plaisir à venir se construise jour après jour. Toutefois, cette délicieuse torture la rendait folle.

Elle prit de longues boucles d'oreilles en or et secoua ses cheveux. Elle n'essayait même pas de les lisser. Avec l'humidité ambiante, ils reboucleraient en un rien de temps. La robe à l'étoffe moelleuse soulignait ses courbes plus qu'elle ne croyait. Elle s'était dit que c'était une petite robe toute simple, mais finalement elle était sexy et avait de l'allure.

Elle jeta un coup d'œil à la pendule.

À cette heure, la majorité de l'équipage serait en train de dîner – et de boire les deux bières autorisées tous les quarante-cinq jours. Ils avaient eu la chance que leur rendez-vous tombe en même temps que cette permission exceptionnelle. Néanmoins, il y avait toujours des marins en service, et il était peu probable qu'elle n'en rencontre pas dans les coursives.

Elle termina ses préparatifs par une touche de rouge à lèvres corail, jeta sa veste sur ses épaules et sortit. Elle avança rapidement, à grandes enjambées. Par chance, les deux premières coursives étaient désertes. Au bout de la troisième, deux hommes discutaient en regardant une tablette. Elle commençait à penser que les choses seraient plus faciles qu'elle ne l'avait craint, quand une voix résonna derrière elle.

— Vous êtes chouette, doc.

Elle se tourna et fit un signe de tête au jeune matelot qui la regardait avec un sourire espiègle. Elle aurait sans doute dû le réprimander, mais elle avait autre chose à l'esprit.

Le bruit de ses pas résonnait dans la coursive, la mettant de plus en plus mal à l'aise. Elle tira sur sa robe, se demandant si elle n'était pas un peu courte.

Au moment de lever la main pour frapper à la porte de Travis, elle sentit son estomac se retourner.

Ne devrait-elle pas battre en retraite ? Il était clair que leurs sentiments s'intensifiaient dans cet environnement confiné. À quel point connaissait-elle Travis, en réalité ? Et où était sa résolution de ne jamais sortir avec un collègue ?

Durant quelques secondes, elle fut déchirée.

Mais avant qu'elle ait une chance de réfléchir davantage, la porte s'ouvrit, et ses pensées soucieuses s'envolèrent.

Travis arborait un sourire de bienvenue, et ses yeux bleus brillaient. Il était vêtu tout de noir – pantalon et chemise ajustée qui mettaient en valeur ses indéniables atouts physiques.

Mentalement, elle croisa les doigts pour qu'il n'y ait pas d'urgence sur le navire au cours des prochaines heures. Elle désirait avoir toute l'attention de cet homme superbe.

Il tendit une main et la tira à l'intérieur.

Elle sentit son souffle se coincer dans sa gorge.

Il avait décoré sa cabine pour la faire ressembler à un bar. Près de la couchette était disposée une petite table garnie de deux bougies allumées, d'assiettes avec des amuse-gueules, de bouteilles de bière et d'une bouteille de vin rosé fraîche à souhait.

En regardant autour d'elle, elle remarqua deux vieux posters italiens accrochés au mur. Tandis qu'elle contemplait le décor, stupéfaite, Travis appuya sur un bouton, et une douce musique italienne se répandit dans la pièce.

Elle n'en revenait pas. Elle ne pouvait pas croire qu'il se fût donné tout ce mal pour elle.

— Vous nous avez recréé « chez Gino » ! s'exclama-t-elle.

Il tendit les deux mains.

— Vous vouliez que l'on reproduise les conditions de notre premier rendez-vous. Vos désirs sont des ordres, dit-il en s'inclinant.

— Vous avez fait du bon travail, dit-elle d'un ton appréciateur.

Il lui offrit un verre de vin.

— Il paraît qu'il s'agit d'un excellent vin, mais vous n'avez droit qu'à deux verres.

Elle toucha la condensation du doigt, et sourit.

— C'est parfait, murmura-t-elle.

Il indiqua la banquette.

— Alors, imaginons que nous sommes chez Gino. J'ai commandé les boissons, et je suis assis, attendant votre arrivée.

Il lui décocha un sourire sexy.

— Et vous voilà. Vous passez la porte, et je dois me pincer tant je me sens chanceux.

Elle prit place à côté de lui, sentant la chaleur qui émanait de son grand corps viril. Elle croisa les jambes et leva son verre de vin.

— Bon, comment nous y prenons-nous ? Sommes-nous Ali et Rob, ou passons-nous directement à la partie où nous sommes Ivy et Travis ?

Il ouvrit une bouteille de bière et trinqua avec elle.

— Si nous passions tout de suite à la meilleure partie ?

Elle savait qu'elle était sur le point d'oublier toute prudence. Sa carrière serait entre les mains de cet homme s'ils se disputaient plus tard. Mais dans sa tête, elle séparait leur vie personnelle de leur vie professionnelle.

Le cœur battant la chamade, elle posa un coude sur la table et le regarda entre ses paupières mi-closes.

— Laissez-moi réfléchir. Ces six jours ont été très, très longs…

Il haussa les sourcils, se demandant visiblement où elle voulait en venir.

— Mais cela valait la peine d'attendre. À présent, nous avons tout pour être heureux.

Elle avait à peine eu le temps de boire une gorgée de vin que Travis posait ses lèvres sur les siennes.

— Vous savez quoi ? chuchota-t-il. Je pense que vous avez raison.

Quelques heures après s'être endormie dans les bras de Travis, Ivy se réveilla et sourit en s'étirant, transportée par leur merveilleuse entente physique. Puis elle battit des cils, se demandant ce qui l'avait réveillée.

C'était tant mieux, car il fallait vraiment qu'elle regagne sa propre cabine. La dernière chose qu'elle souhaitait était d'être surprise à rentrer en douce dans ses quartiers. Sa robe était en tas par terre, avec ses chaussures, et elle sortit les jambes de la couchette pour les attraper.

Elle venait de remettre ses sous-vêtements, quand soudain il y eut un bruit derrière elle, un grognement sourd.

Travis avait visiblement un sommeil agité.

Mais alors qu'elle enfilait sa robe et la rajustait, elle se rendit compte que ce n'était pas seulement ça. Il marmonnait, et sa tête allait nerveusement d'un côté à l'autre.

— Non, pas par là ! Par ici. Gardez la tête basse. Couvrez votre bouche.

Ses bras et ses jambes commencèrent à s'agiter aussi, avec frénésie.

— Filez ! cria-t-il.

Elle sursauta, choquée.

Il faisait un cauchemar. Pour la première fois de sa carrière médicale, elle ne savait que faire. Elle n'avait jamais eu affaire à quelqu'un en proie à un de ces mauvais rêves. Devait-elle le réveiller ou laisser les choses se finir d'elles-mêmes ?

Zut. Si Travis faisait plus de bruit, quelqu'un viendrait sûrement voir ce qu'il lui arrivait. La dernière chose qu'elle souhaitait était qu'ils soient dénoncés au commandant. Dans ce cas, elle pourrait dire adieu à toute chance de devenir médecin-major. Non, il fallait qu'elle règle le problème du mieux qu'elle pourrait, dans leur intérêt à tous les deux.

Travis continuait à se débattre.

— Non, pas comme ça. Laissez-moi vous aider.

Il se mit à tousser, s'étouffant presque. Quel que soit ce rêve, il était très réel pour lui.

— Travis, dit-elle d'abord d'un ton hésitant.

Rien. Il continua à marmonner et à s'agiter.

Elle haussa un peu la voix.

— Travis, réveille-toi.

Toujours rien.

Elle se pencha et lui toucha doucement le bras, réitérant sa demande.

Ce fut comme si elle n'avait pas parlé. Travis se tordait toujours dans le lit en grommelant, et soudain il hurla.

— Non !

Son bras droit, en se détendant, expédia Ivy contre la cloison. Presque aussitôt, il s'assit sur son séant, le souffle court, les yeux grands ouverts.

Elle se tenait figée, un bras en travers de la poitrine. Il ne lui avait pas fait mal, elle avait déjà été bousculée autrement au supermarché, mais la surprise lui coupait la respiration.

Travis avait les yeux écarquillés, comme s'il avait du mal à rassembler ses esprits.

— Ivy ?

— Tu… tu as fait un cauchemar, bredouilla-t-elle, le cœur tambourinant dans la poitrine.

Il prit une mine horrifiée qui l'éclaira sur ce qu'il se passait.

Elle avait envie d'attraper ses chaussures et sa veste, et de courir se réfugier dans sa propre cabine, mais le médecin en elle savait qu'elle ne devait pas partir. Elle n'y entendait peut-être rien en cauchemars, mais elle savait reconnaître un SPT ou syndrome post-traumatique, assez fréquent chez les militaires au retour d'une zone de guerre. Elle en avait vu assez souvent, dans son métier. Simplement, elle ne s'était pas attendue à en constater un chez Travis.

— Ivy, est-ce que je t'ai fait mal ?

Il était debout, tout près d'elle. Trop.

Elle tressaillit et vit son regard peiné avant qu'il ne recule.

Elle redressa le fauteuil qu'elle avait renversé, arrangea sa robe, s'assit face à lui et inspira plusieurs fois afin de calmer son cœur emballé.

— Tu ne m'as pas fait mal, mais tu aurais pu, dit-elle d'une voix ferme.

Travis se laissa choir sur la couchette comme si elle lui avait décoché un direct à l'estomac.

— Travis, si tu me disais ce qu'il se passe ?

Il se pencha en avant, la tête dans les mains.

Elle avait envie de l'étreindre, mais elle devait garder ses distances, lui laisser de l'espace pour se ressaisir.

Quand il releva la tête, ses yeux bleus brillaient de larmes.

Elle faillit flancher mais s'efforça de rester calme et rationnelle. Elle devait le traiter comme un patient, c'était la seule façon de lui être utile.

— Depuis quand as-tu ce genre de cauchemar ?

— Quatre ans, répondit-il d'une voix enrouée.

— Que s'est-il passé il y a quatre ans ?

Il se passa les doigts dans les cheveux, puis décrivit d'une voix tremblante la scène de guerre qui l'avait marqué.

— Nous sommes restés trois jours sous les tirs de mortiers, acheva-t-il. J'avais des ressources limitées. Je devais choisir parmi les blessés qui je pouvais sauver, à qui donner la priorité. C'était atroce.

Il la regarda dans les yeux.

— Je revivais ces moments toutes les deux ou trois nuits, au début. Un peu moins souvent depuis quelque temps.

Elle devinait où cela s'était passé. Elle avait eu la chance de ne jamais se trouver sous le feu elle-même, mais, en tant que chirurgien, elle avait eu à en traiter les conséquences sur les victimes. Elle pouvait facilement imaginer les horreurs de cette expérience. Elle en avait la chair de poule.

— Y a-t-il eu autre chose ? demanda-t-elle, songeant que certaines de ses réactions durant le cauchemar ne semblaient pas tout à fait coller avec la situation qu'il avait décrite.

Travis grogna, se pencha en arrière et s'enveloppa de ses bras. Ses yeux se fixèrent sur un coin de la cabine.

— Je pensais m'en être sorti indemne. Mais quelques mois plus tard, à Chicago…

Il lui relata l'incendie qui s'était déclaré dans son hôtel alors qu'il était au trentième étage. Il y avait de la fumée partout, les gens couraient en tous sens. Il avait fait tous les étages pour les conduire jusqu'aux escaliers de secours.

— Tu as aidé ces gens au lieu de te sauver toi-même ?

Il eut un terrible frisson.

— La fumée était particulièrement épaisse à certains étages. J'ai essayé de sauver tout le monde, mais après coup j'ai appris qu'il y avait quand même eu plusieurs morts.

Visiblement, il s'en blâmait encore.

— As-tu été blessé physiquement au cours de ces deux épisodes ?

Elle vit tous ses muscles se tendre. Il se leva et se tourna.

Il avait des marques de brûlure sous une omoplate et en haut du bras gauche. En bas de la colonne vertébrale, il portait quelques traces d'éclats d'obus.

Et elle ne s'était aperçue de rien ! Elle avait couché avec un homme qui avait des blessures de guerre et des brûlures, et elle n'avait rien vu, rien senti !

Mais, en revivant en pensées les heures qui avaient précédé, elle se souvint qu'elle avait surtout caressé son cou, son visage, son torse…

— Je suis désolée, dit-elle simplement.

Il vint s'agenouiller devant elle.

— Non, c'est moi qui suis désolé, Ivy. Je n'aurais jamais voulu te faire du mal, t'effrayer.

Elle le savait. Elle savait tout cela. Mais quelque chose était plus important. Elle devait se montrer ferme.

— Assieds-toi, ordonna-t-elle. Tout ce que nous dirons dans cette cabine ne sortira pas d'ici, sache-le.

Il hocha la tête, et elle vit son expression changer. Il avait compris qu'elle le considérait comme un patient, désormais.

— Travis, ce qu'il t'est arrivé avec moi tout à l'heure, est-ce déjà arrivé avec quelqu'un d'autre ?

Il fit signe que non.

Elle plissa le front.

— Tu veux dire que, en quatre ans, tu n'as jamais dormi avec une femme ?

Il se crispa un peu et répondit sans la regarder.

— J'ai couché avec d'autres femmes, bien sûr, mais je n'ai jamais passé la nuit avec elles. Je ne me suis jamais endormi avec une femme depuis quatre ans.

— Oh.

Ce fut tout ce qu'elle trouva à dire.

Travis King s'était endormi avec *elle*. La première femme en quatre ans avec qui il se soit senti assez bien pour s'abandonner au sommeil. Qu'est-ce que cela signifiait ?

— Et pour quelle raison n'as-tu jamais voulu passer une nuit avec une femme depuis quatre ans ?

Il prit une grande inspiration et laissa planer sa question.

Elle connaissait la réponse : il ne voulait pas admettre qu'il avait un problème. Sans doute n'acceptait-il pas le fait qu'il souffrait d'un syndrome post-traumatique. Une chose était certaine : il était dans le déni, et cela lui brisait le cœur.

— Travis, je n'ai pas besoin de te faire un dessin, tu as besoin d'aide. Tu dois bien le savoir. As-tu fait quelque chose à ce sujet ?

De nouveau, les mots planèrent entre eux, et il ne répondit pas. Ce qui était une réponse en soi.

Elle sentit la colère l'envahir. Elle voulait l'aider, mais il fallait d'abord qu'il veuille s'aider lui-même.

Elle se leva.

— Travis, j'aimerais voir si notre relation a une chance. Vraiment. Je pense que nous pourrions être très bien ensemble. Mais je ne peux pas t'aider si tu ne tentes rien de ton côté. La meilleure chose que je puisse faire maintenant, c'est te laisser de l'espace pour te faire aider.

Elle soupira tristement.

— J'ai beau être médecin, ce n'est pas ma spécialité, et je

ne suis pas la meilleure personne pour t'accompagner. Mais si tu as besoin de moi, tu sais où me trouver.

Sa voix trembla tandis qu'elle l'enlaçait, qu'elle sentait son corps chaud contre le sien. Une part d'elle-même avait envie de rester là, avec lui.

Mais cela n'aiderait pas Travis – pas à long terme. S'il restait dans le déni, il souffrirait ainsi le restant de ses jours. Et elle ne le souhaitait vraiment pas.

Les larmes lui montaient aux yeux, mais elle devait s'en aller. S'il tenait à elle comme elle tenait à lui, elle priait pour qu'il demande de l'aide. Et s'il le faisait, elle serait là.

— Tiens-moi au courant, dit-elle doucement.

Elle mit ses chaussures, prit sa veste, et s'en alla avant de s'effondrer tout à fait.

8.

Travis vivait en pilotage automatique. Il supportait à peine de regarder Ivy, maintenant.

Tout était sa faute à lui. Tout ce qu'elle lui avait dit était juste et raisonnable. Elle avait eu raison de s'éloigner.

Il ressentait de la honte et de l'humiliation à l'idée que, pendant un cauchemar, il aurait pu lui faire du mal, mais, ce qui l'avait achevé, c'était lorsqu'il avait vu changer son regard. Lorsqu'elle avait commencé à le voir comme un patient, et non comme l'homme avec qui elle venait de faire l'amour. Il ne voulait plus jamais qu'elle le regarde ainsi. Il lui avait révélé une part de lui qu'il n'avait jamais dévoilée à personne, et elle était passée automatiquement en mode médecin.

Aurait-il fait la même chose si la situation avait été inverse ? Il ne savait pas très bien.

Une fois ou deux, il avait songé à essayer de lui parler ou même de lui envoyer un texto. Mais comment s'adresser à elle alors qu'il n'avait pas réglé son problème ?

Aileen l'avait surpris quelques fois en train d'observer Ivy, et elle avait haussé les sourcils d'un air interrogateur. Il savait que la psychiatre serait heureuse qu'il accepte son offre de lui parler, mais, dès qu'il aurait cette conversation, cela serait inscrit dans son dossier pour toujours. Et il connaissait la marine. Obtiendrait-il d'autres missions en tant que médecin-major avec un syndrome post-traumatique dans son dossier médical ? C'était la dure réalité à laquelle il était confronté, même s'il avait conscience que le traitement était capital. C'était pour cela qu'il avait passé les quatre dernières années à feindre.

Aston, un aide-soignant, vint lui taper sur l'épaule.

Une jeune femme de l'équipage avait besoin de voir un médecin. Elle aurait voulu voir le Dr Ross, mais celle-ci n'était pas de service.

Devait-il aller la chercher ?

Non, Ivy avait eu un cas difficile la nuit dernière. Il fallait la laisser se reposer. Il allait recevoir la patiente pour commencer, et si nécessaire il appellerait Ivy.

Aston lui tendit les notes et lui indiqua la salle de soins.

Travis rejoignit la jeune femme et lui expliqua la situation en souriant. En attendant qu'elle voie le Dr Ross, il devait s'assurer qu'elle n'avait pas besoin d'un traitement d'urgence.

Rena, après avoir hoché nerveusement la tête, lui expliqua ses symptômes : manque d'appétit, envie de dormir, maux de ventre…

Il prit des notes, commençant à se douter où cela allait conduire. Puis il proposa une analyse d'urine à sa patiente et décida de faire appeler Ivy.

Celle-ci arriva peu après en se frottant les yeux, ayant visiblement dormi dans sa tenue médicale.

Il s'excusa de l'avoir réveillée et lui exposa le cas de sa patiente, enceinte de six semaines avec des douleurs abdominales.

Ivy croisa son regard, pensant à l'évidence comme lui à une grossesse extra-utérine.

— J'allais être de mauvais poil, mais tu as bien fait de me réveiller. Je vais lui faire une échographie et m'entretenir avec elle.

Comme il se tournait pour partir, elle le rappela.

— Travis, je me sentirais mieux si tu m'assistais pour l'opération, si c'est bien ce que je pense.

Il se sentit réchauffé de l'intérieur. Il savait ce qu'il lui en coûtait de faire cette demande.

— Tu veux que j'opère moi-même ?

— Non, mais j'aimerais que tu sois là si j'ai des questions.

— Volontiers.

Elle se mordit la lèvre.

— Tu es conscient qu'il y a un autre problème ?

Il la regarda dans les yeux.

— Bien sûr. Rena est forcément tombée enceinte à bord.

Ivy abaissa son regard sur l'écran.

— Nous connaissons tous les règles. Mais je ne suis pas très à l'aise pour causer des ennuis à une jeune femme alors que nous avons fait la même chose.

Son franc-parler lui rappela pourquoi elle lui plaisait tant. Elle n'était pas pleutre. Elle allait droit au but.

Il ne put s'empêcher de sourire.

— Tu as raison, mais l'un de nous devra lui parler un peu plus tard. Il faudra aussi lui conseiller une contraception.

Ivy s'adossa un instant à la cloison.

— Et si nous devons l'opérer, elle aura besoin d'un soutien psychologique. Pendant que je fais l'échographie, peux-tu demander à Aileen si elle peut la recevoir ?

Le temps d'une seconde, il se sentit menacé à l'idée de parler à la psychiatre. Mais il chassa aussitôt cette pensée.

— Bien sûr. Je te retrouve ici après.

Aileen travaillait dans son bureau. Elle lui adressa un grand sourire lorsqu'il frappa à la porte.

— Travis, que puis-je faire pour vous ? Avez-vous besoin de mon aide ?

Son air d'attente le fit se crisper. Il s'empressa de lui dire pourquoi il était là.

— Oh ! fit-elle, l'air un peu déçu. Bien sûr, je serai disponible pour cette jeune femme. Autre chose, Travis ?

Il pouvait parler de son problème, là, tout de suite. Admettre que quelque chose n'allait pas et qu'il avait besoin d'aide. Les mots étaient sur le bout de sa langue… Mais ils ne sortirent pas.

Il décocha son plus beau sourire à Aileen.

— Non, c'est super, merci.

Il pensait se sentir soulagé. Mais en fait, en sortant, ce fut comme s'il avait un énorme poids sur les épaules.

Il ne pouvait pas continuer ainsi. Ivy l'avait évité ces derniers jours, mais la revoir, sentir une bouffée de son parfum lui avait fait comprendre à quel point il laissait son problème l'entraver – lui voler une partie de la vie qu'il souhaitait vraiment.

Une vie avec elle.

Après avoir terminé l'échographie qui confirma son diagnostic, Ivy expliqua calmement la situation à Rena : ils devaient opérer dès que possible. Puis elle lui demanda si elle voulait faire prévenir quelqu'un à bord. Il était important qu'elle ait une personne proche pour la soutenir.

La jeune femme hésita, puis secoua la tête.

Il y avait pourtant sur le bateau un homme qui avait partagé des instants d'intimité avec elle. Ou alors…

Ivy évoqua avec tact et appréhension l'hypothèse d'un viol, chose qui pouvait arriver sur un bâtiment de la marine. Elle dit à Rena qu'elle était là pour la protéger.

Celle-ci lui assura que ce n'était rien de tel, puis elle voulut savoir si elle pourrait avoir d'autres enfants avec une trompe de Fallope en moins.

Ivy le lui confirma et lui promit de l'adresser à un bon gynécologue une fois à terre.

— Une infirmière va venir vous préparer pour la salle d'opération, annonça-t-elle pour finir. Je vous verrai là-bas.

Lorsqu'elle franchit la porte, elle sursauta en voyant Travis qui l'attendait.

— Tu as été bonne avec elle, dit-il.

Son premier instinct fut de l'ignorer. Pour autant qu'elle le sache, il n'avait toujours pas fait ce qu'elle lui avait demandé. Mais alors que ses yeux bleus se rivaient aux siens dans la pénombre de la coursive, elle se radoucit et se rappela la sensation de sa peau contre la sienne.

Il y avait tant de choses qu'elle pouvait aimer chez cet homme. Il y avait tant de potentiel entre eux…

Elle décida de se comporter en amie et lui sourit.

— Je fais de mon mieux.

— Je suis désolé de t'avoir réveillée. Je sais que tu as eu une nuit difficile.

— J'en ai connu de pires.

Elle pensait à son expérience de médecin, pas à sa nuit avec Travis, bien sûr. Mais en voyant son expression blessée l'espace d'un instant, elle sut qu'elle devait clarifier les choses.

Elle posa une main sur son bras.

— Ce n'est pas ce que je voulais dire.

Elle jeta un coup d'œil par-dessus son épaule pour s'assurer qu'on ne pouvait pas l'entendre.

— Une bonne partie de cette nuit-là a été merveilleuse. Et j'ai apprécié tes efforts pour la rendre spéciale.

Elle essayait de garder un ton léger. Elle allait opérer avec lui, et il fallait qu'ils soient en phase.

Travis hocha la tête sans rien dire.

— Es-tu prêt à être mon assistant ?

Il haussa les sourcils avec humour.

— Entendu. Je m'en contenterai.

Elle lui sourit en retour.

La plupart des chirurgiens n'aiment pas déchoir de leur rang, surtout s'ils sont supérieurs en grade. L'humilité de Travis lui plaisait.

L'opération se passa bien. Tout du long, ils échangèrent sur un ton badin, et Ivy put voir leurs collègues se lancer des coups d'œil par-dessus leur masque. Lorsqu'elle eut refermé, Travis lui posa une main sur l'épaule.

— Beau travail. Un vrai cas d'école.

Elle sentit de nouveau la connexion entre eux.

— Merci pour le soutien, répondit-elle. Il a été apprécié.

L'infirmière anesthésiste se prépara à pousser Rena dans la salle postopératoire.

— Je prends la suite. Dépêchez-vous, tous les deux, avant que le mess ferme. Moi, je suis au régime. Profitez-en !

Elle sortit en riant.

Il paraissait difficile de refuser d'aller manger avec Travis, alors qu'il ne restait pas beaucoup de temps. Il l'attendit pendant qu'elle ôtait sa blouse et se lavait les mains. Puis il lui tint la porte.

— On y va ?

Elle hocha la tête et le suivit dans la coursive, se forçant à ignorer l'odeur de son after-shave.

Le mess était à moitié vide. Ils se servirent et s'assirent à une table. La majeure partie de l'équipe médicale avait déjà dîné, aussi étaient-ils tranquilles.

Dès qu'ils furent assis, Travis annonça :

— J'ai décidé de régler mon problème.

Elle retint son souffle, attendant qu'il continue.

— Tu te sens d'attendre ? demanda-t-il.

La question la prit de court.

— D'a… d'attendre ? balbutia-t-elle.

Il hocha la tête.

Une vague d'émotions la submergea. Sa peau la picotait.

Elle le regarda dans les yeux.

— Qu'est-ce que tu entends par là, exactement ?

Il répondit d'une voix basse, enrouée :

— Je veux dire, pourrais-tu l'envisager ? Je t'aime beaucoup, Ivy, tu le sais. Notre lien est réel. Il l'était déjà avant que l'on se rencontre, et maintenant il l'est encore plus. Ce que nous partageons me plaît…

Il tripota sa nourriture avec sa fourchette et se reprit.

— Ou ce que nous *partagions*. J'aimerais voir où cela pourrait nous emmener. J'aimerais espérer qu'un jour nous puissions avoir un avenir ensemble.

Elle resta figée.

Elle ne s'était pas attendue à ce qu'il dise une chose pareille. Ils avaient flirté, noué un lien, et elle avait nourri les mêmes espoirs. Mais était-ce réaliste, ne se berçaient-ils pas d'illusions ?

Elle avait encore tant à faire du côté de sa carrière. Pourrait-elle y consacrer son temps et son énergie, et mener une relation de front ?

Malgré ses paroles de la semaine précédente, une petite partie de son cœur espérait encore. Travis semblait être parfait pour elle. Mais elle avait passé les dernières années à éviter toute relation sentimentale. Pouvait-elle vraiment être en train d'en envisager une ? C'était un énorme bond pour elle, et elle avait l'impression que c'en était un pour lui aussi.

— Je n'ai pas dormi avec une femme ces quatre dernières années, reprit-il. Je n'ai jamais été assez détendu pour le faire. Mais mes cauchemars et mes flash-backs n'ont jamais été aussi terribles non plus.

— Tu m'en blâmes ? demanda-t-elle, une main sur sa poitrine.

Il secoua farouchement la tête.

— Non, bien sûr que non. C'est moi que je blâme, pas toi. Tu es la première personne avec qui je me suis relâché. La première personne avec qui j'ai ressenti une vraie connexion, et la première personne à qui je me suis ouvert.

Elle ne parvenait pas à respirer. Des rires et des conversations résonnaient autour d'eux, mais elle les entendait à peine.

Travis reprit la parole.

— Tu es la première personne qui m'a fait m'arrêter et me demander clairement si j'étais malade. Qui m'a fait accepter l'idée d'un traitement, aussi.

Elle savait à quel point ces mots étaient colossaux. Elle savait combien ils signifiaient : il admettait finalement qu'il avait été dans le déni.

Alors, elle réagit avec son cœur plus qu'avec sa tête. Elle avança la main sur la table et mêla ses doigts aux siens.

— Je suis contente que tu veuilles te soigner, Travis. Mais tu dois être sûr de le vouloir pour toi, pas pour moi. Il faut que tu veuilles guérir.

Il hocha la tête.

— Je le veux. Vraiment. Et je comprendrais que tu ne veuilles pas attendre – parce que je n'ai aucune idée du temps que ça prendra, ou même si j'y arriverai un jour.

Ce furent ces mots qui la touchèrent au cœur. Qui la persuadèrent que ses motivations étaient bonnes. Il avait dit « Je ». C'était le mot qu'elle avait souhaité entendre.

Elle lui dédia un petit sourire en lui pressant les doigts.

— Je pense que tu pourrais valoir la peine que j'attende, murmura-t-elle.

9.

— Il t'a demandé de faire *quoi ?*

La voix incrédule de Liz monta dans les aigus.

— D'attendre, répondit Ivy dans un soupir.

— Et tu as dit oui ?

Ivy était au-delà de la fatigue. Ils avaient secouru un navire en panne de moteur et avaient dû prendre à bord une partie de l'équipage atteinte d'un virus intestinal. Bien sûr, ils avaient mis les malades à l'isolement, mais il fallait détecter les membres d'équipage du *Coolidge* qui avaient pu être infectés et les isoler aussi. C'était un travail de Romain. Cette situation durait depuis quarante-huit heures, et elle n'avait qu'une envie : dormir. Mais Liz, dont elle avait ignoré les messages ces derniers jours, lui avait envoyé un texto impérieux.

Appelle-moi tout de suite !

Elle avait appelé, craignant que son amie n'ait un problème. Mais le seul problème de Liz était de ne pas avoir de nouvelles d'elle. Alors, elle lui en avait donné.

— Je comprends maintenant pourquoi tu ne m'appelais pas, reprit Liz. C'est ce que tu fais quand tu sais que je ne t'approuverai pas.

Il y eut une courte pause.

— Il est clair que tu es très proche de ce garçon, mais penses-tu le connaître assez pour prendre ce genre de décision ? Ça me paraît plutôt sérieux.

— Ça me paraît sérieux à moi aussi, reconnut Ivy. Je ne peux pas l'expliquer. Je me sens liée à lui comme je ne l'ai jamais été.

— Attention, l'avertit Liz. Tu me sembles devenir un peu

sentimentale. Qu'est devenue la fille qui maîtrisait tout et qui visait le sommet ? Celle qui jurait qu'elle n'avait pas de temps pour une relation ?

Ivy se mit sur la défensive.

— Elle est toujours là ! Ce n'est pas parce qu'un homme me plaît qu'il se mettra en travers de ma carrière.

— Vraiment ? fit Liz, sarcastique. Pourtant, M. l'homme merveilleux t'a dit qu'il n'était pas si merveilleux que ça, et il t'a demandé de poireauter jusqu'à ce qu'il aille mieux. Et s'il ne va jamais mieux, Ivy ? Es-tu censée attendre éternellement ?

— Ce n'est pas du tout ce qu'il m'a demandé. Il m'a juste demandé un peu de temps pour se faire aider, et ensuite nous verrons où nous en sommes.

— Mais si tu attends, que finalement vous vous mettez ensemble et qu'un jour l'étincelle s'éteint ? Tu auras gaspillé du temps et de l'énergie, et entre-temps ton vrai homme merveilleux te sera peut-être passé sous le nez !

Ivy crispa les paupières d'agacement.

— Mais s'il est mon homme merveilleux et que je ne lui laisse pas la chance de remplir ce rôle dans ma vie ?

Liz poussa un énorme soupir.

— Mince, ma fille, tu en es *là*.

Ivy se mit à rire.

— Laisse-moi te l'assurer, je suis toujours focalisée sur mon travail. Je poursuis mon rêve. Est-ce qu'une fille ne peut pas rêver pendant qu'elle attend ?

— Apparemment, tu as pris ta décision.

— Oui, admit-elle.

Après un instant de silence, Liz reprit :

— J'espère qu'il en vaut la peine, Ivy, vraiment. Parce qu'il faut que le mec qui te récoltera sache à quel point tu es spéciale.

— Merci, mon chou. À plus tard.

Elle venait de raccrocher, quand un texto s'afficha sur son téléphone.

Tu dors ?

Travis. C'était Travis.

Elle jeta un coup d'œil à la pendule.
Il était près de 1 heure du matin.
Alors qu'un instant plus tôt elle mourait d'envie de se mettre au lit, son cerveau s'était aussitôt réveillé.
Elle répondit rapidement.

Y a-t-il un problème à l'hôpital ?

Non. Excuse-moi de te réveiller si tu es fatiguée. J'ai une foule de gens autour de moi, mais tu me manques.

Son cœur sauta quelques battements.
Waouh ! Quand il le voulait, cet homme était doué pour les déclarations.
Elle n'attendit pas pour répondre. Lorsqu'on a sommeil, on ne prend pas le temps de peaufiner ses réponses.

Tu es toujours en salle ?

Un membre de notre équipe a été infecté. Il est diabétique, et nous n'arrivons pas à le stabiliser. Je pense que j'en ai pour la nuit.

Tu as besoin de dormir. Je peux venir te remplacer, si tu veux.

Pas question. Je ne veux pas que tu sois exposée à ce virus.

Une part d'elle apprécia cette réponse, mais l'autre voulait faire son travail.

Tu ne peux pas me traiter différemment des autres, ni travailler vingt-quatre heures sur vingt-quatre. Où est Tony ?

Il est HS. Il s'est mis à vomir il y a quelques heures.

Et toi, ça va ?

Sincèrement ? Je voudrais être n'importe où sauf ici. En fait, je voudrais être avec toi.

Elle inspira.
Il pouvait lui faire fondre le cœur pour de bon.
Elle adorerait être dans ses bras en cet instant, mais c'était

impossible. Comment pourrait-elle se détendre assez pour s'endormir avec lui, alors qu'il pouvait avoir un autre cauchemar ? Elle avait l'impression que son cœur se tordait dans sa poitrine. Et elle ne voulait pas lui écrire ça. Elle ne voulait pas être la personne qui avait accepté d'attendre et qui se dérobait à la première occasion parce qu'il n'avait pas encore réussi à aller mieux.

Ce fut comme si Travis avait lu dans son esprit.

Je vais parler à Aileen. Elle est la mieux placée pour commencer mon traitement. Mais amorcer la conversation me paraît… énorme. Je me sens dépassé.

Elle eut envie de l'étreindre de toutes ses forces.

Avant qu'elle puisse répondre, un autre message suivit.

Mais ici, ce soir, savoir que, si je ne fais rien, nous ne pourrons jamais nous endormir dans les bras l'un de l'autre me tue. Parce que c'est tout ce à quoi je peux penser. Je ne veux pas être sans toi.

Il ne voulait pas être sans elle ! Il y avait longtemps qu'on ne lui avait pas dit ces mots-là. La dernière fois, elle en avait douté. Mais cette fois, elle n'en doutait pas une seconde.

Une larme roula sur sa joue. Un instant, elle songea à se pincer pour s'assurer qu'elle ne rêvait pas, puis ses doigts volèrent sur l'écran, toutes barrières envolées.

Je veux être avec toi aussi. N'en doute pas. Je veux que tu ailles bien. Je veux pouvoir me lover contre toi et n'entendre que ton souffle.

Ses doigts hésitèrent. Elle ne pouvait pas offrir son cœur tant qu'elle n'était pas sûre d'être prête à le donner à quelqu'un. Pas à quelqu'un. À Travis.

Elle se demanda s'il risquait d'être déçu par sa réponse. Mais, tout de suite après, les petits points annonçant un message apparurent.

Tu me fais rêver. J'y arriverai. Je te le promets. Dors bien. xx

Elle se rallongea et pressa son téléphone sur son cœur.

Travis King ne voulait pas se passer d'elle !

Elle avait envie de danser, mais son corps était trop fatigué. Alors elle se pelotonna, laissant le portable où il était.

Elle ne pouvait pas se blottir contre l'homme qui, sans nul doute, lui volait une petite part d'elle chaque jour, mais elle pouvait s'endormir avec ses mots et ses messages. Pour le moment, cela devait suffire.

10.

Travis considéra de nouveau fixement le dossier d'Ivy. On lui avait demandé un rapport sur elle, et cette fois-ci ce n'était pas un rapport de routine : un poste de médecin-major allait bientôt se libérer, et elle faisait partie des candidats envisagés.

Il avait l'impression que son cœur était pris dans un étau. S'il rédigeait sur elle un rapport excellent – ce qu'elle méritait par toutes ses qualités – et que quelqu'un fasse remarquer qu'il y avait des rumeurs d'une relation entre eux, ledit rapport pourrait paraître biaisé, et cela pourrait nuire à leurs deux carrières.

La décision à prendre pesait lourdement sur lui. Une part de lui avait envie de confier ce rapport à quelqu'un d'autre. Mais cela donnerait lieu à des suspicions. Et les états de service d'Ivy seraient entachés par le fait que son supérieur hiérarchique n'ait pas voulu se charger lui-même de l'évaluer.

Il se prit la tête entre les mains.

Un autre que lui se contenterait de rédiger un rapport élogieux sur Ivy et de l'envoyer. Mais il ne pouvait pas s'y résoudre. Il était trop soucieux des conséquences sur la carrière de la femme qui comptait tant pour lui.

Et soudain, l'arrivée de Tony dans son bureau lui donna une idée.

Il expliqua son cas de conscience au médecin chef.

— Je ferai ce rapport, déclara-t-il, mais j'y ajouterai une contribution des membres du service. Je rédigerai une recommandation collective, en quelque sorte. Ivy est dotée d'un excellent esprit d'équipe. C'est l'une de ses meilleures qualités. Et l'on ne pourra pas accuser tous ses collègues d'avoir une opinion biaisée comme moi.

Tony croisa les bras, l'air pensif.

— Ainsi, vous voulez utiliser cette approche pour que tout le monde dise combien elle est formidable et pas seulement vous.

Travis hocha la tête.

— C'est intéressant, dit Tony. Je vais demander à quelques collègues clés de participer. Et j'écrirai quelque chose moi-même.

Travis acquiesça, reconnaissant.

— Merci, Tony. Je fondrai tout cela en une recommandation générale, et j'y joindrai un mail disant que l'opinion de l'équipe m'a paru être une bonne idée, pour changer.

Tony se leva et vint poser une main sur son épaule.

— Vous savez combien c'est important pour elle. J'apprécie que vous réfléchissiez à la manière de servir au mieux ses intérêts. Mais cette histoire de relation entre vous tombe mal, ajouta-t-il en riant. Vous auriez dû attendre un peu !

Il riait encore en s'en allant.

Travis ne bougea pas pendant un moment, les mains pressées sur son bureau.

Il savait ce qu'il devait faire. Il avait trouvé une solution pour soutenir la candidature d'Ivy. Dès que ce serait fait, il faudrait qu'il lui parle et qu'ils se mettent d'accord pour informer les échelons supérieurs qu'ils « se voyaient ».

L'expression le fit sourire. Cela devrait l'inquiéter, mais ce n'était pas le cas. Il voulait pouvoir dire à ses collègues et à ses amis qu'il avait une relation avec Ivy.

Un mail s'afficha sur son écran.

Peters, encore. Son collègue de San Diego qui le sollicitait chaque semaine pour qu'il vienne travailler avec lui.

Certes, c'était assez flatteur. Et il devait admettre que, après tous ces messages, il se sentait plus ouvert à la possibilité de changer de carrière. Dix ans plus tôt, il n'aurait pas envisagé de le faire avant d'avoir effectué ses quarante années de service dans la marine, mais les choses avaient changé. Il se posait plus de questions. Et même s'il n'avait accepté que récemment de reconnaître son syndrome post-traumatique, le fait qu'il soit resté tout ce temps en relation avec Peters semblait signifier que son cerveau, de façon subliminale, lui instillait quelque chose.

Mais avant de penser à se reconvertir dans le privé, il devait commencer son traitement. Faire le pas qu'il aurait dû faire quatre ans plus tôt.

Lorsqu'il se leva, ses mains tremblaient légèrement. Le trajet le long de la coursive lui sembla durer une éternité. Il croisa des gens qui le saluèrent, mais il garda l'esprit concentré sur son but.

Il ne voulait pas se laisser interrompre dans sa démarche. Il faisait ceci pour lui-même, mais aussi dans l'espoir d'une vie où il pourrait se réveiller chaque matin à côté de la femme qu'il s'était mis à aimer.

Arrivé devant la porte, il n'hésita pas. Il frappa et entra.

Aileen leva les yeux et lui décocha son sourire habituel.

— Bonjour, Travis, que puis-je faire pour vous ?

Il referma la porte derrière lui et, lorsqu'il se tourna, il remarqua que la psychiatre se redressait un peu dans son fauteuil.

Elle savait pourquoi il était là.

— Asseyez-vous, dit-elle en souriant.

Et il s'assit.

11.

Ivy se sentait *fébrile*. C'était le seul mot qu'elle trouvait pour décrire son état. Et impossible de savoir pourquoi elle se sentait dans cet état-là.

Travis avait entamé un traitement avec Aileen pour son syndrome post-traumatique. Seules la psychiatre et elle étaient au courant. Elle n'était pas naïve, elle savait que le traitement pouvait durer une vie. Mais au moins, Travis avait fait le premier pas.

Ils avaient recommencé à se voir d'une manière aussi discrète que possible. Derrière la porte close de leurs cabines respectives, elle avait appris à connaître les habitudes de Travis, ce qu'il aimait et n'aimait pas. Elle avait même vu ses sœurs en vidéo, et elle avait adoré la relation détendue et taquine qui les liait. Elles avaient pris grand plaisir à lui raconter des épisodes embarrassants de l'enfance de leur frère. En général, celui-ci mettait fin à l'appel en secouant la tête, agacé, mais il était clair qu'ils avaient beaucoup d'affection les uns pour les autres. Cela lui rappelait les liens qu'elle avait avec son frère et sa sœur. Lors d'une conversation en vidéo, Neil avait posé une foule de questions à Travis, comme s'il lui faisait passer un entretien d'embauche. Finalement, il avait concédé non sans réticence que Travis pouvait « faire l'affaire ».

Ce soir-là en début de soirée, appuyée contre Travis, elle regardait un *talk-show* sans intérêt.

— Pourquoi regardons-nous cette émission débile ? grogna-t-il en tortillant une mèche autour d'un doigt.

— Parce que j'ai fait trois petites opérations aujourd'hui et vu une trentaine de patients. Mon cerveau n'est pas capable d'absorber autre chose.

Il fit glisser sa main chaude sur son ventre.

— Tu ne préférerais pas voir un bon film ?

Elle rit.

— *Top Gun,* par exemple ?

Il rit aussi. Puis le téléphone d'Ivy bipa, et elle se pencha pour regarder l'écran.

Elle secoua la tête.

— Qu'est-ce que c'est ? demanda Travis.

— Juste un jeu en ligne auquel je joue avec des amies. On te pose des questions, et il faut y répondre. C'est surtout un moyen de rester en contact.

— Quelle est la question, là ?

Elle lui mit l'écran sous les yeux.

Des mots en noir se détachaient sur un nuage rose.

Que fais-tu aujourd'hui ? Que faisais-tu il y a un an ? Qu'espères-tu faire l'année prochaine à la même date ?

Liz avait déjà répondu qu'elle mangeait du chocolat et buvait du vin, comme l'année précédente et comme elle le ferait l'année suivante.

Travis remua un peu.

— Et toi, quelle va être ta réponse ?

— Je ne pense pas que ça t'intéresse.

— Si, justement !

Elle lui jeta un coup d'œil par-dessus son épaule et se réinstalla contre lui, sachant qu'il allait lire ce qu'elle écrirait.

— Bon, d'accord.

Et elle répondit :

Chirurgien sur le Coolidge dans le Pacifique. Chirurgien sur le George W. Bush dans la mer de Chine. Médecin-major sur un navire quelque part au milieu d'un océan.

— Hé, dit gentiment Travis en posant une main sur la sienne avant qu'elle n'appuie sur « envoyer ». Tu parles de ton travail, Ivy. Pas de toi.

Il lui donna une bourrade taquine dans les côtes.

— Tes amies veulent connaître ta vie, pas celle de la marine !

Elle se figea une seconde, perplexe.

— Mais la marine, c'est ma vie, comme elle est la tienne. C'est pourquoi nous sommes tous les deux ici.

Les yeux bleus de Travis pétillaient.

— Non. Nous sommes ici à cause d'une étrange coïncidence qui nous a fait nous connaître sur un site de rencontres – et presque dans la vraie vie. Ce n'est pas la marine qui nous a réunis, nous l'avons fait nous-mêmes.

Il étendit les bras.

— Ceci n'est que notre décor actuel. Ce n'est pas le point final pour nous.

Elle se redressa et se tourna vers lui, ses jambes ramassées sous elle. Puis elle baissa les yeux sur son téléphone.

— Tu as raison, je ne parle que du travail.

Elle s'en voulait de ne pas s'en être rendu compte elle-même. Elle avait répondu de manière automatique.

Elle avait la bouche sèche. Elle effaça ce qu'elle avait écrit et regarda Travis.

— Qu'est-ce que tu aurais répondu, toi ?

Soudain, c'était très important pour elle de le savoir.

Il n'hésita pas une seconde.

— Aujourd'hui, je suis blotti contre la fille que j'ai connue sur un site de rencontres.

Il lui fit un clin d'œil.

— Inutile de dire que je donne cinq étoiles à ce site. L'an dernier… Je pense que j'étais chez moi, à San Diego, je prenais sans doute un verre dans un bar avec une de mes fofolles de sœurs. Et dans un an…

Il plongea ses yeux bleus dans les siens et baissa la voix.

— J'espère très fort que je serai au lit avec toi.

Elle essaya de ne faire que respirer. Elle avait envie de pleurer. Elle avait envie de s'inscrire pour une thérapie.

Quand avait-elle commencé à focaliser toute sa vie sur sa carrière ? Quand était-ce devenu tout pour elle ?

Elle chercha quelques minutes, mais ne put trouver le moment où cela s'était fait. En avait-il toujours été ainsi ? Elle avait voulu devenir médecin-major depuis aussi longtemps qu'elle s'en souvenait. Mais pour la première fois, elle se remettait en question. N'avait-elle pas placé sa carrière au-dessus de tout le reste pour se sentir à la hauteur ?

Et était-ce vraiment la première fois ? Quand elle s'était inscrite sur le site de rencontres, quand elle s'était demandé si elle n'aimerait pas rencontrer quelqu'un, quand elle avait songé à une vie personnelle, est-ce que son esprit n'avait pas essayé de lui dire de penser à elle-même ? D'élargir ses horizons, de prendre le temps de considérer ses besoins émotionnels et pas seulement ses ambitions professionnelles ?

Travis lui toucha le bras.

— Ivy ? Qu'est-ce qui ne va pas ? Je suis désolé. T'ai-je effrayée avec mes plans ? Je n'en avais pas l'intention.

Il se leva de la couchette.

— Je ne voulais pas tirer de conclusion hâtive. Je n'essaie pas de te pousser à quoi que ce soit…

Elle secoua la tête, chassant quelques larmes.

— Non, ce n'est pas ce que tu as dit. Enfin, si. Mais je n'ai pas peur. Et tu ne t'avances pas trop. Simplement, ta réponse à ces questions a été si différente de la mienne ! Je me rends compte que je suis quelqu'un d'horrible, qui ne pense qu'à son travail…

Sa voix se mit à trembler.

Travis l'attira dans ses bras.

— Hé ! Ne prends pas ça tellement au sérieux. Je suis sûr que tes amies n'y voyaient qu'un moyen de s'amuser.

Elle laissa échapper un sanglot, la tête enfouie contre lui.

— Mais pourquoi ai-je réagi ainsi ?

Elle renifla et le regarda, les yeux pleins de larmes.

Il secoua la tête. Puis il posa les doigts sous son menton et la força à lever le visage vers lui.

— Ne te mets pas dans des états pareils. Tu es un merveilleux chirurgien. Quelqu'un qui sait brillamment travailler en équipe. Et un être humain fabuleux. Tu veux que je te dise ce que je pense ? Je suis l'homme qui dépose son cœur à tes pieds.

Elle inspira et tenta d'endiguer sa panique. Elle agrippa les bras de Travis.

— Laisse-moi une seconde.

Elle prit son téléphone et se mit à taper.

Je suis en croisière avec un garçon que j'ai connu sur un site de rencontres. L'an dernier, je menais une vie solitaire, mais bien occupée. L'an prochain, j'espère que je serai blottie contre l'homme de mes rêves.

Elle appuya sur « envoi ».

— Voilà, dit-elle en tournant l'écran vers Travis, se forçant à sourire.

Il hocha brièvement la tête.

Visiblement, elle n'avait pas réussi à le convaincre. Alors, par dépit, elle s'assit sur le bord du lit et demanda tout à trac :

— Si tu me disais comment vont les choses avec Aileen ?

Une ombre passa sur le visage de Travis.

De l'agacement ? Peut-être n'appréciait-il pas l'intrusion ? Ou bien il savait qu'elle essayait de détourner l'attention d'elle-même.

Elle le vit choisir ses mots avec soin.

— Les choses se passent… bien. Je pense. J'ai toujours des cauchemars, mais Aileen m'a dit de ne pas attendre une guérison immédiate. Elle m'a dit aussi qu'il y a un risque qu'ils ne partent jamais totalement.

Oh non… Elle n'aurait pas dû poser cette question.

— Ne t'inquiète pas, dit-il doucement. Je ne te demanderai pas de rester avec moi si cela se produit. Si tu ne peux pas te sentir en sécurité à mes côtés, nous ne pourrons pas être ensemble.

Il lui décocha le regard le plus triste qu'elle avait jamais vu. Puis il passa un doigt sur sa joue.

— Bonne nuit, Ivy.

Et avant qu'elle puisse dire autre chose, il sortit de la cabine.

Elle eut l'impression que la glace s'emparait de son cœur.

Elle avait gâché une soirée parfaite en se mêlant de ce qui ne la regardait pas. Tout ça parce que Travis l'avait poussée à se regarder en face.

Le problème, c'était que, dans sa tête, il était encore son

rendez-vous de rêve. Elle ne le voyait pas comme Travis, la personne réelle, un collègue affecté d'un syndrome post-traumatique, quelqu'un qui avait besoin de guérir sans qu'on lui mette la pression.

Et elle avait fait exactement le contraire !

La réalité l'écrasait. Elle venait de se comporter comme une adolescente attardée. Sans le vouloir, il avait mis en lumière quelque chose qu'elle considérait comme un défaut chez elle, et elle avait riposté. Elle ne l'avait peut-être pas fait exprès, mais cela avait été sa réaction naturelle.

Une nouvelle fois, elle ne se sentait pas « assez bien ».

Elle détestait tout ce qu'elle apprenait sur elle-même, ce soir-là. Il fallait qu'elle se ressaisisse. Il fallait qu'elle se domine.

Parce que, quand Travis avait passé la porte, il avait emporté avec lui un gros morceau de son cœur.

Le rapport était terminé. Travis le relut en entier pour la vingtième fois. Il n'était pas seulement bon, il était excellent. Encore mieux que ce qu'il avait espéré.

Son estomac était toujours agité de soubresauts, son doigt hésitait au-dessus du bouton « envoi ».

Il revoyait l'expression d'Ivy la veille au soir, quand il lui avait parlé des réserves d'Aileen concernant son état. Il aurait voulu le lui annoncer autrement, mais elle l'avait poussé dans ses retranchements, et il avait tenu à se montrer honnête.

Il scanna le mail d'accompagnement et envoya le tout. Il ne savait pas si des questions complémentaires se présenteraient, mais il était certain d'avoir fourni à Ivy la meilleure recommandation possible.

Ses sœurs l'avaient harcelé la veille, sentant que quelque chose n'allait pas. Il ne pouvait pas leur parler : elles n'étaient pas au courant pour son SPT, et c'était mieux ainsi. Il n'imaginait que trop leur réaction s'il le leur avouait. Il ne pourrait plus s'en sortir, alors qu'il avait besoin qu'on le laisse tranquille.

En fait, ce dont il avait besoin, c'était d'Ivy. Mais il avait l'impression qu'elle lui glissait entre les doigts. C'était sa faute.

Il avait trop tardé à régler son problème. Et maintenant qu'il avait rencontré une femme avec qui il souhaitait bâtir un avenir, c'était peut-être trop tard.

Concernant Aileen, il n'avait pas tout dit à Ivy. La psychiatre l'avait questionné sur sa carrière dans la marine, puis sur ce qui déclenchait ses cauchemars. Sur ses conseils, il s'était mis à tenir un journal. Il notait quelles nuits ses cauchemars semblaient empirer, ainsi que les éléments clés des jours précédents. Il n'appréciait pas ce qu'il découvrait : il n'aimait pas se rendre compte que le métier qu'il avait toujours adoré pouvait aggraver son état.

Mais, au fond, il savait que c'était ce que son esprit lui disait depuis un bon moment. C'était pour cela qu'il s'était mis à répondre aux mails de Peters. Comme s'il avait su déjà que la seule façon de guérir était de quitter la marine.

Il avait eu un grand nombre de patients à voir, ce jour-là. Ivy était de service aussi, mais ils avaient été si occupés tous les deux qu'ils ne s'étaient pas croisés…

Un boum tonitruant surgit de nulle part, se réverbérant à travers le porte-avions.

Il ne réfléchit pas. D'instinct, il se tapit sur le sol. Pendant quelques secondes, il revécut le passé : la peur, la terreur, l'adrénaline, la sueur, le grondement dans les oreilles.

Ivy apparut soudain devant lui, son visage près du sien, une main sur sa joue.

— Travis, Travis, reviens à toi. Tu n'as rien.

Il pouvait voir ses cheveux blonds et ses yeux verts. Mais, même si ses lèvres remuaient, son cerveau ne comprenait pas ce qu'elle disait.

Elle leva son autre main pour saisir son autre joue. Ses paroles semblaient sortir d'un épais brouillard.

— Travis, regarde-moi. *Regarde-moi.* Il y a eu un accident sur le pont d'envol. Je dois y aller. Mais je veux être sûre que tu vas bien. Dis-moi que tu vas bien.

Un pack médical fut jeté à côté de lui. Il atterrit sur le sol avec un bruit sourd. Cela le ramena à la réalité. Tony courait déjà vers la porte.

— Arrive, Trav' ! cria-t-il par-dessus son épaule.

Les choses retrouvèrent leur netteté.

— Qu'est-ce que… ? demanda-t-il à Ivy.

Elle lui répéta ce qu'il s'était passé. Ses mains posées sur ses joues tremblaient. La sirène d'urgence résonnait.

— Tous sur le pont, dit-elle.

Quelque chose se remit en place dans son cerveau. Il se leva, attrapa le pack et se mit à courir derrière Tony. Dans les coursives, il entendait Ivy courir sur ses talons.

Il n'avait qu'une envie : s'arrêter, se réfugier dans sa cabine, claquer la porte derrière lui et essayer de comprendre pourquoi il avait eu un flash-back aussi violent. Mais il continua à courir, rattrapa Tony, et ils montèrent l'escalier quatre à quatre.

Un bruit aussi fort ne pouvait signifier qu'une chose : un avion s'était écrasé sur le pont d'envol.

Tony ouvrit la porte, et un vent terrible les frappa de plein fouet. Le spectacle qui s'offrit à eux était encore pire. Une odeur d'huile qui brûlait. Des flammes orange qui montaient dans le ciel. Du métal tordu. L'équipage sur le pont. La mousse, les tuyaux d'incendie déjà sortis.

Travis établit les priorités. Des morceaux du jet étaient éparpillés sur le pont, mais le cockpit était intact, et le pilote était toujours attaché dans son siège. Des hommes étaient agglutinés autour, essayant d'ouvrir la coque.

Travis sentit une main l'attraper par la ceinture. Il regarda par-dessus son épaule.

Ivy. Elle tenait à peine debout et se raccrochait à lui.

— Poussez-vous ! cria-t-il au membre d'équipage qui se trouvait juste devant lui.

Le jeune homme essayait d'ouvrir le cockpit, mais il n'y arrivait pas parce qu'il était couvert de mousse et avait du mal à rester sur ses pieds, avec le vent.

Travis posa les mains sur le grand levier et l'agrippa fortement. Il appuya de toutes ses forces dessus. Un homme écarta Ivy et vint l'aider, ajoutant son poids au sien.

Cette fois, une petite fente apparut autour de la porte. L'odeur de kérosène devenait de plus en plus forte.

— Encore ! hurla-t-il.

Il ignorait qui était derrière lui, mais l'homme avait les muscles requis. D'autres membres d'équipage insérèrent des outils dans la fente. Ensemble, ils déployèrent tous leurs efforts. Finalement, la porte du cockpit céda, se rabattant si violemment en arrière sous l'effet du vent qu'elle heurta quelqu'un au passage. Une petite blonde.

En quelques millisecondes, il réalisa qui c'était. Il se sentit déchiré. On lui mit une minerve dans les mains pour le pilote, et il hurla :

— Ivy ! Que quelqu'un s'occupe d'Ivy !

Il eut tôt fait de mettre la minerve au pilote inconscient. Même s'il avait envie d'être ailleurs, il fit ce qu'il avait à faire et examina consciencieusement l'aviateur pour s'assurer qu'on pouvait le transporter. Puis quelqu'un lui tendit un couteau pour trancher son harnais. En attendant qu'on transfère l'homme sur un brancard, il cria à Tony, qu'il ne pouvait même pas voir :

— Dites-moi comment elle va !

Son cœur tambourinait dans sa poitrine.

Si seulement il n'avait pas eu cette absence et lui avait ordonné de rester à l'intérieur du porte-avions… si seulement il s'était rendu compte qu'elle se mettait en danger pendant qu'il se concentrait pour libérer le pilote… cet accident ne serait pas arrivé. Et s'il avait laissé sa place à Tony, il pourrait être en train de s'occuper d'elle.

Au bout d'une éternité, lui sembla-t-il, le visage du médecin chef apparut dans son champ de vision.

— Elle va bien. Juste un mauvais coup sur la tête. Elle aura besoin de quelques points.

Travis savait ce qu'il devait faire maintenant : son devoir de médecin-major et rien d'autre. Même si cela lui en coûtait affreusement.

Il regarda les membres d'équipage qui empoignaient les côtés du brancard.

— Au service médical ! cria-t-il.

Et ils partirent tous en courant vers la porte pour donner au pilote les soins dont celui-ci avait besoin.

12.

La tête d'Ivy la lançait fortement. Elle savait qu'elle allait avoir une migraine. Tony avait recousu sa plaie et l'avait renvoyée dans ses quartiers, mais elle était anxieuse de voir Travis. Alors, elle se glissa dans son bureau pour l'attendre.

Il était toujours occupé avec le pilote inconscient.

Tout le monde était tendu, à bord. Elle avait entendu dire que le pilote avait eu l'autorisation d'atterrir malgré le vent qui soufflait en tempête. Alors qu'il se posait, son avion avait été pris dans une rafale qui avait failli le retourner, une aile avait touché le pont, et il s'était écrasé.

On aurait presque pu entendre tomber une épingle dans la coursive tant les membres d'équipage vaquaient silencieusement à leurs tâches. Tous priaient pour que le pilote revienne bientôt à lui.

Elle aurait aimé pouvoir aider, mais elle savait que, pour l'heure, elle serait probablement une gêne.

Elle était inquiète pour Travis à cause de ce dont elle avait été témoin. Son SPT était pire qu'elle ne l'avait imaginé. En quelques secondes, elle l'avait vu partir ailleurs, dans une scène réelle pour lui. Elle avait vu sa peur, sa posture de défense et le pouls rapide à la base de son cou. Un instant, elle s'était demandé si elle allait pouvoir le ramener au présent.

Elle avait été terrifiée pour lui. Terrifiée de le voir revivre l'une de ses expériences les plus traumatisantes.

Elle ne pouvait nier qu'une part de son esprit s'était posé la question : dans son état, Travis devait-il assurer le poste qui était le sien ? Elle se détestait d'y penser, mais, si elle n'avait pas été là pour comprendre ce qu'il lui arrivait, combien de temps serait-il resté prostré ? Et s'il n'y avait pas eu un autre médecin disponible pour diriger le sauvetage ? C'était insupportable à envisager.

Elle s'adossa au fauteuil de Travis, hésita un instant, puis mit ses pieds sur le bureau. Elle se sentait un peu vaseuse, et elle voulait fermer les yeux quelques minutes. Ne pas penser pendant un moment. Ses pieds touchèrent par mégarde l'ordinateur portable, dont l'écran s'alluma.

Elle se rassit dans l'intention de l'éteindre, mais elle suspendit soudain son geste.

L'écran était ouvert sur les mails de Travis. Un mail s'affichait avec son nom. Son nom à elle. C'était sa recommandation pour un poste de médecin-major.

Son cœur se tordit dans sa poitrine. Elle savait qu'elle ne devait pas regarder, évidemment. Mais qui aurait résisté, avec ce texte sous les yeux ?

Elle serra les lèvres et parcourut le début du rapport. Au bout des premières phrases, tous ses muscles se tendirent, et elle se leva, choquée.

Ce n'était pas Travis qui l'avait écrit. Il n'avait pas rédigé sa recommandation.

Sa tête se mit à tourner. Elle cessa de lire.

La procédure standard était de demander à l'officier supérieur d'un candidat à une promotion d'établir un rapport sur ce dernier. Il n'arrivait jamais que l'officier en question délègue cette tâche à quelqu'un d'autre. Que Travis n'ait pas rédigé sa recommandation allait agiter des drapeaux rouges. Les gens se poseraient des questions sur ses capacités professionnelles, sur sa conduite, ils se demanderaient si elle convenait pour le poste. Et dans la marine, la boue et les rumeurs avaient la mauvaise habitude de s'incruster.

Travis King venait de ruiner sa carrière.

Il ne pouvait y avoir qu'une seule raison à cela : il ne la jugeait pas assez bonne pour être médecin-major.

Durant un instant, elle ne put respirer.

Pourquoi faisait-il cela ? Pourquoi ? Ne voulait-il pas qu'elle soit promue ? Essayait-il de la garder près de lui ou, encore pire, sous ses ordres ? Comment osait-il ?

Sa tête la lançait encore plus fort, des vagues de nausée s'emparaient d'elle, des larmes lui piquaient les yeux.

Elle avait cru qu'elle aimait cet homme. Elle avait envisagé un avenir avec lui. Elle avait même eu quelques idées saugrenues : il la demandait en mariage, et ils s'installaient ensemble à San Diego. Elle avait dû être folle.

La douleur dans sa poitrine était si réelle. Elle avait eu des rêves, pour elle-même et pour eux. C'était comme s'ils lui avaient été retirés sans qu'elle en soit prévenue. La colère enfla dans ses veines, avec la dévastation et la blessure.

Travis lui avait pratiquement dit qu'il l'aimait. Alors pourquoi avait-il fait une chose pareille ? Pourquoi ne l'avait-il pas fait asseoir pour avoir une conversation franche avec elle, s'il pensait qu'elle ne convenait pas pour cette promotion ?

Les mots haïssables se remirent à tournoyer dans son cerveau : « pas assez bien », « pas à la hauteur ».

La porte grinça, et elle leva les yeux.

Travis était sur le seuil, souriant mais le regard soucieux.

— Je te cherchais. Je voulais voir comment tu allais. Je suis tellement désolé. La dernière chose que je souhaitais était que tu sois blessée.

Il s'approcha vivement d'elle, levant les mains vers son front. Elle frémit et recula.

— Ne me touche pas ! dit-elle d'une voix sifflante.

Il laissa retomber ses mains et fronça les sourcils.

— Ivy ? Je suis désolé, j'étais concentré sur le pilote et je n'ai pas vu que tu étais allée de l'autre côté. Je n'aurais pas pensé que le vent arrache la porte.

— Je ne parle pas de ça, éclata-t-elle. Je parle de *ceci*.

Elle pointa le doigt sur l'écran de l'ordinateur.

Elle se moquait que ses mails soient privés. Elle n'était pas gênée parce qu'elle n'avait pas fouiné de façon intentionnelle.

— Que veux-tu dire ? demanda Travis, visiblement perplexe.

Elle fit pivoter l'ordinateur vers lui.

— Je veux dire : la recommandation que tu ne m'as pas donnée. Pourquoi as-tu fait ça ? Tu sais à quel point je désirais cette promotion. Et jusqu'à ce que je voie ça, je croyais que j'étais dans la course.

Elle pressa une main sur son cœur.

— Et moi qui pensais que tu voudrais me soutenir. Mais non ! Tu m'as délibérément mis des bâtons dans les roues. L'homme qui disait tenir à moi, l'homme que j'aimais aussi, vient de ruiner ma carrière !

Des larmes de colère roulaient sur ses joues.

— Je ne te le pardonnerai jamais ! Si tu ne me jugeais pas à la hauteur de la tâche, tu aurais dû avoir la décence, le courage de me le dire en face.

Elle s'agrippa au bureau, prise d'un mélange de tournis et de nausée.

Elle devrait être allongée, elle le savait, mais ce qu'elle avait découvert était trop important. Ça ne pouvait pas attendre.

Il effleura son bras de la main.

— Ivy, non…

Elle l'interrompit brutalement.

— Je t'ai aidé, je t'ai soutenu alors que nous savons tous les deux que tu ne devrais pas exercer les fonctions de médecin-major actuellement avec les effets de ton SPT.

Elle s'avança vers lui, rageuse.

— Je n'ai dit à personne que tu n'étais pas apte à remplir ce poste. J'ai fait une erreur. Je ne la referai pas.

Les yeux de Travis s'écarquillèrent d'horreur à ces paroles cinglantes.

Elle-même ne pouvait croire qu'elles étaient sorties de sa bouche. Mais elle n'était pas du genre à se laisser faire.

Quelques heures plus tôt, elle avait tenu sa joue dans la paume de sa main, sachant qu'il était la proie de ses démons. Son devoir aurait voulu qu'elle rapporte l'incident, mais ça ne lui était même pas venu à l'esprit. Parce qu'elle n'était pas ce genre de personne.

C'était là l'homme qu'elle aimait. Elle voulait qu'il aille

mieux. Elle avait souhaité qu'il se fasse aider pour lui-même, et pour eux, et elle avait été prête à attendre qu'il guérisse. Son cœur se contracta dans sa poitrine. Avec l'amour venait la confiance. Et il avait trahi la sienne.

Tout avait disparu.

Travis était médusé. Il avait cherché Ivy sans la trouver. Son bureau avait été le dernier endroit possible où elle avait pu se réfugier, et il avait été tellement soulagé de la voir là.

Maintenant, ses paroles lui donnaient le tournis. Mais le pire, c'était l'expression de son regard.

Il secoua farouchement la tête.

— Non, Ivy ! Non. J'ai beaucoup réfléchi à cette recommandation. J'en ai même parlé à Tony. Je veux que tu aies ce poste, bien sûr que je le veux ! Tu le mérites. Mais la dernière chose que je souhaitais, c'était te donner une recommandation dithyrambique dont on aurait pu dire qu'elle était biaisée à cause de notre relation. J'étais pris entre deux feux, parce que je sais de quoi ça a l'air quand un médecin-major ne donne pas une recommandation à un collègue…

Il inspira avant de poursuivre.

— Alors, j'ai pensé à une solution. Tu as l'esprit d'équipe, Ivy, c'est l'une des premières choses que j'ai remarquées chez toi. Et j'aime ça, c'est une qualité que n'ont pas tous les chirurgiens. As-tu lu ta recommandation jusqu'au bout ? La mienne y est, avec une douzaine d'autres. C'est la meilleure recommandation que tu pourrais jamais avoir, tout le monde pense que tu devrais obtenir le poste. Et si, plus tard, on nous demande à quel moment notre relation a commencé, nous pourrons être honnêtes.

Il secoua la tête, le visage empreint de confusion.

— Pourquoi croirais-tu que je ne te trouve pas assez bien ? C'est complètement dingue. Tu es plus que qualifiée pour cette promotion.

Son cerveau continuait à ressasser ses paroles vengeresses. Elle l'avait menacé de dénoncer son état. Elle lui avait dit qu'il n'était pas apte à remplir ses fonctions. Il était blessé, offensé, et il ne pouvait pas le cacher.

— Si tu veux rapporter ce que tu sais sur moi, fais-le donc ! lâcha-t-il, plus durement qu'il ne l'aurait voulu. Je suis resté prostré un instant, je l'admets. Mais je suis parvenu malgré tout à faire mon travail – comme chaque jour des quatre dernières années. Devrais-je être médecin-major alors que j'ai un SPT ? Qui sait ? C'est à la marine de décider. Mais si tu penses que je suis inapte, dis-le. Ne mets pas en péril pour moi la sécurité de tout le monde sur ce bateau.

Ivy était devant lui et ne se sentait visiblement pas bien. Elle se cramponnait au bureau. Elle avait un pansement sur la tête. Ses cheveux blonds étaient en désordre, son visage échauffé. Ses beaux yeux verts semblaient être protégés par une espèce de bouclier. Après sa bouffée de colère, elle paraissait anéantie. Comme si elle ne pouvait pas croire qu'ils en soient arrivés là.

Il ne le pouvait pas non plus.

La veille au soir, il avait écouté son cœur. Il avait envoyé un mail à Peters pour lui dire qu'il envisageait de quitter la marine. Ses entretiens avec Aileen portaient leurs fruits, ils l'avaient fait réagir comme il le devait. Il fallait qu'il accepte son état, son diagnostic, et qu'il fasse tout pour guérir. Il le ferait pour lui-même et pour la femme dont il était tombé profondément amoureux.

Il connaissait très bien les ambitions d'Ivy pour sa carrière, et il les soutenait. Mais il était assez sage pour savoir que, s'ils travaillaient tous les deux dans la marine, ce serait un défi pour leur relation. Et sa priorité, c'était que leur relation marche. Il commençait à voir l'avantage d'être établi en permanence à San Diego. Du moins avait-il cru le voir. Maintenant, toutes ces idées semblaient s'être évanouies dans un panache de fumée.

Ils se regardèrent fixement.

Le ressentiment couvait sous la surface. Cette femme avec qui il avait rêvé d'avoir un avenir, la femme sur qui il avait risqué son cœur, et à qui il avait demandé de l'attendre, lui jetait un regard blessé. Par sa faute.

Il devrait s'excuser. La supplier de comprendre son raisonnement. Mais la couleur se retirait de son visage ; elle avait visiblement besoin de se reposer.

Quand elle reprit la parole, sa voix fut calme.

— Tu n'es pas la personne pour qui je te prenais, Travis.

Il vit une larme rouler sur sa joue, et il serra les poings pour se retenir de tendre la main et de l'essuyer.

— Je suis moi, répondit-il. Je n'ai jamais prétendu être parfait. Je ne peux être que moi, avec ce que je traîne, mais je suis aussi l'homme qui t'aime. Je n'ai *jamais* rien fait pour te blesser délibérément ou me mettre en travers de tes plans.

Elle resta silencieuse, toujours agrippée au bureau, puis elle inspira profondément et le regarda dans les yeux.

Ce fut comme si quelqu'un lui enfonçait la main dans le plexus solaire et lui arrachait le cœur.

— J'aimerais pouvoir le croire, dit-elle, avant de se détourner et de passer la porte sur des jambes flageolantes.

13.

Aileen jeta à Ivy un coup d'œil de côté.

— Ivy, est-ce que vous avez envie de parler ?

Ivy était occupée à rédiger une ordonnance pour un patient qu'elle venait de voir, et elle n'avait pas entendu la psychiatre s'approcher d'elle.

— Non, répondit-elle automatiquement.

Puis elle inspira et regarda sa collègue.

— Pourquoi me demandez-vous ça ?

Aileen sourit et désigna la tablette qu'elle avait entre les mains.

— Parce que vous êtes là depuis cinq minutes, que vous avez commencé cette ordonnance trois fois et que vous ne l'avez toujours pas finie.

Ivy soupira et posa la tablette sur le comptoir.

— Je ne pense pas que nous puissions discuter, dit-elle, la gorge sèche.

— Essayez, suggéra Aileen.

Ivy avait à peine parlé à quelqu'un durant ces derniers jours. Elle avait ignoré les appels de Liz et de sa famille. Elle s'était exprimée par monosyllabes avec ses collègues. Si Travis était dans une pièce, elle en sortait. C'était douloureux. Tout, en lui, lui rappelait les rêves qu'elle avait caressés.

Elle ferma les yeux une seconde, et murmura :

— Si je vous dis que je brûle de quitter ce navire, est-ce que ça suffit ?

Elle n'avait pas envie de mettre les choses en mots. Parce que, selon son humeur, elle se sentait soit une idiote, soit un monstre sans cœur, soit une garce qui ne pensait qu'à sa carrière. Et dans tous les cas, cela amplifiait son sentiment de ne pas être à la hauteur. Elle mangeait à peine, ne pouvait pas dormir et, si elle mettait le pied hors de sa cabine, elle courait le risque de tomber sur Travis.

Ses chances de promotion étaient cuites. Mais si elle demandait un transfert maintenant pour être envoyée ailleurs, cela nuirait encore plus à son dossier. Après sa « non-recommandation », c'était la dernière chose dont elle avait besoin.

— Vous savez que tout ce que vous me direz restera confidentiel, déclara posément Aileen.

Ivy tourna vivement la tête.

— Mais je ne suis pas votre patiente ! protesta-t-elle, dans un élan de panique.

Aileen rit doucement et leva une main.

— Ivy, tout le monde à bord est un patient pour moi comme pour vous…

Elle marqua une pause, pensive.

— Si vous me laissiez simplement être votre amie ?

Ivy sentit les larmes lui monter aux yeux une fois de plus.

Une amie, c'était exactement ce qu'il lui faudrait en ce moment. Mais elle ne voulait pas impliquer quelqu'un du navire là-dedans. Les gens avaient déjà remarqué l'atmosphère tendue entre Travis et elle. Elle avait vu les échanges de coups d'œil, et ses collègues semblaient marcher sur des œufs avec elle.

— Je ne peux pas, Aileen, dit-elle dans un souffle. Si je vous en parle, ça deviendra réel. Et je ne veux pas que ça le soit.

La psychiatre se pencha vers elle et lui pressa la main.

— Ma porte est toujours ouverte, murmura-t-elle avant de s'en aller.

Il fallut quelques instants à Ivy pour se ressaisir.

Elle avait un patient à voir. Elle devait s'accrocher.

Une heure plus tard, Tony entra dans la salle de soins où Ivy donnait des médicaments à un malade. Il croisa les bras et la regarda.

— Que s'est-il passé ?

— Que voulez-vous dire ?

— Travis s'en va.

Les cachets qu'elle était en train de compter tombèrent par terre.

— Quoi… ?

Le médecin chef la regardait toujours.

— Comment ça, il s'en va ?

Le téléphone à côté d'elle se mit à sonner, et elle décrocha.

— Ivy Ross.

— Chirurgien volant Ross, le commandant veut vous voir. Rendez-vous immédiatement dans son bureau.

La panique la gagna. Elle n'avait pas reçu l'ordre d'aller parler au commandant durant toute cette mission. S'il la convoquait dans son bureau, c'était qu'il y avait un problème.

Tony dut voir son expression.

— Qu'est-ce qui ne va pas ? demanda-t-il.

— Je suis convoquée par le commandant, répondit-elle, la voix tremblante.

Il haussa les épaules.

— Cela se comprend.

— Pourquoi ? fit-elle, troublée.

Tony consulta sa montre.

— Parce que Travis va partir d'une seconde à l'autre. Vous allez être promue médecin-major. Vous étiez dans la course pour le prochain poste. C'est normal qu'on vous le donne maintenant.

Elle entendit un grondement dans ses oreilles. Toutes les cellules de son corps étaient en feu. Tout cela n'allait tellement pas ! Rien ne lui semblait normal, à elle.

— Vous voulez dire qu'il part maintenant ? Tout de suite ?

Tony hocha la tête.

— Il a probablement déjà décollé.

Elle courait déjà. Ses pieds martelaient le sol des coursives.

— Poussez-vous ! cria-t-elle à quelques matelots qui gênaient son passage.

Elle gravit des échelles, se dirigeant aussi vite que possible vers le pont d'envol.

Il fallait qu'elle le voie. Qu'elle lui parle. Chaque heure de chaque jour, elle éprouvait quelque chose de différent à propos de ce qu'il s'était passé entre eux. Cela n'avait pas de sens pour elle, mais, ce qui n'avait pas changé, c'était ce qu'elle ressentait dans son cœur.

Elle aimait cet homme. Elle aimait Travis King.

Elle ne voulait pas en rester là avec lui.

Il était interdit d'aller sur le pont d'envol lorsqu'il y avait un décollage ou un atterrissage. Mais elle poussa quand même la porte.

Tandis que le vent la fouettait, son estomac sombra.

Un hélicoptère s'élevait déjà haut dans le ciel.

Elle reconnut la silhouette familière assise sur le siège passager et agita frénétiquement les bras pour attirer son attention, mais le casque de Travis montrait qu'il regardait dans une autre direction. Il parlait avec le pilote à côté de lui.

Il ne la vit pas. Il ne sut même pas qu'elle était venue pour essayer de lui parler avant qu'il ne s'en aille.

Elle resta au milieu du pont vide, prise dans des bourrasques, tandis que l'homme qu'elle aimait disparaissait de sa vue.

14.

Dix semaines plus tard

— Travis, il y a une patiente de dernière minute. Elle insiste pour être reçue aujourd'hui. Elle a demandé à vous voir personnellement. Pouvez-vous la prendre ?

Travis finit de taper ses notes pré-opératoires sur le patient qu'il venait de voir. Il n'était que 17 heures et, même s'il savait que sa secrétaire souhaitait terminer sa journée, il n'était pas pressé de rentrer chez lui.

— Bien sûr, pas de problème. Et, Mel ? Vous pouvez partir, je fermerai.

— Vous êtes sûr ?

Il perçut sa joie dans l'Interphone.

— Absolument.

Il termina ses notes et se leva, marchant jusqu'à la large ouverture qui donnait sur une partie de la baie de San Diego.

Peters lui avait fourni tout ce qu'il avait promis : l'association, le bureau et le travail qu'il voulait faire – s'occuper de vétérans de l'armée et de la marine qui présentaient des problèmes de santé persistants.

Le préavis normal de six mois pour démission avait été renégocié à cause de son SPT. Il resterait réserviste de la marine, mais on lui avait donné l'autorisation de prendre un autre travail pendant que son dossier était traité.

De là, il pouvait voir une partie de la flotte amarrée dans la baie. C'était comme regarder de loin de la famille et des amis.

Il adorait cette ville. Il resterait toujours ici, et il s'habituait peu à peu à ce que serait sa nouvelle vie.

En rejoignant la salle d'attente, il se rendit compte qu'il n'avait rien demandé à Mel concernant cette nouvelle patiente.

La femme lui tournait le dos, crispée. Elle avait visiblement fait les cent pas, et maintenant elle contemplait la vue comme il l'avait fait.

Sa peau le picota.

Il n'avait pas besoin de lui demander son nom. Il le connaissait.

Ivy se figea. Manifestement, elle l'avait entendu arriver dans la pièce. Elle se tourna lentement vers lui.

Ses cheveux étaient lisses, et elle portait son uniforme de la marine.

— Bonjour, dit-elle d'une voix nerveuse, un peu rauque.

— Bonjour.

Dix semaines. Cela faisait dix semaines qu'il l'avait vue pour la dernière fois, lorsqu'elle l'avait accusé de saboter ses chances de promotion et de ne pas être apte au poste qu'il occupait.

La dernière chose qu'il avait faite avant de quitter le *Coolidge* avait été de la recommander pour le poste qu'il laissait vacant.

Son cœur se gonfla dans sa poitrine tandis que les souvenirs affluaient. Il se rappela la façon dont elle l'avait regardé comme un patient le soir où elle avait compris qu'il avait un SPT. Elle lui avait envoyé quelques textos après son départ, mais il n'avait pas répondu. Là, elle avait appelé son cabinet comme une patiente potentielle. C'était donc ainsi qu'il devait la traiter. En dépit de ce que son cœur lui dictait.

Il passa en mode professionnel et indiqua son bureau.

— Que puis-je faire pour vous ?

Il s'efforça de rassembler ses pensées pendant qu'il lui tenait la porte ouverte.

Elle pinça les lèvres et passa devant lui dans un souffle de fleur d'oranger.

Ce parfum causa un choc à ses sens. Il se remémora ses lèvres, sa peau pressée contre la sienne.

Il fit de son mieux pour ne pas laisser son attention être capturée par sa silhouette.

Il attendit qu'elle soit assise et contourna le bureau afin de s'installer face à elle.

Il s'humecta les lèvres, nerveux.

— Vous avez demandé à me voir en personne. Puis-je en déduire que vous êtes ici en tant que patiente ?

Elle prit son temps pour répondre et secoua la tête.

— J'ai atterri il y a un peu plus d'une heure. Mes bagages sont dans l'entrée. Je me suis arrêtée ici en premier lieu.

Sa mission sur le *Coolidge* venait probablement de se terminer.

— J'ai les détails de ma prochaine mission, poursuivit-elle.

Elle poussa une lettre vers lui à travers le bureau.

Il se redressa dans son fauteuil et y jeta un coup d'œil.

Médecin-major sur un autre porte-avions, pour douze semaines.

— Félicitations, dit-il d'une voix qu'il savait froide. Vous avez eu votre promotion.

Elle se pencha légèrement en avant.

— J'ai eu ma promotion parce que ma recommandation était la plus complète qu'ils aient jamais vue, m'ont-ils dit. Ils songent à faire établir des recommandations collectives à l'avenir. Ils se sont aperçus qu'il est important que tout le monde puisse donner son avis sur un candidat, pas seulement son officier supérieur.

Il savait qu'elle avait obtenu sa promotion, mais il n'avait pas demandé de détails. Il n'était pas certain jusque-là d'avoir fait ce qu'il fallait pour Ivy.

Il hocha brièvement la tête, sans rien dire. Il tenait à garder ses distances.

— Je suis venue te dire que je suis désolée. Je regrette de m'être énervée après toi et de t'avoir mal jugé. Je ne m'attendais pas à ce que tu partes. Je pensais… Je pensais que, à un moment donné, sur le navire, nous aurions une chance de nous reparler. De réévaluer les choses.

— Mais je faisais un métier que je n'étais pas apte à faire, d'après vous.

Elle se figea, détournant son regard du sien. Lorsqu'elle le regarda de nouveau, elle pressa une main sur son cœur.

— Je te demande pardon, je n'aurais jamais dû dire ça. Tu es un merveilleux médecin, Travis.

Il secoua la tête, se décidant enfin à abaisser les barrières entre eux.

— Tu avais raison. Il fallait que je fasse un choix pour aller mieux. Aileen m'avait déjà dit que rester dans la marine provoquait probablement mes troubles. Je n'avais pas pris le temps d'y réfléchir. Même si je pense que je m'en étais déjà rendu compte intérieurement. Maintenant…

Il regarda vers la fenêtre.

— Maintenant, je sais où j'en suis. C'est pourquoi je suis ici.

— Et c'est pourquoi je suis là aussi, laissa tomber Ivy.

Il fronça les sourcils.

— Quoi ?

— Je suis là parce que j'ai passé dix semaines à devenir folle au milieu du Pacifique. À chercher comment demander pardon à l'homme que j'aime. L'homme à qui j'aurais dû dire que ce ne serait pas la peine d'attendre, que je resterais à ses côtés pendant qu'il se ferait soigner. L'homme à qui j'aurais dû dire que je serais toujours avec lui, que le traitement marche ou pas.

Il se raidit et secoua la tête, mais elle continua.

— Je veux que tu ailles mieux, Travis, bien sûr que je le veux. Je n'aurais jamais dû m'éloigner de toi. J'aurais dû rester à ton côté dès le début.

— Tu devrais pouvoir te sentir en sécurité avec la personne que tu aimes, et il y a un risque que je ne guérisse jamais, articula-t-il avec peine.

Ces mots étaient difficiles à prononcer, mais dix semaines loin d'Ivy et dix semaines d'entretiens psychologiques lui avaient fait mesurer combien il était important d'être honnête.

En un clin d'œil, Ivy contourna le bureau et vint s'y percher près de lui.

— Travis, je me sens en sécurité avec toi ! dit-elle en prenant ses mains dans les siennes. J'ai eu longtemps pour y réfléchir.

Mon cœur ne cesse de me dire la même chose : je dois être avec la personne que j'aime. Tu es un homme bien. Si tu passes tes nuits à avoir des cauchemars, nous trouverons une solution. Je peux dormir dans un autre lit, même si je préférerai toujours être dans tes bras. Et si tu fais un mauvais rêve, je serai là pour te soutenir quand tu te réveilleras…

Elle soupira et secoua la tête.

— Il y a un certain nombre d'années, quelqu'un que j'aimais m'a dit que je n'étais pas assez bien pour lui. Même si tu ne m'as jamais, jamais donné cette impression, j'avais mes propres problèmes que je n'avais pas réglés. J'avais toujours dans ma tête cette voix qui me disait « tu n'es pas assez bien » et, quand j'ai cru que tu ne m'avais pas soutenue pour le poste, tous ces sentiments négatifs sont revenus à flots. J'ai eu des semaines pour y penser, et Aileen a été une amie formidable, d'un grand soutien pour moi. Elle m'a fait prendre conscience que je devais régler ces choses-là et regarder la réalité en face…

Elle s'interrompit un instant.

— Et la réalité, c'est que je t'aime, Travis King. Tu es un homme formidable. Le meilleur que j'aie jamais rencontré et celui que je veux avoir dans mon avenir – quelque forme qu'il ait.

Il inspira lentement, longuement.

— Ivy, je ne peux pas dire que j'ai été heureux quand tu m'as dit que je ne pouvais pas exercer mon métier, mais tu avais raison, et j'ai su que je devais m'écarter. J'ai vu un psychologue ces dix dernières semaines, et les choses semblent aller mieux. Mes cauchemars cesseront-ils un jour pour de bon, je n'en sais rien. Bien sûr que j'ai pensé à toi chaque jour depuis que j'ai quitté le *Coolidge*. Mais tu as cru que j'avais ruiné ta carrière, Ivy. Le fait que tu aies pu envisager que j'aie fait une chose pareille m'a fait reculer et me demander si tu m'aimais autant que je t'aime.

Elle voulut parler, mais il secoua la tête.

— Tu vois, depuis que je t'ai rencontrée, j'ai baissé ma garde. Parce que ça me semblait la chose juste à faire. Tu as été la première personne avec qui je me sois vraiment senti en connexion. J'ai craqué pour toi dès le début, même en sachant que je n'étais pas en position de le faire. Quand j'ai pensé que je t'avais fait du mal, je n'ai pas pu l'assumer. Il fallait que je parte. J'avais retardé trop longtemps le traitement de mon SPT. J'ai demandé une permission d'urgence, et j'ai démissionné de la marine. J'ai eu la chance qu'ils acceptent et qu'ils me laissent partir aussi vite…

Il s'arrêta une seconde.

Ivy l'observait intensément, gardant ses mains dans les siennes.

— La vérité, c'est que je m'étais souvent demandé si j'aurais un jour la chance de rencontrer quelqu'un d'important et d'avoir autre chose que la marine dans ma vie. J'avais été contacté à maintes reprises pour entrer dans un cabinet privé, mais je n'avais jamais considéré cette possibilité.

Il regarda la vue sur la baie.

— Finalement, j'ai compris que c'était ce qu'il me fallait. J'ai accepté de m'associer à condition que la société offre des services aux vétérans. Jusqu'ici, j'ai fait trois opérations par semaine. Surtout des séquelles de blessures reçues en service. C'est bon d'être dans cette ville. Et je commence à m'habituer à dormir dans mon propre lit…

Il tourna les yeux vers Ivy.

— Mais quelque chose manque, ajouta-t-il en rivant son regard au sien. Une énorme part de mon cœur.

Ivy était contente de s'être appuyée au bureau de Travis. Si elle avait été debout, ses jambes auraient flageolé.

Dès la seconde où elle avait débarqué du *Coolidge* et entamé son long trajet de retour, elle n'avait eu qu'une chose à l'esprit : revoir Travis.

Elle était sûre qu'il allait la détester. Il n'avait pas répondu à un seul de ses messages, et elle ne l'en blâmait pas. Mais il fallait qu'elle soit à son côté. Plus la séparation avait duré, plus elle en avait été sûre. Sa colère s'était dissipée. Son cerveau rationnel était entré en jeu, et elle ne s'était jamais sentie aussi moche de sa vie. Elle aimait cet homme. Il était celui qu'elle avait rêvé de rencontrer ces dernières années. Quelqu'un avec qui l'étincelle était si forte qu'elle pouvait illuminer le ciel. Quelqu'un qui avait capturé son âme et son cœur.

Aileen et elle avaient parlé de son sentiment d'insuffisance, du fait qu'elle ne s'estimait jamais assez bien, et elle s'était rendu compte qu'elle devait en finir avec ces pensées négatives pour vivre la vie qu'elle voulait vivre.

Elle continuait à tenir la main de Travis. Maintenant qu'elle était là, elle ne voulait pas le lâcher.

— Travis, je suis tellement désolée ! Les rêves dont tu parles, et cette impression qu'il te manque une partie de ton cœur… j'éprouve exactement la même chose. Depuis que tu es parti, rien ne me paraît plus ni bon ni juste. Si nous vivions ensemble, je sais ce que j'exigerais de toi. Je sais que, cette fois, c'est moi qui te demanderais d'attendre pendant que je pars pour des missions de plusieurs mois. Nous n'en avons jamais parlé. Et je ne sais même pas si c'est le genre d'avenir que tu avais imaginé pour nous.

Elle battit des cils et avala l'énorme boule qu'elle avait dans la gorge.

— Si ça ne l'est pas, je comprendrai.

Travis lui décocha un regard étrange.

— Si tu n'avais pas eu le poste, si tu n'avais pas obtenu ta promotion, qu'aurais-tu fait ?

Elle n'hésita pas une seconde.

— La même chose : je serais là de toute façon.

Elle prit une grande inspiration.

— J'adore mon métier, tu le sais. Je pensais que faire carrière était tout tour moi. Et puis, je t'ai rencontré, et j'ai compris que mon travail ne me définissait pas. Je veux une vie que je puisse vivre pleinement, dont je puisse profiter. Je veux être avec la personne que j'aime. Et je dois m'y atteler pour que cela arrive. Tu as réussi à te créer une nouvelle vie en dehors de la marine, je peux le faire aussi.

— Je ne te le demanderai pas, dit-il d'une voix sourde.

Elle pinça les lèvres.

— C'est parce que tu me fais passer en premier. Et je dois faire la même chose : je dois te faire passer en premier. Si tu veux bien me donner une seconde chance, nous pouvons y travailler. Je peux essayer cette première mission. Si les choses sont trop difficiles, je chercherai d'autres voies qui me permettront d'être à ton côté chaque nuit.

Travis secoua doucement la tête.

— Je ne suis pas ton patient.

Elle lui sourit, remarquant les minuscules sillons au coin de ses yeux bleus.

— Non, mais tu es mon véritable amour. Et un jour, je l'espère, tu seras le père de mes enfants.

Il plissa les paupières, l'air amusé.

— Alors, comme ça, on passe directement de la rencontre sur un site aux enfants ?

Elle haussa les épaules.

— Nous avons perdu assez de temps. Des femmes très sages m'ont dit que, quand on est sûr de soi, on le sait.

Il haussa les sourcils.

— Qui a dit ça ? demanda-t-il, méfiant.

— Tes sœurs. À elles trois, elles forment une combinaison mortelle. Quand j'ai vu que tu ne répondais pas à mes messages, je les ai contactées. Je leur ai dit que cette rupture était ma faute. Et que je voulais me rattraper vis-à-vis de toi.

Il eut un petit rire.

— Maintenant, je comprends pourquoi elles ne m'ont pas harcelé à ton sujet !

Elle hocha la tête et lâcha enfin ses mains pour lui caresser le visage.

— On peut peut-être regarder ceci comme une nouvelle version de notre premier rendez-vous ? Tu viens juste de rentrer de mission, et la première chose que tu fais en arrivant à San Diego, c'est de m'envoyer un texto pour qu'on se rencontre. J'ai attendu dix semaines pour me retrouver enfin face à toi. Les dix semaines les plus longues de ma vie…

Elle rit et pencha la tête de côté.

— Tu te souviens de tous les films des années 1980 et 1990 dont nous avons parlé ?

Il hocha la tête, et elle eut un grand sourire.

— Je les ai tous regardés ! Alors, tout ce que je dirai, c'est que je ne suis qu'une fille debout devant le garçon qu'elle aime et qui lui demande s'il l'aime aussi.

Son cœur bondissait dans sa poitrine dans l'attente de ce que Travis allait lui répondre.

Il lui sourit, se leva, et l'attira à lui.

— Je pense que je pourrais dire : « Je t'aime en retour, Ivy Ross, le plus époustouflant rendez-vous mystère qui ait jamais existé ! »

Épilogue

Il n'y avait qu'un seul endroit où ils pouvaient se marier : l'hôtel de Coronado Island était renommé et ses jardins magnifiques. Des jardins envahis pour l'instant par la moitié du personnel de la marine résidant à San Diego, ainsi que par la famille et les amis de Travis et d'Ivy.

— Prête ? demanda Travis en remontant la fermeture Éclair de la belle robe de mariée en satin blanc.

Ils avaient décidé de ne pas se montrer traditionnels. La prochaine mission d'Ivy commençait dans quelques semaines, et ils voulaient passer ensemble autant de temps que possible. Elle prit son bouquet de fleurs d'oranger et de feuillage vert sombre, et se tourna vers son futur mari en smoking.

Elle arrangea sa cravate.

— Salut, beau gars.

Elle sourit. Dehors, il y avait un grand nombre de leurs amis en uniforme, mais Travis ne semblait pas se soucier du tout de porter une tenue différente.

Il mêla ses doigts à ceux d'Ivy tandis que des tintements de verres montaient vers eux depuis les jardins.

— Allons nous amuser avec eux, dit-il en souriant.

— J'en meurs d'envie, répondit-elle.

Il y eut une immense clameur lorsqu'ils descendirent l'escalier et sortirent dans les jardins, avec leur arboretum ombragé et une arche fleurie dressée pour les mariés.

Les parents de Travis et ses trois sœurs étaient au premier rang de l'assemblée, vêtus de couleurs vives ; les parents d'Ivy, son frère et sa sœur étaient à la même hauteur, de l'autre côté de l'allée centrale. Le frère de Travis était son témoin. Les neveux d'Ivy jouaient déjà dans un coin, mettant de la terre sur leurs beaux costumes jaunes.

Isaiah Bridges salua la future mariée d'un signe de tête tandis qu'Ivy et Travis descendaient l'allée. Il était assis avec Tony, Aileen et un bon échantillon de l'équipage du *Coolidge*.

Le père d'Ivy se leva pour donner sa fille à son futur mari, et le silence tomba sur les jardins pendant que les jeunes époux échangeaient leurs consentements. S'aimer et se respecter dans la maladie comme dans la santé avait un sens particulier pour eux. Travis était encore en chemin, mais il faisait de bons progrès.

Alors que le célébrant achevait son office, Travis se pencha pour embrasser sa femme.

— Quand reparlons-nous de bébés ? murmura-t-il.

— Ce bateau pourrait bien déjà avoir pris la mer, répondit-elle.

Elle fit un clin d'œil tandis qu'un serveur approchait avec du champagne sur un plateau en argent, et elle prit une flûte disposée à l'écart, sur le côté.

— De la limonade, mais c'est un secret. Laissons croire à tout le monde que c'est du champagne.

Travis écarquilla les yeux.

— C'est bien vrai ?

Elle hocha la tête avec un grand sourire.

— C'est bien vrai.

Il passa les bras autour de sa taille et la fit tourner, puis il prit une flûte et la leva vers le ciel.

— Vous tous, écoutez-moi ! Je voudrais porter un toast à Ivy King, l'épouse que je dois à un inoubliable premier rendez-vous « mystère » !

FIONA McARTHUR

Une sage-femme à Barcelone

Traduction française de
FRANÇOISE PINTO-MAÏA

BLANCHE

HARLEQUIN

Titre original :
SECOND CHANCE IN BARCELONA

Prologue

Mercredi, 23 heures.
Aile privée de l'hôpital de Sydney

— Sofia ? dit doucement Cleo en approchant du lit de la future maman. Je suis Cleo Wren.

Sofia Gonzalez se tenait assise, aussi droite et hautaine qu'une princesse. Ses cheveux de jais étaient rassemblés en une lourde tresse qui dégageait son cou délicat. Elle triturait le couvre-lit de ses mains élégantes, qui se crispaient régulièrement. En dépit de cette attitude stoïque, la frayeur se lisait dans son regard brun. Elle était si jeune, tellement perdue, presque une enfant. Cleo sentit un élan de compassion monter en elle.

— Vous êtes la sage-femme de nuit ? Vous venez prendre la relève de Jen ?

La voix était tendue et teintée d'accent. Cela revenait à Cleo maintenant ; son amie Jen, sage-femme et chef du service, lui avait dit que la patiente était espagnole.

— Oui, répondit-elle en souriant. Nous allons avoir le temps de faire connaissance, je suis là pour les huit prochaines heures.

— D'après Jen, vous êtes chaleureuse, forte et pleine de détermination. Ça me plaît, d'avoir quelqu'un comme ça auprès de moi en ce moment.

Malgré le sourire bref qui accompagna ces propos, la jeune femme semblait sur le point de craquer. Désireuse de savoir ce qui la tracassait, Cleo lui toucha la main, et les doigts de Sofia se refermèrent sur les siens.

— Le médecin m'a dit qu'il me verrait demain matin pour

l'accouchement, dit-elle d'un ton alarmé. Il pense que je vais être en travail toute la nuit.

— Le bébé va bien et vous aussi, dit Cleo pour la rassurer. Vous travaillez déjà ensemble. Et le médecin pourrait bien être surpris demain matin.

— Vraiment ? Oh ! j'aimerais tellement…

À cet instant une contraction saisit Sofia. Elle se crispa et, gênée, tourna la tête.

— J'ai peur, murmura-t-elle, avant d'agripper fortement la main de Cleo.

Cleo lui posa sa main libre sur l'épaule pour lui communiquer force et réconfort. Elle avait bien fait de venir assurer cette garde. Jen lui avait dit que cette future mère avait grand besoin de soutien.

Au bout d'une minute, Sofia détendit ses doigts. Cleo mima une longue expiration.

— Pincez les lèvres et chassez cette contraction en soufflant. Comme ça. Laissez votre corps se relâcher complètement et pensez à expirer après chaque contraction.

Sofia suivit ces instructions, et la peur s'atténua dans son regard. Ses traits paraissaient moins tendus.

— Voilà, celle-là est passée, dit Cleo.

— Mais il y en a beaucoup d'autres à venir. J'ai encore peur.

Cleo hocha la tête d'un air compréhensif.

— Faire une chose qu'on n'a jamais faite, c'est toujours difficile. Quand vous aurez mis votre bébé au monde, vous aurez accompli l'un des actes les plus extraordinaires de votre vie. Vous n'aurez plus peur et vous vous sentirez forte comme une lionne pour protéger votre petit.

— Facile à dire pour vous ! Je vais souffrir le martyre, et ça va durer des heures.

Cleo réprima un sourire.

— Non, vous n'aurez pas mal à ce point-là. Mais effectivement, ça risque de durer des heures. Nous allons faire en sorte d'accélérer le travail.

— *Sí*. Je ne demande que ça. Plus vite ce sera terminé, mieux ce sera.

Cleo jeta un regard à la chambre vide. Pourquoi cette jeune femme n'avait-elle personne auprès d'elle ? La seule information que Jen avait pu obtenir, c'était que sa famille vivait à l'étranger. Mais le père du bébé, où était-il ?

— Y a-t-il quelqu'un que je peux appeler et qui pourrait rester auprès de vous ?

— Non.

Après un long silence, Sofia ajouta :

— Mon fiancé m'a quittée. Je suis toute seule.

Cleo fut sidérée. Elle aussi avait été plaquée par son mari, mais à l'époque elle n'était ni enceinte ni en plein travail, heureusement ! Elle comprenait mieux la tristesse de Sofia, maintenant. Avait-elle, comme Cleo, été abandonnée pour une femme plus riche et d'une meilleure famille, afin de plaire à belle-maman ?

— Mes parents sont morts dans un accident l'année dernière, poursuivit Sofia. Et mon cousin a détruit ma vie en obligeant mon fiancé à me quitter. Quel sale type ! Exactement comme son père.

Elle ne voulait clairement pas voir ce cousin. Mais une femme de sa famille, ou une amie peut-être ?

— Vous n'avez personne sur qui compter ?

Sofia secoua la tête.

— La seule proche qu'il me reste est ma grand-mère, qui vit en Espagne et qui est de mèche avec mon cousin.

Sa voix farouche trahissait sa colère, en même temps qu'une profonde blessure.

— Vous avez besoin de quelqu'un avec vous. Voulez-vous que je sois à vos côtés jusqu'à ce que vous ayez votre bébé ?

Sofia la regarda d'un air surpris.

— Mais si mon bébé n'arrive pas avant la fin de votre service ? Vous partirez, comme Jen, n'est-ce pas ?

— Elle avait fait deux gardes d'affilée. Elle reviendra demain. J'assure des gardes occasionnelles, ce qui me permet de rester connectée avec mon ancien métier. Je suis désormais infirmière d'escorte pour des patients qui ont besoin d'un rapatriement médical, en Australie ou à l'étranger. Mais je n'ai pas à retourner à l'agence avant lundi. Alors, quand le personnel régulier reviendra demain, je resterai pour vous soutenir si votre bébé n'est pas encore là.

— Ça me plairait bien, dit Sofia avec gratitude. Mais pourquoi feriez-vous ça ?

— Parce que vous avez besoin d'aide, c'est aussi simple que ça, répondit Cleo en souriant. Je vais vérifier vos constantes et écouter le cœur du bébé. Ensuite, je vais palper votre ventre pour connaître sa position.

— Un bébé est capable de choisir une position ?

À cet instant, une nouvelle contraction survint. Sofia laissa échapper un gémissement, et Cleo lui tint la main pendant qu'elle contrôlait sa respiration. Puis, la crise passée, elles exhalèrent ensemble un long soupir.

— Très bien, dit Cleo. Pour répondre à votre question, oui, absolument. Avec les angles de votre bassin, vous pouvez lui suggérer quelques ajustements. Cela contribuera à réduire la durée du travail.

Au bout de quelques minutes, Cleo avait terminé l'examen. Tout se présentait favorablement.

— Le bébé descend normalement, dit-elle en se plaçant devant le chariot informatique pour entrer les données. Je vais vous aider à vous lever. La position allongée ne favorise pas le travail.

Sofia la regarda avec inquiétude.

— Je ne pense pas être capable de bouger.

— Il vaut mieux pourtant, je vous assure. La posture debout va déplacer votre centre de gravité et aidera le bébé à descendre.

Le regard de Sofia s'éclaira. D'un air décidé, elle roula sur le côté.

— Alors, je me lève.

Sofia et Cleo marchèrent à travers la chambre, s'arrêtant chaque fois qu'une contraction s'annonçait pour permettre à Sofia de trouver une position confortable avant que la douleur ne devienne insupportable.

Sur les conseils de Cleo, la jeune femme s'assit sur un ballon de grossesse et sentit immédiatement un soulagement dans son dos. Puis la marche reprit. Passant devant la salle de bains, elle regarda la baignoire avec intérêt.

Cleo rit.

— C'est une baignoire d'accouchement. Nous n'en sommes pas encore là. L'eau chaude est très tentante, je sais, mais la dilatation n'a pas encore commencé.

Brusquement, la future maman agrippa l'encadrement de la porte. Elle grimaça, puis souffla longuement.

— C'est parfait, murmura Cleo, lui posant une main sur l'épaule. Vous respirez très bien. Celle-ci était plus forte, n'est-ce pas ?

Sofia hocha la tête, tandis que l'étau sur son ventre se relâchait.

— Vivement la dernière !

— Plus elles sont intenses et rapprochées, plus vite vous ferez la connaissance de votre bébé. Je suis toujours pleine d'admiration quand une femme en est à ce stade du travail. Elle persévère et, vous aussi, vous ferez de même, jusqu'à ce que l'événement merveilleux se produise et que vous teniez votre enfant dans vos bras. Ne pensez plus qu'à ça.

Puis, voyant Sofia jeter un regard significatif vers le lit, elle secoua la tête.

— Ne cherchez pas le confort. La position allongée ralentit le travail et va causer des tensions musculaires.

— Comme j'aimerais envoyer toutes ces douleurs au père du bébé. Ou à mon horrible cousin ! Oui, surtout à lui. Ce mufle m'aurait ramenée en Espagne avant la naissance s'il avait pu. Et je ne vous aurais même pas connue.

— Vous ne pouvez pas lui dire non ? dit Cleo qui ne supportait pas l'idée qu'on puisse forcer la main à une personne vulnérable.

— Ça ne servirait à rien. C'est le chef de la famille, maintenant. Son père était mon tuteur et me menaçait d'un mariage arrangé. Comme mes parents m'ont laissé de quoi assurer mon indépendance financière, je me suis enfuie quand il est tombé malade. Puis il est mort. J'étais si bien en Australie. Et maintenant, son fils a brisé ma vie. Je le déteste !

— Alors, ne pensez pas à lui. Dites-moi ce qu'il y a de plus beau dans votre pays. Je ne connais pour ainsi dire pas l'Espagne.

— J'habite à Barcelone, dit Sofia. Quand j'étais petite, ma mère m'emmenait à la Sagrada Família. C'est une église magnifique construite par Gaudi sur la *Carrer de Mallorca.*

Elle sourit à ce souvenir, relâchant peu à peu la tension de ses épaules.

— Ma mère disait : « C'est sûrement la plus belle église au monde. » Pourtant, plus d'un siècle plus tard, elle est toujours inachevée.

— Ça semble incroyable, dit Cleo. Je dois absolument me renseigner là-dessus. Quoi d'autre ?

— Les tapas, bien sûr. On mange très bien à Barcelone. Et la danse… j'adore ça. Les hommes sont si beaux quand ils dansent, dit la jeune femme d'un ton rêveur.

Cleo sourit, soulagée de voir qu'elle avait retrouvé son calme.

— Le petit ami de mon amie Jen est catalan, il tient un cabaret. Ils essaient tous les deux de me convaincre d'assister à un spectacle de flamenco. J'avoue que je suis de plus en plus tentée.

— Jen, la sage-femme qui travaille ici ?

Se rendant compte de son indiscrétion, Cleo se mordit la lèvre. *Oups !*

— Oui. C'est elle.

— Oh ! et une de mes amies m'a parlé de cet hôpital et de Jen justement. Donc, vous et moi, nous étions destinées à nous rencontrer, dit Sofia en souriant.

Puis elle se courba sous l'effet d'une nouvelle contraction, et il fut impossible de poursuivre la conversation.

Deux heures plus tard, les douleurs déferlaient sans répit sur Sofia. Mais une fois qu'elle eut pris place dans la baignoire d'accouchement, elle sentit un grand soulagement, comme Cleo l'avait promis.

Le travail s'accélérait. Sofia respirait et gémissait, mais s'efforçait de rester calme. Il y eut une brève pause durant laquelle son corps se prépara de lui-même. Une musique douce accompagnait sa respiration haletante. Cleo avait tout prévu et attendait, agenouillée devant elle, ses mains gantées posées sur le bord de la baignoire.

Face à l'imminence de la naissance, elle avait appelé une collègue sage-femme. Assise discrètement en retrait, celle-ci se levait de temps à autre pour relever et enregistrer des observations, tandis que Cleo restait concentrée sur Sofia.

Soudain, la tête du bébé apparut. Au moment de l'expulsion, ce furent les mains prudentes de Cleo qui accueillirent l'enfant et le soulevèrent hors de l'eau.

Cleo déposa la petite fille au visage bleuté sur la poitrine de sa mère. Puis, avec une éponge douce, elle essuya les yeux, le nez et la bouche minuscule du bébé qui pleurait. Elle poussa un soupir heureux et rencontra le regard émerveillé et incrédule de la jeune maman.

— Félicitations, Sofia. Votre fille est magnifique. Vous avez été extraordinaire !

— Mon Dieu, elle est là… J'ai réussi. Merci !

1.

Jeudi

Felipe Alcala Gonzalez soupira. Il était arrivé l'avant-veille à Sydney et, depuis, il était débordé. Mais ce soir, il avait rendez-vous au bar de l'hôtel avec Diego, un cousin éloigné installé en Australie. Ensemble, ils discuteraient de la façon de retrouver sa cousine Sofia, qui semblait avoir disparu de la circulation.

— Felipe, comment va ta grand-mère ? demanda Diego.

— Pas bien, malheureusement. Mais elle lutte contre la maladie, et je pense qu'elle luttera jusqu'à ce que je ramène Sofia en Espagne.

Doña Luisa, qui l'avait élevé après la mort de sa mère, l'avait chargé de cette mission, et il ferait ce qu'elle demandait. Il aurait fait n'importe quoi pour celle qui lui avait donné l'affection qu'il n'avait jamais reçue de son père aujourd'hui décédé.

Alors que toute la famille pensait Sofia étudiante à l'université de Sydney, il s'était avéré qu'elle partageait la vie d'un voyou et était enceinte de lui. Depuis une semaine, Diego renseignait Felipe à son sujet.

— Merci, Diego. Ton aide a été vraiment précieuse. Mais je dois encore la ramener à la maison, avant la naissance du bébé si possible.

— *Sí*, répondit son cousin en serrant le poing. J'aurais aimé casser la figure à cet escroc et, tant qu'à faire, devant sa maîtresse, tellement vulgaire. Il a osé profiter de Sofia. Bon sang ! Elle n'a que dix-neuf ans.

— Oui, ça m'aurait fait plaisir aussi, dit Felipe avec une

fureur contenue. Mais maintenant que le projet de ces minables de capter l'héritage de Sofia a été bloqué par nos banquiers, ils ne pourront plus toucher à son argent.

— Sofia t'en veut d'avoir mis le type en fuite ?

Felipe hocha la tête.

— Oui, forcément. Elle est jeune et se croyait amoureuse. Elle n'accepte pas les accusations qui pèsent sur lui.

Il comprenait la colère de Sofia à son encontre, mais la cupidité qu'il avait lue dans le regard de l'escroc l'avait poussé à réagir immédiatement. Sofia et son bébé seraient plus en sécurité en Espagne, où il veillerait sur elle avec *doña* Luisa, du moins aussi longtemps que celle-ci le pourrait.

Comment avaient-ils pu laisser cet individu s'incruster dans la vie de sa cousine et l'embobiner ? Felipe reconnaissait qu'il avait sa part de responsabilités dans l'affaire, mais l'année qui venait de s'écouler avait été terriblement compliquée. Il avait été totalement accaparé par son travail de directeur et de médecin d'un hospice en soins palliatifs. Puis la mort de son père l'avait placé devant de nouvelles responsabilités familiales, et le cancer en phase terminale de sa grand-mère l'avait dévasté. Pour finir, il avait appris la maladie de son meilleur ami. Cette succession de coups durs avait relégué Sofia à l'arrière-plan de ses soucis.

Sa cousine se cachait à présent, mais elle avait aussi besoin de souffler, après la trahison de l'homme qu'elle aimait. Il respectait cela. Il devait la retrouver et la ramener en Espagne. Pour cela, il n'avait que jusqu'au lundi. Un délai encore trop long, quand l'état de sa grand-mère se dégradait de jour en jour. Aurait-il le temps ? Cette question allait le rendre fou.

Deux jours plus tard, Felipe poussa la porte de la Villa Rosa, cabaret tenu par Diego dans le quartier hispanique de Sydney. C'était là que se produisaient les danseurs de flamenco et que l'on servait le meilleur vin catalan.

Il avait une bonne nouvelle à lui annoncer. Il avait retrouvé la trace de Sofia et l'avait vue le jour même avec son nouveau-né. Mais sa cousine avait catégoriquement refusé de rentrer en

Espagne avec lui. Elle n'avait pas voulu croire que leur grand-mère était mourante, ni qu'il avait promis à celle-ci de lui ramener sa petite-fille. Il était dans une impasse. Il ne restait que deux jours avant son retour à Barcelone.

Felipe se sentait sur le point d'exploser. Au diable toutes ces complications australiennes ! Mais dès qu'il entra dans le cabaret, la décoration familière, la musique typique et l'odeur fruitée de la sangria l'apaisèrent.

Son regard se porta sur le danseur qui finissait son numéro. L'homme était doué, et il envia la liberté qui s'exprimait dans ses mouvements.

Lui aussi dansait. Sa grand-mère l'y avait vivement encouragé quand il était enfant, contre l'avis de son père qui trouvait l'idée ridicule. Même maintenant, à trente-six ans, il se souvenait des paroles de la vieille dame.

« Je le vois quand tu danses, Felipe. Le flamenco libère tes émotions. Ne fais pas comme ton père qui les cadenasse au fond de lui. »

Diego vint à sa rencontre.

— *Don* Felipe, dit-il en s'inclinant cérémonieusement.

Felipe sourit du ton jovial de son cousin. Ils avaient grandi ensemble, puis leurs vies avaient pris des directions différentes quand Diego, une dizaine d'années auparavant, était venu s'installer en Australie.

— Des nouvelles de *doña* Luisa ? demanda Diego, l'air grave cette fois.

Que répondre ? Qu'il lui tardait d'être de retour à Barcelone ? Mais Diego le savait déjà. Felipe préféra hocher la tête en direction du danseur qui quittait la scène à la fin du premier spectacle de la soirée.

— J'ai tellement de colère en moi que je pourrais donner des coups de talon plus forts que les siens.

— Pourquoi ne pas essayer ? Marcos serait heureux de te laisser la place et de rentrer auprès de sa femme. J'ai toujours aimé tes numéros de flamenco. Tu as une telle passion !

Diego ébaucha un geste de la main pour prévenir toute protestation.

— Je peux facilement arranger ça en deuxième partie de soirée. Et qui sait, tu rencontreras peut-être une jolie femme ce soir. Flirter, oublier tes soucis, ça te ferait du bien. Cousin, j'aimerais te voir sourire avant ton départ.

Felipe fit la moue. Une femme serait une complication dont il n'avait certainement pas besoin. Mais danser ? Au début, l'idée de se produire dans un cabaret lui parut totalement ridicule. Puis il se dit que c'était dommage, mais qu'il ne pouvait de toute façon pas se le permettre. Parce qu'il devait se comporter en fonction de son statut social ? Mais c'était justement cela qui était ridicule ! Oui, il danserait. Pour tenir son chagrin à distance, libérer sa colère et tâcher de rester entier.

Au fond, personne ne le connaissait ici et cela ferait même sourire sa grand-mère, quand à son retour il lui raconterait cette soirée.

— Tu as une paire de bottes ? demanda-t-il à Diego.

À l'heure du second spectacle, Felipe se faufila jusqu'au bar et observa l'assistance. Son regard s'attarda sur une jeune femme qui portait une étole bleue. Alors, les paroles de son cousin lui revinrent à l'esprit.

« Et qui sait, tu rencontreras peut-être une jolie femme ce soir… »

Grande, les cheveux auburn, elle dégageait une impression de sérénité, un mélange de douceur et de vivacité qui attirait Felipe et apaisait ses émotions turbulentes. Il eut le sentiment étrange qu'un lien invisible le reliait à elle, comme un prolongement de lui-même qui renforçait encore son désir impatient de danser.

Comme il la contemplait, une grande paix intérieure le gagna. Après le spectacle, si elle était toujours là, il essaierait de lui parler…

2.

Cleo inspira les parfums épicés de nourriture et de vin qui flottaient dans l'air, et une chaude exaltation l'envahit. À la suite de Jen, elle s'avança à l'intérieur du cabaret Villa Rosa.

Il était 22 heures. En arrivant dans la ruelle, elle avait été charmée par l'animation vibrante qui y régnait. Partout, des hommes séduisants au teint hâlé escortaient des femmes aux yeux noirs et aux lèvres vermillon. C'était exactement ainsi qu'elle imaginait Barcelone. Or ce quartier hispanique se trouvait à Coogee, à vingt minutes seulement de chez elle.

Le petit ami de Jen était propriétaire du cabaret et chanteur de flamenco. D'emblée, il lui annonça qu'elle ne devait à aucun prix rater le danseur qui se produirait sur scène ce soir-là.

Pourquoi pas ? Elle avait envie de s'amuser, de découvrir cette culture, de rattraper le temps perdu, maintenant que son divorce était prononcé et qu'une année à son nouveau poste lui avait rendu son équilibre. Même si Jen lui vantait en permanence les mérites d'un amoureux espagnol, ce n'était pas à l'ordre du jour pour elle. Mais rêver était si agréable.

La salle était plongée dans la pénombre. Seul un mince halo de lumière éclairait le guitariste qui, sur la scène, jouait un air mélodieux.

Une serveuse arriva à leur table et remplit leurs verres de sangria. Cleo se renversa contre sa chaise avec un petit soupir. L'endroit était si exotique. Difficile de croire que c'était le lieu de travail de Diego.

Elle but une gorgée du vin épicé et desserra un peu l'étole bleu ciel qu'elle avait emportée pour se prémunir de la fraîcheur de la nuit.

Une femme vêtue de noir monta sur scène, accompagnée de Diego. Ils se postèrent chacun de part et d'autre du guitariste, et commencèrent à frapper des pieds en cadence. Puis la voix profonde de Diego monta dans la semi-obscurité.

Cleo sentit des frissons lui parcourir la nuque. Les paroles en espagnol avaient un rythme envoûtant qui pénétrait ses sens. Elle se tourna vers Jen. Celle-ci, le regard rivé sur son amoureux, semblait en extase. Il fallait reconnaître que Diego avait une très belle voix.

Cleo, n'ayant que des connaissances moyennes en espagnol, renonça à comprendre les paroles et se laissa porter par l'émotion pure de la musique et du chant, aussi enivrante que la sangria.

À la fin de la chanson, un tonnerre d'applaudissements retentit. Sur la piste arriva une jeune femme qui se mit à danser en faisant tournoyer les volants de sa robe. Elle martelait le sol de ses talons, s'accompagnant de gestes élancés des bras. Puis une femme plus âgée fit son apparition. Sa longue expérience de la danse vibrait dans chacun de ses mouvements.

Cleo était fascinée, ces artistes étaient exceptionnels.

La soirée était vraiment magique, amusante et complètement folle. Un merveilleux cadeau différé pour son anniversaire, qu'elle avait célébré simplement la veille avec Jen.

— Tu as l'air heureuse, lui glissa son amie.

— Oui. C'est fabuleux !

Le silence se fit soudain et, d'un même mouvement, les spectateurs dirigèrent leur attention vers le bar. Un homme vêtu de noir se tenait là, le dos tourné, à environ dix tables de la scène. Brusquement, il fit volte-face. Une guitare égrena quelques notes, et l'atmosphère changea du tout au tout.

Dans la pénombre, Cleo ne distinguait pas les traits de l'homme, mais il était grand, avec de larges épaules. La splendide musculature de ses bras et de son torse se devinait sous sa chemise de soie noire. Ses jambes longues et énergiques étaient moulées dans un jean noir. De hautes bottes à talons dorés complétaient sa tenue. Il était splendide de virilité.

Cleo retint son souffle. Pendant les premières mesures, il

frappa le sol sans quitter sa place. Ses cheveux longs et très noirs dissimulaient son regard, jusqu'à ce qu'il relève la tête et fixe les musiciens d'un air fier. La musique s'accéléra.

À présent, Cleo distinguait son visage. Pourrait-elle jamais l'oublier ? Il avait un physique sec, comme taillé à la serpe. Il ressemblait à un animal sauvage sur le point de hurler à la lune, avec son nez droit, ses pommettes hautes et le pli rectiligne de sa bouche. Il traversa la salle dans un silence absolu, chacun retenant son souffle, subjugué par le charisme de cet homme.

Était-ce à cause de son arrogant port de tête ou de sa démarche lente et fière ? Cleo n'aurait su le dire, mais un mélange de force et de beauté se dégageait de sa silhouette en mouvement. Quand il passa à côté de leur table et gravit les deux marches qui rejoignaient la scène, elle ne put s'empêcher de fixer son postérieur ferme, moulé dans le pantalon noir.

Elle sentit sa bouche s'assécher, et des sensations primitives et peu familières l'assaillirent. *Oh ! là, là…* Que lui arrivait-il, à elle d'habitude si calme et si raisonnable ?

L'homme entra dans le faisceau de lumière dorée. Le menton baissé, les cheveux rabattus sur le visage, il se tint immobile, les pieds joints, dans une tension extrême. La guitare s'était tue.

Puis de nouvelles notes s'élevèrent et le danseur se mit à exécuter des pas mesurés avec une arrogance folle qui s'accordait magnifiquement au rythme. Il tournait, frappait le sol, virevoltait sur un rythme de plus en plus endiablé.

Cleo prit conscience qu'une histoire sans paroles s'écrivait devant elle, et une émotion poignante l'envahit, lui faisant monter les larmes aux yeux.

Le danseur enchaînait les figures, s'immobilisait en laissant son regard farouche errer sur la salle, puis il pivotait dans un mouvement sauvage et fluide. C'était tout le passé de ses ancêtres qu'il semblait convier sur scène.

Cleo était subjuguée. Cet artiste au regard ténébreux était le plus bel homme qu'elle eût jamais vu. Ses gestes impétueux et jusqu'au mouvement de ses cheveux quand il rejetait la tête en arrière avaient quelque chose d'aristocratique et de dangereusement sensuel qu'elle sentait jouer avec ses nerfs. Les battements redoublés de son cœur s'accordaient au tempo des bottes noires à talons dorés.

Haletante, elle se mordillait la lèvre. Puis son souffle se bloqua dans sa gorge quand le danseur dirigea son regard vers elle, la transperçant jusqu'à l'âme. Cela ne dura qu'un instant, mais elle poussa un soupir qu'elle n'avait même pas eu conscience de retenir. Quand avait-elle eu ce genre de pensées face à un homme ? *Oh ! là, là…* Même Mark n'avait pas déclenché pareille tornade de sensations en elle.

Elle changea de position sur sa chaise et s'efforça de sentir le plancher sous ses semelles pour évacuer la tension. Depuis son divorce, elle était peu sortie avec des hommes. Elle s'était concentrée sur son nouveau travail d'escorte médicale pour des patients qui devaient rentrer chez eux à l'autre bout du pays, voire à l'étranger. Cette activité était exigeante, mais également intéressante. Et il y avait les gardes à la maternité, qu'elle assurait occasionnellement à la demande de Jen. Il restait donc peu de place pour une vie sociale, et encore moins pour une vie amoureuse. Les seuls hommes qu'elle croisait étaient des clients ou des médecins, et, en ce qui concernait ces derniers, elle avait retenu la leçon. Elle venait de divorcer d'un médecin. De toute façon, elle ne pensait jamais à eux comme elle pensait à ce danseur de flamenco.

Il ressemblait à un matador, et ses gestes fiévreux l'ensorcelaient autant que ses prunelles ardentes, qui semblaient caresser sa peau chaque fois que son regard s'arrêtait sur elle. Elle avait l'impression qu'il la cueillait tout entière de sa main élégante et voluptueuse et elle imaginait sa belle bouche sexy sur la sienne.

Une vive chaleur enflammait ses cuisses et, les genoux serrés l'un contre l'autre, elle gesticula sur sa chaise. À présent, il la regardait chaque fois qu'il faisait face au public, comme s'il voulait ne parler qu'à elle par le biais de sa danse, et son regard impérieux lui commandait de ne pas détourner les yeux.

Elle en était incapable, se dit-elle en portant une main à sa poitrine. Quand il termina son numéro, bras écartés, dans un final époustouflant, le pouls de Cleo avait sans doute atteint le seuil de l'urgence médicale.

La lumière revint.

Un tonnerre d'applaudissements s'éleva, ponctué de vivats enthousiastes. Bientôt, le vacarme cessa et une petite foule se leva pour entourer le danseur.

Cleo resta à sa place et exhala un soupir tremblant. Le danseur bavardait en souriant avec ses admirateurs. Au bout d'un moment, elle le vit murmurer quelque chose à l'oreille de Diego. Puis il s'éloigna à grandes enjambées, sans même un regard pour elle.

Après l'excitation qui l'avait traversée, elle sentait des picotements courir sur sa peau, et son cœur battait encore à tout rompre. Mais à cette exaltation se mêlait une sensation étrange de vide. De déception ?

Laisse tomber. C'est stupide de penser à lui…

Que s'était-elle imaginé ? Qu'il viendrait lui parler ? L'artiste avait rempli sa mission, qui était de divertir son public. Il était même allé bien au-delà du divertissement en ce qui la concernait. Avait-elle espéré qu'il veuille la connaître personnellement ?

Puis brusquement, comme si le seul fait de penser à lui suffisait à l'invoquer, sa haute silhouette se matérialisa devant elle. Il se pencha, l'enveloppant de sa chaleur et du parfum musqué de son eau de toilette. Ses yeux sombres plongèrent dans les siens, et il tendit une main élégante.

— Je m'appelle Felipe.

3.

Felipe s'approcha de la table où la jeune femme à l'étole bleue était installée en compagnie de Jen, la petite amie de Diego. Mais presque aussitôt, il comprit qu'il commettait une erreur.

À quoi bon ? Il rentrerait en Espagne le lundi suivant. Pourtant, dès l'instant où il l'avait vue – où il avait senti sa présence plutôt –, elle l'avait irrésistiblement attiré.

À la fin du spectacle, il avait interrogé son cousin à son sujet. Diego lui avait répondu qu'elle s'appelait Cleo. Un nom qui lui allait bien. Cleo pour Cléopâtre, une reine.

Entre eux, c'était impossible, il le savait. Mais une petite distraction après la danse ne serait pas de refus. Il voulait lui parler, mettre un terme à cette fascination qui le poussait vers elle.

En se produisant sur cette scène, il avait déjà enfreint le code attaché à son statut social, avait ouvert son âme en public, s'était libéré de sa colère et de sa tristesse pour trouver l'espoir que la danse lui procurait. Il avait jeté au vent ses responsabilités, les émotions de ces derniers jours et jusqu'à sa propre identité. Et c'était cette femme qu'il avait vue, chaque fois que les mouvements de la danse le ramenaient face au public. Rien qu'elle.

Alors, il avait dansé pour elle. Il avait capté dans ses yeux un je-ne-sais-quoi qui l'avait touché au cœur, qui l'avait saisi, et il avait eu conscience d'une connexion entre eux.

Voilà pourquoi il se tenait à présent devant elle, la main tendue.

Elle posa ses doigts sur les siens, et il les porta à ses lèvres en inspirant son parfum. Il ferma les yeux pour mieux s'en imprégner, et un léger frisson le parcourut. Il effleura sa main d'un baiser. Elle était tiède et infiniment délicate dans la sienne, comme si c'était la place qui lui était destinée.

Oh ! il devenait ridicule !

Rouvrant les yeux, il rencontra son regard clair, d'un bleu saphir très pur. Elle avait des traits fins et un menton volontaire. Elle était belle, pas au sens classique du terme sans doute, mais son visage incroyablement attirant le fascinait.

Elle haussa les sourcils, surprise par son geste intime, et il eut brusquement une folle envie d'aller plus loin. L'enlacer et s'emplir les poumons de son odeur, pour se nourrir d'elle, comme si elle lui eût été vitale.

— Diego m'a dit que vous vous appeliez Cleo. Puis-je prendre un verre avec vous ?

Il ne donna pas son nom de famille. À quoi bon ? Entre eux, cela n'irait de toute façon nulle part.

Diego, qui les avait rejoints, leva une main en souriant comme s'il reconnaissait les faits, puis s'assit à côté de Jen. Felipe tira une chaise à lui. Une serveuse apporta une bouteille de vin pétillant et quatre verres.

Il désigna la bouteille.

— C'est du Lonia Cava, un vin catalan, dit-il à l'adresse de Cleo. Il a un goût de pêche, de melon et de pomme. J'ai cru comprendre que c'était votre anniversaire.

Elle écarquilla les yeux, faisant apparaître des paillettes dorées dans le bleu étincelant de ses iris, et il eut l'impression de se noyer dans leur profondeur.

— Oui, hier, répondit-elle d'une voix charmante.

Qu'y avait-il chez elle pour qu'il se prenne à rêver de choses impossibles ? S'il n'y prenait pas garde, il rentrerait en Espagne avec dans le cœur un mélange de désir et de regrets.

4.

Cleo avait une conscience aiguë de cet homme qui dégageait une brûlante sensualité. Des images torrides déferlaient toujours dans son esprit, et elle avait toutes les peines du monde à se ressaisir.

La musique jouait de nouveau, mais en sourdine. Après avoir complimenté le danseur, Diego et Jen s'absorbèrent dans un tête-à-tête amoureux.

Se sentant un peu seule tout à coup, Cleo sourit poliment à l'inconnu.

— Merci pour le vin.

Le contact de ses lèvres sur ses doigts l'avait profondément troublée, et elle gardait sa main posée sur ses genoux. En même temps, elle se sentait ridicule.

Bon sang ! À trente ans, elle se comportait comme une vierge effarouchée. Oubliait-elle qu'elle avait été mariée ? Les sentiments qu'elle avait eus pour Mark avaient évolué lentement. Un amour aussi lent que stupide ! Rien qui ressemblât à cette sensation brute, insensée et dangereuse qui l'assaillait ce soir. Qu'avait-elle fait pour attirer un tel homme ?

Maintenant qu'il était assis face à elle, elle ressentait une irrésistible envie de vivre une folie, quelque chose de contraire à sa personnalité et hors de son univers si normal. Il aurait été tentant de se prendre au jeu de la séduction, de se laisser choyer par cet homme époustouflant et de ne pas penser qu'il la laisserait ensuite tomber.

— Vous êtes en Australie pour longtemps ? demanda-t-elle.

Car c'était la première chose à savoir, n'est-ce pas ?

— Je repars lundi.

Baissant les paupières, elle réfléchit à ce que cette réponse impliquait. Deux jours et il partirait déjà…

— C'est dommage.

Elle consulta sa montre. 23 heures. Pas encore l'heure fatidique. Pour le moment, elle se laissait emporter dans une sorte de rêve enchanté dont elle ne voulait pas se réveiller. Même s'il ne pouvait pas durer, elle le savait.

Elle but une gorgée de vin, savoura les bulles légères qui pétillaient sur sa langue. Aussi délicieux que l'homme en face d'elle.

— Merci pour ce bel anniversaire. Après ce verre, je vais devoir rentrer.

Il parut satisfait de sa réponse. Elle se sentit déçue. N'aurait-il pas dû insister pour qu'elle reste ?

Il fit un geste vers la sortie.

— Il fait chaud. J'aimerais prendre l'air. Pas vous ? Ça vous dirait de marcher un peu dans la rue ?

Oui, sa suggestion lui plaisait énormément. Une simple promenade au clair de lune, elle n'avait rien d'autre en tête – et surtout pas avec un homme qui s'en irait le surlendemain. Elle désirait passer ce moment avec lui, et se sentir vivante et canaille le temps que cela durerait. Ensuite, elle rentrerait chez elle et retournerait à sa solitude.

— Volontiers, ça me ferait du bien aussi.

Au bout de la table, les deux tourtereaux se tournèrent vers elle.

— Cleo, je me porte garant de cet individu, dit Diego en souriant. C'est un parfait gentleman. Mais peut-être préférerais-tu qu'il ne le soit pas ?

Cleo s'empourpra. Elle finit son verre de vin et attrapa son sac.

— Ce n'est qu'une promenade, répondit Felipe à son cousin.

La ruelle était très animée. Devant les *cantinas*, des gens riaient et faisaient tinter leurs verres.

— Ils ne dorment jamais ? demanda-t-elle, intriguée.

— Chez nous, la sieste de l'après-midi permet de profiter de la nuit, répondit Felipe en lui prenant la main.

Le geste la prit de court. Puis très vite, elle se laissa gagner par l’ambiance de fête qui régnait autour d’eux. Pourquoi pas, après tout ?

— Parlez-moi de l’Espagne, dit-elle en levant les yeux vers lui. Où habitez-vous ?

Un sourire heureux éclaira son visage.

— À Barcelone. La plus belle ville du monde.

— Tiens, c’est drôle. J’habite à Sydney, et c’est la plus belle ville du monde, répondit-elle en embrassant les alentours d’un geste ample.

Il rit, et elle éprouva un réel plaisir à le voir si détendu. Il avait paru si grave et si replié sur lui-même jusque-là. Le Felipe qu’elle découvrait était beaucoup plus amusant. Il balançait leurs mains jointes tout en marchant, et elle se sentait incroyablement à l’aise avec lui.

— Pourquoi ça me paraît-il si simple, alors que je ne vous connais même pas ? dit-elle en désignant leurs doigts entrelacés.

— Vous oubliez que nous nous sommes rencontrés par le biais de la danse. Je vous regardais. Quand cela arrive, quelque chose de magique se noue.

— Vous dansez depuis longtemps ?

En avait-il fait son métier ? Avait-il lui aussi un cabaret, à Barcelone ? Elle avait envie de lui poser une foule de questions, mais elle attendrait. L’impatience ne convenait pas à une si belle nuit.

— Je danse depuis toujours, dit-il pensivement.

— Vous êtes très bon.

— Très bon ? Non, je suis excellent ! répondit-il en riant.

Elle secoua la tête, amusée.

— Vraiment ? Vous n’êtes pas modeste.

Il haussa les sourcils.

— Vous connaissez beaucoup d’hommes espagnols ?

— Non. Seulement Diego.

— C’est quelqu’un de bien. Mais… Il n’est pas modeste, lui non plus, dit-il avec un sourire malicieux.

Ils étaient parvenus au bout de la ruelle. Ils empruntèrent la route qui menait à Coogee, qu’on apercevait au loin. Dans ce quartier, les balcons supérieurs des petits immeubles avaient vue sur l'océan. Des voitures passaient, enveloppant Cleo et Felipe dans le halo de leurs phares.

Elle ne pouvait s'empêcher d'admirer son compagnon chaque fois qu'il se trouvait dans la lumière. Peut-être reviendrait-il plus tard en Australie ?

— Comment connaissez-vous Diego ? demanda-t-elle.

— Nous sommes de Barcelone.

Au lieu de livrer d'autres informations sur lui-même, il demanda :

— Vous habitez près de la plage ?

— Oui.

Il hocha la tête comme s'il avait deviné son petit jeu. Pour ce qui était des réponses laconiques, il était aussi fort qu'elle.

— Et vous vivez avec quelqu'un ?

— Je pourrais vous le dire, mais ensuite il faudrait que je vous tue.

Il salua sa boutade d'un rire franc.

— Vous me plaisez, Cleopatra.

— Cleo, s'il vous plaît. Personne ne m'appelle Cleopatra.

— Votre mère l'a fait.

— Elle se passionnait pour les reines égyptiennes, pendant sa grossesse. Je devrais sans doute m'estimer heureuse qu'elle ne m'ait pas baptisée Hatshepsout.

Il rit de nouveau. Pourquoi était-elle si contente à chacun de ses accès de gaieté ? Peut-être parce qu'elle voyait la tension disparaître de ses épaules et que les traits durs de son visage s'adoucissaient.

— Votre mère doit gagner à être connue.

— J'aimerais pouvoir le lui dire.

Il ouvrit la bouche pour répondre, et une expression de tristesse voila ses traits.

— Je suis désolé. Ma mère n'est plus là, elle non plus. Y a-t-il un mari pour Cleopatra ?

— Il y avait. Un homme imbu de lui-même qui ne fait plus légalement partie de ma vie.

Il resserra son emprise sur ses doigts.

— Désolé. Vous savez, je ne suis pas si imbu de ma personne. Je connais mes limites. Je sais danser, mais mes talents s'arrêtent là.

— Vous avez une femme ?

— Non. Au grand désespoir de ma grand-mère d'ailleurs. Personne ne me reprochera donc de raccompagner une si jolie femme dans le noir.

Il y avait longtemps qu'un bel homme ne lui avait pas fait de compliments. C'était agréable de faire semblant d'y croire.

— Merci. Mais… Vous me raccompagnez jusque chez moi ? Je pensais qu'on s'arrêterait au bas de la colline.

Une lueur chaleureuse brillait dans ses beaux yeux sombres, tandis qu'il la dévisageait en silence. Elle sentit ses joues s'empourprer.

— Votre mari était un imbécile, dit-il enfin.

— Ne parlons pas de lui.

— Ça, c'est très facile, dit-il avant de faire claquer ses doigts à la façon d'un magicien. Et voilà !

Elle sourit. Il avait un humour surprenant.

— Vous êtes à Sydney depuis longtemps ?

— Quatre jours.

Encore deux et il reprendrait l'avion ?

— Six jours, c'est à peine suffisant pour se remettre d'un si long vol, dit-elle en connaissance de cause. Il y avait une raison particulière à cette visite éclair ?

De nouveau, le regard de Felipe se perdit au loin.

— Oui.

Elle eut l'impression qu'un mur se dressait soudain entre eux. L'atmosphère s'était refroidie. L'homme au visage ténébreux qui avait dansé au cabaret était de retour. Elle comprit qu'il ne répondrait pas.

Une crainte vague la saisit. Que faisait-elle là, seule avec lui, au milieu de la nuit ? Elle s'arrêta. Les lumières de sa résidence étaient en vue. Il n'avait pas à savoir où elle vivait, n'est-ce pas ?

— Merci de m'avoir accompagnée. Je vais continuer seule.

Il secoua la tête et esquissa un sourire d'excuse.

— Je suis désolé. C'est difficile pour moi d'exprimer mes émotions. Je ne suis pas quelqu'un d'ouvert et d'expansif comme la personne que vous êtes sans doute.

— C'est un jugement un peu hâtif. Je vais rentrer maintenant. Je suis contente de vous avoir rencontré.

À la lueur d'un réverbère, elle contempla ses traits, et ce qu'elle vit l'attrista. Sur une impulsion, elle se haussa sur la pointe des pieds et lui effleura doucement les lèvres.

— Au revoir, Felipe.

Felipe inspira le parfum de la jeune femme, savoura le contact furtif de ses lèvres tendres et l'attira à lui pour marquer ce moment. Car elle avait raison, il devait la laisser partir.

En dépit de cette résolution, il captura sa bouche, attendant qu'elle s'écarte. Comme elle ne reculait pas, il glissa une main dans ses cheveux pour l'amener vers lui et, doucement, il se mit à butiner ses lèvres. À sa grande satisfaction, elle s'ouvrit comme une fleur, et il approfondit leur baiser pour percer le merveilleux mystère qu'était Cleo.

Sa douceur tiède et parfumée réchauffa le vide glacé au fond de lui. Leurs mains étaient toujours enlacées, et il sentit qu'elle lui pressait les doigts. En réponse, il l'étreignit plus étroitement.

Un long moment s'écoula, comme une parenthèse magique dans l'obscurité. Ils s'écartèrent enfin, se dévisagèrent et eurent la réponse à la question qu'ils n'avaient même pas formulée.

Ils échangèrent un sourire plein de promesses.

— Ou je pourrais faire encore un bout de chemin avec vous, dit-il en remontant ses doigts sur le poignet de la jeune femme pour sentir les battements de son pouls.

Contre toute attente, elle acquiesça. Quelques minutes plus tard, elle s'arrêta devant la porte d'entrée d'un petit immeuble.

Il entendait le bruit des vagues qui déferlaient. L'air était chargé d'une saveur de sel. Mais il respirait surtout le parfum enivrant de Cleo et la chaleur de son corps qui frôlait le sien.

Elle sortit un trousseau de clés de son sac, ouvrit la porte, puis se tourna pour lui faire face. Ce qu'elle lut sur son visage dut la rassurer, car elle se détendit manifestement.

— Voulez-vous entrer ?

— Oui, ça me plairait beaucoup, répondit-il, ignorant la voix de la raison qui le sommait de refuser.

Il la suivit, laissant son regard errer sur sa silhouette et l'arrondi charmant de son petit postérieur. Tandis qu'il montait l'escalier à sa suite, il admira ses jambes, longues et fuselées, et le balancement voluptueux de ses hanches sous sa robe claire.

Il sentit son corps se raidir, et son attirance monta en flèche. Quand ils eurent atteint le palier, son cœur battait sourdement. La proximité de cette femme envoûtante et la promesse qu'il entrevoyait le rendaient fou.

Elle glissa un regard vers lui au moment de tourner la clé dans la serrure, mais ce fut sans hésitation qu'elle poussa la porte. Il lui emboîta le pas et referma le battant derrière eux pour l'enlacer.

— C'est complètement fou, dit-elle dans un murmure.

— Quel mal y a-t-il, entre deux adultes consentants ?

Elle soupira et agrippa le devant de sa chemise.

— Aucun. Et c'est le bon moment, car bientôt vous serez parti.

— Nous avons cette nuit. Et j'ai prévu de vous protéger, dit-il en tapotant la poche de son pantalon.

Il lut dans ses yeux sa reddition complète. Déjà, elle se blottissait contre son torse. Leurs lèvres se joignirent. Lentement, il dénoua l'étole de soie bleue et la fit glisser de ses épaules pour embrasser son cou pâle.

Demain seulement, il penserait à son départ.

5.

Cleo sentit une vague de chaleur la submerger, tandis que cet homme grand et musclé qu'elle connaissait à peine couvrait sa peau de baisers. Mais, au lieu d'être nerveuse, intimidée ou même envahie de culpabilité, elle ne ressentait que du désir, et une certaine impatience.

— *Bella*, dit-il contre son cou.

Elle releva la tête et eut un choc. Ce qu'elle voyait dans ses yeux presque noirs ressemblait à de l'émerveillement.

Quand il l'avait embrassée, dehors, elle lui avait accordé sa confiance, totalement et sans raison. C'était exactement la même chose en cet instant, comme si elle entrevoyait l'homme qu'il était vraiment, et qu'elle approuvait sans réserve tout ce qu'il pourrait dire ou faire. Elle lisait aussi, dans son regard sombre, son besoin à elle d'être quelqu'un d'autre, le temps d'une nuit. Et comment expliquer cette si fulgurante connexion entre eux qui lui donnait la certitude que ce moment était sensé ? Plus tard peut-être, elle trouverait la réponse à cette question.

— Votre intérieur vous ressemble, dit-il. Vous êtes calme, accueillante et pleine de sérénité. C'est ce qui m'a donné envie de connaître votre espace.

Ses mains tièdes couraient sur elle de manière possessive, et ce contact semblait l'émerveiller autant qu'elle.

— Vous y êtes, désormais, répondit-elle.

De la paume, elle explora son torse ferme et sa belle musculature. Quelle force !

— Merci.

— Oui, vous pouvez me remercier, dit-elle en souriant.

Aucun homme n'a mis les pieds ici depuis que j'ai acheté cet appartement.

Une petite flamme dansa dans ses prunelles noires.

— Je suis vraiment honoré, alors, dit-il en se penchant pour l'embrasser.

Sa bouche était tendre, puis se fit plus ferme quand elle se coula contre lui.

— N'envisagez pas de beaucoup dormir cette nuit, dit-il.

Elle sentit son cœur s'accélérer. Cet homme embrassait divinement. En même temps, la femme audacieuse en elle se dévoilait. Nouant les mains derrière sa nuque, elle l'attira à elle et leurs langues se mêlèrent. Haletante, elle prit conscience qu'un désir brûlant la traversait de part en part.

Ses pensées devenaient chaotiques. Cependant, dans un coin de son esprit, elle s'étonna de la patience de Felipe. Car ils étaient toujours habillés. Sa précédente expérience amoureuse n'avait pas inclus de préliminaires prolongés, et cette approche différente l'excitait follement.

Comme s'il devinait son attente, il la souleva dans ses bras.

— C'est la première fois qu'un homme me fait tourbillonner, lui murmura-t-elle à l'oreille.

— Vous méritez tous les égards, Cleo. J'aimerais vous apprendre à danser avec moi. Mais il y a d'autres choses que nous pourrions faire.

Quand, se délectant de sa propre audace, elle enroula les jambes autour de sa taille, il ébaucha un sourire dévastateur. Elle-même n'en revenait pas, était-ce vraiment elle ?

Tout en la regardant au fond des yeux, il s'avança d'un pas assuré dans l'appartement, comme s'il savait d'instinct où se trouvait sa chambre. Bientôt, elle sentit le montant du lit contre ses jambes.

Avec une lenteur insupportable, comme s'il voulait prouver qu'ils avaient tout le temps devant eux, il la fit glisser le long de son corps pour la reposer au sol. L'excitation qui bouillonnait en elle contrastait avec la tendresse et la patience dont il faisait preuve. Quand elle eut de nouveau les pieds à terre, ils se firent face sans un mot. Puis Felipe la fit tourner dans le cercle de ses bras pour abaisser la fermeture Éclair de sa robe. Il dégagea une épaule et effleura sa peau nue de ses lèvres chaudes. Elle ferma les yeux. Quand il appliqua ces mêmes attentions à son autre épaule, elle sentit ses jambes flageoler.

La ramenant vers lui, il captura sa bouche, très doucement, comme s'il embrassait des pétales qu'il ne voulait pas flétrir. Touchée par sa délicatesse, elle sentit des larmes d'émotion lui piquer les yeux.

Les doigts de Felipe s'aventurèrent sous son bustier, entre ses seins. Bientôt, la robe glissa à terre dans un bruissement de tissu vaporeux.

— Vous êtes belle… Magnifique !

Sa voix était sourde, empreinte de respect et d'admiration.

À demi nue, elle redressa le menton, sa timidité envolée. Puis tout s'accéléra. Avec des gestes frénétiques, ils se déshabillèrent mutuellement pour se tenir nus l'un contre l'autre. Alors qu'ils faisaient l'amour, le clair de lune s'invita par la fenêtre, dessinant des jeux d'ombre et de lumière sur leurs corps enlacés.

Plus tard, encore haletants, ils entrèrent ensemble dans la cabine de douche pour s'adonner à d'autres jeux érotiques. Vers 3 heures du matin, épuisés, ils décidèrent de se faire du thé et des toasts.

Felipe parla à Cleo de ses origines, de son père qui avait refusé de s'occuper de lui à la mort de sa mère, de sa grand-mère qui allait bientôt mourir.

— J'avais sept ans et, comme je pleurais ma mère, il m'a dit d'être un homme et de garder mes émotions pour moi. Je suis allé vivre chez ma grand-mère, et c'est elle qui m'a poussé à apprendre le flamenco pour que je me libère de mon chagrin.

— Oh… contre l'avis de votre père ?

— Oui. La danse m'a apporté une paix intérieure. Ma grand-mère m'a tant donné, jamais je ne pourrais assez la remercier.

Cleo sentit son cœur se serrer.

— Qui va s'occuper d'elle quand sa fin sera proche ? demanda-t-elle doucement.

— Moi, bien sûr. Mais il y a un lieu de fin de vie à Barcelone, conçu comme un espace de paix et de sérénité. Une bonne maison. Mais j'en ai assez dit. Parlez-moi un peu de votre famille.

Elle raconta que ses parents étaient décédés quatre ans plus tôt dans un accident de bateau au large de Sydney et que leur disparition l'avait anéantie. Elle ne put s'empêcher d'évoquer aussi celui qui avait promis de la chérir pour toujours, mais qui l'avait abandonnée pour une autre. Suite à cette séparation, elle avait changé de carrière. Pour échapper aux souvenirs toxiques et prendre un nouveau départ.

Puis Felipe évoqua Barcelone. En l'écoutant, elle sentait un changement s'opérer en elle, comme si l'admiration qu'il lui portait pansait ses blessures et lui rappelait qu'elle était une femme désirable.

Il lui offrit la dernière bouchée de toast, puis l'emporta dans la chambre en riant, et ils firent l'amour avec un désir renouvelé. Pas une seule fois, il ne parla du matin ni du jour d'après, quand il rentrerait chez lui, et tacitement elle l'accepta.

Comme le jour se levait, Felipe s'habilla. Il déposa un baiser sur les lèvres de Cleo et, sans ajouter un mot, il quitta l'appartement.

La tristesse et la déception envahirent Cleo. Mais elle était incapable de regretter la nuit magique qu'elle avait partagée avec Felipe.

Le lundi matin, une brise froide soufflait de la mer quand Cleo poussa la porte de l'agence d'Escorte Assistance sanitaire.

En pénétrant dans le hall, elle se sentit vaguement désorientée. Mais rien n'était tout à fait normal depuis la veille, n'est-ce pas ? Et le beau Felipe s'envolait pour l'Espagne aujourd'hui. Elle n'allait plus courir à la fenêtre comme une idiote, dans l'espoir qu'il soit au pied de l'immeuble. S'il était resté, peut-être aurait-elle demandé à Jen ce qu'elle savait de lui. Car elle ne connaissait que son prénom.

Elle se ressaisit. Elle était au travail à présent, pour une nouvelle mission dont elle ne savait encore rien, à part sa destination, l'Espagne, qui l'enthousiasmait. L'Espagne ! Ce pays était décidément inscrit dans son destin, ces jours-ci.

Derrière le comptoir de la réception, Angie Peck balaya sa frange couleur châtain, et lui sourit. À la fois agent comptable, gestionnaire de crises et coordinatrice des transports internationaux, Angie alliait la gentillesse et l'efficacité.

— Bonjour, Cleo. Quel temps aujourd'hui, n'est-ce pas ! Comment appelle-t-on ce vent fort en espagnol ?

Cleo réfléchit un instant.

— Désolée, je ne vois pas.

La veille, elle avait feuilleté son manuel d'espagnol pour rafraîchir ses connaissances et découvrir le sens des mots que son beau danseur lui avait murmurés.

Angie se frappa le front.

— J'y suis ! Le *Levante*. Eh bien, nous avons un petit vent de changement pour toi, ici aussi. Ça concerne ton mode de transport.

Cleo attendit, piquée par la curiosité.

— Tu ne me dis pas de quoi il s'agit ?

— Tu sauras tout une fois à l'intérieur, répondit sa collègue en ébauchant un geste mélodramatique vers le bureau directorial. Ton calme légendaire va être apprécié.

Cleo lui jeta un regard intrigué et alla frapper à la porte du sanctuaire. Depuis près d'un an qu'elle travaillait à Escorte Assistance sanitaire, elle avait effectué nombre de transferts de patients à l'étranger : des femmes enceintes et de jeunes mamans avec leur bébé, mais aussi des clients de tous âges, malades ou blessés. Mais c'était la première fois qu'elle était convoquée au bureau préalablement à un transfert. D'habitude, on la prévenait par mail ou par téléphone, puis elle rencontrait le patient à l'hôpital. Quand on faisait appel à elle pour ses compétences de sage-femme, elle rencontrait souvent les femmes dans l'aile privée de l'hôpital, où les VIP comme Sofia Gonzalez venaient accoucher. D'ailleurs, comment allait la jeune femme ? Elle aurait pu avoir de ses nouvelles par Jen, mais elles ne s'étaient pas revues depuis le samedi.

La porte s'ouvrit, et la haute silhouette de Sir Reginald apparut.

— Ah, Cleo. Merci d'être venue, dit-il en l'invitant à prendre place dans un fauteuil.

Au lieu de s'asseoir derrière son bureau, le directeur arpentait la pièce d'un pas nerveux.

— Notre client est *don* Felipe Gonzalez.

Incroyable le nombre de Felipe qu'elle rencontrait depuis deux jours, se dit-elle. Le guichetier de la poste où elle s'était rendue juste avant de venir ici, le livreur de pizza la veille au soir avec son prénom brodé sur sa chemise, sans compter, bien sûr, le séduisant danseur avec qui elle avait eu une si brève liaison et qui l'avait quittée au matin sans un mot.

Stop ! N'y pense plus ou tu vas rougir.

— Don Felipe est le cousin de Sofia Gonzalez, dit son patron.

— Sofia ? La jeune femme dont je me suis occupée mercredi soir ?

— Exact. Elle vous a spécifiquement demandée. Elle aimerait que vous l'escortiez, elle et son bébé, jusqu'à Barcelone. C'est son cousin qui réglera le voyage. Il fait partie d'une des plus riches familles de Catalogne. *Don* Felipe a tenu à superviser lui-même toute l'organisation du transfert et vous accompagnera sur ce vol.

Cleo fronça les sourcils. Sofia n'était certainement pas heureuse de cet arrangement. Quant à elle, elle n'avait aucune envie de rencontrer ce monstre !

Sir Reginald s'installa à son bureau.

— Je crains que notre cliente ne soit très mécontente de la présence de *don* Felipe, dit-il. Maintenant qu'il l'a convaincue de rentrer en Espagne, il veut s'assurer qu'elle arrivera en toute sécurité. Il a donc insisté pour l'accompagner.

Pourquoi son patron l'informait-il avec un tel luxe de détails des circonstances de cette mission ? Devait-elle à ce point redouter ce *don* Felipe ?

— Quelles sont les modalités du transfert ? demanda-t-elle posément.

— Vous voyagerez à bord de l'avion privé de *don* Felipe.

Elle se raidit. Elle n'aimait pas l'idée d'être constamment sous l'œil de qui que ce soit, en dehors du commandant de bord, et encore moins de ce *don* Felipe qui mettait son patron, et surtout sa cliente, à cran.

— Dans ce cas, êtes-vous sûr que ma présence est nécessaire ?

— Oui. Mlle Gonzalez n'a consenti à rentrer en Espagne avec lui qu'à la condition que vous l'escortiez. Elle a décidé que personne d'autre ne lui conviendrait et elle a demandé que vous restiez les deux premières semaines auprès d'elle, si vous acceptez.

Cleo assimila l'information. Cela faisait un an que Jen la suppliait de l'accompagner à Barcelone, la ville natale de Diego. Bien sûr, elle était tentée, et encore plus depuis samedi soir, même si retrouver son beau danseur parmi les un million cinq cent mille habitants de la ville n'était pas envisageable !

— Deux semaines ? dit-elle en haussant les sourcils. Il arrive qu'on nous demande de rester un jour ou deux, mais deux semaines, ça semble excessif, non ?

Sir Reginald hocha la tête.

— Il s'agit d'un ordre exprès de *don* Felipe. Ça dépend de vous, bien entendu.

— Sofia est réticente à faire ce voyage, n'est-ce pas ?

— Oui, très.

Elle espérait que son cousin ne la forçait en aucune manière.

— Et le père du bébé ? Il sait que l'enfant va partir ?

— Il n'a apparemment plus son mot à dire. Mais je pense qu'il est au courant, effectivement.

Elle avait besoin d'y voir clair, cette histoire la mettait assez mal à l'aise. Peut-être parce que son instinct lui soufflait que quelque chose sonnait faux.

— Avant de vous donner ma réponse, j'aimerais parler à Sofia. Pour savoir si c'est vraiment son idée ou celle de son cousin si autoritaire.

Sir Reginald releva la tête, et son regard austère se fit perçant.

— Vous songez à refuser cette mission ?

— Non. Mais il y a beaucoup de choses à prendre en compte.

La décision soudaine de Sofia, le vol privé, la présence du *señor* Gonzalez et le séjour de deux semaines sous la surveillance de ce despote que je ne connais pas…

— Ce n'est pas un despote, comme vous dites, répondit son patron.

Cleo se sentait de plus en plus mal à l'aise, mais sa sympathie pour la jeune mère s'était renforcée, face à ces hommes qui semblaient vouloir décider à sa place de son avenir.

— Pourriez-vous organiser une entrevue avec Sofia, Sir Reginald ?

Une lueur étrange dansait dans le regard de son patron.

— Je pense que c'est une excellente idée, compte tenu des personnalités impliquées. Je vais demander à Angie de prendre les dispositions pour ce matin. Tenez-moi informé de cette visite, dit-il en se levant.

Cleo se leva à son tour. Nul doute que le directeur réalisait une belle marge avec ce contrat, en plus des frais exorbitants que l'agence facturait habituellement.

6.

Deux heures plus tard, Cleo entrait dans la chambre de la maternité en poussant un fauteuil roulant.

— Bonjour, Sofia. Comment allez-vous ?

— Oh ! je suis contente de vous voir. Merci d'être venue, dit la jeune mère en esquissant un sourire tendu.

Cleo s'arrêta devant le berceau et se pencha vers le bébé qui dormait. Sur son poignet minuscule, un bracelet indiquait « Isabella ».

— Félicitations. Elle est encore plus belle qu'à sa naissance, et vous lui avez donné un joli prénom.

Les traits de Sofia s'adoucirent.

— On dirait une poupée. Les bébés sont parfaits quand ils dorment.

— Comment est-elle quand elle est éveillée ?

— Bruyante et grincheuse quand je tarde à la nourrir. Mais quand elle tète, elle me regarde avec de grands yeux et je fonds d'amour pour elle.

Comme toutes les mères, Sofia était à la fois vulnérable, protectrice et angoissée avec son enfant. Cleo se promit de l'aider au mieux, quitte à s'opposer à son horrible cousin.

— Mon patron m'a dit que vous aimeriez que je reste deux semaines auprès de vous en Espagne ? Est-ce vraiment ce que vous voulez ? Que je vous assiste pendant votre repos post-natal ?

Sofia soupira.

— Oui. Mon cousin prétend que ma grand-mère est malade. Je ne le crois pas, mais j'ai décidé de rentrer au cas où il y aurait une part de vérité dans ce qu'il raconte. Mais pas question qu'il me tyrannise. Je déteste qu'il intervienne dans ma vie !

— La haine est une émotion très négative. Votre bébé va la ressentir, dit doucement Cleo.

Comme pour illustrer ses paroles, le bébé remua et fit entendre un gémissement de détresse. Instinctivement, Sofia posa une main sur la petite couverture.

— Vous croyez qu'elle ressent mes émotions ?

— Bien sûr. Vous êtes la personne la plus importante dans sa vie. Elle est très sensible à ce qui vous touche. Puisque je vais vous accompagner, je vous aiderai à créer une aura relaxante autour d'Isabella. Le bébé communique avec sa mère quand celle-ci est calme.

— J'oubliais que vous êtes une sage-femme *New Age*.

Cleo sourit.

— Et nous allons voyager confortablement en avion privé. Est-ce si négatif ? Vous n'aurez à vous occuper de rien.

— Non, bien sûr. C'est juste que je ne veux pas de Felipe.

Malgré l'assurance qu'elle affichait, Sofia semblait terriblement vulnérable. Cleo sentit son cœur se serrer face à cette jeune femme dont la vie était sens dessus dessous. Son cousin était un horrible bonhomme ! Comment pouvait-on séparer une jeune femme enceinte de son fiancé ? Où en était Sofia maintenant ? Difficile pour elle d'être une mère sereine, quand son univers était en miettes, qu'elle se retrouvait mère célibataire et sous l'autorité d'un cousin détestable, décidé à gérer sa vie. Sofia devait avoir l'impression de n'avoir aucun allié.

Eh bien, je serai là pour elle.

Quant au père d'Isabella, il avait disparu un peu trop facilement. Peut-être ne valait-il pas mieux que son ex-mari ? Mais là, elle s'avançait un peu.

— Considérez ce *don* Felipe comme un mal nécessaire qui vous amènera à destination en toute sécurité.

Un rire nerveux secoua la jeune maman.

— Oh ! je suis si contente que vous ayez été là pour mon accouchement.

— Moi aussi, dit Cleo avec sincérité.

Elle n'avait pas souvent l'occasion d'assurer des gardes en

tant que sage-femme, et cela lui manquait. Mais elle aimait sa nouvelle activité qui lui faisait côtoyer des clients d'âges différents. Les missions étaient variées, et elle y prenait un réel plaisir. D'autant que cette occupation l'avait aidée à oublier le naufrage de son mariage.

— Les deux semaines qui viennent seront plus faciles, car votre lien avec Isabella va grandir. Je vois déjà que ça se passe merveilleusement bien entre vous.

— J'ai besoin de quelqu'un de fort à mes côtés, dit Sofia. Surtout si je dois passer du temps avec *lui*…

Elle consulta la montre élégante à son poignet.

— Il vient me chercher dans deux heures.

— Dites-moi comment se passent l'allaitement et les soins que vous donnez à Isabella. Ensuite, nous nous préparerons en vue du vol.

Une heure plus tard, et non deux, on frappa à la porte de la chambre. Sofia leva les bras au ciel.

— Je ne veux pas le voir ! Je ne suis pas prête. Ça lui ressemble bien d'être en avance !

Cleo, qui s'efforçait de calmer la jeune femme, se figea dans une horreur sans nom en voyant celui qui entrait. Car le cousin de Sofia n'était autre que *son* Felipe, le danseur de flamenco du samedi soir !

Son sang se glaça dans ses veines, tandis qu'elle tâchait de comprendre cette situation extravagante. L'homme qu'elle avait essayé d'oublier après une nuit torride traversa la chambre pour se planter devant elle.

Elle se sentit pâlir affreusement. Il n'y avait aucune trace de sourire sur ses lèvres sensuelles. Il savait ! Il s'était forcément arrangé auprès de l'agence pour l'engager elle, spécifiquement. Sans la prévenir !

— Cleo Wren, je présume. Je suis Felipe Alcala Gonzalez, le cousin de Sofia.

— Je vois.

En dépit de son humiliation, elle se félicita de ce ton détaché.

Mais une vague de chaleur traîtresse montait en elle, menaçant de la submerger.

Oh ! mon Dieu ! Elle était pathétique… N'avait-elle pas suffisamment subi de mensonges et de trahisons ? Comment pouvait-elle être encore troublée par cet homme ?

Mais il était difficile de ne pas être impressionnée. Felipe portait un manteau trois quarts très élégant sur un pantalon à la coupe parfaite. Ses cheveux tirés en arrière étaient noués par un lien de cuir. Elle retrouvait l'homme ténébreux qui avait dansé avec passion. Ce soir-là, il n'avait pas fait mention de son nom de famille, ni de sa fortune. De quoi lui avait-il parlé ? Du flamenco, de son affection pour sa grand-mère, mais rien sur ses origines, sur sa vraie vie. Comment aurait-elle pu faire le rapprochement avec Sofia ?

Elle avait envie de fuir, mais Sofia voudrait savoir ce qui se passait. Aussi Cleo, s'adjurant au calme, resta-t-elle immobile, le visage impassible.

Il lui tendit la main.

Pas question ! Chaque fois qu'ils s'étaient touchés, elle avait tressailli de désir. Au lieu de serrer ses doigts, elle le regarda bien en face. Son regard sombre se plissa, et il baissa le bras en se raidissant.

À vous de jouer, don *Felipe. Je ne sais absolument pas comment nous allons nous comporter maintenant.*

Il semblait jauger la situation d'un air supérieur, tel un conquérant déterminé à remporter un nouveau territoire. Eh bien, elle ne se laisserait pas posséder, et il ne lui mentirait pas une seconde fois !

Très vite, elle rétablit ses défenses et se félicita d'avoir chassé pour de bon le désir de se lover dans les bras de cet homme. Elle avait baissé la garde, l'autre soir, mais tout cela était fini.

Il faisait semblant de la rencontrer pour la première fois. Devait-elle faire la même chose ? Mentir comme son ex-mari ? Elle détestait les mensonges ; elle détestait donc Felipe. C'était aussi simple que ça.

Ouf, quelle libération !

Cleo se tourna vers Sofia qui s'agitait sur son lit. Ses yeux bruns étincelaient d'amertume, et son expression de dépit accentuait la ressemblance familiale, désormais frappante.

— Que fais-tu ici si tôt ? dit Sofia. J'ai changé d'avis. Je reste ici !

Cleo observa les deux cousins. *Aussi impétueux l'un que l'autre !* Elle était folle d'accepter cette mission maintenant que Felipe était impliqué. En même temps, elle perçut l'angoisse de la jeune femme. Que se passait-il vraiment dans cette famille ? S'était-elle complètement trompée sur celui à qui elle s'était donnée l'autre nuit ?

— Ce n'est pas à toi de me dire de venir ou de partir, Sofia, dit Felipe d'un ton calme et assuré.

— Je ne veux pas de toi ici !

Sofia, au bord de l'hystérie, fondit en larmes. Cleo comprit qu'elle devait mettre fin à la confrontation.

— *Don* Felipe, ma cliente est bouleversée, et le bébé risque d'être perturbé, dit-elle d'un ton professionnel. J'aimerais vous parler un instant dans le couloir.

Il la regarda intensément. Puis, après un long silence, il hocha la tête et fit un geste de la main.

— Après vous.

L'intonation sardonique n'échappa pas à Cleo. Comme elle gagnait la porte, elle sentit la brûlure de son regard dans son dos, et un souvenir vivace lui traversa l'esprit. La dernière fois qu'il l'avait suivie, dans son appartement, il l'avait enlacée. Oh ! cela n'allait pas se reproduire. Aucun risque ! Elle attendit que la porte fût refermée pour faire face à Felipe.

— C'est donc vous, l'horrible cousin ?

— Mon rôle est de protéger ma famille des escrocs. C'est ce qu'était le fiancé de Sofia, répondit-il en se passant une main dans les cheveux comme s'il était exaspéré. Ce mufle avait déjà installé sa maîtresse dans l'appartement de ma cousine !

Oh ! mon Dieu !

— J'espère que vous avez mis fin à la situation ?

Il sourit, mais il n'y avait aucune trace d'amusement dans son regard, et elle frémit en voyant son air implacable.

— Absolument. L'expulsion a été rapide.

— Pourquoi Sofia doit-elle rentrer si vite en Espagne ? Elle est encore fatiguée de son accouchement.

Une immense tristesse voila les traits de Felipe, qui dissimula aussitôt son émotion sous un masque impénétrable.

— Parce que, si vous vous souvenez de ce que je vous ai dit, notre grand-mère va mourir. Avant de quitter ce monde, elle souhaite revoir Sofia et connaître son bébé. Je veux faire en sorte que son vœu soit respecté.

Elle se souvenait de tout ce qu'il avait dit ce soir-là. Sur ce point au moins, il ne mentait pas. Elle avait lu la vérité dans son regard dévasté.

Il jeta un coup d'œil impatient vers la porte avant de reporter son attention sur Cleo.

— En dépit de ce qui s'est passé entre nous, Sofia vous fait confiance. Elle est importante à mes yeux, c'est pourquoi j'ai pris des dispositions pour que vous veniez aussi. Nous devons faire avec et prétendre que la nuit de samedi n'a jamais eu lieu.

Malgré elle, elle ressentit un brusque sentiment de vide. Mais il avait raison, ce serait beaucoup plus facile comme ça et au fond ils étaient d'accord. C'était une bonne chose aussi qu'il tienne compte de Sofia.

— Quelle est la gravité de l'état de votre grand-mère ?

— Le cancer s'est généralisé, et elle ne reçoit plus que des soins palliatifs. Je pense qu'elle a seulement quelques semaines à vivre. Si elle peut aller jusque-là.

D'où sa détermination à partir aujourd'hui même.

— Nous devrions retourner auprès de Sofia et l'aider à se préparer, dit-elle.

Sans répondre, il ouvrit la porte et s'effaça pour laisser Cleo entrer. Puis il s'adressa à sa cousine :

— Ta sage-femme nous accompagnera et prendra ta défense. Es-tu décidée à partir, maintenant ?

Les yeux de Sofia brillaient de larmes, mais elle se ressaisit et redressa les épaules.

— *Sí*. Si je dois partir sans mon fiancé, je choisis au moins mon assistante.

— Ton fiancé était un sale type, Sofia.

— Pas avant que tu lui offres de l'argent pour qu'il me quitte !

Elle jeta un regard implorant vers Cleo.

— Vous voyez pourquoi j'ai besoin de vous ? Vous m'aiderez si je décide de ne pas rester en Espagne ?

— Y a-t-il une raison pour que vous ne puissiez pas partir si vous le désirez ? demanda Cleo.

— Demandez-lui.

— *Don* Felipe ? Sofia est-elle libre de quitter l'Espagne si elle le souhaite ? demanda Cleo d'un ton professionnel.

— Elle peut aller et venir comme elle veut. On n'enlève pas les gens en Espagne et on ne les retient pas non plus contre leur gré. Dès qu'elle aura vu sa grand-mère, elle décidera de ce qu'elle veut faire. Ma cousine dispose de ses propres ressources. Cependant, je préférerais qu'elle reste… jusqu'à la fin.

Le regard de Cleo navigua entre la jeune mère et l'homme qui s'était posté, les bras croisés, près de la fenêtre. Elle savait à présent qu'il pouvait se montrer impitoyable. En homme riche, il avait voulu s'encanailler avec elle sans dévoiler son identité. Elle se sentait rabaissée, humiliée, une bonne raison de se tenir à distance pendant la durée de sa mission.

— *Don* Felipe, quand comptez-vous partir ?

— Aujourd'hui, à 16 heures. Si Sofia peut être prête. Et je vous en prie, appelez-moi Felipe.

Mais quel Felipe ? Cleo sentit l'amertume monter en elle.

— Peut-être pouvez-vous nous laisser seules pour discuter des soins à apporter au bébé ? Il semble que vous ayez une heure d'avance, dit-elle en regardant sa montre.

Il haussa ses sourcils sombres. Elle lut une sorte de mise en garde dans ses traits, mais également un certain d'amusement, qui l'irrita.

— Je reviens dans une heure. Sofia m'enverra un texto si

vous terminez votre discussion plus tôt que prévu. Sur le chemin de l'aéroport, nous vous déposerons chez vous pour que vous récupériez votre valise et votre passeport.

Cleo fulmina. Les besoins domestiques ou logistiques d'autrui ne comptaient pas pour lui. Certes, elle avait déjà bouclé sa valise, et il ne lui faudrait pas beaucoup de temps pour vider son réfrigérateur des denrées périssables, mais elle n'allait certainement pas lui dire cela !

— Désolée, c'est impossible. J'ai besoin d'une heure au moins.

— Alors, nous passerons vous prendre quand vous serez en mesure d'être prête, dit-il d'un ton doucereux.

Là-dessus, il sortit de la chambre en trois enjambées.

— Je déteste cet homme ! dit Sofia.

Cleo en agrippa le dossier d'une chaise. *Je pense que moi aussi.*

— Son père était un sale type, puissant, arrogant et dur. Je me suis enfuie de chez lui. Je ne pensais pas que Felipe était pareil.

— Est-il vraiment si puissant ?

— Oui, très. Notre famille a une immense fortune que Felipe gère en partie, maintenant que notre grand-mère ne peut plus s'occuper des affaires. Elle voudrait qu'il se marie. Depuis des années, elle lui présente des Catalanes de la bonne société.

Cleo refusa de s'attarder sur cette remarque.

— Et elle est mourante, d'après votre cousin.

Les beaux yeux de Sofia se voilèrent.

— C'est ce qu'il dit, mais je n'en crois pas un mot.

Cleo était d'un autre avis. Elle avait vu le visage de Felipe lorsqu'il avait évoqué sa grand-mère.

7.

Felipe gagna l'ascenseur de l'hôpital et appuya d'un geste rageur sur le bouton d'appel.

Cleo Wren !

La femme qui l'avait séduit et dont il avait quitté le lit la veille… En sortant de son immeuble, il avait levé les yeux vers sa fenêtre comme un crétin sentimental ! Il était encore choqué par son propre comportement. Jeter son dévolu sur une inconnue et faire l'amour avec elle… Le plus incroyable était qu'il n'avait pu se rassasier d'elle.

Son dimanche avait été bien rempli, mais, de temps à autre, ses pensées le ramenaient vers la nuit qu'il avait partagée avec elle et, dans ces brefs moments, il avait eu follement envie de la revoir. Mais il savait dès le début qu'il ne pouvait pas rester en Australie. En prolongeant leur aventure de quelques heures, il ne lui aurait pas rendu service.

La retrouver aujourd'hui mettait ses sens en émoi et les souvenirs de leur nuit mémorable lui percutaient le cerveau. Il revoyait ses yeux d'un bleu étincelant, de la même nuance que l'étole qu'il avait ôtée pour révéler son cou pâle. Il avait l'impression qu'il venait de faire ce geste et qu'il sentait la douceur de sa peau satinée sous ses doigts. Il ne s'attendait pas à ressentir un tel choc en la revoyant. Il avait été presque aussi étonné qu'elle. Pourtant, lui savait qu'elle serait là. Il avait fait la démarche auprès de l'agence.

Quand Sofia lui avait parlé de Cleo, il avait tout de suite su de qui il s'agissait. Il ne pouvait y avoir qu'une sage-femme prénommée Cleo aux alentours. Il avait eu quelques heures pour se préparer à cette entrevue.

Mais Cleo avait refusé de lui serrer la main. Il n'était pas difficile de deviner pourquoi. Il savait qu'ils se retrouveraient et ne l'avait pas prévenue. La confiance qu'elle avait si délibérément placée en lui l'autre soir avait été ébranlée. Il le regrettait terriblement.

Poursuivre cette aventure ne ferait que les blesser tous les deux. Et mieux valait ne pas mélanger travail et vie privée. Il ne leur restait plus qu'à oublier cette rencontre d'une nuit.

Oublier ? Il faillit éclater de rire à cette pensée. Cleo avait été si douce, si délicieuse qu'il ne pourrait jamais l'oublier. Quant à prendre ses distances, ce n'était pas envisageable non plus dans les deux prochaines semaines.

De toute façon, un rapprochement entre eux était voué à l'échec. Ils vivaient à des milliers de kilomètres l'un de l'autre, et menaient des vies totalement différentes. Si Cleo tenait à être libre de ses choix, à l'inverse il avait de lourdes responsabilités auxquelles il ne pouvait se soustraire. Pourtant, l'espace d'une nuit, elle lui avait permis d'être l'homme qu'il était vraiment, plutôt que le médecin de patients en phase terminale, le cousin odieux, le directeur de nombreuses sociétés ou le chef d'une illustre famille. Avec elle, il avait pu être simplement Felipe.

Il rejoignit son chauffeur.

— Je vais à l'hôtel, Carlos. Je resterai là-bas jusqu'à ce que ma cousine appelle. Vous vous rendrez ensuite à l'appartement de Sofia et vous chargerez les bagages qui doivent déjà être prêts. Voici les clés. Ensuite, revenez me chercher.

— *Sí, don* Felipe.

Il monta dans la voiture et se renversa contre la banquette en fermant les yeux. Bizarrement, ce n'était pas la longue liste de tâches à accomplir avant le départ qui occupait son esprit, mais le désir de tenir Cleo entre ses bras.

Un quart d'heure plus tôt, il avait tout fait pour contrôler cette impulsion. Elle l'avait regardé avec détachement. Pourtant, derrière son attitude très professionnelle, il avait perçu qu'elle était blessée et en colère.

Mais il avait d'autres priorités : sa famille, son métier, ses engagements. Il n'avait pas réagi à temps en ce qui concernait Sofia. L'annonce soudaine de ses fiançailles aurait dû passer avant ses autres responsabilités. Oui, il avait failli envers sa cousine, raison pour laquelle il avait parcouru la moitié du globe pour mettre les choses en ordre.

Et par un hasard du destin, il avait rencontré Cleo…

Sa grand-mère avait insisté pour qu'il aille lui-même chercher Sofia. Il avait détesté l'idée de laisser la vieille dame alors qu'elle était si malade. Il lui avait même suggéré de faire appel à Diego pour ramener la jeune femme. Mais sa grand-mère avait été catégorique, arguant que Sofia refuserait de suivre ce dernier.

Voilà pourquoi Felipe avait consenti à ce voyage. Dans vingt-quatre heures, il serait de retour avec sa cousine et un adorable bébé qui mettrait un sourire sur le visage de leur grand-mère.

Il serait aussi accompagné de Cleo Wren, et seul le temps dirait ce que la présence de cette jolie sage-femme apporterait dans sa vie personnelle.

8.

Plongées dans leur conversation sur tout ce qui touchait à la maternité, Cleo et Sofia retrouvèrent leur complicité.

La petite Isabella tétait avec avidité, mais il était difficile ensuite de la calmer. Cleo dut mettre tout son savoir-faire en œuvre pour lui donner de bonnes habitudes.

Au bout d'un moment, elle consulta sa montre et constata que l'heure que Felipe leur avait accordée était déjà presque passée.

— Sofia, vous devriez envoyer un texto à votre cousin. Plus tôt vous partirez, plus vite vous et Isabella trouverez vos marques.

La jeune femme balaya ses mèches brunes d'un geste nerveux.

— Malheureusement, je n'ai pas le choix, dit-elle avant de s'emparer de son téléphone.

Quand elle eut terminé, elle jeta l'appareil sur la table de chevet.

Cleo la regarda pensivement.

— Voulez-vous prendre une douche pour vous relaxer avant son arrivée ? Vous vous sentirez fraîche pour le voyage. Je veillerai sur Isabella.

— Bonne idée. J'en avais assez d'être en pyjama, je vais enfin pouvoir mettre des vêtements de ville.

— Parfait. Vous êtes une vraie lionne. Dès que vous serez prête, je rentrerai faire mes derniers préparatifs. Avant que votre cousin ne fonde sur moi comme un rapace !

Occupée à rassembler ses affaires de toilette, Sofia prit un air amusé.

— Un rapace ? Oui, ça lui ressemble. Je vous aime bien, Cleo.

— Moi aussi. Nous allons passer deux semaines agréables à vous installer confortablement dans votre nouvelle vie.

La jeune femme soupira.

— Du moment qu'ils n'essaient pas de me marier à un homme qu'ils jugent présentable ! C'est ce que le père de Felipe avait l'intention de faire. Si c'est le cas, je ne resterai pas.

Voyant de nouveau l'inquiétude crisper ses traits, Cleo s'efforça de la rassurer.

— Pas de souci. Vous irez vivre ailleurs, et je serai là pour vous aider.

— C'est vraiment bon de vous savoir auprès de moi, dit Sofia avant d'entrer dans la salle de bains.

Cleo espérait simplement être à la hauteur de sa tâche. Car elle redoutait de se trouver bientôt sous l'autorité d'une puissante famille d'aristocrates, dans un pays étranger, et en compagnie d'un homme qui avait été son amant le temps d'une nuit !

Pourvu que personne d'autre ne l'apprenne.

Comme Sofia réapparaissait, impeccablement maquillée et vêtue d'une robe claire, l'impressionnante silhouette de Felipe s'encadra dans l'entrée de la chambre.

À croire qu'il avait choisi ce moment pour faire son effet !

— Ah, mon chauffeur est arrivé, dit Cleo, décidée à lui montrer qu'il ne l'impressionnait pas.

À sa grande satisfaction, elle vit ses yeux sombres s'arrondir de surprise. Eh bien, tant pis si la situation désavantageuse dans laquelle elle se trouvait la rendait odieuse !

Il esquissa un sourire sarcastique.

— Non, *mon* chauffeur vous attend. Je lui ai donné votre adresse.

Elle se raidit, puis se tourna vers Sofia. Pourvu qu'elle n'ait pas entendu cette dernière phrase ! Heureusement, elle s'occupait d'Isabella qui venait de se réveiller, et ne semblait pas prêter attention à ce qui se passait autour d'elle.

Ouf...

— Nous nous reverrons tout à l'heure à l'aéroport, Sofia. Puis-je vous faire des courses ? Je sais que nous avons tout ce qu'il faut pour le bébé, mais vous désirez peut-être encore quelque chose ?

— Je vais quitter l'Australie, alors j'aimerais emporter du Vegemite et des biscuits Tim Tam en souvenir.

— Vous en trouverez à l'aéroport. Il y a une boutique…

— Nous ne traverserons pas cette zone du terminal, coupa Felipe.

— Oh ! dit Cleo avec un sourire exagéré. Je demanderai donc à votre chauffeur de m'arrêter en chemin.

— *Gracias*, Cleo, dit Sofia.

— *De nada.*

Elles échangèrent un regard complice qui n'échappa pas à Felipe. Cleo espéra secrètement qu'il se sentait exclu.

Comme elle passait, la tête haute, devant lui, il dit :

— Pendant ce temps, je vais m'assurer que les médecins ont bien autorisé Sofia à quitter l'hôpital.

Grand bien lui fasse ! Elle avait déjà pris cette précaution. Mais au moins, il ne la suivrait pas.

Exactement une heure après avoir déposé Cleo devant son immeuble, la voiture noire revint se garer le long du trottoir. Felipe Gonzalez ouvrit la portière arrière et déploya sa silhouette. En voyant son unique sac de voyage, il sembla passablement surpris.

— Vous voyagez léger.

Cleo recula comme pour vérifier que la porte du hall s'était bien refermée, mais surtout pour mettre plus de distance entre eux.

— Oui, répondit-elle. C'est une qualité très utile dans mon métier.

Le chauffeur chargea son bagage dans le coffre, et Felipe remonta en voiture. Il y avait quatre places en face à face. Sofia avec Isabella dans son siège bébé occupaient la banquette dans le sens contraire de la marche. Cleo n'eut d'autre choix que de s'installer près de Felipe. Elle faillit demander à s'asseoir à l'avant avec le chauffeur, mais cela aurait été de la lâcheté et elle se glissa finalement à l'arrière.

Une fois assise, elle concentra son attention sur Sofia.

— Vous n'avez pas eu de mal à harnacher le siège bébé ? lui demanda-t-elle.

— Mon cousin a tenu à le faire lui-même, répondit la jeune femme en soupirant.

— Ce n'est pas la première fois que je le faisais, c'est tout, dit-il tandis que la voiture démarrait.

— Ah… Vous avez des enfants, *don* Felipe ? demanda Cleo le plus innocemment qu'elle pût.

— Non.

Bien sûr, il lui avait déjà dit qu'il n'était pas marié, mais il lui avait par ailleurs caché un certain nombre de choses. Peut-être avait-il des enfants avec des femmes différentes, tout en restant célibataire ? Non, sans doute pas, se reprit-elle en souriant intérieurement.

— Isabella est très calme, dit-elle. Elle semble heureuse avec elle-même.

Contrairement à sa maman.

Car Sofia gardait une expression butée. Sans doute les deux cousins s'étaient-ils une nouvelle fois disputés.

Ils n'échangèrent presque aucune parole pendant le trajet jusqu'à l'aéroport. Le silence tendu et la proximité de la hanche de Felipe rendaient Cleo excessivement nerveuse. Être assise auprès de l'homme avec qui elle avait partagé une nuit de sexe torride la plaçait hors de sa zone de confort. Elle n'osait pas baisser les yeux, car la cuisse énergique tout près de la sienne lui rappelait leur moment d'intimité, comme ses mains longues qui avaient caressé son corps nu ou ses bras musclés qui l'avaient enlacée.

Oh ! mon Dieu ! Elle allait devenir folle…

Restait à espérer que la tension qui régnait s'apaiserait une fois en vol. Sinon, elle n'osait imaginer dans quel état de nervosité ils atterriraient à Barcelone !

Le contrôle de la douane fut une simple formalité, et ils continuèrent en voiture sur le tarmac jusqu'au jet privé. C'était la première fois qu'elle voyageait à bord d'un tel appareil.

L'équipage les accueillit chaleureusement. Cleo s'interrogea.

Avait-on vraiment besoin d'elle, avec tout ce personnel en renfort ? Puis elle pensa à Sofia, qui était si vulnérable. Oui, elle serait utile à quelqu'un, finalement.

Presque immédiatement, Felipe s'éloigna vers l'avant de la cabine en déclarant qu'il les verrait plus tard. S'isolait-il pour travailler ou se reposer ? Toujours fut-il que l'atmosphère se détendit considérablement après son départ.

La nuit tombait quand l'avion décolla. Bercée par le léger mouvement de l'appareil, Isabella était très calme. Sofia bénéficiait d'un peu d'intimité pour la nourrir et prendre quelques heures de sommeil.

Après avoir demandé à l'hôtesse de la réveiller si le bébé s'agitait, Cleo s'endormit dans le siège inclinable.

Puis il y eut la tétée, après quoi Cleo installa confortablement la mère et l'enfant sur une couchette. Toutes deux ne tardèrent pas à s'endormir de nouveau.

Cleo était nerveuse à présent et incapable de se reposer davantage. *Un thé à la menthe !* Voilà ce qu'il lui fallait.

Comme l'hôtesse n'était nulle part en vue, Cleo se dirigea vers l'avant où elle pensait trouver la cuisine de bord. Mais en écartant le rideau, elle découvrit avec surprise un petit salon circulaire.

Et Felipe.

Il releva la tête. Un éclair traversa ses yeux noirs, comme un souvenir brûlant qui disparut aussitôt.

Cleo arrangea le bandeau qui maintenait ses cheveux pour se donner un air professionnel. Mais le regard que Felipe lui lançait n'avait rien de raisonnable, et elle sentit le rouge lui monter aux joues. Avant qu'elle ait pu se retirer, il l'appela.

— Entrez. Je vous dois des excuses.

Elle n'avait qu'une envie : retourner à sa place et cacher son visage empourpré. Mais elle était en mission, et Felipe était son employeur.

Elle prit une profonde inspiration.

— Je suis venue chercher du thé à la menthe, pas des excuses.

— Toujours aussi directe. Je retrouve la Cleo que j'ai rencontrée, répondit-il d'un ton nonchalant.

— Comment sauriez-vous qui je suis vraiment ? demanda-t-elle en s'efforçant de ne pas laisser paraître son irritation. Nous nous sommes à peine parlé.

Un sourire sensuel apparut sur les lèvres de Felipe. Cleo sentit sa peau s'enflammer. L'homme facétieux qu'elle avait connu l'avant-veille était de retour, pensa-t-elle malgré elle. Des souvenirs indésirables la submergèrent, et elle crispa les poings. Elle devait rester dans son rôle.

— Votre cousine est ma cliente, et vous êtes quelqu'un d'influent ; mieux vaut donc éviter ce genre de conversation. Je vais trouver du thé et je retourne à ma place.

Sans la quitter des yeux, il pressa une sonnette. L'hôtesse apparut immédiatement.

— Mari, voulez-vous préparer un thé à la menthe pour Mlle Wren, s'il vous plaît ?

Elle hocha la tête.

— Tout de suite, *don* Felipe.

— Asseyez-vous, Cleo. Prenez au moins votre thé ici.

Pendant qu'il la regardait ? Jamais de la vie !

Elle redressa le menton.

— Je ne mérite pas de me retrouver dans une situation désavantageuse. Je fais mon travail, et je le fais bien pourvu qu'on m'en donne les moyens.

Il se pencha, le visage grave soudain.

— Je vous présente mes excuses. Je n'ai pas voulu ça. Voulez-vous rester un moment ?

Elle réfléchit un instant et décida de s'asseoir au bord d'un des sofas. Elle était assez loin de lui, et il y avait une étagère où elle pourrait poser sa tasse de thé.

— Comment vont Sofia et le bébé ?

Il employait le ton de la conversation. Tant mieux. Peut-être étaient-ils partis du mauvais pied à cause de leurs émotions souterraines. Elle ne voulait surtout pas causer de ces scènes pénibles qu'elle détestait tant.

Elle tâcha de rassembler ses pensées.

— Stables et reposées. Elles récupèrent bien entre les tétées.

— Et vous ?

— J'ai dormi quelques heures. Votre avion est confortable et le personnel très serviable. Vous arrivez à dormir en vol ?

— Je dors peu, d'une manière générale, répondit-il avant de hausser un sourcil d'un air entendu.

Elle sentit ses joues s'empourprer. Il n'était pas difficile de deviner à quoi il pensait ! Bon sang, dès qu'elle levait les yeux, elle surprenait son regard sur elle, et il avait ce sourire suggestif qui lui mettait les nerfs à fleur de peau.

Soudain, elle laissa échapper un petit rire nerveux.

— Oh ! là là… Désolée, mais la situation est gênante.

Le sourire de Felipe s'élargit, et ses traits ténébreux s'adoucirent. Elle reconnut l'homme qui l'avait charmée l'autre soir.

— Merci de votre franchise. Vous me faites du bien, Cleo. Avec vous, j'essaie de ne pas être si sérieux.

— Puis-je vous poser une question ?

Il haussa les épaules.

— Je ne suis pas obligé d'y répondre. Mais oui, allez-y.

— Pourquoi ne pas m'avoir dit qui vous étiez et pourquoi vous étiez en Australie ?

Il resta longtemps silencieux, et elle pensa qu'il ne répondrait pas.

— Parce que j'étais quelqu'un d'autre avec vous. Et c'était si bon, dit-il enfin.

Elle se rappela son expression quand elle avait finalement décidé de l'inviter chez elle. L'air vibrant d'étincelles, comme les prémices d'une connexion entre deux êtres malmenés par la vie.

Arrête ou tu vas finir par avoir pitié de lui…

— J'ai une autre question, dit-elle vivement pour changer de sujet. Était-ce une bonne chose de séparer Sofia de son fiancé à ce moment crucial ?

— Oui, dit-il avec une moue de mépris. Outre la maîtresse que j'ai déjà mentionnée, ce type avait prélevé de l'argent sur le compte de Sofia. Des sommes importantes pour lesquelles elle n'avait pas donné d'autorisation. J'ai empêché cet homme de lui nuire davantage.

Cleo poussa un long soupir. La pauvre ! Non, Sofia avait de la chance au contraire. Elle avait une famille pour la soutenir, même si c'était de façon autoritaire. Cleo regrettait de ne pas avoir eu ses parents auprès d'elle quand son ex l'avait abandonnée sans un sou et le cœur brisé. Mais elle avait pu compter sur ses amies. Jen, en particulier.

— Parlons de nous plutôt que de Sofia.

La voix de Felipe interrompit ses pensées, et elle se raidit en percevant la dangereuse douceur qui imprégnait ses paroles.

— Ce n'est pas une bonne idée.

— Ne soyez pas embarrassée, dit-il.

À cet instant, les rideaux s'écartèrent et l'hôtesse apparut, chargée d'un plateau. Felipe se renfonça dans son fauteuil.

Cleo perçut un délicieux parfum de menthe. Une assiette de petits sandwichs et une autre de biscuits accompagnaient le thé.

— Merci beaucoup.

— *De nada*, répondit l'hôtesse.

Cleo hésita à prendre le plateau et à retourner en cabine.

— Je ne suis pas embarrassée, répondit-elle finalement en regardant Felipe en face. Comme vous le disiez, nous étions deux adultes consentants. Mais c'est du passé et il n'y a plus de consentement. Jouons la comédie. Je suis sûre que vous en êtes capable, *don* Felipe. Vous voyez une autre option ?

Il était son employeur, mais, s'il pensait qu'une fois à Barcelone elle serait à sa disposition pour assouvir ses désirs sexuels, il se trompait lourdement !

— Vous avez raison, Cleo. Mais je me demande si nous pouvons cacher ça. Quand je vous vois bouger, je ne pense qu'à ce qui se cache sous vos vêtements.

Sous le choc, elle ravala son souffle. Il leva immédiatement la main pour effacer ce dernier commentaire.

— Je suis désolé. Oubliez ce que je viens de dire. Je vous présente encore une fois mes excuses.

— Je regrette que vous soyez dans cette disposition, dit-elle avec raideur.

Mais au fond d'elle, elle devait admettre qu'elle aussi avait repensé à leur intimité. Et même souvent.

— Pour ma part, je ne regrette rien, dit-il en se levant. Sauf de ne pas avoir été plus honnête envers vous. Je vais vous laisser boire votre thé en paix.

— Merci.

Il se détourna. Sa démarche souple rappela à Cleo le numéro de flamenco torride qui avait suscité des désirs inédits en elle.

Elle regarda les volutes de vapeur qui montaient de la théière. Avait-elle bien fait de couper court à cette conversation ? Une étincelle avait jailli entre eux, une flamme rugissante plutôt, qui lui laissait un manque douloureux dans la poitrine. Mais trop de choses les séparaient, elle était bien obligée d'en convenir. Il vivait en Espagne et appartenait à l'aristocratie, alors qu'elle avait sa propre vie, à dix-sept mille kilomètres de là. Et pour couronner le tout, elle était temporairement son employée.

Mais surtout, elle avait l'intuition qu'elle risquait d'être blessée, et bien plus profondément que lors de sa rupture avec son ex-mari, si elle s'impliquait davantage avec Felipe Gonzalez.

9.

Felipe s'éloigna délibérément de Cleo, par crainte de l'attirer dans ses bras et d'oublier toute retenue. En plus d'être moralement méprisable, ce comportement aurait été désastreux, compte tenu des deux semaines de proximité forcée qui les attendaient.

D'un autre côté, si Cleo s'était laissé embrasser, qui l'aurait su ? Sofia et le personnel se reposaient. Il aurait pu appuyer sur le voyant « ne pas déranger », et personne ne serait entré dans le petit salon. Une fois Cleo dans ses bras, elle lui aurait appartenu.

Un profond dégoût l'envahit soudain. C'est exactement ainsi que son père s'était comporté, se servant des femmes et les rejetant ensuite, pour son seul plaisir ou à des fins politiques. Felipe lui avait fait part de son écœurement, et ils s'étaient brouillés.

Il avait choisi une autre conduite, et la moralité était une assez bonne raison de renoncer à séduire Cleo à bord de son avion. En dépit de cette résolution, le souvenir de leur nuit torride restait gravé en lui. Ses bras gardaient l'empreinte de son corps si doux serré contre le sien, et il sentait sous ses doigts le velouté de ses cuisses et la chaleur palpitante de sa féminité…

Il prit une profonde inspiration. Jamais encore il n'avait ressenti une telle connexion avec une femme. Mais tout était fichu maintenant, parce qu'elle pensait qu'il l'avait piégée en ne lui révélant pas son identité.

Une chose était sûre : Cleo n'avait convoité ni son nom ni sa fortune, à la différence de nombre de femmes qu'il avait rencontrées. Même maintenant qu'elle savait qui il était, il était certain que sa richesse ne l'intéressait pas. Mais l'alchimie brûlante n'en persistait pas moins entre eux. Comment ignorer la sincérité de son regard quand elle avait dit : « Oh ! là là…

C'est gênant », preuve qu'elle se souvenait parfaitement de leurs caresses, elle aussi ?

Il l'avait quittée, mais un inflexible destin les avait de nouveau réunis autour de Sofia. Et maintenant ? Allait-il se rapprocher de Cleo ou la faire fuir de nouveau ?

— *Don* Felipe ? Puis-je faire quelque chose pour vous ?

La voix de son chauffeur le tira de ses pensées.

— Non, merci, Carlos. Allez vous reposer. Je vais me retirer dans la suite.

Et prendre une douche froide.

10.

Ils atterrirent à Barcelone sous un magnifique ciel bleu. En posant le pied sur le tarmac, Cleo goûta la brise tiède et la lumière éblouissante. Un vrai soulagement après ces vingt-quatre heures de vol en compagnie de Felipe !

Comment allait-elle supporter les deux semaines à venir ? Elle n'en avait aucune idée. Après avoir bu son thé, elle avait eu beaucoup de mal à se détendre. Pas si simple de ne pas penser à un homme avec lequel on avait partagé une intimité inoubliable deux jours plus tôt. Sa première aventure sans lendemain, en plus ! C'était sans doute à mettre sur le compte du flamenco, une danse qui avait sûrement été inventée uniquement pour susciter une excitation sexuelle chez les spectatrices.

Tout en fixant le dos musclé et les larges épaules de l'homme qui marchait devant elle en portant le cosy du bébé, elle retrouvait le souvenir de ses pas virils et arrogants qui l'avaient tant fascinée ce soir-là.

Bon sang ! Concentre-toi. Tu es là en mission. Elle se tourna vers Sofia qui surveillait de près son enfant.

Cinq minutes plus tard, ils avaient pris place à bord d'une autre limousine de Felipe, conduite par le même Carlos. Cleo regardait tout autour d'elle. Barcelone était une palette de couleurs vibrantes avec partout des parterres fleuris, des façades bigarrées, des sculptures avant-gardistes au milieu des parcs, au coin des rues. Une cité vibrant d'une extraordinaire énergie, haute en couleur, et imprégnée de soleil et de joie de vivre.

Elle espérait avoir une chance d'explorer les jardins et d'admirer l'architecture de Gaudi. Vers la fin de son séjour peut-être. Mais à force d'éviter Felipe, se sentirait-elle encore le cœur assez léger pour faire du tourisme ?

Face à elle, Sofia triturait la fine bague en diamant à son annulaire et Cleo sentit son cœur se serrer. Pauvre Sofia ! Elle ne croyait toujours pas ce que son cousin disait sur son ex-fiancé. Felipe avait donc appelé le banquier de la jeune femme à Barcelone, et elle le rencontrerait sans tarder. Ce n'était certainement pas facile pour elle de revenir ici, le cœur brisé, après s'être laissé duper. Elle qui faisait partie de l'élite, nul doute que les ragots iraient bon train.

Cleo s'éclaircit la gorge. La situation n'était pas simple pour elle non plus, même si elle n'avait pas le cœur brisé car les sentiments n'avaient aucune place dans sa relation équivoque avec Felipe. Mais tant que Sofia ignorait combien elle était troublée en présence de son cousin, surtout quand il était assis près d'elle comme en ce moment, tout irait bien.

Cleo avait vaguement conscience du regard de Felipe sur elle, mais elle feignit de ne pas s'en apercevoir et resta tournée vers la vitre. La petite Isabella dormait, et Sofia était plongée dans ses propres pensées. Aussi Cleo pouvait-elle s'absorber dans la contemplation du paysage.

Au bout d'un moment, Felipe lui toucha le bras. Parce qu'il ne supportait pas d'être ignoré ? Non sans réticence, elle se tourna vers lui.

D'une main élégante, il lui montra la vue.

— La plus belle ville du monde, dit-il avec un sourire entendu.

Oh… Ce rappel de leur première balade était un beau souvenir. Elle s'en voulut presque de lui avoir tourné le dos.

— Oui, comme Sydney, répondit-elle.

Leurs regards s'aimantèrent, l'espace d'un instant, puis elle baissa les yeux.

Un léger sourire flottait aussi sur les lèvres de Sofia, qui était penchée à l'autre portière. Tous ses souvenirs de Barcelone n'étaient peut-être pas désagréables, en fin de compte. Si les deux cousins pouvaient oublier leurs querelles, la vie serait plus simple pour tout le monde.

— Ma grand-mère habite dans le centre-ville, dit Felipe. Ma résidence se trouve dans la montagne, à Sarrià-Sant Gervasi.

— Je vais habiter où ? demanda Sofia avec une pointe d'amertume qui ruina les espoirs de paix de Cleo.

— Chez moi. Mais tu disposeras de ton propre appartement. Et ton infirmière aussi.

— Sage-femme, corrigea Cleo. Sofia n'a pas besoin d'une infirmière. Allons-nous passer devant la maison de votre grand-mère ?

— Non. *Doña* Luisa a un appartement dans le quartier d'*Eixample Dreta*, et nous ne prenons pas cette direction. Ce soir, nous pourrons peut-être lui rendre visite, si elle est assez vaillante pour recevoir des invités.

Le visage de Sofia s'assombrit, mais elle ne dit rien. À cet instant, Isabella se mit à pleurer, et les deux jeunes femmes portèrent immédiatement leur attention sur le bébé. Tout allait bien, et Cleo laissa Sofia rassurer sa fille et lui chanter une berceuse espagnole.

— Vous disiez que vous étiez déjà venue en Espagne ? demanda Felipe.

— Oui, mais pas dans cette région. J'ai escorté des patients jusqu'à Madrid et à Valence. C'étaient des clients malades qui exigeaient beaucoup d'attention, et je n'ai pas beaucoup vu le pays.

— Quand Sofia aura trouvé ses marques, vous pourrez visiter Barcelone.

Oui, peut-être. Ce serait aussi l'occasion de s'éloigner de lui ! Car elle risquait de le voir souvent en vivant sous son toit.

— Vous travaillez loin d'ici ? demanda-t-elle d'un ton posé.

— Non. L'hospice se trouve dans le centre-ville.

— Vous avez un emploi là-bas ? Que faites-vous exactement ?

— Ah, j'aurais dû vous le dire plus tôt. Je suis médecin et je dirige cet hospice. Vous avez des notions d'oncologie ?

Elle fut stupéfaite. Si elle s'attendait à ça ! L'image du danseur qu'elle gardait à l'esprit se fissura davantage encore. Et pour tout arranger, sa question la déroutait.

— Un peu, répondit-elle. Parfois, je raccompagne des clients en phase terminale chez eux. Leur confort et la réalisation de leurs vœux sont une priorité absolue.

— Merci, Cleo. Je ne devrais pas être surpris que vous pensiez cela.

— Alors, vous êtes oncologue ? Et directeur d'un hospice ?

— *Sí.* Les deux.

Et danseur de flamenco à vos moments perdus, faillit-elle ajouter. Mais Sofia risquait de l'entendre et de poser des questions.

— Les médecins et les infirmières qui travaillent en oncologie sont des personnes admirables, dit-elle à voix basse.

— Comme toutes celles qui s'occupent du début de la vie, répondit-il en souriant. Pour revenir à l'hospice, il vient d'être inauguré et porte le nom de ma grand-mère.

Il avait donc participé à la fondation de cet établissement ? Elle regarda pensivement Felipe et comprit combien il s'impliquait dans son métier. Une petite partie du mur qu'elle avait érigé entre eux s'effritait.

— Ce projet m'a pris beaucoup de temps ces dernières années. Avec la mort de mon père, les affaires familiales sont devenues ma responsabilité.

Cleo se rappela que Sofia lui avait parlé du père de Felipe, en des termes peu élogieux. Le rôle de chef de famille que Felipe avait endossé était donc tout récent.

Son expression changea, et elle perçut sa tristesse.

— Ma grand-mère s'affaiblit de plus en plus. Elle s'accroche autant qu'elle peut, mais il était nécessaire de faire revenir Sofia au plus vite.

— Désolée d'apprendre qu'elle est si mal, dit-elle, compatissante.

— Elle ne quitte presque plus son lit, mais je pense qu'elle sera contente de faire votre connaissance.

— J'accepte avec plaisir.

Il hocha la tête.

— Regardez à droite. La Méditerranée.

Consciente qu'il détournait délibérément la conversation, elle contempla le célèbre front de mer. De grands navires de croisière stationnaient dans le port ensoleillé. La mer était d'un bleu étincelant.

Ils passèrent devant d'autres œuvres d'art colorées : un visage fantastique, une main gigantesque… En face d'eux, nichée dans la montagne, s'élevait une belle église blanche qui dominait la ville. Après avoir sillonné des rues étroites, la limousine emprunta de belles avenues qui montaient en lacets vers le sommet. Les entrées des villas, à demi cachées au fond des parcs, devenaient plus majestueuses au fil de l'ascension.

Bientôt, la voiture ralentit devant l'un de ces portails imposants, et les grilles ouvragées s'ouvrirent automatiquement, révélant une allée élégante bordée d'arbres grandioses. Tout au fond se dressait une grande villa en pierre, ornée de voûtes, de balustrades et de hautes fenêtres. Elle semblait plantée au milieu des roses qui s'épanouissaient par centaines devant la façade.

La bâtisse s'élevait sur trois étages. De chaque côté de la porte d'entrée, les fenêtres en saillie étaient ouvertes et des voilages blancs flottaient au gré de la brise, comme pour saluer le retour du maître de maison. À chaque étage, les balcons promettaient des points de vue splendides sur la ville en contrebas.

Subjuguée, Cleo se tourna vers Felipe.

— Vous avez une maison magnifique !

— *Sí.* Mon grand-père l'a fait construire pour son épouse. Depuis qu'il est décédé, ma grand-mère préfère vivre en ville. J'ai donc choisi de l'habiter.

La voiture s'arrêta, et Carlos ouvrit la portière à Cleo.

— Quelle belle vue ! s'exclama-t-elle en regardant de tous côtés.

Une petite femme brune au visage mince descendit les marches du perron. Derrière elle arriva une grande blonde à la silhouette corpulente. Deux hommes portant des gilets assortis fermaient la marche. Des majordomes, des valets ? Cleo se sentit intimidée.

— *Holà*, Rosa, dit Felipe en saluant la première femme.

— *Buenos días, don* Felipe, répondit-elle en s'inclinant.

Il fit les présentations.

— Mlle Wren, voici ma gouvernante. Laissez vos bagages. Rosa s'occupe de tout.

Cleo salua en souriant et suivit Sofia qui montait les marches. Felipe leur emboîta le pas, portant Isabella dans son cosy.

Cleo était très impressionnée, jamais elle n'avait séjourné dans un tel palace. Elle en savait davantage à présent sur son amant d'une nuit, et il était évident qu'ils n'appartenaient pas au même monde.

Une fois dans le hall, elle aida Sofia à défaire les sangles qui maintenaient le bébé. La jeune mère souleva sa fille dans ses bras en souriant. Sa tension semblait avoir disparu.

— Rosa va vous conduire dans vos chambres, et Maria vous apportera du linge, dit Felipe. Je n'ai pas engagé de *mainadera*. Une nourrice, traduisit-il à l'intention de Cleo avant de s'adresser de nouveau à Sofia. Ça m'a semblé inutile puisque tu as une sage-femme à ta disposition.

Sofia fit face à son cousin.

— Tu as bien fait. Ma fille n'a pas besoin de nourrice, elle a déjà une mère ! Quant à Cleo, sache qu'elle est d'abord mon invitée.

Cleo se hâta d'intervenir :

— Je peux être les deux. Rosa, nous vous suivons.

Felipe s'excusa, expliquant qu'il enverrait un message un peu plus tard au sujet de leur visite à *doña* Luisa.

Cleo accueillit son départ avec soulagement. L'hostilité entre les deux cousins devenait insupportable.

11.

Felipe regarda les deux femmes monter à l'étage à la suite de Rosa. Ce faisant, il ne put s'empêcher d'admirer les jambes fuselées de Cleo, et réprima un soupir à ce rappel de sa libido. Si l'entêtement de sa cousine l'agaçait prodigieusement, son attirance pour la jolie sage-femme le troublait bien davantage. Il n'avait pas besoin de cela !

Lorsqu'il aurait repris ses consultations, ses réunions de conseils et la gestion des affaires familiales – activités qu'il avait interrompues pour répondre à la demande de sa grand-mère de ramener Sofia –, il y verrait plus clair. Il espérait aussi que l'hostilité de Sofia s'apaiserait. Peut-être sa sage-femme aurait-elle de l'influence sur elle.

Il soupira. Il avait beau faire, ses pensées le ramenaient invariablement à Cleo. Il tressaillait chaque fois qu'il croisait son regard d'un bleu limpide. Dans la voiture, il s'était surpris à guetter le moindre de ses mouvements. Et maintenant, elle allait vivre sous son toit…

Son téléphone vibra au fond de sa poche. Il le porta à l'oreille.

— *Sí, àvia*, dit-il avec douceur.

Il écouta sa grand-mère lui poser fébrilement une foule de questions. Il y avait longtemps que la vieille dame n'avait pas eu une voix aussi animée, se dit-il en souriant. Quand elle se tut enfin, il lui fit part de son projet de visite pour le soir même. Se sentait-elle assez d'attaque pour les recevoir ? De nouveau, un flot de paroles enthousiastes lui répondit. Sa grand-mère proposa même un menu pour le dîner.

— Puis-je aussi venir avec la sage-femme australienne ? demanda-t-il. Sofia préférerait qu'elle vienne, je pense.

Comme sa grand-mère acceptait avec chaleur, il ajouta :

— Bien. Si tu es sûre que nous ne te fatiguerons pas, nous viendrons avec ton arrière-petite-fille à 19 heures pour les tapas.

12.

Une main sur la rampe en bois sculpté, Cleo laissa son regard errer sur le hall spacieux et son dôme vertigineux. Elle ne pouvait gravir les marches et étudier les fresques du plafond en même temps, mais elle trouverait le temps de les admirer plus tard, elle s'en fit la promesse.

Au premier palier, Rosa emprunta un couloir à gauche, et Cleo et Sofia lui emboîtèrent le pas. Tout au fond, Rosa ouvrit une porte capitonnée et les introduisit dans un salon immense et lumineux. Les murs vert menthe et blanc contribuaient à l'atmosphère reposante et féminine.

Rosa s'adressa à Cleo dans un anglais teinté d'accent.

— Il y a trois chambres. La vôtre est à gauche, celle de l'enfant est à côté, et *doña* Sofia a la chambre de devant. Voulez-vous que j'envoie Maria pour défaire vos bagages ?

— Non merci, Rosa. Ça ira très bien.

— Dans ce cas, je vais vous commander des rafraîchissements. Désirez-vous quelque chose, mademoiselle Wren ?

— Non. Merci pour votre aide. Votre anglais est excellent.

— La mère de *don* Felipe parlait anglais, dit la gouvernante avant de sortir.

Sofia, sa fille contre elle, avait pris place dans un fauteuil. Une larme roula sur sa joue.

— Je ne veux pas être ici, dans *sa* maison, avec *ses* employés, pendant que le père de mon enfant est à l'autre bout du monde ! J'étais amoureuse de Terence, il m'aimait, m'encourageait à faire ce que je désirais. Ça, aucun membre de ma famille ne l'a fait. J'aimais aussi mon indépendance. Maintenant, je suis prisonnière dans la maison de Felipe !

— Non, vous êtes ici pour voir votre grand-mère, répondit Cleo en venant s'asseoir auprès d'elle. Sofia, vous êtes fatiguée et à bout de nerfs après ce long vol.

— Non, sans blague !

— Vous avez tout fait pour qu'Isabella supporte le voyage le mieux possible. Il faut reconstituer vos forces en vue de la soirée. Voulez-vous avancer l'heure de la tétée ? Vous pourrez vous reposer toutes les deux ensuite et récupérer du décalage horaire. Pendant ce temps, je vais défaire les bagages, dit Cleo. Et je m'occuperai d'endormir votre fille quand vous irez vous allonger.

Sofia lui adressa un sourire crispé et ouvrit le haut de sa robe afin de donner le sein à Isabella.

— Si tout se passe comme vous le dites, je me sentirai peut-être mieux.

— C'est justement pour ça que je suis là.

En fin d'après-midi, Sofia semblait reposée et de meilleure humeur. Elle confia à Cleo qu'elle possédait une maison, héritée de ses parents, à la périphérie de Barcelone, mais qu'elle était actuellement fermée et sans personnel. Cleo pensa que Felipe avait pris la bonne décision en accueillant sa cousine ici. La jeune mère se serait sentie terriblement isolée dans une maison vide.

Après ces confidences, Cleo jugea qu'il était temps de se préparer. Elle prit une douche et enfila une robe crème, facile à porter et qui pouvait s'accessoiriser d'une ceinture pour ressembler à un uniforme. Elle mit son collier en lapis-lazuli, son préféré, pour avoir un peu plus confiance en elle. La grand-mère de Sofia et de Felipe était certainement une femme très distinguée. Ils appartenaient à la haute aristocratie, et elle tenait à être à la hauteur.

— Joli collier, dit Sofia comme elle la rejoignait dans le salon où on venait d'apporter un plateau à thé.

— C'était celui de ma mère. Quand je porte du bleu autour du cou, je me sens moins timide.

— Ah, je devrais peut-être m'en acheter un pour dire à mon cousin ce que je pense de lui.

Cleo rit.

— Je pense que c'est inutile. Vous vous débrouillez très bien comme ça. Parlez-moi de votre grand-mère. Quel âge a-t-elle ?

— *Doña* Luisa a un peu plus de quatre-vingts ans. Mais on ne lui donnerait pas cet âge. Je l'aime beaucoup et je suis contente de lui présenter Isabella. Du moment qu'elle ne me tanne pas pour trouver un mari catalan ! Si elle est vraiment malade, je suis prête à m'occuper d'elle jusqu'à ce qu'elle aille mieux.

Non, la vieille dame ne guérirait pas. Pour une raison qui échappait à Cleo, Sofia refusait de le croire. Mais il ne lui appartenait pas d'entrer dans ce débat. Ce soir, Sofia verrait ce qu'il en était. Quant à la recherche d'un mari, Cleo ne savait pas comment les familles de la haute société espagnole arrangeaient les mariages et elle ne tenait pas à le savoir.

— *Don* Felipe dit que votre grand-mère décline rapidement, dit-elle prudemment. Faire la connaissance de la nouvelle génération sera sûrement un réconfort pour elle.

Sofia prit soudain peur, au point de ressembler à une petite fille.

— Nous le saurons très vite, dit-elle dans un souffle.

13.

Rosa relaya un message de Felipe qui demandait à tout le monde d'être prêt à 19 heures pour la visite à *doña* Luisa.

Hélas, cinq minutes avant l'heure dite, Isabella régurgita, salissant sa jolie robe de dentelle. Sofia semblait sur le point de fondre en larmes.

— Ces choses-là arrivent, dit Cleo en épongeant le bébé. Elle a besoin d'un bain. Je vais vous aider.

— Non, je vais le faire. Descendez plutôt avertir mon cousin qu'il va devoir attendre.

Cleo se demanda qui d'elles deux avait la tâche la plus ingrate. Elle avait encore du mal à assimiler qu'elle se trouvait chez un aristocrate espagnol qui avait été son amant d'une nuit et qui continuait de nourrir ses fantasmes. Elle avait aussi l'intuition qu'elle nourrissait les siens. Comment s'était-elle mise dans cette situation ?

Réprimant sa nervosité, elle prit son sac et quitta le salon. Comme elle atteignait le haut des marches, elle vit Felipe qui l'attendait au bas de l'escalier.

Quand elle croisa son regard perçant, une vague de chaleur la submergea, et elle descendit avec précaution, craignant de trébucher et de se ridiculiser.

— *Bona nit*, Cleo.

— Bonsoir, *don* Felipe. Isabella a mis sa mère en retard. Sofia m'envoie vous prévenir et vous présenter des excuses pendant qu'elle change sa fille.

Elle s'attendait à quelque signe d'impatience de sa part, mais il ébaucha un sourire conciliant.

— Les bébés ont leur propre rythme.

— Comment savez-vous cela ?

Il haussa les épaules.

— J'ai des amis qui ont des enfants. Vous ne me croyez pas ?

— Je suis votre employée, il ne m'appartient pas de vous juger.

— Je pensais que vous étiez l'invitée de Sofia. Voulez-vous boire quelque chose en attendant ?

— Non, merci, répondit-elle.

Elle devait absolument rester en pleine possession de ses moyens.

— Vous êtes en Espagne. Ici, le vin est une institution.

— Sans doute, mais à cette heure ça ne me réussit pas.

Il n'insista pas davantage et sortit son téléphone de sa poche.

— Je vais prévenir *doña* Luisa que nous aurons un peu de retard.

Il s'éloigna de quelques pas, et elle saisit cette opportunité pour reconstituer ses défenses, tout en prétendant admirer le grand hall. Felipe pouvait se montrer charmant, ce qui le rendait irrésistible ; elle avait besoin de se protéger contre cela.

Elle observa d'abord les gigantesques colonnes de marbre qui ornaient l'espace circulaire. Puis elle alla s'asseoir sur un canapé de velours et, renversant la tête en arrière, elle admira les magnifiques fresques du dôme au-dessus d'elle. Le calme l'enveloppa enfin. Elle entendait vaguement Felipe parler en catalan, mais son attention était tout entière dévolue aux couleurs vibrantes des anges aux capes rouges et du chevalier en armure caracolant sur son cheval.

Felipe vint s'asseoir auprès d'elle et leva les yeux à son tour. Elle eut l'intuition qu'il souriait, mais il était hors de question qu'elle se tourne vers lui. Il était déjà beaucoup trop proche. Son parfum masculin lui titillait les narines, faisant surgir une foule de souvenirs intimes en elle.

— L'un de vos ancêtres ? demanda-t-elle pour surmonter son trouble.

— Oui. Un guerrier assoiffé de sang. Dans la famille, nous aimons gagner les guerres que nous menons.

— S'emparer du butin et prendre la fuite ? dit-elle étourdiment.

Elle regretta aussitôt ses paroles ambiguës et changea de sujet avant qu'il ne l'asticote.

— Votre grand-mère ne va pas vous en vouloir d'être en retard ?

— Non. « Un bébé est un bébé », c'est ce qu'elle m'a répondu.

— Elle est très patiente, comme vous. Pourquoi Sofia est-elle si remontée contre vous ? Pourquoi refuse-t-elle de croire ce que vous dites ?

— Parce que de beaux parleurs l'ont abreuvée de mensonges. Mais elle finira par apprendre la vérité.

Intriguée, Cleo se tourna vers lui au moment où il fermait brièvement les paupières.

— Je ne suis pas patient là-dessus, dit-il. Mais assez parlé de cette sotte de Sofia. Il y a un autre sujet dont je ne me lasse pas, dit-il en lui offrant cette fois un sourire dévastateur.

Ignorant les signaux de plus en plus aigus qui résonnaient dans son esprit, Cleo fixa la petite veine qui palpitait le long de sa mâchoire énergique et se retint de justesse de poser la main sur sa joue.

Une impulsion ridicule, bien sûr, mais cet homme était si beau… Le cœur battant, elle vit sa bouche sensuelle s'abaisser vers la sienne.

Au même instant, il y eut un bruit de porte au-dessus de leurs têtes, puis des pas dans le couloir. Sofia apparut en haut de l'escalier, Isabella dans les bras.

Felipe se leva d'un bond, et Cleo exhala un soupir.

— Fais attention. Nous avons le temps.

La voix de Felipe portait aisément sous la voûte. Parlait-il à Sofia ou faisait-il allusion à Cleo et à lui ? Quelle catastrophe si Sofia faisait une chute ! Ou si elle, Cleo, acceptait un baiser de Felipe, alors qu'elle travaillait pour lui…

Dès qu'ils furent installés dans la voiture, Isabella s'endormit et Sofia se renversa contre la banquette en fermant les yeux. Sans doute avait-elle besoin de se détendre avant cette visite redoutée.

Vingt minutes plus tard, la limousine se gara dans une rue

commerçante, bordée de petits immeubles cossus aux façades beiges agrémentées de balcons ornementés.

L'entrée du domicile de *doña* Luisa était protégée par une haute grille. Les degrés de marbre étaient recouverts d'un tapis rouge, et de hauts piliers annonçaient un majestueux escalier. À droite, il y avait un ascenseur à l'ancienne, digne d'un palace, avec des lambris et des cuivres rutilants. Felipe invita les deux femmes à entrer dans la cabine, puis s'y glissa à son tour et referma la grille. Au troisième étage, ils débouchèrent directement dans un hall tendu de velours rouge. Felipe poussa une double porte, et Cleo découvrit une sorte d'antichambre dotée d'une cheminée monumentale. Les murs s'ornaient de tableaux magnifiques et, un peu partout, des fauteuils semblaient attendre une horde de visiteurs.

Une femme en noir vint à leur rencontre. Elle s'inclina devant Felipe et Sofia.

— Votre grand-mère vous attend dans le salon.

— Merci, Alba. Inutile de vous déranger. Nous allons la voir maintenant.

Cleo suivit les deux cousins le long d'une galerie percée de fenêtres, où d'autres tableaux splendides et un mobilier richement sculpté étaient présentés. Ils pénétrèrent dans une belle salle lambrissée où l'œil était attiré par un splendide lustre en cristal. Cleo remarqua également les tables de marbre et le parquet en damier blond et acajou. La magnificence de cet intérieur la laissait ébahie.

Felipe traversa la pièce pour s'approcher d'une vieille dame assise dans un fauteuil.

— *Àvia*. Grand-mère, je t'ai amené Sofia et Isabella.

Cleo vit alors une petite femme aux cheveux blancs enveloppée d'un châle sombre. Une extrême fragilité se dégageait de sa silhouette.

— *Sí*, et tu aurais eu affaire à moi si tu ne l'avais pas fait.

Il y avait une note amusée dans sa voix chevrotante. Elle se tourna vers le bébé dans les bras de Sofia.

— Elle a les cheveux de sa mère.

— Et les yeux de son père, dit la jeune femme d'un ton aigre.

— J'espère que non, car les siens étaient remplis de cupidité.

— *Àvia*, murmura Felipe. Sofia est bouleversée.

— Et moi, je suis âgée et il me reste peu de temps pour dire ce que je pense. Et qui est cette jolie personne ?

— La sage-femme dont je t'ai parlé. Cleo Wren.

— C'est un plaisir de vous rencontrer, *doña* Luisa, dit Cleo en s'avançant.

À présent, elle distinguait le teint jaunâtre de son visage ridé, et ses yeux éteints. Oui, cette femme était terriblement malade.

— Miss Wren, mon petit-fils m'a dit que vous aviez beaucoup d'expérience auprès des personnes malades, éloignées de chez elle.

— Absolument. Je les aide à rentrer en toute sécurité auprès de leur famille. Les gens ont tant besoin de leurs proches, dans ces moments-là.

— Je vous suis reconnaissante d'avoir accompagné Sofia jusqu'ici.

— *Don* Felipe a pris toutes les dispositions.

Le regard de la vieille dame passa de l'un à l'autre, et une petite lueur apparut dans ses yeux fatigués.

— Oui, c'est ce qu'on m'a dit. Vous êtes une jeune femme de bon sens.

Puis, regardant Sofia, elle ajouta :

— Mais toi, ma petite-fille… Pardonne-moi, mon enfant. Tu as souffert. J'ai oublié combien il est douloureux d'avoir des sentiments forts pour un homme.

Elle s'adressa de nouveau à Felipe :

— Quant à toi, mon cher garçon, tu passes trop de temps à donner aux autres ; j'aimerais te voir t'occuper davantage de ton propre bonheur.

D'un bras maigre, elle désigna les fauteuils vides.

— Asseyez-vous donc. Sofia, viens près de moi et parle-moi de ta petite fille. Elle est vraiment belle.

C'était pour cela qu'ils avaient fait ce voyage, se dit Cleo en relâchant enfin la tension qui la submergeait. Pour que cette vieille femme malade ait la joie de connaître son arrière-petite-fille. Comme Sofia s'asseyait auprès de son aïeule, son bébé dans les bras, Cleo se mit en retrait, sans savoir que Felipe s'était reculé lui aussi et qu'il se trouvait derrière elle en train de servir du vin. Elle faillit le heurter et se décala pour mettre de la distance entre eux.

— Vous êtes sûre que vous ne voulez pas goûter le Cava de ma grand-mère ? demanda-t-il à voix basse.

Cava ? Comme Lonia Cava, ce vin au goût de pêche, de melon et de pomme ?

C'étaient les premiers mots que Felipe lui avait adressés, après avoir prétendu être danseur. S'en souvenait-il ?

— Quelqu'un m'en a fait goûter une fois déjà, répondit-elle d'un ton détaché.

Il fronça légèrement les sourcils, avant d'expliquer :

— Il ne peut pas être produit ailleurs qu'en Catalogne. Ma grand-mère l'achète à un restaurateur local qui le fait lui-même.

— Alors, juste un doigt, s'il vous plaît.

Il prit un nouveau verre et en versa une petite quantité.

— Venez, allons nous asseoir près de la fenêtre. Nous bavarderons en admirant la vue, dit-il en désignant deux grandes bergères séparées par une table basse.

Elle alla prendre place et regarda la rue, baignée d'une lumière douce et apaisante.

— Êtes-vous bien installée chez moi ?

Elle se tourna vers lui.

— Oui, merci. C'est parfait. Votre grand-mère vous adore, n'est-ce pas ?

Il hocha la tête et jeta un regard affectueux et plein d'un profond respect vers *doña* Luisa. Puis, d'un haussement d'épaules, il balaya son émotion.

— Ma chère *àvia* et moi avons passé beaucoup de temps ensemble. Et vous ? Votre enfance a-t-elle été heureuse ?

Elle se souvint qu'en Australie, cette nuit-là, ils avaient parlé de leur vie respective, sans entrer cependant dans les détails. Ils avaient eu conscience qu'ils n'auraient pas le temps d'approfondir cette rencontre. Pourquoi voulait-il le faire maintenant ? Qu'est-ce qui avait changé ?

— Oui, mes parents étaient assez heureux, mais l'argent manquait chez nous. Plus tard, j'ai travaillé dur pour m'assurer quelques économies.

— Une femme de bon sens ? J'avoue que je ne connais pas beaucoup de femmes économes.

— Oh ! mon pauvre ! dit-elle, ironique. Je suis prudente. Enfin, en général…

Consciente d'en avoir trop dit, elle huma l'arôme fruité du vin et en but une gorgée.

— Très agréable. Maintenant, parlez-moi de *doña* Luisa.

— À la mort de son mari, il y a de nombreuses années, ma grand-mère a repris l'empire familial, qu'elle a cédé à ses trois fils dès qu'elle l'a pu. Elle a connu de nombreux deuils dans sa vie. Aujourd'hui, elle n'a plus que moi, Sofia et Isabella comme famille. Et des cousins éloignés, comme Diego.

Ah, Diego était son cousin ? Décidément, elle allait de surprise en surprise. En tout cas, vu le luxe qui les entourait, elle n'avait aucun mal à croire que les Gonzalez étaient à la tête d'un empire.

— Ma grand-mère était une femme d'affaires avisée qui avait beaucoup de relations, dit-il. C'est par l'une d'elles qu'elle a découvert que Sofia avait des ennuis.

— Je vois qu'elle est très malade, dit Cleo à voix basse. Vous m'avez dit que vous vous occuperiez d'elle. Va-t-elle revenir chez vous ?

— Elle a refusé. Mais, Dieu merci, elle envisage d'aller s'installer dans le nouvel hospice quand elle aura besoin de soins constants.

Le téléphone de Felipe se fit entendre, et il se leva en s'excusant. Après une rapide conversation, il rejoignit la vieille dame.

— *Àvia*, je dois me rendre à l'hospice. J'en ai pour une heure, pas plus. Peux-tu rester debout si longtemps ?

— Je ne suis pas encore morte, Felipe. Emmène la jeune sage-femme avec toi et fais-lui les honneurs de l'établissement.

Ça l'intéressera davantage que de rester dans un coin à nous regarder bavarder. Montre-lui ce qui fait ta fierté.

— Qu'en pensez-vous, Cleo ?

Il ne faisait que se conformer au vœu de sa grand-mère, se dit-elle, embarrassée. Il n'avait aucune envie de l'emmener.

— Si vous êtes sûr que ça ne gênera personne…

— Pas du tout. Qui s'en plaindrait ?

Elle ne put s'empêcher de sourire à son arrogance.

— Personne n'oserait certainement.

Ensemble, ils prirent l'ascenseur. Quand ils débouchèrent dans le hall, elle dut accélérer le pas pour se maintenir à sa hauteur. Felipe Gonzalez était pressé et déterminé.

Le chauffeur leur ouvrit la portière arrière.

— Où se trouve cet hospice ? demanda-t-elle quand la voiture démarra.

— À dix minutes d'ici. Un des patients me demande. C'est un de mes meilleurs amis, je ne peux pas refuser.

— Cela a dû être difficile de vous absenter pendant toute une semaine pour aller en Australie. En tant qu'oncologue et médecin chef, vous devez être très sollicité.

— Oui, mais personne n'est irremplaçable. Mon départ a seulement causé davantage de travail à mes collègues, qui ont déjà un emploi du temps chargé. Parfois, *doña* Luisa oublie que je suis très occupé. Mais elle a eu raison de me charger de récupérer Sofia plutôt que d'envoyer quelqu'un d'autre.

Sachant combien il aimait sa grand-mère, Cleo n'était pas surprise qu'il fût parti. Elle commençait à croire qu'il n'était pas l'ogre que Sofia lui décrivait avec tant de véhémence.

— Je suis constamment à la recherche de personnel compétent, dit-il. Pourquoi perdre votre temps à escorter des personnes convalescentes d'un pays à l'autre ? Votre gentillesse serait la bienvenue ici.

Son commentaire lui réchauffa le cœur et la déstabilisa. Comment en était-il arrivé à cette conclusion, lui qui la connaissait depuis si peu de temps ? Mais cela lui plaisait, de l'écouter parler de son travail.

— C'est vrai qu'il y a des similitudes entre nos deux carrières, dit-elle. C'est intéressant parce que j'avais pensé me spécialiser en oncologie quand j'ai quitté mon poste de sage-femme.

— Je vous imagine très bien dans ce service, occupée à réconforter ceux qui partent et leurs familles qui leur disent adieu.

— Je n'ai jamais vécu ce genre d'expérience.

— Cleo, je ne suis pas sûr que vous compreniez bien ce qu'est ce centre. Ce n'est pas seulement un hospice pour les vieillards et les infirmes, mais un lieu pour tous ceux qui, du nourrisson à l'adulte, sont condamnés par la maladie. Il s'agit d'un environnement de beauté et de paix pour mieux quitter ce monde.

Elle se raidit. Parlait-il d'euthanasie ? Il dut lire son interrogation sur ses traits, car il répondit :

— Rien à voir avec une certaine clinique en Suisse. C'est un endroit de calme, de confort, de consolation pour que la vie suive son cours jusqu'à son terme. Avec un soutien incomparable. Mais j'ai besoin de quelqu'un qui sache répondre aux attentes des patients en montrant autre chose qu'une froide compétence. Mes collègues sont remarquables, mais certains devraient apprendre la compassion.

La voiture s'arrêta bientôt devant un grand bâtiment blanc, au bout d'une allée de rosiers en pots. Sous le porche de l'entrée, une plaque discrète indiquait : *Hospicio Luisa.*

À l'intérieur, Cleo découvrit un hall incroyablement chaleureux avec un sol en mosaïque et des murs bleu pâle où couraient des branches argentées, comme un arbre vivant. Une fontaine faisait entendre un doux clapotis. Il y avait aussi beaucoup de fleurs, leur parfum embaumait l'air. Jamais on ne se serait cru dans un établissement hospitalier.

Derrière le bureau en marqueterie qui tenait lieu de réception, une femme leur sourit.

— Bonsoir, Elisheba, dit-il. Voulez-vous demander à l'infirmière chef de me rejoindre dans l'appartement de Raymond ?

— Tout de suite, *don* Felipe.

Cleo découvrait avec surprise une autre facette de cet

homme énigmatique. Le danseur ténébreux, le chef de famille autoritaire et le petit-fils dévoué s'effaçaient pour faire place au médecin respecté.

Ils prirent l'ascenseur, s'arrêtèrent au troisième étage. Ce niveau aussi était joliment décoré, avec des teintes douces et des fleurs. Chaque fois qu'ils croisaient un membre du personnel, les échanges étaient chaleureux. Felipe connaissait chaque personne par son prénom et demandait des nouvelles de la famille. Il était manifestement très admiré.

Comme ils traversaient diverses salles, Felipe s'arrêtait pour demander l'avis de Cleo, ses impressions, et elle ne pouvait que souscrire à l'attachement qu'il portait à son hospice.

Au bout du couloir, il frappa à une porte sur laquelle était indiqué : *don* Raymond Ruiz.

Une voix faible les invita à entrer. De grandes fenêtres occupaient deux côtés de la pièce. Le papier peint qui couvrait le mur du fond représentait une forêt tropicale. L'homme couché dans le lit était maigre et très pâle. Il était jeune aussi, à peu près du même âge que Felipe, et déjà condamné par la maladie. Mais, en dépit de sa faiblesse, ses yeux se mirent à pétiller en les voyant.

— Quelle est cette belle personne que tu viens me présenter, Felipe ?

Felipe lui serra la main avec chaleur.

— Bonsoir, Raymond. Voici Cleo Wren, sage-femme et escorte médicale qui vient d'Australie. Elle accompagne ma cousine Sofia qui rentre de Sydney avec son nouveau-né.

— Ravi de vous rencontrer, Cleo.

Son regard navigua de l'un à l'autre avec une expression malicieuse. Cleo le trouva immédiatement sympathique.

— Enchantée, *don* Raymond.

— Juste Raymond, dit-il en souriant.

À cet instant, un léger coup fut frappé à la porte et une infirmière entra.

— Vous m'avez appelée, *don* Felipe ?

— Oui, Maya. Je vous présente Cleo Wren, de Sydney.

Voulez-vous lui faire visiter notre établissement pendant que je parle avec Raymond ?

— Avec plaisir. Nous sommes tellement fiers de travailler ici.

— Cleo, j'aimerais connaître votre avis sur l'établissement, dit Felipe.

Elle acquiesça et, soulagée de ne pas gêner sa conversation privée, suivit l'infirmière.

Lorsque Cleo revint une demi-heure plus tard, elle avait appris plusieurs choses. En interrogeant Maya, elle avait découvert que Felipe réglait une grande partie des dépenses de l'hospice sur ses fonds personnels, mais aussi qu'il se rendait disponible jour et nuit pour les patients, les soignants, et qu'il recevait en plus les familles.

Une fois de plus, elle avait admiré l'agencement des logements où tout, jusque dans le moindre détail, avait été conçu pour le bien-être des malades.

Vers la fin de la visite, elle ne put s'empêcher de poser une dernière question à Maya :

— N'est-ce pas très coûteux pour les malades ?

— Ça dépend, répondit l'infirmière. Finir ses jours ici coûte le même prix qu'à l'hôpital public pour ceux qui n'en ont pas les moyens. Pour les autres, c'est effectivement très cher. L'idée est de recevoir ici tous les malades quelle que soit leur classe sociale.

— Avez-vous suffisamment de personnel ?

— Presque. Les entretiens d'embauche sont très pointus. Nous recherchons des professionnels répondant à des critères très précis. Nous soignons ces malades pendant peu de temps, mais c'est un moment fort de leur vie et nous ne voulons pas engager la mauvaise personne.

Cleo hocha la tête, touchée par sa sincérité.

— Je suis complètement d'accord. Merci d'avoir pris le temps de me montrer l'hospice.

— J'ai rarement cette chance, répondit Maya en la regardant avec curiosité.

Cleo comprit que sa présence l'intriguait. Que pouvait-elle répondre ? Qu'elle était là suivant le souhait de la grand-mère de son patron ? Ce n'était pas une bonne idée.

Quand elles revinrent dans la chambre de Raymond, Felipe tenait l'épaule de son ami. Les deux hommes échangèrent un long regard.

— Au revoir, Raymond.

— Trouve le bonheur, mon ami.

Cleo, consciente de la solennité du moment, eut du mal à déglutir. Maya, manifestement triste, attendit d'avoir l'attention de Felipe pour demander :

— Y a-t-il autre chose que je puisse faire ?

— Tenez-moi régulièrement au courant, répondit-il, les traits si sombres que Cleo voulut lui prendre le bras pour lui offrir son soutien.

Son ami était mourant mais faisait preuve d'un calme et d'une sérénité qu'elle avait rarement vus.

— Cleo ? dit celui-ci d'une voix fatiguée.

Il lui faisait signe d'approcher. Elle s'avança et se pencha vers lui.

— Faites sourire mon ami, dit-il d'une voix faible. Quelqu'un doit lui faire perdre cet air sérieux.

Elle l'embrassa sur la joue et dit très doucement :

— Promis.

Plus que jamais, elle voulait apprendre à connaître Felipe, celui que tous appréciaient et admiraient. Au risque de tomber sous son charme…

Raymond se détendit et ferma les yeux. Un sourire flottait sur ses lèvres pâles.

— Allons-y, dit Felipe en lui touchant le bras.

Maya s'était retirée, et ils laissèrent Raymond seul dans sa chambre. Était-ce une illusion d'optique ? Comme Felipe refermait la porte, Cleo eut l'impression qu'un rayon doré s'échappait de la forêt tropicale sur les murs pour inonder la pièce.

Une fois dans la voiture, qui démarra aussitôt, Felipe se tourna vers la vitre.

Cleo posa une main sur son bras. Il reporta son attention sur elle, et elle sut, à son visage impassible, qu'il avait pris le temps de dissimuler sa détresse.

— Qu'avez-vous pensé de ma clinique ? demanda-t-il.

— C'est un endroit magnifique, parfait pour les malades en fin de vie qui aspirent au confort et à la tranquillité. Votre personnel est très fier des services offerts, à juste titre. Ils sont très fiers de vous.

Il balaya cette remarque d'un geste.

— Acceptez-le, dit-elle. De toute évidence, vous méritez leur respect et leur admiration.

Elle pensa à Raymond, qui était beaucoup trop jeune pour mourir. Mais il n'y avait malheureusement pas d'âge pour quitter la vie.

— Je suis désolée pour votre ami. Il m'a dit de vous faire sourire.

Cette fois, Felipe secoua la tête et un léger sourire détendit ses traits.

— *Ah !* Voilà, comme ça, dit Cleo sur un ton plus léger. Vous êtes de nouveau vous-même.

— Mais qui suis-je vraiment, Cleo ? demanda-t-il d'une voix sexy.

Elle se posait la même question. Quelle facette de cet homme énigmatique le représentait le mieux ? Le *don*, le danseur ou le médecin ?

Il l'enveloppait d'un regard sombre et dangereux. Elle déglutit avec peine. Elle était folle de lui répondre, mais elle décida de le faire quand même. Pour respecter la promesse faite à Raymond.

— Le danseur de flamenco.

Comme elle l'avait prédit, son sourire s'élargit et il prit sa main dans la sienne. Doucement, il la porta à ses lèvres et déposa un baiser sur la peau sensible de son poignet. Un long frisson sensuel la parcourut.

— Je pourrais sûrement vous montrer cet homme-là, dit-il dans un murmure.

La voiture s'arrêta soudain. Ils étaient arrivés. Elle eut

toutes les peines du monde à détourner les yeux pour chercher la poignée de la portière.

Dans l'appartement de *doña* Luisa, Cleo s'efforça de dissiper le brouillard sensuel que les paroles de Felipe avaient levé dans son esprit.

— Venez, appela la vieille dame. Nous allons demander les tapas.

Ce repas espagnol constituait une excellente diversion au choc émotionnel de la visite à l'hospice, et de la conversation dans la voiture. Le Felipe qu'elle avait entrevu à cette occasion était dévoué aux autres et si soucieux de leur confort qu'elle en était certaine à présent : il ne voulait que le bien de Sofia.

Elle avait besoin de mettre un peu de distance entre eux pour se concentrer sur sa mission au lieu de penser uniquement à lui.

Heureusement, pendant leur absence, Sofia et sa grand-mère semblaient s'être réconciliées. La jeune femme souriait en aidant la vieille dame à quitter son fauteuil. Quant à Isabella, elle dormait paisiblement dans un magnifique et très ancien landau qui trônait au milieu du salon.

14.

Felipe posa une main dans le creux du dos de Cleo pour la guider vers la salle à manger. Vivement, elle esquiva son contact comme une biche effarouchée. Sa réaction le fit sourire. Plus tôt, dans la voiture, il avait retrouvé la Cleo souriante et enjouée qui avait assisté au spectacle de flamenco et qui l'avait séduit. Cette Cleo-là avait disparu lors de leurs retrouvailles à la maternité.

Elle marchait rapidement pour augmenter la distance qui les séparait et, dès qu'ils entrèrent dans la salle à manger, elle s'éloigna promptement de lui. Felipe alla aider sa grand-mère à prendre place.

— Tu la surveilles tout le temps, je vois bien ton regard, dit malicieusement la vieille dame à voix basse. Moi qui pensais que tu n'aimais pas les Australiens.

Felipe jeta un coup d'œil furtif en direction de Cleo pour s'assurer qu'elle n'avait pas entendu. Mais elle était occupée à admirer le landau avec Sofia.

— *Àvia*, tu me taquines. Je n'ai rien contre les Australiens, voyons. À part ce Terence, l'ex-fiancé de Sofia. Et Cleo est chargée d'accompagner Sofia et Isabella.

— Et c'est tout ? Pas d'attirance entre vous ? Tss, tss… Mon garçon, j'ai encore des yeux pour voir.

Il se raidit. Des yeux ? Parlait-elle des siens ? Il espérait sincèrement qu'aucune connaissance de *doña* Luisa ne l'avait épié en Australie.

— Tu te trompes, *àvia*.

Sa grand-mère rit, puis elle fut secouée par une quinte de toux.

— Tu as changé depuis ton retour, mon garçon, dit-elle

en recouvrant son calme. Je découvrirai pourquoi, et nous en discuterons.

Là-dessus, elle appela Sofia en tapotant le siège auprès d'elle.

Il n'y avait rien à discuter, pensa Felipe. En attendant, le plan de table décidé par sa grand-mère le plaçait auprès de Cleo. À quoi jouait sa chère *àvia* ?

Heureusement, on apporta les plats, et il put feindre de s'intéresser aux délicieuses préparations, même si les paroles de sa grand-mère tournaient en boucle dans sa tête. Elle avait remarqué son attirance pour Cleo, ce qui n'aurait pas dû le surprendre. Elle avait toujours eu beaucoup d'intuition. Allait-elle aussi interroger Cleo ? La jeune femme démentirait, c'était certain.

Il reporta son attention sur sa cousine. *Doña* Luisa l'avait eue à l'œil elle aussi, et heureusement. Il s'en voulait terriblement d'avoir laissé Sofia se fourrer dans une situation désastreuse. Il aurait dû s'occuper d'elle après la mort de son père, qui avait été son tuteur.

C'était bizarre de penser que l'intervention de leur grand-mère lui avait fait rencontrer la femme assise près de lui. Elle infiltrait tous ses sens, à la manière du parfum subtil qu'elle portait. Il avait une conscience aiguë de ses moindres gestes et il revit le hochement de tête approbateur de Raymond quand il lui avait présenté Cleo.

Oui, Cleo était une belle personne, mais, s'il était raisonnable, il devait garder ses distances. Il avait suffisamment de soucis sans en plus entamer une relation avec une femme qui repartirait à l'autre bout du monde dans deux semaines.

Le début du repas se passa en silence. Puis il remarqua que Cleo mangeait peu.

— Vous n'aimez pas la nourriture ?

— Oh ! c'est délicieux, dit-elle d'un ton légèrement crispé. Le problème, c'est que je ne connais pas la moitié de ces aliments.

— Des poivrons verts, dit-il en les montrant du doigt. Rôtis avec une pointe de noix de coco.

— Ce ne sont pas des piments ? Oh ! je suis soulagée. J'avais peur de me tromper.

Il la regarda se servir et goûter lentement les différentes entrées. Elle avait une expression sérieuse et concentrée, comme si elle mémorisait les goûts divers pour les cataloguer.

Il ne put s'empêcher de sourire. Elle était charmante, et il n'y avait aucun mal à profiter de sa compagnie le temps qu'elle resterait ici. Il désirait tellement la voir rire, comme ce soir-là à Sydney.

— D'où vient la tradition des tapas ? demanda-t-elle.

Sa curiosité le charmait, et il s'empressa de la renseigner.

— Le mot désigne un couvercle. Une petite assiette qu'on posait sur les verres de bière pour protéger la boisson des insectes. On raconte qu'un cabaretier a eu un jour l'idée de déposer un morceau de jambon sur la soucoupe. Les clients ont été ravis de le déguster en même temps que leur bière. Puis on a commencé à mettre plein d'autres bonnes choses dans l'assiette. Un des symboles de la culture espagnole était né. Les meilleures tapas se mangent évidemment à Barcelone.

Cleo rit et secoua la tête.

— Évidemment, vous pensez que les meilleures choses se passent ici plutôt qu'à Sydney. Et ça, qu'est-ce que c'est ? demanda-t-elle en pointant un amuse-bouche du doigt.

— Du magret de canard fumé aux figues fraîches, garni de miel et de romarin. Mon préféré. Là, du filet de porc ibérique aux poires…

Soudain, un crissement de pneus se fit entendre, immédiatement suivi d'un choc effroyable. Felipe bondit de sa chaise et se précipita à la fenêtre.

Dans la rue d'ordinaire paisible, c'était le chaos. Les tables et les chaises du café d'en face avaient volé en tous sens, et une voiture était encastrée dans l'entrée de l'établissement.

Alba apparut.

— Appelez les secours, lui dit-il. Je descends voir si je peux aider.

— Je viens avec vous, dit Cleo.

Le premier réflexe de Felipe fut de refuser. Mais elle avait une excellente formation médicale, et il aurait besoin d'aide en attendant l'arrivée de l'ambulance. Et surtout, Cleo était une personne calme qui gardait son sang-froid en toutes circonstances.

— Merci, répondit-il.

Il décida qu'ils prendraient l'escalier pour être sur place plus rapidement. Elle acquiesça, et il nota qu'elle portait des chaussures à talons plats. Cleo était une femme à l'esprit pratique, encore un aspect de sa personnalité qu'il appréciait. Et en cela, elle était fort différente de toutes les femmes sophistiquées que *doña* Luisa s'évertuait à lui présenter depuis des années.

Arrivés au rez-de-chaussée, ils coururent dans la rue où les badauds commençaient à s'attrouper. Felipe se fraya un passage.

— Je suis médecin, dit-il d'une voix forte. Y avait-il du monde en terrasse ? Des personnes ont-elles été projetées en l'air ? Des blessés en dehors des occupants de la voiture ?

— Non, juste le couple à l'intérieur du véhicule, répondit quelqu'un.

Felipe laissa échapper un soupir de soulagement. *Dieu soit loué !* Un peu plus tôt, il avait vu des enfants sur le trottoir.

De la fumée s'échappait du radiateur de la voiture. En dépit de la violence de l'impact, les dégâts n'étaient pas aussi importants qu'on aurait pu le craindre.

La portière côté conducteur s'ouvrit, et un homme sortit en chancelant. Il avait presque contourné le véhicule pour atteindre la portière du passager quand il s'effondra en gémissant. Il était blessé au visage et se tenait la tête à deux mains.

Felipe s'approcha de lui et lança à Cleo :

— Il y a une femme à l'intérieur.

Au même instant, la passagère se mit à crier.

— Oh… Oh ! oh… Le bébé arrive.

Il ouvrit la portière.

— Êtes-vous blessée ?

Elle se ressaisit dès que la contraction prit fin.

— Non…

— Je suis médecin. Une sage-femme m'accompagne. Je dois aider votre mari.

La femme se mit à sangloter.

— *Idiota !* Il a roulé comme un fou quand je lui ai dit que le bébé arrivait.

Felipe se détourna et chercha Cleo des yeux.

— *Soy enfermera*. Je suis infirmière, dit-elle clairement au milieu de la foule.

Les badauds s'écartèrent. Le regard affolé de la future maman se porta sur Cleo, et brusquement elle se calma.

15.

Cleo arriva près de la voiture au moment où la femme endurait une nouvelle contraction. Aucun doute, la naissance était imminente.

Mentalement, elle passa en revue les conséquences possibles de l'accident : déchirure du placenta, arrêt de l'apport sanguin au bébé, hémorragie interne…

Non ! Elle refusait d'envisager le pire. Ensemble, elles mettraient au monde un enfant en parfaite santé, se dit-elle avec fermeté.

La femme se tenait le ventre et lançait des regards furieux à son mari.

— *Idiota !*

Puis elle soupira et s'adressa à Cleo :

— J'espère qu'il n'est pas gravement blessé ?

— Juste un peu vexé, répondit Cleo en réprimant un sourire. Comment vous appelez-vous ?

— Elena… *Oooh !*

Elle se courba, en proie à de nouvelles douleurs. Cleo jugea préférable de ne pas la déplacer.

— Je vais essayer de reculer votre siège. Pouvez-vous m'aider ?

Tout en parlant, elle faisait des gestes pour s'assurer qu'Elena la comprenait. Puis, s'agenouillant sur le bitume, elle manœuvra la poignée sous la jambe de la jeune femme. Celle-ci se cabra au même instant et le siège coulissa, ménageant un peu d'espace à l'avant, malgré le sac de voyage posé là.

Elena restait penchée, les mains sur les genoux, concentrée sur sa respiration.

Cleo n'avait ni gants ni serviette à sa disposition. Heureusement, elle avait affaire à une future maman réactive et volontaire. Si Elena pouvait glisser jusqu'au bord du siège, tout se passerait bien. Et elle pouvait compter sur Felipe qui était occupé à soigner le mari blessé. Celui-ci souffrait apparemment d'une blessure à l'épaule, en plus de coupures au visage. L'ambulance n'allait pas tarder à arriver.

Elena laissa échapper un gémissement.

— Ce n'est pas comme ça que je devais mettre mon bébé au monde, dit-elle, haletante.

— Non, bien sûr. C'est votre premier ?

Elena secoua la tête.

— Le troisième.

Une mère expérimentée, donc. C'était un avantage.

— Elena, votre petit est impatient de naître. Je vais placer votre sac dans votre dos pour vous mettre le plus possible en position d'accoucher, d'accord ?

La jeune femme acquiesça en gémissant, et Cleo sortit le sac de l'avant. Felipe s'avança auprès d'elle.

— Laissez-moi le mettre derrière elle pendant que vous l'aidez.

Elle hocha la tête, soulagée. Bientôt, Elena se trouva assise tout au bord du siège, le dos soutenu par son bagage.

— Si votre bébé arrive maintenant, je suis sûre que tout ira bien, dit Cleo d'une voix rassurante. Ensuite, l'ambulance vous emmènera tous les trois à l'hôpital. Vous pouvez vous soulever un peu ? Je vais enlever vos sous-vêtements, *Pantalones, sí* ?

Elle espérait que c'était le mot correct. Elena comprit et agrippa la poignée au-dessus de la portière. Cleo souleva la jupe et abaissa rapidement le slip le long de ses jambes, laissant seulement une de ses chevilles entravée.

Auprès d'elle, Felipe déclara :

— J'ai appelé Alba pour qu'elle apporte du linge et des serviettes.

— Et mon sac à main, dit-elle d'un ton bref.

Elle n'aurait sans doute pas le temps l'utiliser les lingettes désinfectantes, ni sa paire de gants, avant la naissance, mais elle pouvait utiliser les pinces stériles pour le clampage du cordon ombilical. Cela faisait partie de sa panoplie d'escorte médicale.

Cleo demanda le foulard qu'Elena portait autour du cou.

— Pour le bébé.

Elena comprit et se sépara de l'étole en cachemire.

Pendant ce temps, Felipe passa un rapide coup de téléphone avant de demander aux badauds de se détourner et de former une sorte de cordon sanitaire autour des deux femmes.

Le visage d'Elena se crispa.

— Le bébé arrive ! cria-t-elle.

Cleo releva les pans de la jupe et sourit en voyant apparaître la tête de l'enfant.

— *Sí*, Elena. Votre petit est presque là. Tout va bien. Poussez !

La jeune femme agrippa le bord du siège. Autour d'elles, le silence s'était fait, comme si toute la rue retenait son souffle. Tout alla très vite. Le petit corps gluant fut expulsé, et Cleo le recueillit dans ses paumes.

Un garçon. Il restait immobile, mais c'était dû à sa naissance rapide.

— Il est sous le choc. Laissons-lui un moment, dit-elle à la jeune maman.

Avec des gestes calmes mais fermes, elle essuya le corps du bébé.

— Allez, fais un joli souffle. Tu en es capable, susurra-t-elle en le frottant.

Les membres minuscules se raidirent, les paupières pâles tremblotèrent. Le nouveau-né toussa, puis un petit cri rompit le silence. Un autre suivit, plus fort, et l'enfant ouvrit les yeux.

Elena laissa échapper un sanglot en découvrant son fils. Derrière elle, Cleo entendit Felipe pousser un soupir de soulagement, et des murmures montèrent de la petite foule de badauds. Au loin, Cleo perçut la sirène d'une ambulance. Mais les cris aigus du petit garçon qu'elle venait de mettre au monde étaient le plus beau de tous les bruits.

— Bravo, Elena, dit-elle en soulevant le chemisier de la jeune mère pour poser le bébé sur son ventre.

Le père était là aussi. Blessé, il avait rampé jusqu'à la portière.

— *Madre de Déus !* s'exclama Alba qui venait d'arriver, chargée de serviettes et du sac à main.

Cleo essuya l'enfant. Avec les serviettes qui restaient, elle les couvrit, sa mère et lui, pour les réchauffer.

Cleo se tourna vers Felipe.

— Je ne peux pas me servir de mes mains, dit-elle en montrant ses doigts tachés de sang. Dans la poche zippée de mon sac, vous trouverez un étui. Pouvez-vous l'ouvrir et prendre les pinces à clamper ?

Felipe n'en revenait pas. Tout en suivant les instructions qu'elle lui donnait, il dit quelques mots aux nouveaux parents. Ils se mirent à rire à travers les larmes d'émotion qui les assaillaient.

— Que leur avez-vous dit ? demanda Cleo tandis qu'il ouvrait l'étui stérile.

— J'ai dit : vous en connaissez beaucoup, des femmes qui gardent des trucs pareils dans leur sac ?

— En plus, elles sont de la bonne couleur, répondit-elle en voyant les pinces bleues.

Elena gémit soudain, alors qu'une contraction inattendue la traversait. Cleo la rassura. Rien que de très normal. Puis elle enveloppa le placenta dans un linge et le plaça près du bébé.

Elle palpa ensuite le ventre d'Elena. À son grand soulagement, l'utérus était dur et se contractait sous ses doigts. Dieu merci, elle n'aurait pas à faire face à une hémorragie en plus d'une naissance sur le siège avant d'une voiture !

Elle prit les pinces à clamper et, écartant doucement le bébé de sa mère, elle les referma sur le cordon.

— Je n'ai pas de ciseaux, mais les ambulanciers couperont le cordon. Ne vous en faites pas. J'ai fait ce qu'il fallait.

Alors, elle prit conscience qu'Elena et son mari la regardaient avec une immense gratitude.

Tout comme Felipe.

16.

Felipe ne pouvait s'empêcher de dévisager Cleo. Celle qu'il avait quittée après une nuit d'amour et qui était réapparue par hasard dans sa vie était agenouillée sur la chaussée et souriait à l'inconnue qu'elle venait d'accoucher. Comme s'il n'y avait rien de plus naturel au monde !

Il secoua la tête.

— J'ai vu beaucoup de naissances pendant mes études de médecine, mais aucune aussi sereine et rassurante que cette urgence dans des conditions extrêmes. Cleo, vous avez été d'un calme et d'un sang-froid incroyables. Vous êtes d'une constance merveilleuse.

Elle lui sourit, les traits doux et détendus comme si elle était parfaitement heureuse ainsi. Elle ne réalisait même pas à quel point elle avait été extraordinaire.

En dépit de tout ce qui venait de se passer, il y avait une sorte de légèreté dans l'air. Grâce à Cleo, Felipe sentit aussi quelque chose changer au fond de lui, et un élan jaillit de sa poitrine. Il eut soudain envie de se battre pour conquérir cette femme, de donner une chance à leur histoire malgré les obstacles. Il voulait cette femme pour lui seul.

Il serra les poings. Il avait mal agi en la quittant. Elle avait été si généreuse dans l'amour, lui avait accordé toute son attention quand il lui avait parlé de son passé. Leur entente avait été spontanée et tout simplement incroyable. Pourtant, il était parti.

La voix douce de Cleo s'infiltra dans ses pensées.

— J'avais l'assistance d'un médecin, répondit-elle.

Oui, et il espérait qu'il aurait été utile en cas d'urgence. Une fois, il avait assisté à un accouchement qui s'était soldé par un drame. Il grimaça, tandis que ce souvenir pénible lui revenait en mémoire.

Cette tragédie avait changé le cours de sa carrière, car jusqu'alors il envisageait de devenir obstétricien. Ce jour-là, il avait essayé de ranimer un bébé qui venait de naître, sans succès. L'enfant était mort. Plus tard, l'autopsie avait montré qu'il n'aurait pas pu survivre à cause d'une grave malformation cardiaque. Mais Felipe, traumatisé, avait renoncé à se spécialiser en obstétrique.

Cleo, elle, avait montré plus de courage, elle avait tenu bon. Cela le laissa pensif. Il y avait longtemps qu'il n'avait pas pensé à ce nouveau-né qu'il n'avait pas réussi à sauver. La proximité de Cleo avait fait resurgir ce souvenir. Comme nombre d'autres choses qu'il avait oubliées et qui dominaient son esprit quand il était près d'elle.

— Voici l'ambulance.

La foule s'était reculée. Très vite, Elena et son bébé furent mis en sécurité à bord du véhicule. Les ambulanciers donnèrent à Cleo de quoi se désinfecter les mains, mais sa robe crème était irrémédiablement tachée et sans doute fichue.

Une fois l'ambulance partie, Alba rassembla le linge souillé dans un grand sac plastique qu'elle alla jeter à la poubelle en bougonnant.

Puis tous trois montèrent dans l'ascenseur. Cleo s'adossa à la paroi et, un léger sourire aux lèvres, ferma les yeux. Felipe contempla le doux soulèvement de ses seins sous sa robe barbouillée.

— Je vais essayer de réparer les dégâts, dit Alba d'une voix tendue.

Il sourit. L'irritation d'Alba n'était pas dirigée contre Cleo, mais contre ceux qui abusaient des invités de *doña* Luisa et osaient les salir.

— *Gracias*, Alba, dit Cleo en rouvrant les yeux.

Felipe l'avait entendue parler à Elena et prit conscience qu'elle avait une solide connaissance de l'espagnol. Où l'avait-elle appris ? Il voulait tout savoir d'elle, tout à coup.

— Nous rentrerons dès que vous vous serez rafraîchie. Ma grand-mère comprendra, dit-il.

Elle baissa les yeux sur sa robe et ses jambes.

— Hum… C'est une bonne idée, je crois.

Qui aurait pu lui reprocher son allure après un comportement aussi héroïque ? Felipe prit une profonde inspiration, tâchant de tempérer son exaltation. Car Cleo avait seulement agi comme toute personne ayant une certaine expérience médicale. Inutile de la mettre sur un piédestal.

C'était à cause des changements qui s'opéraient en lui, se dit-il. Ceux que sa grand-mère avait remarqués. Jusqu'à présent, il s'était tenu à l'écart des relations sérieuses, adoptant une attitude froide et distante. En attendant qu'une femme vienne briser son armure et le secouer ? Cleo avait certainement réussi cet exploit.

Il pensa au couple qu'ils avaient rencontré si malencontreusement et à leur bébé né dans des circonstances dramatiques. Il avait envie d'être un bon mari et un bon père un jour.

Comme il ouvrait la porte de l'ascenseur, Alba poussa immédiatement Cleo devant elle. Il entra à son tour dans l'appartement et se rendit dans un cabinet de toilette pour se laver les mains et s'assurer qu'il était présentable avant de retrouver sa grand-mère. Celle-ci, il le savait, attendait des nouvelles avec impatience.

— Tu as l'air sonné. La jeune femme va bien ? demanda la vieille dame avec un regard perçant. Alba avait l'air catastrophée et n'a rien voulu me dire.

— Oui, la mère et l'enfant vont bien. Un petit garçon est né dans ta rue. *Àvia*, qu'y a-t-il ? Je sens que quelque chose te turlupine ?

Les prunelles de la vieille dame brillaient d'une lueur étrange.

— La façon dont tu regardes la sage-femme.

Il hocha la tête en souriant. Décidément, rien n'échappait à sa grand-mère.

— Où est Sofia ? demanda-t-il pour changer de sujet.

— Partie changer sa fille.

— Avec ta permission, nous allons partir dès qu'elle sera de retour. Cleo a besoin de se changer après son exploit.

Sa grand-mère haussa les sourcils de surprise.

— Son exploit ? Mais c'est toi le médecin, non ?

— La dame était sur le point d'accoucher. Rien à voir avec une chimiothérapie, dit-il en souriant.

— De mon temps, le médecin faisait tout. Felipe, dit-elle en se penchant légèrement, dis-moi, as-tu vraiment des sentiments pour elle ?

— C'est la sage-femme de Sofia, répondit-il évasivement.

— Ce n'est pas ma question. Acceptes-tu enfin qu'une femme t'approche ?

Il entendit des pas, et le sujet de leur conversation apparut à la porte du salon.

— Ah, Cleo, dit-il pour donner le change. Entrez. Je disais justement que c'était une grande chance de vous avoir ici.

17.

Cleo s'immobilisa, consciente d'une nouvelle tension dans la pièce. Consciente aussi de sa robe humide et douteuse, alors que ses hôtes étaient d'un impeccable chic. Elle s'avança lentement jusqu'au fauteuil de *doña* Luisa.

— Nous avons eu beaucoup de chance que tout se passe bien pour la mère et le bébé, répondit-elle. Veuillez excuser mon apparence, *doña* Luisa. Alba a eu la gentillesse d'essayer de nettoyer ma robe, mais je crains…

La vieille dame balaya ses propos d'un geste de la main.

— Inutile de vous excuser. Felipe m'a déjà chanté vos louanges, dit-elle en la fixant d'un regard pénétrant.

Sofia revint à cet instant, poussant le landau, et Felipe sembla se réjouir de son apparition.

— Sur ce, nous allons prendre congé, dit-il. Nous reviendrons une autre fois.

— Envoie-moi Sofia demain, dit sa grand-mère d'une voix soudain lasse. Dès le matin, et elle restera avec moi jusqu'à l'heure de ma sieste. Cleo et toi, vous pourriez venir dîner demain soir, si je suis assez bien portante.

Cleo en était certaine, quelque chose lui échappait. Elle sentait entre la grand-mère et son petit-fils comme un aparté silencieux où il était question d'elle.

Sofia embrassa sa grand-mère et prit son bébé dans ses bras. Le visage de *doña* Luisa s'adoucit, tandis qu'elle regardait l'enfant endormie.

— Aussi belle que sa mère, dit-elle dans un murmure.

— À demain, *àvia*, répondit Sofia avec chaleur.

Dans la voiture, Sofia était pensive.

— Elle va vraiment mourir ? demanda-t-elle soudain d'une voix faible.

— Oui, répondit Felipe avec tristesse. Elle m'a dit qu'elle avait eu une bonne vie, mais qu'elle avait fait son temps. Elle se sent prête.

Sa cousine essuya une larme.

— Tu peux encore faire quelque chose pour elle ?

— Le traitement n'est plus possible. Restent les soins de confort. Je veille sur elle, dit-il en lui touchant la main.

— Désolée d'avoir été si pénible. Elle t'a demandé de venir me chercher en Australie parce qu'elle avait découvert que Terence me volait mon argent, c'est ça ?

— *Sí*. Mais si j'avais su tout ce qu'il avait fait, elle n'aurait pas eu besoin de me le demander. J'y serais allé de toute façon.

— Oui, je comprends maintenant.

Puis, se tournant vers Cleo, elle ajouta :

— Mon cousin n'est peut-être pas aussi horrible que ça, finalement.

Cleo regarda ces deux têtes brunes aux mêmes traits frondeurs et obstinés penchées l'une vers l'autre.

— Je suis contente pour vous deux. C'est tellement mieux de pouvoir compter sur les siens quand quelqu'un vous laisse tomber. Quant à moi, je n'ai plus de raison de rester, puisque Sofia a l'intention de passer plus de temps avec sa grand-mère.

Oui, elle allait écourter son séjour. C'était même la seule décision raisonnable.

Sofia lui tapota le genou.

— Ne crois pas que tu peux partir maintenant. En fait… je ne lui fais pas totalement confiance, dit-elle en adressant une grimace à son cousin.

Felipe salua cette mimique d'un rire sonore qui le secoua tout entier.

Sofia, médusée, le dévisagea.

— Je ne savais pas que tu étais capable d'éclater de rire.

— Ma chère cousine, dit-il en se calmant, Cleo va penser que je suis aigri et décidément trop sérieux.

— Franchement, Cleo, tu l'as déjà vu rire ? demanda Sofia.

Cleo sentit son cœur manquer un battement. La réponse était oui. Ils avaient ri ensemble quand elle était blottie dans ses bras après l'amour, puis sous la douche et enfin quand ils avaient regardé le manège nocturne des mouettes par la fenêtre...

— Maintenant oui, répondit-elle en adoptant un ton léger, malgré le rouge qui lui montait aux joues.

Heureusement, Isabella choisit ce moment pour s'agiter dans son siège bébé, et Sofia s'empressa auprès d'elle.

Voyant le sourire entendu de Felipe, Cleo s'empourpra davantage.

Arrêtez ! articula-t-elle silencieusement en le fusillant du regard.

Mais, au fond d'elle, elle se réjouissait aussi. Depuis cette naissance dramatique dans la rue, elle retrouvait entre Felipe et elle quelque chose de la complicité qu'ils avaient partagée cette nuit-là.

Vivement, elle se tourna vers la vitre avant que Sofia ne remarque ses joues enflammées. Mais elle gardait une conscience aiguë de l'homme assis auprès d'elle. Même s'ils ne se touchaient pas, elle percevait la chaleur de son corps athlétique, le moindre de ses gestes et le parfum de son eau de toilette qu'elle n'oublierait sans doute jamais.

Comme elle réfléchissait à sa situation de plus en plus inextricable, il lui toucha l'épaule pour attirer son attention.

— Vous allez être libre demain, puisque Sofia sera chez ma grand-mère. Vous prévoyez de visiter la ville ?

Tout à ses pensées, elle se sentit prise au dépourvu.

— Peut-être, répondit-elle. Nous verrons si Isabella passe une bonne nuit.

Il s'apprêtait à dire quelque chose, mais parut se raviser.

— Oui, bien sûr.

Après quoi il regarda la route sans rien ajouter.

Qu'avait-il voulu dire ? Cleo ne put s'empêcher de s'interroger tout le reste du trajet.

Le lendemain, Sofia s'éveilla, joyeuse et reposée. Isabella était tranquille dans son berceau. Au cours de la nuit, Cleo s'était levée à chaque réveil du bébé et avait donné des conseils à la jeune mère pour l'endormir facilement après chaque tétée. La petite fille dormait déjà plus longuement. Cleo, à l'inverse, avait eu plus de mal à trouver le sommeil. Les regards troublants dont Felipe l'enveloppait depuis l'accouchement d'Elena la déroutaient. Peut-être ferait-elle bien de partir à la fin de la semaine.

Après le petit déjeuner, elle se posta à la fenêtre de sa chambre pour voir Sofia et Isabella monter en voiture avec l'aide de Carlos. La jeune femme avait un peu râlé à cause de l'heure matinale – il n'était que 8 h 30 –, mais elle comprenait aussi que sa grand-mère ne veuille plus perdre de temps.

Tandis que la limousine s'éloignait, Cleo contempla le ciel d'un bleu pur annonçant une belle journée ensoleillée. Elle était tentée d'aller explorer un peu la ville, comme Felipe le lui avait suggéré, et de rentrer juste avant le déjeuner. Sofia lui avait téléchargé une application sur son téléphone, afin qu'elle puisse commander un taxi pour ses déplacements. Elle appréciait l'idée d'être libre et de voir tout ce qu'elle souhaitait.

On frappa un coup discret à la porte. Ouvrant le battant, Cleo découvrit Maria qui lui tendait une feuille de papier pliée. Cleo la prit avec réticence. Même sans avoir jamais vu son écriture, elle savait que le message venait de Felipe.

Il n'était donc pas parti travailler ? Malgré elle, elle sentit son pouls s'accélérer.

— Le thé est servi dans la bibliothèque, mademoiselle Wren, dit Maria avant de disparaître.

— Merci, Maria.

Cleo déplia la feuille.

J'aimerais te parler.

F.

Eh bien, elle pouvait dire adieu à sa balade touristique. Peut-être Felipe voulait-il lui signifier que sa présence n'était plus requise. Cela l'arrangeait justement, car il lui était de plus en plus difficile de le côtoyer sans se souvenir des moments torrides qu'ils avaient partagés.

Elle descendit l'escalier et, prenant une profonde inspiration, ouvrit la porte de la bibliothèque.

— Bonjour, Cleo.

— Bonjour, *don* Felipe.

Il haussa les sourcils.

— Si je t'embrassais chaque fois que tu m'appelles *don*, peut-être arrêterais-tu de le faire.

— Oh ! je m'arrêterais, c'est sûr. Parce que je ne serais plus là pour t'appeler par quelque nom que ce soit, répondit-elle du tac au tac.

— Je n'en doute pas une seconde, dit-il, un sourire narquois aux lèvres. Bien dormi ?

— Très bien, merci, répondit-elle avec assurance.

Il lui offrit un sourire désarmant.

— Je n'ai pas fermé l'œil non plus.

— Je suis désolée de l'apprendre, dit-elle d'un ton railleur.

— Aujourd'hui, du moins jusqu'au retour de Sofia, j'aimerais passer la matinée avec toi.

Ce n'était même pas une question ! Quelle arrogance ! Elle secoua la tête. À en croire la façon dont il la regardait, le tourisme était la dernière chose qu'il avait en tête. Elle avait accepté une fois de faire une promenade avec lui et elle se rappela comment cette balade s'était terminée. Recommencer, à Barcelone cette fois, aurait été doublement stupide. Mais à sa grande consternation, elle était aussi tentée d'accepter… en lui soufflant un baiser !

— J'ai déjà des plans pour aujourd'hui, répondit-elle d'une voix moins ferme qu'elle ne l'aurait voulu.

— Vraiment ? Que veux-tu faire ?

— J'aimerais visiter la Sagrada Família.

— La plus belle église de Gaudi mérite certainement un détour. Puis-je venir avec toi ?

Eh bien, il n'y allait pas par quatre chemins ! En même temps, elle sentit un élan de joie la traverser. Pourquoi se priver de la compagnie de Felipe, d'autant qu'il devait être un fantastique guide touristique ? Des frissons l'assaillirent à la perspective de passer du temps, seule avec lui. Accepter était stupide, sans doute. Mais quelle chance elle avait aussi !

— Tu peux refuser, bien sûr. Mais j'aimerais venir avec toi.

Elle contempla son visage séduisant, regrettant la belle relation qu'ils auraient pu avoir. Si seulement… D'un autre côté, si elle passait la matinée avec lui, ce serait horriblement difficile de le quitter à la fin.

— Tu ne travailles pas aujourd'hui ?

— J'ai passé quelques heures à l'hospice tôt ce matin, je viens juste de rentrer. J'y retournerai cet après-midi.

Elle vit son humeur changer brusquement.

— *Don* Raymond ? demanda-t-elle, le cœur serré.

— *Sí.* Il est en paix maintenant.

Elle lui toucha le bras.

— Oh ! Felipe. Je suis sincèrement désolée…

— Merci. Il m'a souvent dit d'apprécier sa présence et de ne pas être triste de son départ. C'était mon meilleur ami.

Elle était terriblement émue. Néanmoins, fidèle à la promesse qu'elle avait faite à Raymond, elle s'efforça de le distraire de ses sombres pensées.

— À quelle heure veux-tu partir ? demanda-t-elle.

Il consulta sa montre.

— Dès que Carlos aura ramené la voiture. Le plus tôt sera le mieux, car il y aura de plus en plus de monde au cours de la journée, les gens restent des heures à contempler le moindre détail.

— Entendu, c'est la bonne heure.

— Parfait. Une autre fois, j'aimerais t'y emmener au coucher du soleil, quand la lumière dorée illumine les vitraux.

Une autre fois ? Mais auraient-ils le temps avant la fin de son séjour ? Elle n'osa pas poser la question.

— Tu es vraiment amoureux de ce monument, on dirait.

— Je te raconterai ça tout à l'heure.

Une demi-heure plus tard, ils avaient pris place à l'arrière de la limousine. Felipe toucha la main de Cleo.

— Ce matin, on se détend. Oublie que tu es là pour travailler. Nous sommes juste amis.

Y parviendrait-elle ? C'était pourtant comme cela que tout avait commencé. Un danseur de flamenco qu'elle avait trouvé irrésistible l'avait invitée à faire une promenade main dans la main…

L'alchimie vibrait de nouveau entre eux, et l'air de l'habitacle semblait grésiller. Un sourire malicieux incurvait la bouche sensuelle de Felipe, et son regard rivé au sien brûlait d'un désir contenu. Il semblait disposé à balayer les barrières qui les séparaient. Mais où cela les mènerait-il ?

— D'accord. On peut essayer, répondit-elle.

Carlos arrêta la voiture derrière un bus touristique, et Felipe descendit vivement ouvrir la portière. Cleo devina que le chauffeur reviendrait les chercher plus tard.

Comme la limousine disparaissait au coin de la rue, Felipe prit la main de Cleo pour la guider à travers la circulation dense du carrefour. La chaleur de cette pression ferme sur ses doigts remontait le long de son bras, avec des frissons exquis.

Les femmes qu'ils croisaient posaient des regards ouvertement approbateurs sur lui.

— Tu n'as pas peur que les gens te voient me tenir la main ?

— Non. Pourquoi ?

— Je voulais parler de ceux qui te connaissent. Tu es connu ici, non ?

— C'est vrai que je connais du monde, dit-il en souriant. Et je vais justement te faire profiter de ma notoriété.

Il alla directement à l'entrée, salua le gardien, et ils furent invités à entrer sans délai.

Cleo resta ébahie devant la façade monumentale de la basilique. C'était immense, et le décor était absolument incroyable.

— Tu viens souvent ici ? demanda-t-elle, impressionnée.

Une expression nostalgique se peignit sur les traits de Felipe.

— La nourrice qui s'occupait de moi quand j'étais enfant m'emmenait souvent. Elle assistait à la messe du dimanche ici et me racontait les histoires de cette église. Ce temple apporte une telle paix à l'âme.

Un temple… Oui, c'était le mot. La Sagrada s'élançait vers le ciel avec ses tourelles ornementées et ses sculptures complexes qui couvraient les murs et les moindres recoins. Tout en haut, d'étranges mosaïques en relief représentaient des fruits.

— Viens. Nous allons entrer de ce côté pour éviter les groupes des visites guidées.

Il l'entraîna vers les marches pour lui montrer les apôtres, le Christ et la multitude d'histoires gravées dans la pierre. Il était évident que Felipe était très touché par l'église de son enfance. En vrai Catalan, il était fier, passionné, et désireux de partager ce qu'il aimait avec quelqu'un capable d'apprécier.

En entrant dans l'édifice, Cleo eut le souffle coupé. C'était comme si elle se tenait au milieu d'une forêt, comme si des arbres immenses et blancs soutenaient la voûte dorée du monde. Les colonnes centrales attiraient l'œil vers le dôme de dentelle, et des centaines de vitraux multicolores répandaient la lumière au centre de l'édifice. Les visiteurs étaient mouchetés de ces taches de couleur changeante. Les murs et les rangées de bancs se paraient de bleus, de verts, d'or et de rouges.

Oh ! mon Dieu ! Émerveillée, elle porta une main à sa poitrine.

— J'aimerais m'allonger là et regarder en l'air.

18.

Felipe observa l'émerveillement de Cleo. C'était exactement l'expression qu'il avait espéré voir sur ses traits. Elle promenait son regard fasciné sur les murs et la voûte grandiose de la Sagrada, des larmes brillaient au bord de ses cils.

Elle renversa la tête presque jusqu'à en perdre l'équilibre, et il se plaça derrière elle pour la stabiliser.

— Appuie-toi sur moi et regarde à ton aise.

Elle se laissa aller contre son torse. Il l'entoura de ses bras, posant légèrement les mains sur ses hanches. Il sentit la chaleur de son corps sinueux et retrouvait le modelé de ses jolies courbes.

Il inspira longuement son parfum et sentit sa bouche s'assécher. Il ressentait un irrésistible besoin de la goûter à nouveau, tandis que des souvenirs brûlants, explicites, envahissaient son cerveau.

Mon Dieu ! Comment pouvait-il avoir de telles pensées charnelles dans un lieu sacré ? Sa brave nourrice serait horrifiée. Il avait été stupide de se croire capable d'oublier Cleo.

Il commençait à comprendre que, s'il était rentré en Espagne sans elle, il aurait entrepris un autre voyage en Australie dans un bref délai. Pour la revoir.

— Tu disais que ta nourrice venait à la messe ici le dimanche ?

Sa voix douce, imprégnée de respect pour la splendeur autour d'eux, interrompit ses pensées déplacées.

— *Sí.*

— Oh ! participer à un office ici, ce doit être… magnifique.

Elle soupira et s'abandonna contre lui. Elle ignorait les sentiments qu'elle lui inspirait et mettait à rude épreuve le contrôle qu'il exerçait sur lui-même. Elle donnait toute son attention à la voûte. De temps à autre, elle bougeait contre lui, déplaçant l'angle de son corps, pour mieux voir. Il réprimait chaque fois un gémissement.

Bientôt, il s'obligea à écarter ses mains rivées aux hanches de Cleo.

— Une messe du dimanche ? Bien sûr, je peux arranger ça.

Quelques minutes plus tard, elle murmura :

— C'est normal que les visiteurs veuillent rester plusieurs heures. Il y a tant de choses à admirer. Il faudrait des semaines, peut-être même des mois, pour étudier tous les détails.

Elle secouait la tête en s'extasiant, et il recevait la caresse fluide de ses cheveux contre son visage. Il brûlait d'enrouler une mèche autour de son doigt et d'y déposer un baiser.

— *Sí*, répondit-il d'une voix tendue.

Il voulait la faire pivoter vers lui et la regarder au fond des yeux. Puis il savourerait ses lèvres en l'enlaçant à l'étouffer et presserait ses seins contre son torse.

Jusqu'où cette folie les conduirait-elle ? À une aventure qui durerait quelques jours, voire quelques semaines ? À une merveilleuse vie à deux ? Mais cela ne risquait-il pas aussi de finir par un mariage désastreux, comme celui de ses parents ? Non, car il n'était pas comme son père. Et Cleo ? Il savait qu'après son expérience conjugale malheureuse elle tenait avant tout à sa liberté, et sa vie était en Australie. Pourrait-elle vivre en Espagne ? Avec lui et pour toujours ? Du fait de ses responsabilités, il n'était pas question pour lui d'envisager de s'installer en Australie… Les raisons pour lesquelles il n'aurait pas dû entamer cette relation lui revenaient brusquement en pleine figure.

Doucement mais résolument, il écarta la jeune femme. Rien n'était possible entre eux.

Cleo écarquilla les yeux, puis fit un pas de côté de plus en prenant conscience qu'elle avait été dans ses bras et qu'elle avait sans doute aimé cela. Sans s'en rendre compte, elle s'était servie de lui pour mieux se perdre dans la contemplation de l'architecture.

Sa réaction le fit sourire. Elle était adorable de naïveté. Il eut envie de la ramener à lui.

Il s'éclaircit la voix.

— L'après-midi, la lumière entre par l'autre côté et éclaire la nef de couleurs différentes.

— Quel chef-d'œuvre ! dit-elle dans un soupir.

Elle dut remarquer ses traits contractés, car elle lui lança un regard intrigué et remarqua la tension de son entrejambe. En comprenant qu'elle avait provoqué son excitation en se collant contre lui, elle étouffa une exclamation et releva vivement les yeux.

— C'est ta faute, dit-il en souriant.

Les joues de Cleo devinrent écarlates, et il se délecta de sa consternation.

— Felipe, je suis vraiment désolée… Je me suis servie de toi comme d'un pilier et…

Elle s'empourpra davantage, et il voulut tendre la main pour caresser sa peau brûlante.

— J'ai apprécié, murmura-t-il pour le seul plaisir de la tourmenter.

Puis il lui prit la main, et ils déambulèrent parmi les colonnes gigantesques. De temps à autre, il saluait quelqu'un dans la foule, mais son attention était centrée sur Cleo.

Au bout d'une heure, il consulta sa montre.

— Tu veux en voir davantage ?

— Oh ! non. Tu as été très patient. C'est tellement beau. Merci pour cette visite. Je vois aussi combien tu aimes cet endroit.

Il avait surtout aimé y être avec elle, s'il était honnête.

— C'était un plaisir. Veux-tu prendre un café avant que nous allions chercher Sofia ?

19.

Quand Felipe et Cleo débouchèrent sur le parvis inondé de soleil, elle se retourna pour contempler une dernière fois la glorieuse façade de la Sagrada Família.

Jamais elle n'oublierait cette visite. Ni d'ailleurs le fait qu'elle s'était pressée contre le torse de Felipe pour lever la tête… Il l'avait stabilisée de ses bras d'acier. Oh ! là là… Dire qu'elle s'était frottée contre lui et qu'il l'avait laissée faire !

Mais c'était lui qui s'était proposé pour la soutenir, et il n'avait pas détesté cela, apparemment. Et où cela les mènerait-il ? Il devait bien se rendre compte que plus ils passaient de temps ensemble et plus ce serait dur quand viendrait le moment de se séparer.

Que se passerait-il quand elle serait de retour en Australie ? Ils n'avaient certainement rien à gagner dans une relation à distance. Et l'entourage aristocratique de Felipe espérait sans doute qu'il épouse une femme de sa condition. Une fois déjà, elle s'était engagée dans une histoire hors de son milieu social. Pour quel résultat !

Elle ne supporterait pas une autre trahison, se dit-elle avec amertume. Et cet homme qui l'avait choisie et séduite en une soirée, qui attirait le regard et le sourire de toutes celles qu'il croisait, représentait un risque majeur pour ses sentiments.

Il fallait absolument qu'elle mette un terme à ce qu'il y avait entre eux. Maintenant !

— Merci de m'avoir emmenée à la Sagrada et d'avoir été si patient, dit-elle d'un ton crispé.

Il la regarda avec chaleur, et elle sentit des spasmes au creux de son ventre. Son bras ferme qui frôlait le sien était terriblement tentant. Elle luttait pour ne pas se pencher, s'abandonner contre lui.

Non, Cleo…

À contrecœur, elle dégagea sa main.

Il n'essaya pas de la retenir.

— Allons dans ce petit restaurant là-bas, dit-il. De la terrasse, on pourra admirer les tours tout en buvant un café.

— Oui, ça me plaît.

Elle espérait retrouver son calme, ne plus penser à l'avenir incertain et à ce qu'il réservait, pour savourer l'instant présent.

Elle avait voulu voir Barcelone, et Felipe semblait savoir d'instinct comment parfaire l'expérience. Elle marchait auprès de lui, et l'étreinte de ses doigts lui manquait, mais elle respira profondément pour apaiser ses émotions turbulentes. Sans doute accordait-elle trop d'importance à ce qui s'était passé. Peut-être aurait-il eu la même réaction physique si n'importe quelle autre femme s'était pressée contre lui.

Ils prirent place à l'ombre, et Cleo tourna son regard vers la Sagrada.

— Cet édifice est insensé, sublime et tellement incroyable ! Comme le peu que j'ai vu de Barcelone.

Et comme l'homme qui l'accompagnait, ajouta-t-elle en elle-même.

— Comme ce qu'il y a entre nous ? fit-il d'une voix profonde et malicieuse.

Elle reporta vivement son attention sur lui.

— Tu le penses vraiment ?

— Oui. Insensé, sublime et tellement incroyable.

— Et surtout impossible, dit-elle avec un soupir désabusé.

La serveuse leur apporta des verres d'eau et prit leurs commandes. Quand elle eut disparu, Cleo n'était plus sûre de vouloir reprendre leur conversation, même si le sujet continuait de planer entre eux.

Felipe but une gorgée d'eau. Reposant son verre, il la regarda au fond des yeux.

— Penses-tu à moi le soir avant de t'endormir ?

Eh bien, il ne s'embarrassait pas de scrupules quand il s'agissait de poser une question directe ! Elle sentit ses joues s'enflammer, et ses bras nus se couvrirent de chair de poule.

Oh ! pitié ! Que répondre ?

Pouvait-elle mentir et prétendre être insensible à son charme ? À quoi bon ? Il saurait qu'elle jouait la comédie.

Elle décida de soutenir son regard et, pour lui rendre la pareille, prit une gorgée d'eau sans le quitter des yeux.

— Pourquoi je ne penserais pas à toi ? dit-elle enfin. Tu as été un amant époustouflant. Seulement, de nombreuses choses ont changé depuis cette nuit-là. Qu'attends-tu de moi, Felipe ?

La serveuse arriva avec leurs cafés, puis s'éloigna vers une autre table. Felipe se pencha vers Cleo.

— C'est la meilleure question.

Cleo remua son café avec brusquerie.

— Pourquoi ?

— Parce que c'est aussi celle que je me pose à propos de toi et je ne connais pas la réponse.

Elle sentit un grand vide au fond d'elle-même. Comme un rêve lumineux et plein de promesses qui s'étiolait pour devenir une aventure sordide, pour laquelle ils devraient se cacher de Sofia et de sa grand-mère.

— Il n'y a pas de réponse, dit-elle dans un souffle. Je ne peux pas risquer de passer une autre nuit avec toi. Ni maintenant ni jamais.

Parce que ce serait un déchirement au moment de te quitter…

— Pourtant… J'ai terriblement envie de toi, Cleo. Je n'arrête pas d'y penser.

Une vague de chaleur la submergea.

— Ce n'est pas rare pour un homme d'avoir des désirs, dit-elle d'un ton abrupt.

Sur ce, elle termina son café et se leva.

— Nous devrions rentrer. Ta grand-mère doit se reposer, et Sofia aura besoin d'aide pour s'occuper d'Isabella.

— Je vais aussi retourner travailler, dit-il en posant un généreux pourboire sur la table.

Cleo regarda la rue, comme si la voiture allait apparaître miraculeusement. Et justement, Carlos se gara au plus près de la terrasse. Felipe ouvrit la portière, et elle s'y engouffra.

— Je pense que Sofia se débrouille assez bien maintenant, dit-elle dès qu'il eut pris place auprès d'elle. J'ai l'intention de rentrer à la fin de la semaine.

Il se raidit.

— Pourquoi partir si vite ? Ta mission n'est pas terminée.

Résolue à camper sur ses positions, elle décida que Sofia était son meilleur argument.

— Je n'ai rien à redire sur ses facultés à être une bonne mère. Elle a ça en elle.

La voiture tourna bientôt au coin d'une rue, et Cleo reconnut le café. *Doña* Luisa habitait juste en face. À part une longue trace de pneus, il n'y avait plus aucun signe de l'accident de la veille.

Carlos arrêta la limousine. Felipe en descendit et attendit.

— J'aimerais rester à l'intérieur, si ça ne te gêne pas, dit Cleo. Je ne veux pas déranger ta grand-mère pendant que tu vas chercher Sofia et le bébé.

Il parut surpris, mais n'insista pas.

— Comme tu voudras.

Elle le regarda s'éloigner avec un soupir de soulagement. Elle allait pouvoir respirer un peu, et la climatisation la rafraîchirait.

Pour tromper l'attente, elle observa l'habitacle luxueux. Les banquettes en beau cuir souple, les compartiments en bois verni, le petit réfrigérateur… Devant elle, Carlos en uniforme attendait de répondre aux ordres de son patron. Serait-elle aussi à la disposition de Felipe, si elle devenait sa maîtresse ? Elle ne faisait pas partie de son monde. Serait-elle pour lui un jouet dont il finirait par se lasser ?

Certes, il avait suggéré une fois qu'elle avait toutes les qualités requises pour travailler en soins palliatifs. Dans son hospice ? Avait-elle seulement le droit de travailler en Espagne ? Serait-elle capable de s'adapter dans cette nouvelle spécialité ?

Peut-être… Travailler auprès de Felipe, prendre soin de ceux qui méritaient qu'on respecte leurs derniers instants et communiquer avec leur famille… ce serait une belle occupation. Était-elle lâche de refuser ? Perdait-elle la chance d'avoir un avenir avec Felipe ? Et pourquoi était-elle si tentée de le découvrir ?

Parce que tu es tombée amoureuse de Felipe Alcala Gonzalez, un homme admirable doté d'une incroyable personnalité.

Elle l'admettait enfin. Et si elle mettait tant d'énergie à combattre ses sentiments, c'était parce qu'elle craignait d'être brisée si, comme Mark, il la trompait.

La seule solution était de prendre cet avion et de rentrer en Australie. Et ne pas songer à passer plus de temps avec Felipe, car cela la perdrait.

On cogna à la vitre. Elle s'attendait à voir celui qui occupait ses pensées, mais c'était un homme souriant qui lui parut vaguement familier.

— *Muchas gracias, señorita !*

Il hochait vigoureusement la tête et joignait les mains en la remerciant. Alors, elle nota l'hématome sur son front.

Oh ! j'y suis ! Le mari d'Elena…

Elle ouvrit la portière.

— Comment vont la maman et le bébé ?

— Très bien. Très bien. *Muchas gracias !*

— *De nada*. Félicitations à vous deux.

Comme il lui adressait un dernier sourire reconnaissant avant de s'éloigner, Felipe réapparut et le toisa d'un regard sombre. Un instant, Cleo crut qu'il allait le suivre pour lui demander des explications.

— C'est le mari d'Elena, dit-elle aussitôt. Elle va bien et le bébé aussi.

Les traits de Felipe se radoucirent.

— Ah, très bien.

Avait-il été jaloux ? À cette pensée, elle sentit un petit élan de satisfaction. Tenait-il suffisamment à elle pour vouloir éloigner les autres hommes ?

— J'ai oublié de te dire, fit-il. Ce matin, j'ai appelé l'hôpital pour prendre de leurs nouvelles. Ils ne t'oublieront pas.

Il l'enveloppa d'un regard admiratif, et elle sentit son cœur se gonfler de joie.

— Moi non plus. Où est Sophia ?

Les traits de Felipe s'assombrirent.

— Elle a décidé de rester auprès de ma grand-mère. Son état de santé s'est dégradé depuis hier. Maintenant qu'elle a eu la visite qu'elle attendait, il est possible qu'elle renonce à se battre.

Là-dessus, il contourna la voiture et reprit sa place auprès d'elle.

Ainsi, Sofia ne venait pas ? Cleo déglutit. Et elle qui était censée l'aider… Qu'allait-il se passer maintenant ?

— Ma grand-mère se repose dans son fauteuil, poursuivit Felipe. Quand je suis entré, Sofia lui tenait la main. Je pense qu'elle a compris que le temps d'*àvia* était compté.

Cleo en déduisit qu'on n'avait plus besoin d'elle.

— Dans ce cas, je vais rentrer en Australie.

— Je préférerais que tu ne partes pas. Je te serais infiniment reconnaissant si tu pouvais aider Sofia à s'installer chez ma grand-mère. C'est une décision qu'elles ont prise ensemble. Mais elle a besoin de toi. Surtout maintenant, dit-il, le visage grave.

— Oui, c'est dur, surtout pour une jeune maman.

Il soupira, preuve qu'il se préparait lui aussi à l'inévitable.

— J'ai une proposition à te faire. Accepterais-tu d'assister jusqu'au bout les infirmières qui s'occupent de ma grand-mère ? Sofia veille sur elle, bien sûr, mais c'est compliqué avec un nouveau-né et elle n'y connaît rien en soins. Elle voudrait que tu sois là. Je sais, ça ne fait pas partie de ta mission, dit-il en prenant sa main pour la presser brièvement. Veux-tu faire ça pour ma famille ?

Elle sentit la chaleur de ses doigts se répandre en elle. Bien sûr, cela dépassait le cadre de sa mission, mais… Elle pensa à Sofia qui aurait plus que jamais besoin d'aide dans ces circonstances.

— Ai-je un peu de temps pour réfléchir ?

— Évidemment.

— Pourquoi ai-je du mal à te croire quand tu parles comme ça ? J'ai combien de temps pour me décider ?

Il sourit malgré sa tristesse.

— Il faut une demi-heure pour arriver chez moi. Plus le temps de faire les bagages de Sofia et d'Isabella, ce qui ne prendra pas longtemps.

Elle lui jeta un regard exaspéré.

— Je n'ai rien organisé, dit-il posément. Je vois seulement combien ça nous aiderait si tu voulais bien rester.

Elle avait tant de raisons de ne pas le faire. Et la plus importante était l'homme assis près d'elle. Mais autant de raisons d'accepter aussi, si elle en avait le courage.

— *Doña* Luisa ne me connaît pas, pour ainsi dire…

— Elle ne connaît pas davantage les infirmières, répondit-il. Sofia lui a beaucoup parlé de la façon dont tu avais fait son accouchement. Elles ont manigancé ça entre elles, et ma grand-mère n'est pas du genre à faire plaisir à qui que ce soit par simple politesse. Elle souhaite vraiment ta présence.

— Et ça t'arrange aussi, je suppose ?

Une lueur dansa dans son regard sombre.

— Que ton séjour ici se prolonge ? *Sí.*

Entrevoyait-il des possibilités pour eux ou pensait-il seulement au service qu'elle rendrait à sa famille ? Les deux, peut-être.

Une autre question la tracassait.

— Je suis sage-femme. Et assister ta grand-mère dans ses derniers moments… je n'ai aucune expérience dans ce domaine.

— Mais ni moi ni Sofia ne doutons de tes compétences, dit-il avec chaleur. Tu es la personne de la situation, et je suis persuadé qu'avant longtemps *doña* Luisa ne tarira pas d'éloges sur toi.

Le sourire qu'il ébaucha reflétait avec force cette approbation. Cleo en eut la gorge nouée.

20.

— Je sais que c'est beaucoup demander, dit Felipe à Cleo.

Il n'ajouta pas qu'il la paierait généreusement pour cette nouvelle mission, car il savait déjà que ce n'était pas ce genre d'argument qui la déciderait.

Elle se renversa contre la banquette et ferma les yeux.

— Très bien, j'accepte de rester. Et je ferai tout mon possible pour assurer le bien-être de *doña* Luisa.

Il sentit une vague de soulagement l'envahir. Pour sa grand-mère, pour Sofia. Pour lui-même aussi.

— Merci.

— De rien. Mais ensuite, je rentrerai.

Il ne voulait pas l'entendre parler de départ. Il ne pouvait pas supporter l'idée de ne plus la voir. Mais il s'inquiéterait de cela plus tard.

Un pli barrait le front de Cleo, et il eut envie de l'effacer d'une caresse, il voulait apaiser les pensées qui la tourmentaient.

— Je vais faire part du changement à ton agence dit-il. Bien sûr, ils voudront ta confirmation. Et je te réserve un billet d'avion, que tu pourras utiliser à la date de ton choix.

— Oh ! tu lis dans mes pensées ?

Il rit.

— C'est juste qu'à ta place j'aimerais que ces questions soient réglées.

Il sortit son téléphone.

— J'appelle Maria pour qu'elle prépare les bagages de Sofia. Veux-tu que je lui demande de s'occuper des tiens ?

En la voyant se raidir, il ajouta :

— Je peux aussi patienter jusqu'à ce que tu sois prête.

Le sourire qu'elle lui renvoya compensa largement la perte de temps qu'il prévoyait.

— Oui, je préfère ça, répondit-elle.

Pendant sa conversation avec Maria, il contempla le profil délicat de Cleo. Elle se mordillait la lèvre, et il aurait voulu embrasser sa bouche meurtrie.

Ce serait terriblement dur, de lui dire au revoir. Pourtant, un grand calme l'avait gagné depuis qu'elle avait accepté de rester. Peut-être parce qu'il savait qu'elle serait là quand viendrait le moment déchirant de dire adieu à sa grand-mère et qu'elle comprendrait son chagrin. C'était bizarre d'avoir ce genre de certitude alors qu'il la connaissait depuis si peu de temps. Mais c'était la stricte vérité et cela le réconfortait.

La voiture s'arrêta devant le perron de la villa. Maria se tenait déjà devant la porte avec des valises.

Il décida de se rendre directement dans son bureau pour prendre les dispositions qu'il avait annoncées. Quand il aurait terminé, il rejoindrait Cleo en espérant qu'elle serait prête.

21.

Une demi-heure plus tard, Cleo descendait les marches de la somptueuse demeure de Felipe en s'interrogeant. Reviendrait-elle un jour ? Au moment de monter en voiture, tandis que le valet plaçait son sac de voyage dans le coffre, elle leva les yeux vers la belle façade pour repérer le petit balcon de sa chambre, d'où elle avait admiré la ville.

À présent, elle allait séjourner dans Barcelone, pour une courte période – quelques semaines, d'après Felipe. Cela lui plaisait, de rendre service à cette famille dont les circonstances lui avaient fait croiser le chemin.

Elle repensa à la matinée qu'elle avait passée avec Felipe à visiter la Sagrada Família. Le jeu de la séduction avec son beau danseur était terminé, mais elle en garderait un souvenir inoubliable.

Quant à Sofia, elle prenait de plus en plus confiance en elle en tant que jeune maman et, courageusement, elle désirait remplir des responsabilités plus difficiles encore.

Cleo eut aussi une pensée pour *doña* Luisa qui affrontait le plus grand des défis et qu'elle allait soutenir.

Oui, cette famille avait encore besoin de ses services, et elle avait fait le bon choix en acceptant de rester. Cela n'avait rien à voir avec sa vie personnelle ni avec Felipe.

Elle se tourna enfin vers la voiture où il avait déjà pris place.

— Ton agence est d'accord. Ils t'envoient un mail. Et ton billet d'avion est retenu.

— Merci.

— *De nada*, répondit-il avec un sourire bref.

Puis il se tut, et elle lui en sut gré. Elle avait besoin de mettre de l'ordre dans ses pensées.

Dès que Felipe et Cleo arrivèrent à l'appartement de *doña* Luisa, il s'éclipsa pour se rendre auprès de sa grand-mère.

— Je te retrouve dans quelques minutes, dit-il. Alba va te montrer ta chambre.

— Par ici, *señorita*, dit aimablement l'employée de maison.

La chambre qu'on lui avait réservée était spacieuse et très lumineuse. Elle disposait d'un petit balcon qui donnait sur la rue. Alba ouvrit une porte pour lui montrer une salle de bains privative au carrelage vert et or.

— Sofia et le bébé occupent la chambre en face de la vôtre. *Doña* Luisa est au fond du couloir.

— Merci, Alba. Comment va *doña* Luisa ?

Le visage de l'employée s'assombrit.

— Elle se repose. L'infirmière est venue lui faire sa toilette, mais cela l'a épuisée. Je ferai mieux que cette brute ! Sofia discute avec elle dans la bibliothèque.

— Merci, Alba.

Avec un signe de tête, l'employée disparut.

Cleo allait défaire sa valise, que Carlos avait déposée devant sa porte. Ensuite, elle irait voir Sofia et l'infirmière.

Après avoir attaché ses cheveux et s'être lavé les mains, elle se sentit prête à prendre ses nouvelles responsabilités et sortit de la chambre.

L'infirmière, une grande femme brune en uniforme, parut mécontente de la voir.

— *Bon dia*, dit Cleo en lui tendant la main. Parlez-vous anglais ?

Son interlocutrice acquiesça d'un bref hochement de tête, avant de lui serrer la main avec réticence.

— Je suis Rhona, répondit-elle d'une voix contrariée. Ils disent que vous êtes là pour m'aider ?

— Ravie de vous rencontrer, Rhona. Je suis ici pour seconder Sofia, qui risque d'être fatiguée en tant que jeune maman. À nous trois, je suis sûre que nous arriverons à assurer le bien-être de *doña* Luisa.

— Ah, je vois, dit Rhona en se radoucissant quelque peu. Je n'ai pas l'habitude de soigner les gens en phase terminale à domicile. Je travaille dans un service de gériatrie.

— C'est une spécialité qui demande beaucoup de dévouement.

À ces mots, Rhona se détendit sensiblement.

— Oui. Il faut bien se dire que, plus tard, nous serons nous-mêmes entre les mains des infirmières. Et adapter notre comportement en conséquence.

— Je suis totalement d'accord. J'ai appris que *doña* Luisa allait plus mal aujourd'hui.

— Elle perd ses forces. Après les émotions d'hier, elle était contente de garder le lit. Il est vrai que c'était compliqué ce matin, au moment de la toilette. Ce sera mieux pour elle si nous sommes plusieurs.

— De mon côté, je soutiendrai aussi Sofia, car ce sera compliqué pour elle d'assister au décès.

— Oui, répondit l'infirmière. C'est une bonne chose que vous soyez là. Je suis désolée de ne pas vous avoir fait bon accueil.

— Ne vous excusez pas. Je vous remercie de comprendre ma présence ici.

À cet instant, Felipe entra dans la pièce, et le cœur de Cleo battit plus vite. Il était triste, mais il n'avait pas l'air abattu. Bien sûr, en tant qu'oncologue, il était habitué à faire face à ce genre de situation. Mais en tant que petit-fils, c'était une expérience inédite et une tragédie.

— Elle veut te voir, Cleo.

Cleo échangea un regard avec Rhona.

— Je vais manger un peu ; tout à l'heure, nous pourrons la changer de position, dit celle-ci.

Cleo suivit Felipe le long du couloir jusqu'à la chambre plongée dans la pénombre. Sur le seuil, il s'arrêta.

— Je ne sais pas comment tu t'y es prise, mais Rhona semble avoir beaucoup de sympathie pour toi.

— Nous sommes là pour la même raison : soigner ta

grand-mère. C'est important de nous entendre et de mettre nos compétences en commun.

— Quand même, tu as réussi à l'apprivoiser alors que, d'après ma grand-mère, elle était de mauvaise humeur.

Il ajouta en baissant la voix :

— Le déclin est rapide. Mais peut-être est-elle simplement très fatiguée après la journée d'hier. Elle était tellement heureuse de voir Sofia et de connaître son bébé. Tu as aussi permis ça, Cleo.

— Alors je suis contente. Tu viens avec moi ?

— Non. Vas-y seule. Je vais t'attendre ici.

La chambre de *doña* Luisa sentait la lavande. Cleo perçut également une légère odeur de fumée, qui provenait d'un petit autel avec une image pieuse et deux lumignons.

Elle s'avança dans la pénombre et distingua le visage cireux de la vieille dame sur l'oreiller. Elle sentit sa gorge se nouer, tant le changement physique était frappant. La fatigue creusait de profonds sillons sur ses joues, et son regard était éteint.

— Approchez-vous que je vous voie, dit *doña* Luisa d'une voix faible.

Cleo prit place à son chevet.

— Bonjour, *doña* Luisa. Que puis-je faire pour vous ?

La vieille dame étouffa un petit rire.

— Vous faites déjà ce qu'il faut. J'entends encore bien, vous savez. D'après mon petit-fils, vous avez réussi à calmer l'infirmière.

Elle ferma les yeux et ajouta :

— Je suis contente que vous soyez ici pour aider ma famille... Sofia, mais surtout Felipe. Quand je serai partie, il ne laissera personne l'approcher.

Que répondre à cela ?

— Mais il vous observe constamment, reprit *doña* Luisa. Ne sous-estimez pas votre pouvoir en ce qui le concerne.

Elle laissa échapper un soupir.

— La toilette m'a épuisée. Rhona veut bien faire, mais elle me manipule comme un sac. Vous la forcerez à être plus douce. Maintenant, je vais dormir et nous parlerons plus tard. Les médicaments me font somnoler.

— Avez-vous mal ?

— Non, on m'a administré des calmants, et je suis tranquille.

Cleo remarqua le drap remonté jusqu'au menton et bordé serré. Rhona était à l'évidence une infirmière de la vieille école. Il serait peut-être bon de donner plus d'aisance à la vieille dame et d'apporter juste un peu de lumière dans la chambre. Elle s'efforcerait de faire ces suggestions avec tact. Pour le moment, elle ne pouvait rien d'autre pour *doña* Luisa que de la laisser dormir.

— Reposez-vous, dit-elle doucement en se levant.

Mais la vieille femme dormait visiblement déjà.

Sofia et Felipe attendaient à l'extérieur de la chambre.

— Comment va-t-elle ? demanda la jeune femme qui berçait son bébé.

— Elle est fatiguée. Elle vient de s'endormir.

— Comment se fait-il qu'elle ait décliné si vite ?

— Cela arrive parfois, dit Felipe.

— Elle m'a dit qu'elle entendait très bien, je vais donc m'éloigner de la porte, dit Cleo en souriant. Votre grand-mère a encore de l'humour. J'espère avoir le temps de mieux la connaître.

Ils gagnèrent le salon, et Felipe consulta sa montre.

— Je dois y aller. Je reviendrai ce soir vers 7 heures pour la voir.

Oui, bien sûr, il devait partir, se dit Cleo, résignée. Ce n'était pas sa maison, et il avait une vie personnelle. La sienne était ici pendant quelques semaines. Ensuite, elle rentrerait chez elle.

22.

Felipe passa l'après-midi à l'hospice, mais pensait sans cesse et avec inquiétude aux trois femmes qu'il avait laissées à l'appartement.

Avait-il été juste envers Cleo en la chargeant de veiller sur sa famille ? Il la connaissait depuis si peu de temps, mais beaucoup mieux bizarrement que certaines femmes qu'il côtoyait depuis des années. S'il y avait quelqu'un capable d'assurer le bien-être de sa grand-mère et de tranquilliser le personnel, c'était bien Cleo.

Il avait conscience de l'utiliser, mais elle ne semblait pas lui en tenir rigueur, parce que c'était dans sa nature de se donner totalement aux autres. Dans l'amour aussi, elle s'était offerte à lui sans réserve, et il espérait bien lui rendre cette générosité-là le moment venu.

Quant à Sofia, elle l'avait profondément surpris en montrant de grandes qualités morales qu'il n'avait même pas soupçonnées. Pourquoi l'avait-il sous-estimée ? Peut-être ressemblait-il à son père, en fin de compte. Il avait considéré les membres de sa famille comme des problèmes à résoudre au lieu de les voir comme des personnes qui méritaient d'être écoutées.

Cleo, elle, savait parfaitement s'y prendre avec les autres. Au cours de leur seule nuit ensemble, il lui avait confié des choses qu'il n'avait jamais dites à personne jusque-là. Pourquoi ? Parce qu'il pensait ne jamais la revoir et parce qu'il y avait en elle comme un tendre mystère qui poussait aux confidences.

Et à présent…

Un rire railleur lui monta aux lèvres. Qui aurait cru que cette femme, rencontrée dans un moment de relâchement, réussirait à le changer à ce point et ferait partie intégrante de la vie de sa famille en un laps de temps aussi court ? Même sa grand-mère l'avait adoptée. Une réaction à peine croyable de la part de celle qui, depuis des années, s'obstinait à lui présenter des jeunes femmes de l'aristocratie catalane.

Chère *àvia*... Elle devait encore dormir en ce moment.

Tout l'après-midi, il veilla sur ses patients, reçut des familles en deuil, s'absorba dans les tâches administratives qui s'étaient accumulées en son absence. Il trouva aussi le temps d'appeler Alba et de prier pour sa grand-mère.

Felipe regagna le domicile de *doña* Luisa peu avant 19 heures. En sortant de l'ascenseur, il fut surpris d'entendre l'air de *Nights in the Gardens of Spain* de Manuel de Falla, l'un des disques préférés de sa grand-mère. Le son était très bas de sorte que la mélodie n'était qu'un murmure, mais cela mettait un peu de vie dans l'appartement assombri.

Alba sourit brièvement en remarquant qu'il reconnaissait la musique, mais elle avait un regard plein de tristesse.

— Le prêtre est venu, *don* Felipe. Maintenant, elle dort et le bébé est couché auprès d'elle.

Felipe la suivit jusqu'à la porte de la chambre et contempla la scène paisible. Rhona tricotait dans un coin de la pièce. Cleo était assise près du lit, occupée à lire. Sa grand-mère était allongée sur le côté, soutenue par des oreillers. Son visage était calme et reposé. Sofia était étendue près d'elle avec Isabella dont la petite main serrait le doigt de son arrière-grand-mère.

Une paix profonde envahit Felipe. Comme si Cleo avait senti sa présence, elle leva la tête et lui sourit. Il eut l'impression que ses épaules s'allégeaient d'un grand poids.

Il s'apprêtait à quitter le seuil de la chambre pour ne pas troubler leur tranquillité, mais Cleo se leva et lui fit signe de venir prendre sa place.

Comme il esquissait un geste pour refuser, elle le rejoignit et lui toucha le bras.

— Va t'asseoir, murmura-t-elle. Savoure ces moments, qui sont beaux. Tu mérites plus que quiconque de les partager avec elle.

Doña Luisa s'éveilla à cet instant.

— Felipe.

Le sourire qu'elle eut fut une merveilleuse récompense. Il s'approcha et déposa un baiser sur sa joue.

— Bonsoir, ma chère petite grand-mère.

— Oui, tu as raison. C'est un beau soir, n'est-ce pas ? répondit-elle avant de refermer les yeux. Merci de les avoir conduites jusqu'à moi. Elles sont adorables. Toutes.

Sa respiration devint difficile, et elle se tut. Felipe resta là un long moment. La petite Isabella s'était endormie aussi, et seul le cliquetis des aiguilles de Rhona troublait le silence.

Cleo apparut à la porte et lui demanda par gestes s'il avait faim.

Oui, il avait une faim de loup. Il jeta un coup d'œil à l'infirmière, qui lui fit comprendre d'un hochement de tête qu'elle restait là.

Felipe suivit Cleo dans la salle à manger. Comme il enveloppait sa silhouette d'un long regard, il aperçut le fauteuil vide de sa grand-mère. Il prit conscience que sa chère *àvia* ne se tiendrait plus jamais là, droite comme une reine, pour le sermonner gentiment.

23.

Cleo capta le regard de Felipe vers le siège vide, et son cœur se serra douloureusement.

— Ta grand-mère se sentait plus faible ce soir, mais tout l'après-midi elle nous a raconté ses souvenirs. C'est une femme merveilleuse, dit-elle en souriant.

— Oui, je sais.

— Il a été très souvent question de toi. Tu lui as donné beaucoup de joie.

Ils prirent place autour de la longue table. Felipe gardait une expression terriblement triste et solennelle, et Cleo se souvint du vœu de *doña* Luisa : que Felipe ne se laisse pas abattre.

Elle pensa au vieux livre de poésie pour enfants que la vieille dame avait demandé à Alba de retrouver.

« Prenez-le, Cleo. Peut-être un jour les lirez-vous à vos enfants et vous aurez une pensée pour moi. »

Comme elle allait en parler à Felipe, Alba apporta les plats et les déposa sur la table.

— Il n'y a que nous deux ? demanda Felipe, surpris.

Cleo hocha la tête.

— Rhona a déjà pris son dîner, et Alba a mis une assiette de côté pour Sofia quand elle se réveillera.

— Bien sûr, tu sais tout ce qui se passe, dit-il en la couvant d'un regard plein de tendresse. Je n'en reviens pas. Tu t'adaptes n'importe où, comme le caméléon ? Il y a seulement deux jours que tu es ici.

— Tout le monde a été très gentil, pour que je ne me sente pas perdue. Tu sais, *doña* Luisa nous a raconté tes exploits quand tu étais petit, nous avons beaucoup ri. Je crois que tu ne pourras plus impressionner Sofia après ça.

Il esquissa un sourire contrit, et ses traits se détendirent quelque peu.

— Je ne veux pas savoir ce qu'elle vous a dit. Je suis sûr que Sofia saura me le ressortir aux moments les plus inappropriés.

Il s'assombrit brusquement.

— Je retire ça. Je n'ai pas su apprécier Sofia comme elle le mérite. Mais ça va changer.

— Tant mieux, répondit Cleo. Elle est formidable, tu sais. Si maternelle avec Isabella, si bonne avec votre grand-mère. Tu as bien fait de la sortir des griffes de cet homme.

— Ce n'est pas ce qu'elle disait sur le moment. Mais j'aurais dû deviner qu'elle était en danger.

Il soupira et plongea son regard dans le sien.

— En entrant ici ce soir, j'ai remarqué une différence incroyable. C'était une autre ambiance. Merci infiniment, Cleo.

Elle sentit le picotement des larmes et s'efforça de les refouler. Les dernières heures n'avaient pas été faciles, et elle était lasse, mais la nuit risquait d'être pénible. *Doña* Luisa ne verrait sans doute pas le jour se lever.

— Ce que tu as accompli est inestimable. Je ne pourrai jamais te rendre ce cadeau.

Elle détourna le regard. Elle pensa à tous ceux qu'il aidait. À l'hospice, tout le monde aimait le Dr Gonzalez. Sa grand-mère aussi avait longtemps insisté sur sa gentillesse à son égard. Et, bien sûr, il y avait tout ce que Cleo percevait elle-même.

— Tu te dévoues pour créer du réconfort et de la paix autour de ceux qui arrivent en fin de vie. Si je peux faire juste un peu pour apporter de la sérénité à ceux qui te sont chers, alors tant mieux. Tu le mérites, et c'est ce que ta grand-mère mérite aussi. C'est un privilège de venir en aide à ta famille, Felipe.

Elle avait parlé avec fougue, et il était un peu sonné d'entendre ces vérités.

— Je… Merci.

— Je vais bientôt prendre la relève de Rhona. Je me suis reposée avant ton retour. Je vais veiller ta grand-mère cette nuit.

— Non, c'est inutile. Je resterai avec elle.

Exactement ce que sa grand-mère avait prédit. Cleo lui offrit un sourire rassurant.

— Bien sûr. Mais tu pourras compter sur moi pour t'assister au besoin. C'est ta grand-mère qui a insisté pour que tu aies un soutien.

L'air sombre, il repoussa son assiette.

— Je n'ai pas besoin de soutien.

— Je n'en doute pas. Mais laisse-moi accomplir sa dernière volonté. Je somnolerai dans un coin, sans vous déranger, *don* Felipe.

Il haussa les sourcils, et une trace de gaieté traversa son regard avant de disparaître aussitôt.

— Et si je refuse ?

— Alors je laisse à *doña* Luisa le soin de t'expliquer elle-même ce qu'elle a décidé quand elle se réveillera.

Juste avant l'aube, la respiration de *doña* Luisa devint subitement laborieuse. Cleo sortit discrètement de la chambre et alla chercher Sofia.

Celle-ci nourrissait son bébé. Elle devint très pâle en voyant Cleo.

— C'est le moment, n'est-ce pas ? dit Sofia, les traits crispés.

— Oui, je le crains, répondit doucement Cleo. Veux-tu prendre Isabella et venir embrasser ta grand-mère une dernière fois ?

Sofia la suivit et, serrant sa fille contre elle, fit des adieux poignants à la vieille dame. Se redressant, elle pressa l'épaule de Felipe, assis près du lit, et se retira, le visage baigné de larmes.

Puis ce fut le tour d'Alba, qui avait tenu à être avertie.

Respectant sa promesse à *doña* Luisa, Cleo vint se placer derrière Felipe et posa une main sur son épaule. Après le départ d'Alba, il lui avait jeté un regard implorant pour réclamer sa présence au moment de perdre celle qui l'avait élevé et aimé.

Le souffle de *doña* Luisa ralentit, sa poitrine maigre se soulevait désormais à peine. Felipe gardait la tête inclinée, serrant la main inerte. Jusqu'à ce qu'elle rendît son dernier soupir.

— Elle est partie, murmura-t-il avant d'embrasser les doigts de la vieille dame avec ferveur.

— Elle sera toujours avec toi, dit Cleo avec émotion. L'amour ne disparaît jamais.

Le lendemain, Cleo vit à peine Felipe.

Il annonça à Sofia qu'elle pourrait occuper l'appartement de leur grand-mère aussi longtemps qu'elle le souhaitait, ce qui permettrait à la pauvre Alba, bouleversée par le décès de sa patronne, de continuer à travailler pour leur famille. Après quoi, il alla s'enfermer dans le bureau pour prendre les dispositions relatives aux obsèques et contacter les avocats de *doña* Luisa. Puis il déclara qu'il rentrait chez lui.

Cleo avait beau se dire qu'elle s'attendait à cette attitude distante, il était trop tard. Elle aimait Felipe. Elle était amoureuse de lui depuis la nuit torride qu'ils avaient passée ensemble dans son petit appartement à Coogee. Elle avait beau essayer de se convaincre qu'il ne s'agissait que de sexe, leur connexion instantanée l'avait touchée en plein cœur. Elle doutait qu'un autre homme pût jamais la troubler à ce point.

Mais maintenant, elle devait se rendre à l'évidence. Il n'avait plus besoin d'elle.

Elle soupira, regrettant d'avoir accepté de rester jusqu'aux funérailles. Mais Sofia l'avait suppliée de ne pas partir tout de suite.

Elle ne vit pas davantage Felipe le lendemain. Mais Alba vint lui remettre un message de sa part. Il l'invitait à déjeuner la veille des funérailles.

En s'éveillant ce matin-là, Cleo constata que des flots de lumière dorée inondaient la chambre, éblouissant les miroirs et les jolies moulures du plafond.

Dans deux jours, elle serait chez elle à Coogee, bien loin

du décor luxueux de cet appartement et de la splendeur de la villa de Felipe.

Sur la table du petit déjeuner, elle découvrit une rose à côté de son assiette et de celle de Sofia.

— Pourquoi cette attention ? demanda-t-elle à Alba qui apportait le café.

— À Barcelone, le 23 avril est la journée des Amoureux, répondit l'employée de maison qui portait une petite rose à la boutonnière. Tout le monde donne des roses. Traditionnellement, l'homme offrait une rose à son amoureuse et elle lui donnait un livre. Mais de nos jours, on en offre à tout le monde, et pas seulement aux amoureux. À la famille, aux collègues… C'est une belle journée !

— Comme la Saint-Valentin ?

— Oui, peut-être. Si vous allez en ville, vous verrez les étals des vendeurs de roses. Sofia et moi allons nous promener avec Isabella pour les voir.

— Je pensais que Sofia déjeunait avec *don* Felipe et moi ?

— Non, pas aujourd'hui, dit Alba sans parvenir à dissimuler un sourire. Il viendra à midi. Je vous prie de l'attendre *ici*.

À en croire son regard perçant, Cleo ne devait surtout pas descendre dans la rue, où elle risquait de rencontrer des problèmes, des accidents de voiture par exemple, ou des bébés sur le point de naître !

Felipe et elle déjeuneraient en tête à tête ? Dans une ville remplie d'étals de roses et d'amoureux ? Et Felipe lui ferait ses adieux de manière amicale, balayant du même coup ce qu'il y avait entre eux…

Mon Dieu ! Que pouvait-il y avoir de pire, alors qu'elle avait le cœur déchiré ? Elle avait cru qu'ils s'étaient rapprochés, ces derniers jours, qu'ils avaient noué des liens plus forts. Mais elle avait seulement pris ses désirs pour des réalités. Felipe ne lui avait même pas adressé la parole depuis le décès de sa grand-mère. Pour lui, elle avait rempli sa tâche, et sa mission s'arrêtait là.

Et comme une idiote, elle avait baissé la garde, pensant

qu'il voulait lui faire une place dans sa vie. Elle s'était même prise à rêver d'un avenir pour eux deux. Mais il ne l'aimait pas comme elle l'aimait et il ne lui avait jamais fait de promesses.

Quand elle serait de retour chez elle, peut-être cesserait-elle de souffrir, se dit-elle sans y croire. Oh ! pourquoi la vie était-elle si compliquée ? Elle voulait rentrer tout de suite, mais elle ne le pouvait pas. Ce serait seulement après les funérailles. Peut-être devait-elle simplement apprécier ce dernier moment à partager avec Felipe, savourer cette brève parenthèse et la graver dans sa mémoire pour s'en souvenir plus tard. Du moment qu'elle n'en attendait rien.

Mais au fond d'elle, une toute petite étincelle d'espoir subsistait, refusait de s'éteindre. Felipe lui avait tenu la main à la Sagrada Família, l'avait pressée contre lui. Elle se rappelait aussi ses sourires pleins de chaleur, sa volonté de la voir heureuse. Cela voulait forcément dire quelque chose. Aujourd'hui, c'était leur dernière chance.

À midi, bien qu'elle eût préféré l'attendre devant l'entrée, elle alla s'asseoir dans le grand hall formel, dans sa robe crème qu'Alba avait finalement réussi à nettoyer.

Elle se força à respirer calmement. Quel Felipe retrouverait-elle ? L'homme chaleureux ou l'aristocrate au visage austère ?

— Tu as l'air absorbée dans tes pensées.

Elle sursauta.

— Oh… j'ai dû rêvasser. Je n'ai pas entendu l'ascenseur.

— Tu es ravissante.

— Tu es très élégant, toi aussi. Où allons-nous ?

— Je te propose un tour dans la ville pour te montrer les hauts lieux. Nous t'avons donné tellement d'occupations que tu n'as presque rien vu de Barcelone.

Ainsi, il endossait le rôle de l'hôte parfait qui montrait à son invitée les charmes de sa ville. Il employait un ton formel et ne ressemblait en rien au Felipe charmeur qu'il avait été en Australie ou à la Sagrada Família.

Elle tâcha de cacher sa déception au mieux. Certes, il la

trouvait ravissante, mais au fond d'elle le petit espoir était en train de s'éteindre. Faire du tourisme quand il se montrait si austère n'était guère enthousiasmant.

— Je n'ai pas à me plaindre. Mais merci quand même.

En entrant dans l'ascenseur, elle eut la pénible impression d'être un fardeau, un devoir dont il devait s'acquitter. Elle aurait aimé prendre l'avion sur-le-champ.

Il se tenait près d'elle, si grand, si beau, mais si distant aussi. Un aristocrate dans toute sa splendeur glacée… Elle n'était pas du tout la femme qu'il lui fallait, se dit-elle avec désespoir. Elle aurait dû le savoir.

Il était si réservé qu'elle avait envie de hurler. En percevant la senteur attractive de son eau de toilette, elle regretta de ne pas s'être aspergée de parfum pour ne plus respirer le sien. Elle n'aurait pas dû venir.

Comme il l'invitait à prendre place dans la voiture, elle salua Carlos et s'engouffra sans un mot à l'intérieur. Sur la banquette, face à elle, il y avait un magnifique bouquet de roses rouges.

— Pour toi, dit Felipe.

— Elles sont très belles. Mais nous ne sommes pas amoureux.

Oh ! mon Dieu ! Pourquoi avait-elle dit ça ?

24.

Felipe jeta un regard stupéfait à Cleo. Elle n'aimait pas les roses ? Pourtant, il lui avait semblé qu'elle appréciait les rosiers qui entouraient sa villa.

— Les roses sont une tradition ici. Même entre amis, et j'espère que c'est ce que je représente pour toi.

Il n'y comprenait rien. Il s'attendait à un de ses sourires radieux, à un baiser peut-être – mais il ne fallait pas trop espérer non plus.

Il ne lisait rien sur ses traits, mais son humeur était étrange. Qu'est-ce qui n'allait pas ? Il savait que sa propre nervosité le rendait moins accessible, pour ne pas dire austère. Mais il était terriblement tendu, parce qu'il était déterminé à faire de ce moment quelque chose de beau dont elle se souviendrait. Tout dépendait de la réponse de Cleo.

— Elles sont très belles, répéta-t-elle.

Mais sa voix manquait singulièrement d'enthousiasme. S'était-il trompé ? N'avait-elle pas la moindre attirance pour lui ?

Cette brassée de roses était son premier geste romantique avant de l'emmener au parc Güell. Là, il comptait lui demander de rester en Espagne et de leur donner une chance de vivre une belle histoire. Bien sûr, il était conscient des obstacles qui les séparaient, mais ils en discuteraient ensemble et finiraient par les surmonter.

Facile à dire ! Le mur qui se dressait entre eux à présent lui semblait infranchissable, et son projet lui paraissait déjà voué à l'échec.

— Qu'y a-t-il, Cleo ?

— Je suis fatiguée. La semaine a été riche en émotions.

Oui, elle était lasse, il le voyait maintenant. Il s'en voulait de ne pas avoir fait plus attention à elle ces derniers jours.

— Tu dois être trop épuisé toi aussi pour jouer les guides touristiques, dit-elle.

— Mais je ne *joue* pas, répondit-il, vexé.

— Même pas à être un danseur de flamenco ?

Il se rembrunit.

— Pas du tout. Je suis aussi cet homme-là au fond de moi. Je pensais que tu le savais.

Comme elle gardait le silence, il chercha désespérément une autre approche.

— Cleo, je voulais te parler…

— Me parler de quoi, Felipe ?

Elle n'était guère encourageante ; il aurait voulu la ramener à l'appartement et tout reprendre à zéro, car ce tête-à-tête était décidément mal parti. Il avait prévu de pique-niquer dans le parc et de l'embrasser, pour la première fois depuis trop longtemps.

— Tu envisagerais de t'installer en Espagne et de travailler avec moi à l'hospice ?

Cette stratégie pourrait l'intéresser, si elle consentait à rester, avait-il pensé. Mais il avait formulé sa proposition de façon abrupte et elle sonnait comme un ultimatum.

Cleo se raidit.

— À quel titre ?

Il se pencha vers elle.

— Je te l'ai dit, je te vois très bien réconforter les patients dont la fin est proche et consoler ceux qui doivent leur dire adieu.

Elle secoua la tête.

— Non, je ne peux pas.

— Et si tu formais le personnel ? Si tu partageais les admirables compétences dont tu as fait preuve avec ma grand-mère ?

— Non.

Le ton était véhément. Ce refus catégorique mettait un coup fatal à tous les espoirs de Felipe.

— C'est ce que tu voulais me dire ?

— Entre autres choses… J'avais pensé que tu pourrais emménager avec Sofia.

Il avait eu peur de l'effrayer en lui demandant de s'installer chez lui dès le début de leur histoire. Il se sentait terriblement maladroit. Comment se rattraper ? S'il lui parlait d'amour maintenant, elle serait capable d'ouvrir la portière et de sauter en marche.

Comment avait-il pu se tromper à ce point ? Il ne lui était pas indifférent, il en était certain. Il l'avait sentie si proche, si adorable à la Sagrada, si merveilleusement compatissante au moment où sa grand-mère était morte… La nuit qu'ils avaient passée ensemble à Sydney l'avait profondément marquée, elle aussi. Elle lui en avait fait la confidence à bord de l'avion.

Depuis, il l'avait laissée se faire peu à peu une place dans sa vie. Jusqu'à ce qu'il admette que Cleo lui était nécessaire, qu'il était fou d'elle et qu'elle avait conquis son cœur.

Sa chère *àvia* se serait-elle trompée, elle aussi ? Alors, ce serait une première !

Mais tout n'était peut-être pas perdu… À cette pensée, il sentit la tension s'atténuer en lui. Tout ce qu'il avait à faire, c'était de se mettre en retrait et de parler plus tard à Cleo. Il ne renoncerait pas, dût-il la poursuivre jusqu'en Australie. Parce qu'il ne croirait jamais qu'elle n'avait aucun sentiment pour lui. Il avait lu ses émotions au fond de ses prunelles.

— C'était peut-être une mauvaise idée, de te proposer ce rendez-vous aujourd'hui, alors que tu es si fatiguée, dit-il malgré son intense frustration. Mais demain, avec les obsèques, il nous sera impossible de parler avant ton départ.

Elle ne répondit pas, et il accepta son erreur.

Laisse-lui encore le temps…

— Veux-tu que je te ramène à l'appartement ?

— Oui, s'il te plaît.

25.

Le jour se leva, sombre et morne. Cleo pensa avec tristesse que c'était son dernier jour à Barcelone.

Quelques heures plus tard, sous le ciel gris et le vent mordant, elle attendait la seconde voiture qui l'emmènerait, avec Sofia et Isabella, aux obsèques. Immédiatement après la cérémonie, un taxi la conduirait à l'aéroport.

Son sac de voyage était posé à ses pieds. Une dernière fois, elle vérifia que son billet d'avion se trouvait dans sa poche. Elle avait plus que rempli ses engagements envers la famille Gonzalez et elle voulait partir au plus vite. Elle s'était même si bien acquittée de sa tâche que Felipe lui avait offert une place dans son hospice…

Elle poussa un soupir douloureux. Comme elle avait été sotte de rêver d'une relation durable avec Felipe… La veille, un seul regard lui avait fait comprendre que cet homme n'était pas pour elle. Encore heureux qu'il ne lui ait pas offert une prime pour les aimer tous ! Pendant le trajet de retour, il avait à peine prononcé un mot, mais, au moment où elle descendait de la voiture, il l'avait retenue par le bras.

— Je t'en prie, accepte les roses. J'aimerais tant que tu les gardes.

Elle les avait emportées, pour ne pas le blesser. Mais une fois dans l'ascenseur, elle avait enfoui son visage dans les pétales veloutés et fondu en larmes. Felipe ne lui avait rien promis, et elle n'avait pas le droit de se rendre si malheureuse, n'est-ce pas ?

Oh ! si… Parce qu'elle aurait aimé travailler à l'hospice et rester amie avec Sofia.

Les funérailles de *doña* Luisa avaient lieu à la cathédrale. Il y avait une foule de dignitaires et d'officiels, et l'édifice était presque comble, constata Cleo, impressionnée. Malgré leur douleur, Felipe et Sofia, placés au premier rang, semblaient parfaitement à l'aise parmi ces personnalités. Elle choisit de se tenir au fond avec Alba, Rhona et Carlos.

Après le service funèbre, traditionnel et fastueux, quand Sofia vint lui demander de les accompagner au cimetière, elle n'eut pas le cœur de refuser. Mais elle partirait aussitôt après, se promit-elle. Pas question de rester à la réception.

Peu de gens assistaient à l'inhumation, et Cleo ne put s'empêcher de remarquer qu'à part Sofia personne n'approchait Felipe pour lui témoigner un peu de chaleur. Des salutations, quelques poignées de main respectueuses, et il se trouva seul au bord de la tombe.

Alors, elle n'y tint plus. S'avançant parmi les inconnus, elle le rejoignit et lui toucha le bras.

— Je suis de tout cœur avec toi, Felipe. Je suis heureuse d'avoir connu ta grand-mère. C'était une belle personne.

Il se tourna vers elle, et la désolation de son regard la suffoqua. Elle raffermit la pression sur son bras pour lui offrir un peu de réconfort.

— Une autre femme que j'aimais et que je perds, dit-il d'un ton poignant. Et toi aussi, tu vas me quitter.

Elle le fixa avec étonnement.

— C'est différent. Je ne fais pas partie de ta famille, et tu ne m'aimes pas.

Au lieu de répondre, il baissa les yeux vers le cercueil et murmura :

— *Àvia*, penses-tu que c'est le bon moment ? Merci, ma chère petite grand-mère. Repose en paix.

Là-dessus, il entraîna Cleo à l'écart.

— Sais-tu ce qu'elle m'a dit ? « Ne la laisse pas s'enfuir, Felipe. »

Cleo lui jeta un regard inquiet. Le chagrin lui faisait-il perdre la tête ?

— Non, je ne suis pas fou, dit-il comme s'il devinait ses pensées. Elle m'a dit qu'elle me hanterait si je te laissais partir.

— Hum… Je dois y aller, Felipe. Mon avion décolle dans quatre heures.

— J'ai besoin de te parler. Une fois que j'aurai fini, si tu décides toujours de partir, je te promets de te conduire à temps à l'aéroport.

Elle n'insista pas et se laissa guider vers la voiture. Pendant qu'elle s'installait à l'intérieur, elle vit Felipe donner des instructions au chauffeur. Puis il la rejoignit sur la banquette arrière. Carlos ferma la portière et se tint à l'écart. Sans doute avait-il reçu l'ordre de ne pas les déranger.

Elle fut encore plus intriguée quand Felipe prit ses mains dans les siennes.

— N'aie pas peur, ma douce Cleo. Je sais que j'ai beaucoup d'efforts à faire vis-à-vis de toi. M'ouvrir davantage, pour commencer, dit-il en plongeant son regard dans le sien. Et m'expliquer à propos d'hier…

Il soupira et reprit :

— J'étais un amoureux, essayant de jouer Roméo…

— Un Roméo ? Où était-il passé pendant cette fameuse conversation ?

— Je ne sais pas, parce que je suis incapable d'exprimer mes émotions. Au moment d'avouer mes sentiments, je suis si désespérément froid et formel.

Un sourire chaleureux éclaira alors ses traits, et elle vit apparaître le Felipe qu'elle aimait.

— Mais je compte travailler là-dessus, avec ton aide, pour être le danseur passionné que je suis au fond de moi. Il n'y a que toi qui puisses faire apparaître cet homme-là. Tu es mon ange, Cleo. Me comprends-tu ? Je t'aime.

Elle secoua la tête, hébétée. Son cœur battait la chamade. C'était trop beau, trop soudain, trop dangereux aussi, et elle n'osait y croire. « Je t'aime. » Trois petits mots insensés qu'elle désespérait d'entendre de la bouche de son beau Catalan.

Sans lui laisser le temps de répondre, il poursuivit :

— Il a fallu la naissance de ce bébé dans la rue pour que je me rende compte à quel point je t'aimais. Un amour qui remonte à notre première nuit ensemble.

— Non, c'est impossible, dit-elle. Tu m'as quittée sans un mot ce matin-là.

— Sais-tu que j'ai levé les yeux vers ta fenêtre et que j'avais le cœur déchiré ? Pour revenir à hier, mon amour, j'avais plein de projets en tête, mais j'étais anxieux comme un collégien et ça a été un désastre. Plus tard, j'ai compris que je t'avais effrayée avec mon air austère. Je voulais tellement que tu répondes oui à ce que je désirais si ardemment.

— C'est vrai. J'étais décontenancée. Tu désirais ardemment que je travaille avec toi à l'hospice, c'est ça ?

— Non… Enfin, oui, mais pas seulement. Je voulais surtout te parler de notre avenir à deux. J'avais mis un panier de pique-nique dans le coffre et je comptais t'embrasser. Mais j'ai été minable, dit-il avec un sourire désabusé. Nous recommencerons si tu renonces à prendre cet avion.

L'esprit de Cleo se mit à tourner à toute vitesse. Elle avait cru Felipe distant et arrogant, alors qu'il était simplement nerveux. Lui d'habitude si sûr de lui avait eu peur d'être rejeté.

— Tu étais si inflexible, mon amour. Et si déterminée à partir, dit-il.

Oui, une vraie peste. Parce qu'elle avait voulu se protéger à tout prix.

— Tu m'as proposé un emploi, dit-elle du bout des lèvres.

— Mon ultime recours pour te garder en attendant de te séduire, murmura-t-il en portant ses doigts à ses lèvres.

Elle esquissa un sourire. Oui, elle le reconnaissait enfin, son merveilleux danseur.

— Vous avez donc l'intention de me séduire, *don* Felipe ? dit-elle par jeu.

— Absolument. Mais ce n'est pas tout, mon amour. Mon vœu le plus cher est que tu deviennes ma femme. Pour partager avec toi le reste de ma vie et te montrer chaque jour combien je t'aime.

Une joie immense emplit le cœur de Cleo.

— Mon cher Felipe, tu aurais dû te jeter à l'eau hier. Alors tu aurais su que…

Sa voix se brisa. Ces mots-là, elle les avait criés dans le silence de son cœur, mais c'était la première fois qu'elle allait les prononcer.

— Je t'aime… depuis l'instant où je t'ai vu dans le cabaret de Diego, murmura-t-elle en se blottissant contre lui. Tu étais si sensuel !

— Je sais, répondit-il d'un air faussement arrogant.

Elle se mit à rire jusqu'à ce qu'il la prît par la taille pour la hisser sur ses genoux. Heureusement, la silhouette de Carlos les protégeait des regards !

— Ma Cleo, si belle, si adorable…, dit Felipe en appuyant son front contre le sien. Quand nous retournerons pique-niquer et que je t'apporterai d'autres roses, j'essaierai de te dire toutes les raisons que j'ai de vouloir devenir ton mari.

— Je les écouterai avec bonheur, mon danseur adoré.

Felipe l'embrassa tendrement. Cleo ferma les yeux, s'abandonnant au baiser de celui qu'elle pensait avoir perdu, un matin, à l'aube, alors qu'il s'éloignait après une nuit avec elle.

Épilogue

Six mois plus tard

Le mariage était célébré dans la crypte de la Sagrada Família. Assise auprès d'Alba et de Carlos, la vieille nourrice de Felipe était toute tremblante d'émotion. De l'autre côté, il y avait Sofia, avec Isabella, et toutes deux le regardaient en souriant.

Felipe patientait devant l'autel, Diego à son côté. Une autre cérémonie aurait lieu un peu plus tard, dans la cathédrale, suivie d'une grande réception à l'hôtel de ville. Mais il avait voulu d'abord ce mariage intime dans le lieu qui lui était cher pour de multiples raisons.

La musique résonna soudain, et la petite assemblée se retourna. Auprès de lui, Diego frémit en voyant apparaître la demoiselle d'honneur, sa fiancée Jen. Mais Felipe n'avait d'yeux que pour la mariée.

Sa reine, sa divine Cleo… Elle ressemblait vraiment à une reine, tandis qu'elle s'avançait vers lui avec confiance dans sa jolie robe blanche. Son cœur se gonfla d'émotion quand le regard rempli d'amour de Cleo rencontra le sien. Jamais il n'avait été plus heureux qu'en cet instant, où elle venait prendre sa place auprès de lui pour devenir sa femme.

Ce soir, après la réception, il lui réservait une surprise. Il lui enseignerait les premiers pas de flamenco pour que, plus tard, elle devienne sa partenaire. Puis il la porterait vers le lit et il lui ferait l'amour avec toute la passion dont son âme était pleine.

AMY ANDREWS

Avec toi, enfin

Traduction française de
MICHELLE LECOEUR

BLANCHE

HARLEQUIN

Titre original :
HOW TO MEND A BROKEN HEART

Ce roman a déjà été publié en 2012

1.

De grands arbres procuraient au cimetière une ombre bienfaisante, et le chant des oiseaux était le seul son qui venait troubler la sérénité de ce paisible après-midi.

Quand Tessa King s'agenouilla près de la petite tombe impeccablement entretenue, l'herbe épaisse picota ses jambes nues. Elle déposa son bouquet de jonquilles d'un jaune brillant devant la statue miniature représentant un ange, et une fois de plus le chagrin la submergea, menaçant de l'étouffer.

Déséquilibrée par la force de son émotion, elle se retint à la pierre tombale et laissa échapper quelques larmes.

Cela faisait dix ans que Ryan n'était plus là. Dix années pendant lesquelles elle n'avait vécu qu'à moitié. Les images se bousculaient dans sa tête : son petit corps gigotant contre le sien, son rire d'enfant en cascade, sa bouche rouge si parfaite, ses mèches rebelles qu'elle n'avait jamais pu dompter…

Assez. Elle refusait de s'y attarder. Même pour l'anniversaire de sa mort, elle devait retenir sa douleur, rationner ses souvenirs.

Sous ses doigts, le marbre était froid.

Elle ouvrit les yeux.

L'inscription gravée dans la pierre était brouillée par ses larmes, mais elle la connaissait aussi intimement que ses propres battements de cœur.

RYAN KING
Parti à l'âge de 18 mois
Et la nuit dans nos cœurs

Elle s'essuya les joues d'un revers de main.

Assez.

Fletcher King enfonça les talons dans le sol, résistant à l'envie de courir jusqu'à Tessa quand elle s'affaissa contre la pierre. Mais il resta obstinément appuyé au capot de sa Jaguar.

Tessa avait été parfaitement claire lorsqu'ils s'étaient séparés : elle voulait une rupture nette. Plus question de le voir ni de lui parler. Toutes les tentatives qu'il avait faites la première année pour se rapprocher d'elle et prendre de ses nouvelles avaient été inexorablement réprimées.

En fait, au bout de neuf ans durant lesquels il s'était contenté d'observer de loin ce rituel, il ne savait toujours pas comment l'aborder. Elle lui paraissait aussi distante que pendant l'année du décès de Ryan, quand leur mariage s'était peu à peu désagrégé jusqu'à mourir. Il n'avait pas été capable de combler le fossé qui s'était creusé entre eux et il doutait que toutes ces années aient amélioré les choses.

Cela ne l'empêchait pas d'être sensible à son chagrin. Même à cette distance, il le sentait peser sur son plexus, lui faisant revivre ce jour funeste où ils avaient désespérément tenté de ranimer leur fils, voulant encore y croire alors que le sort s'était abattu sur lui telle une chape de plomb.

Depuis tout ce temps, dans ses rêves, il s'entendait encore crier : « Allez, Ryan, reviens ! »

Sa gorge se noua, et les larmes lui montèrent aux yeux.

Il s'empressa de les fermer.

Il avait déjà pleuré toutes les larmes de son corps, et cette fois il ne pouvait pas se permettre de craquer. Aujourd'hui, il s'était investi d'une mission : il allait faire en sorte que sa femme revienne.

Comme un automate, Tessa se força à mettre un pied devant l'autre. Encore envahie par l'émotion, elle ne prêta pas attention à l'homme de haute stature appuyé contre sa voiture, jusqu'à ce qu'elle se trouve pratiquement à deux mètres de lui.

Alors, elle le reconnut au léger soubresaut qu'elle sentit dans son ventre et qu'elle croyait oublié, et sa respiration s'arrêta comme autrefois.

Depuis dix ans, aucun homme ne l'avait intéressée, mais à l'évidence elle n'était pas tout à fait morte à l'intérieur.

Mais il s'agissait de Fletcher, pas de n'importe qui.

Vêtu d'un pantalon noir et d'une chemise blanche aux manches retroussées, le col ouvert, il était toujours incroyablement séduisant. Les années l'avaient même bonifié, il était devenu un spécimen encore plus spectaculaire.

Ses épaules semblaient plus larges, ses hanches plus étroites. Des fils d'argent couraient sur ses tempes, jusque dans ses mèches ondulées. Sa barbe de trois jours était légèrement parsemée de sel. Quant à ses yeux gris-vert, ils avaient l'air fatigués.

Avait-il du mal à dormir, lui aussi ?

De chaque côté de sa bouche, les petites rides qui devenaient des fossettes quand il riait étaient plus profondes. Même ses lèvres paraissaient plus pleines — plus sexy. Elles s'écartèrent légèrement et laissèrent apercevoir ses dents parfaites.

— Bonjour, Tessa.

Au son de sa voix chaude, elle fut surprise de ressentir un léger picotement dans la nuque.

C'était inattendu. Elle était tellement habituée à verrouiller tout ce qui pouvait avoir un impact émotionnel sur elle que c'était stupéfiant de pouvoir encore éprouver quelque chose.

Il y avait eu un si long silence entre eux pendant toutes ces années qu'elle ne savait plus très bien où commencer.

— Bonjour, Fletcher. Cela fait longtemps…

Fletcher utilisa les mêmes formulations polies.

— Comment vas-tu ?

— Très bien, répondit Tessa en haussant les épaules.

Il réprima un grognement dubitatif.

D'une année sur l'autre, elle semblait s'étioler un peu plus. Disparues, les courbes généreuses qui l'avaient attiré. Il n'y avait plus que des angles. Les mollets qui sortaient de son pantacourt étaient très minces, et ses clavicules se devinaient à travers l'échancrure de son T-shirt.

— Tu as beaucoup maigri…

De nouveau, elle haussa les épaules, comme si elle se nourrissait uniquement pour survivre. Comme si le plaisir de manger avait disparu, ainsi que tout ce qui autrefois lui apportait de la joie.

— Oui.

Pendant un instant, il la contempla sans rien dire.

Malgré sa maigreur et ses cheveux courts, elle était toujours d'une beauté saisissante.

Elle s'était fait couper les cheveux l'année de leur séparation. Sa sœur avait qualifié sa coupe de minimaliste. Pour sa part, il avait estimé que c'était un véritable massacre.

Auparavant, Tessa avait de longs cheveux blonds qui flottaient dans son dos et formaient comme un rideau autour d'eux quand ils faisaient l'amour. Il avait passé des heures à les caresser, à les enrouler autour de ses mains, à les laisser couler entre ses doigts…

A présent, ils étaient blond foncé, conséquence directe de son déménagement de Brisbane pour les bruines de la campagne anglaise, et l'attention se portait davantage sur ses yeux couleur d'ambre, qui paraissaient immenses au milieu de son visage dépourvu de maquillage et restaient fixés sur lui, remplis d'ombres.

Son cœur se serra.

L'attitude de Tessa dénotait un calme détachement, mais il la connaissait suffisamment malgré les années d'absence pour voir au-delà. Et il devinait en elle une vulnérabilité qu'il n'aurait pas cru possible dix ans auparavant.

Elle soutint un moment son regard scrutateur, semblant attendre qu'il dise quelque chose. Puis elle rompit le silence.

— Il faut que j'y aille.

Les yeux de Fletcher s'abaissèrent sur sa bouche nue aux lèvres pleines, telle qu'il se la rappelait. La même bouche qu'il avait embrassée des milliers de fois et qui s'était promenée sur chaque centimètre carré de son corps. La même aussi qui avait tenté désespérément d'insuffler la vie dans le corps de Ryan, en suppliant un Dieu en lequel elle n'avait jamais cru d'épargner son fils.

Tessa fit un pas en direction de sa voiture.

— Il faut que j'y aille, répéta-t-elle.

Il lui barra le passage, posant doucement une main sur sa taille.

— Pouvons-nous parler ?

A son contact, elle recula comme s'il l'avait frappée.

— Il n'y a rien à dire, rétorqua-t-elle en croisant les bras sur la poitrine.

— Cela fait neuf ans, Tessa. Crois-tu vraiment que nous n'avons rien à échanger ?

Tessa sentit ses doigts se crisper sur ses bras.

Rien qu'ils n'aient déjà dit et redit jusqu'à la nausée, songea-t-elle.

Fletcher fixait à présent sa main gauche.

— Tu portes toujours ton alliance…

Surprise par le cours que prenait la conversation, elle regarda à son tour l'anneau en or rose avec son motif floral patiné par le temps.

C'était celui qu'il lui avait offert et qui lui venait de sa grand-mère. A présent, il n'était retenu à son doigt que par la jointure de son annulaire.

Machinalement, elle tourna plusieurs fois l'alliance autour de son doigt avant de lui accorder de nouveau son attention.

— Oui.

Il n'avait pas besoin de savoir qu'il avait un effet dissuasif sur les hommes qui tentaient de lui faire des avances.

— Mais pas toi, ajouta-t-elle.

Fletcher regarda sa propre main.

— Non.

Elle hocha la tête.

A quoi d'autre s'était-elle attendue ? A ce qu'il se cache comme elle derrière son alliance ? A ce que le chagrin annihile toute libido en lui comme en elle ?

Elle laissa retomber les bras le long de son corps.

— Je dois vraiment y aller.

— S'il te plaît, juste une minute.

L'exaspération monta en elle.

Dans moins de vingt-quatre heures, elle serait dans un avion qui la ramènerait à Londres. Le même que durant ces neuf dernières années. Que pouvait-il bien avoir à lui dire après tout ce temps ? Après toutes ces années de silence ? Un silence qu'ils étaient tous les deux convenus de garder. Pourquoi compliquer les choses maintenant ?

— Qu'est-ce que tu veux, Fletcher ?

— C'est ma mère… Elle ne va pas bien, et elle a demandé à te voir.

Elle sentit sa gorge se nouer à la pensée de son ex-belle-mère.

Voilà pourquoi Fletcher avait l'air aussi abattu.

— Est-elle… Qu'est-ce qui ne va pas ? Que s'est-il passé ?

— Alzheimer.

Portant la main à sa bouche, elle poussa une exclamation navrée.

Jean King était l'une des femmes à l'esprit le plus vif qu'elle ait jamais rencontrées. Elle était drôle, spirituelle, perspicace, et très intelligente. Comme sa propre mère était morte quand elle avait huit ans, Jean avait comblé en elle un vide très profond. Dès le début, elles s'étaient senties très proches, et Jean avait été son ancre — leur ancre — durant les terribles mois qui avaient suivi la mort de Ryan. Même après le divorce, Jean avait toujours été là pour elle.

Spontanément, elle posa la main sur le bras bronzé de son ex-mari.

— Oh ! Fletch… C'est terrible. Est-ce que… Est-ce qu'elle va très mal ?

— Son état s'est dégradé ces derniers mois.

Les deux années qui avaient suivi le départ de Tessa en Angleterre, elle était passée chez Jean lors de son pèlerinage annuel. Mais cela avait été trop dur pour toutes les deux : Jean voulait parler de Ryan, et Tessa ne le supportait pas. Alors, elle avait cessé d'aller la voir.

— Depuis quand la maladie s'est-elle déclarée ?

Fletcher se frotta la nuque.

— Elle a été diagnostiquée il y a cinq ans. Et elle habite chez Trish depuis deux ans.

— Cinq ans ! s'exclama-t-elle. Pourquoi… Pourquoi ne m'as-tu rien dit ?

Fletcher haussa les sourcils.

— Sérieusement, Tessa ? Durant l'année qui a suivi ton départ en Angleterre, je t'ai appelée pratiquement tous les jours. Tu m'as fait clairement comprendre qu'aucune correspondance n'était souhaitable entre nous. Et de toute façon, qu'aurais-tu fait ? ajouta-t-il d'un ton amer. Tu serais rentrée en Australie ?

Elle pinça les lèvres, mortifiée.

Il avait raison : elle s'était montrée implacable avec son refus de tout contact.

— Je suis désolée…

Cherchant son regard gris-vert, elle y vit de l'appréhension et de l'inquiétude. Pendant un bref instant de folie, elle fut sur le point de faire un pas de plus pour le prendre dans ses bras.

Mais une décennie de déni s'était installée entre eux, et elle laissa retomber la main, étonnée de la force de son impulsion.

— C'est tellement incroyable, murmura-t-elle en secouant la tête. Ta mère a toujours été en pleine forme.

Fletcher savait que leur bref moment d'intimité était en train de s'éloigner, mais Tessa était si proche qu'il sentait encore son léger parfum de fruit de la passion en même temps que la chaleur de sa main sur son bras.

Elle avait l'air aussi anéantie que lui. C'était comme si ces dernières années ne s'étaient jamais écoulées. Il avait l'impression qu'il pouvait courir dans ses bras pour y chercher le réconfort dont il avait tant besoin.

C'était une dangereuse illusion. Il ne pouvait pas mener à bien sa tâche s'il se laissait emporter par les émotions. Simplement, il ne s'était pas attendu à ce que ce soit aussi dur de la revoir, de lui parler.

Il se secoua mentalement.

S'imaginait-elle que, parce qu'elle n'avait pas voulu faire évoluer certaines choses, rien n'avait changé autour d'elle ?

— Maman a soixante-quatorze ans, Tessa. Elle vieillit. Tu ne croyais tout de même pas qu'elle allait se figer dans le temps en attendant que tu viennes ?

Tessa tressaillit comme s'il l'avait insultée.

— Je doute que ta mère soit restée assise à m'attendre !

— Tu sais bien que tu es comme une seconde fille pour elle, répondit-il impatiemment. Tu lui as manqué tous les jours.

« Et tu m'as manqué tous les jours, » ajouta-t-il en son for intérieur.

Il lui avait fallu un an après le divorce pour qu'il parvienne à ôter son alliance et, parfois, il lui arrivait encore d'être surpris par son absence, même si le cercle blanc marquant le tour du doigt avait depuis longtemps disparu. Maintenant qu'il se tenait devant elle et lui parlait pour la première fois depuis neuf ans, il se rendait compte à quel point il avait été affecté par son absence.

Devant son air désemparé, il sentit son irritation s'envoler.

— Pourrais-tu juste venir la voir ? demanda-t-il d'un ton radouci. Elle devient facilement anxieuse ces jours-ci, et c'est toi qu'elle réclame le plus.

Tessa était déchirée.

Elle aurait adoré revoir Jean. Son affection et ses conseils avisés lui avaient manqué. Si son ex-belle-mère pouvait se sentir mieux en la voyant, c'était le moins qu'elle puisse faire pour elle.

Mais serait-ce bien Jean qu'elle allait retrouver ? Et ne

risquait-elle pas d'avoir plus de mal à repartir ensuite ? Car elle devait prendre son avion le lendemain comme elle l'avait fait chaque année.

Par-dessus tout, ce qu'elle redoutait le plus, c'était que Jean lui parle de Ryan. Et si elle ne se rappelait pas qu'il était mort ?

— Qu'est-ce que… Quels sont les souvenirs qu'il lui reste ?

Un nœud s'était formé dans sa gorge, et elle avait du mal à articuler. Elle ne put en dire davantage.

Mais ce n'était pas nécessaire.

— Maman ne se souvient plus du tout de lui, Tessa. Ses souvenirs semblent s'être arrêtés un an après notre mariage. Elle croit que nous venons de rentrer de Bora Bora.

C'était le cadeau qu'il lui avait fait pour leur premier anniversaire de mariage : un séjour dans ce paradis tropical. Tout le jour, ils avaient paressé dans leur bungalow au-dessus de l'océan, faisant l'amour, buvant des cocktails et admirant les poissons multicolores qui nageaient sous le plancher de verre.

— Il lui arrive de se rappeler un événement survenu après cette période, mais c'est rare, précisa-t-il.

Tessa se surprit à envier Jean.

Oublier, ne serait-ce qu'un bref instant, le rire de son fils quand elle le prenait dans ses bras et que ses boucles folles lui chatouillaient le cou. Oublier ce jour funeste, et tous les jours vides qui s'étaient succédé depuis, ce serait presque une bénédiction…

Puis elle se ressaisit, choquée par ses propres pensées.

Jean souffrait d'une maladie débilitante ravageant son cerveau, qui allait la priver de ses fonctions les plus basiques. Il n'y avait là aucun aspect positif.

Et pour Fletcher, cela devait être particulièrement difficile à accepter. Depuis qu'elle-même avait refusé d'entendre prononcer le prénom de leur fils, sa mère avait été la seule personne avec qui il avait pu en parler librement. A présent, c'était comme si Ryan n'avait jamais existé.

Il n'y avait pas de justice en ce monde. Cela, elle le savait déjà, de façon plus intime que la plupart des gens.

— C'est entendu, dit-elle.

Fletcher la regarda, les yeux arrondis de surprise.

— Vraiment ?

— Oui. Tu ne croyais pas que j'accepterais ?

— Non, admit-il.

Il aurait dû savoir qu'elle ferait n'importe quoi pour sa mère. Mais elle n'avait pas le droit de se formaliser de sa franchise, songea-t-elle. Après tout, durant ces neuf dernières années, elle n'avait rendu que deux brèves visites à Jean.

— Il s'agit de Jean, insista-t-elle.

D'un hochement de tête, il lui fit comprendre qu'il se doutait que ce n'était pas pour lui.

— Merci, répondit-il simplement. Tu me suis en voiture ?

— Si j'ai bien compris, ta mère est chez Trish. Habitent-ils toujours à Indooroopilly ?

— En fait, elle est chez moi en ce moment.

— Tu vis à Brisbane ? s'étonna-t-elle.

Fletcher avait toujours parcouru le monde en donnant des conférences. Depuis leur séparation, il s'était installé au Canada, où il s'était beaucoup impliqué dans la recherche. Elle avait cru qu'il se trouvait toujours au même endroit.

C'était une impression étrange que de ne plus savoir où il habitait ni ce qu'il faisait. A vrai dire, cela lui avait été égal jusqu'à ce jour, mais à présent il ne lui semblait pas très normal d'en savoir aussi peu sur l'homme qui avait partagé sa vie pendant si longtemps.

Lorsqu'elle pensait à lui — ce qui se produisait encore avec une régularité gênante —, c'était toujours avec leur maison maritale pour toile de fond, le cottage vieux de quatre-vingt-dix ans qu'ils avaient rénové ensemble. Ils avaient ciré les parquets, peint les murs, construit la pergola. C'était là qu'ils avaient amené Ryan à sa naissance.

— Je loue un appartement au bord de la rivière, précisa-t-il.

— Oh !

Cette fois, elle était carrément stupéfaite, car Fletcher avait toujours détesté habiter en appartement. Il préférait la liberté des grands espaces de vie et voulait avoir un jardin.

Mais sans doute était-ce normal que les choses changent en dix ans…

— Très bien, je te suis.

— Ce n'est qu'à une dizaine de minutes d'ici.

En regagnant sa voiture, elle fut surprise de sentir ses jambes flageoler.

Dix minutes plus tard, leurs deux véhicules s'engouffraient dans le parking souterrain d'un immeuble très chic, où elle gara sa petite voiture de location non loin de la Jaguar, sur l'emplacement réservé aux visiteurs.

En attendant l'ascenseur, ils n'échangèrent pas une parole.

Comment devait-on se comporter avec son ex ? Un ex qu'elle avait délibérément relégué à quinze mille kilomètres de distance ?

Dans l'ascenseur, Fletcher appuya sur le bouton du dix-neuvième étage. Au début, le silence régna, mais une soudaine pensée traversa l'esprit de Tessa.

— Au fait, comment savais-tu que je serais ici aujourd'hui ?

Fletcher soutint le regard de Tessa.

— Parce que tu viens chaque année à la même date.

— Et comment le sais-tu ?

— Parce que j'y suis aussi.

Il y eut un blanc, comme si elle avait besoin de temps pour digérer ce qu'elle venait d'entendre.

— Tu *m'observes* ?

— Oui. Il y a neuf ans, je suis arrivé au moment où tu partais.

Ce jour-là, il avait failli l'appeler.

— Je me suis dit que tu reviendrais peut-être l'année suivante. C'est ce que tu as fait. Et l'année d'après. Et depuis, chaque fois… je t'attends.

La porte de l'ascenseur tinta et s'ouvrit, mais aucun des deux ne bougea. Elle commençait à se refermer quand il la bloqua de son bras.

— Après toi, murmura-t-il.

Mais Tessa était toujours immobile.

— Pourquoi ?

— Tu crois peut-être que ton chagrin est plus profond que le mien, mais il était aussi mon fils, répondit-il, s'efforçant d'atténuer l'amertume dans sa voix. J'aime lui rendre visite le jour de l'anniversaire de sa mort.

La sonnerie des portes protesta, leur rappelant qu'elles étaient restées bloquées trop longtemps. Ils sortirent d'un même mouvement, puis il la précéda dans le couloir au sol recouvert de moquette.

Elle le suivit à pas lents.

— Pourquoi m'avoir attendue ? Pourquoi ne pas te contenter de repartir après t'être recueilli un moment ?

Il aurait aimé connaître la réponse à cette question. Il se la posait lui-même chaque année quand il se rendait au cimetière. Mais il ne pouvait s'empêcher de s'asseoir dans sa voiture et de l'attendre, pour la regarder s'agenouiller près de la tombe de Ryan. Histoire de se torturer un peu plus.

Il haussa les épaules.

— Pour te voir.

2.

— Maman, on est de retour, appela Fletcher d'une voix forte en ouvrant la porte.

Et quelque part, c'était la vérité. Jusqu'à présent, il n'avait pas voulu l'admettre, mais une partie de lui avait toujours refusé d'aller de l'avant et d'oublier le passé. Il avait voulu croire qu'il avait attendu Tessa chaque année pour s'assurer qu'elle allait bien, mais il savait maintenant qu'il y avait autre chose.

Il avança dans le couloir.

— Maman ?

Une voix lui parvint depuis la salle de bains.

— Je suis là, mon chéri. Inutile de crier.

Jean apparut sur le seuil de la pièce, un balai à franges dans une main et un détergent dans l'autre.

Ces jours-ci, il n'aimait pas laisser sa mère seule trop longtemps. Elle paraissait si frêle, il craignait toujours qu'elle ne tombe et ne se blesse en son absence. Surtout si elle lavait les sols.

Il la débarrassa aussitôt de sa charge.

— Voyons, maman, tu n'as pas besoin de nettoyer l'appartement, dit-il, s'efforçant de masquer l'exaspération de sa voix. J'ai une femme de ménage pour ça.

— Pas la peine, mon chéri. Il faut bien que je me rende un peu utile. Tessa travaille-t-elle tard ce soir, ou bien est-ce que je prépare le thé pour elle ?

Figée dans l'entrée depuis qu'elle avait entendu la voix de Jean, Tessa s'avança à son tour.

Sa belle-mère, qui autrefois la dominait de sa haute taille, était à présent une vieille femme courbée aux cheveux blancs, que le moindre souffle de vent semblait pouvoir emporter.

Tessa déglutit avec peine, luttant contre les larmes.

— Non, Jean. Je suis là.

La vieille dame fit un pas de côté pour l'apercevoir derrière son fils et lui sourit.

— Oh ! Tessa ! Te voilà.

Elle se hâta de la rejoindre et la serra tendrement dans ses bras.

— Je trouve que tu maigris beaucoup en ce moment, commenta-t-elle en se reculant pour mieux la regarder. Et tes cheveux ? Tu les as fait couper aujourd'hui ? J'adore !

Tessa eut du mal à contenir son émotion en voyant les yeux de Jean s'embuer. Elle eut soudain l'impression étrange que la dernière décennie n'avait jamais existé et qu'elle était revenue à l'époque d'« avant ».

Mais pendant son absence, cette dernière était devenue une vieille dame.

Envahie d'une vague de culpabilité, elle s'agrippa aux épaules osseuses de sa belle-mère et l'étreignit longuement.

— Une tasse de thé ? proposa Jean.

— Bonne idée, maman, répondit Fletch. Je m'en occupe pendant que tu fais asseoir Tessa.

Jean hocha la tête et fit un pas vers le couloir, avant de s'arrêter net, le sourire figé. Elle se tourna vers son fils, une lueur de confusion dans le regard.

Fletcher lui fit un léger signe de tête d'encouragement.

— Par là, dit-il en lui indiquant le coin salon composé d'un canapé avec ses deux fauteuils en cuir, d'une table basse et d'un téléviseur avec un large écran plat.

Sa mère suivit la direction de son doigt, mais il lui fallut encore quelques secondes pour recouvrer ses esprits.

— Viens, ma chérie. Raconte-moi ta journée au travail.

Avant de la suivre, Tessa avait pu lire le désespoir dans le regard de Fletch, et elle se sentait pleine de compassion.

Rien d'étonnant qu'il ait l'air aussi fatigué. Ce devait être une véritable épreuve pour lui.

Jean tapota le coussin à côté d'elle pour l'inviter à s'asseoir.

— Alors, comment était ton unité, aujourd'hui ? Débordante d'activité comme d'habitude ?

Depuis qu'elle vivait en Angleterre, Tessa s'était spécialisée en gériatrie, aussi avait-elle l'habitude des patients atteints d'Alzheimer. Mais c'étaient aussi des individus, qui répondaient de manière différente aux méthodes et traitements employés.

— Je... C'était mon jour de congé, répondit-elle, esquivant la question.

— Ah... Mon fils doit pouvoir me répondre.

— Ce n'était pas terrible, maman, répondit-il en posant un plateau couvert de trois mugs fumants sur la table basse. L'hiver a laissé des traces, et il y a encore beaucoup d'enfants avec des problèmes ORL.

Distraitement, Tessa souffla sur son mug.

Ainsi, il validait la fausse réalité de Jean en entrant dans son jeu ?

A ce stade de la maladie, c'était sans doute la seule chose qu'il pouvait faire. La plupart des patients atteints de ce type de démence étaient remplis de confusion et de détresse, n'étant plus capables de se rendre compte de ce qu'il leur arrivait.

Le regard de Jean alla de l'un à l'autre, et elle poussa un soupir de bonheur.

— Je suis si fière de vous deux ! Cela ne doit pas être facile de travailler tous les jours avec des tout-petits.

Tessa se contenta de lui serrer la main.

Qu'aurait-elle pu lui dire ? Cela faisait dix ans que Fletcher et elle ne travaillaient plus dans l'unité de soins intensifs pédiatriques de Sainte-Rita. Depuis que Ryan y était décédé. Ensuite, elle avait été incapable de continuer à s'occuper d'enfants et avait choisi l'autre bout de la chaîne.

Fletcher se mit à parler de la pluie et du beau temps, et ce fut le début d'une conversation tous azimuts, avec des moments lucides et d'autres non. Puis ils admirèrent la vue spectaculaire que l'on avait depuis la baie vitrée.

Jean ne manqua pas de taquiner son fils.

— Je n'arrive pas à croire que tu aies choisi cet appartement. Qu'est devenu ce charmant petit cottage que vous étiez en train de rénover ?

— On l'a vendu. C'était trop de travail.

Elle balaya sa réponse d'un geste de la main.

— Balivernes ! Le travail ne t'a jamais fait peur.

Tessa sentit une fois de plus sa gorge se nouer.

Le père de Fletcher était mort lorsque lui et sa sœur étaient encore très jeunes, et il était devenu très tôt l'homme de la maison. En dépit de son état, Jean croyait toujours son fils capable de décrocher la lune.

— Tout de même, Tessa, regarde comme tu es maigre ! s'exclama Jean en secouant la tête. Et où est passé ton joli bronzage ? C'est incroyable qu'il ait disparu aussi vite. Vous n'êtes pourtant pas rentrés de Bora Bora depuis très longtemps.

Elle sentit la tristesse s'enfoncer un peu plus profondément dans son cœur.

Le bronzage était parti avec Ryan et n'était jamais revenu.

Jean leva un index impérieux.

— Juste une minute.

Puis elle quitta le salon d'un pas pressé.

Déjà fatiguée par le décalage horaire, Tessa était épuisée par la conversation sans queue ni tête qu'elle avait dû tenir avec Jean, avec ses rapides changements de sujet. Mais Fletcher avait l'air encore plus exténué.

— Que prend-elle comme médication ? s'enquit-elle.

Il lui énuméra les cachets les plus récents sur le marché.

— Apparemment, ils ont retardé le développement de la maladie pendant plusieurs années, mais…

— Le voilà ! s'exclama Jean, déjà de retour, brandissant un album de photos.

Tessa reconnut celui qu'elle avait elle-même rempli après leurs fameuses vacances.

Fletcher secoua la tête en réponse à son regard interrogateur, comme s'il ne se doutait absolument pas que sa mère avait gardé cet album.

Pour sa part, elle n'avait emporté que trois photos en partant, toutes de Ryan. Mais elle n'avait pas été capable de les regarder, et elles dormaient au fond d'un tiroir qu'elle n'ouvrait jamais. Et voilà que tout un album de souvenirs en Technicolor leur sautait au visage, pour leur rappeler combien Fletcher et elle avaient été heureux !

Jean pointa une photo où elle se trouvait en Bikini sur la plage.

— Regarde-toi, tu étais dorée comme un pain d'épices !

Choquée par ce brusque retour au passé, Tessa contempla la photo, se regardant comme une étrangère.

Oui, elle était très bronzée. Et incroyablement heureuse, de toute évidence amoureuse et sans aucune conscience du gigantesque trou noir qui l'attendait dans le futur. En fait, cette femme sur la photo ne ressemblait en rien à celle d'aujourd'hui. Et cela n'avait pas seulement à voir avec le bronzage.

L'espace d'une seconde, elle eut envie de sauter dans la photo, comme Mary Poppins avait sauté dans la peinture sur le trottoir.

Si seulement elle avait su alors ce qu'elle savait maintenant ! Si seulement…

— Je crois que celle-ci est ma préférée, dit Jean en montrant une photo de Fletcher appuyé sur la rambarde du balcon, une serviette nouée autour des reins, riant de toutes ses dents.

Tessa sourit poliment.

En fait, elle était sortie nue de la douche pour prendre cette photo, et toute une série d'autres plus intimes qui n'avaient pas pu figurer dans l'album ! Fletcher s'était allongé sur le lit, elle avait défait sa serviette et avait photographié son corps magnifique sous tous les angles. Puis il avait saisi l'appareil et lui avait rendu la politesse, faisant d'elle toute une série de clichés dont un photographe professionnel n'aurait pas eu à rougir. Notamment celui où, couchée sur le ventre, elle regardait par-dessus son épaule, les cheveux lâchés, le drap froissé révélant seulement une de ses fesses rebondies. C'était la photo d'elle la plus réussie qu'il ait jamais prise.

Cette séance les avait tellement excités qu'ils avaient fait l'amour pendant des heures, gémissant à l'unisson avec le bruissement des vagues…

Elle jeta un coup d'œil à Fletcher.

Est-ce qu'il s'en souvenait ?

— Celle-là est ma préférée, murmura-t-il d'une voix rauque.

Oui, il s'en souvenait.

Stoïque, elle attendit que Jean ait fini de feuilleter l'album, s'efforçant de recouvrer le contrôle de son esprit.

Bora Bora appartenait au passé — à un passé déjà lointain. Elle n'était pas venue ici pour égrener des souvenirs, tout en se doutant qu'elle ne pourrait pas y échapper complètement. Elle n'était pas là non plus pour raviver l'attirance sexuelle qui avait toujours existé entre son ex-mari et elle avant la mort de Ryan.

Si elle se trouvait ici, c'était pour Jean, afin de l'aider à dissiper son anxiété. Ensuite, elle s'en irait très loin et retrouverait l'existence dépourvue de toute sexualité qui lui convenait parfaitement.

Jean referma l'album.

— Si vous voulez mon avis, je crois que vous devriez retourner à Bora Bora. Vous êtes trop stressés, tous les deux. Et toi, Tessa, tu es trop pâle, ajouta-t-elle en lui tapotant la main.

A cet instant, une sonnerie retentit, et tout le monde sursauta.

Jean porta la main à son cœur en regardant son fils avec une expression anxieuse.

Fletcher éteignit l'alarme.

— Tout va bien, maman. Rappelle-toi, c'est juste pour t'indiquer le début de ton émission de télé préférée. *La Roue de la fortune*, ajouta-t-il devant son air désemparé.

— Oh, oui, j'adore cette émission ! s'écria-t-elle.

Il alluma l'écran, on entendit le générique bien connu, et Jean battit des mains comme une petite fille un matin de Noël.

— Tess, tu viens la regarder avec moi ?

— En fait, on voulait aller bavarder sur la terrasse, intervint Fletcher.

Mais sa mère ne l'écoutait déjà plus, captivée par son émission.

Tess s'empressa de le suivre dans la cuisine.

— Que dirais-tu de boire quelque chose d'un peu plus fort que du thé ? lui proposa-t-il.

Au début de son arrivée en Angleterre, elle avait eu tendance à boire un peu trop souvent, puis cela s'était calmé. Mais maintenant, elle avait vraiment besoin d'alcool. Elle était bouleversée par tous les changements survenus chez sa belle-mère et dont elle mesurait peu à peu l'étendue. Revoir Jean dans cet état lui brisait le cœur. Et se retrouver avec Fletch à regarder ces photos du passé était pour le moins troublant.

— Volontiers.

Il sortit une bouteille de vin blanc du réfrigérateur et lui tendit un verre plein avant de se servir.

Elle le suivit sur la terrasse, où il s'agrippa à la rambarde avant de respirer à pleins poumons l'air de la rivière.

Puis il avala une gorgée de vin avant de se tourner vers elle.

— Merci.

— Je suis navrée, Fletcher, murmura-t-elle. C'est… C'est si injuste !

Il esquissa un sourire amer au moment où son téléphone portable sonnait.

— Depuis quand la vie s'est-elle montrée juste ?

Rien n'était plus exact, se dit-elle.

Par discrétion, elle s'écarta pendant qu'il répondait à son appel. Néanmoins, elle entendit qu'il s'agissait de Trish.

Fletcher répondit à celle-ci qu'il s'était rendu au cimetière et que, oui, tout allait bien, il ne fallait pas qu'elle s'inquiète.

Tout comme Jean, la petite sœur de Fletcher avait été pour eux d'un grand soutien à la mort de Ryan. Elle s'était souciée d'eux comme une mère poule de ses poussins.

Elles avaient été très proches toutes les deux, comme des sœurs. Mais lorsque Tessa s'était éloignée de Fletcher, Trish lui en avait voulu de ce qu'elle avait considéré comme une désertion. Tessa en avait souffert, tout en comprenant qu'elle se tienne du côté de son frère.

— Comment vont Trish et Doug ? demanda-t-elle quand Fletcher eut terminé sa conversation.

— Très bien. Il y a cinq ans, Doug a monté sa propre affaire de réparation d'ordinateurs, et Trish a quitté la crèche où elle travaillait pour s'occuper des comptes. Ils ont un petit Christopher qui aura bientôt deux ans, et elle est enceinte de sept mois.

Tessa se figea, atteinte en plein plexus par la douleur, plus vive que jamais.

Trish avait un enfant ! Un petit garçon, à peine plus âgé que Ryan à sa mort. Et elle avait un autre bébé en route.

A sa grande honte, elle se prit pendant un bref instant à envier et détester à la fois son ex-belle-sœur.

Fletcher et elle avaient essayé d'avoir un deuxième enfant juste avant la disparition de leur fils…

Le tumulte des émotions qu'elle éprouvait devait être visible sur son visage, car il la regarda avec compassion.

— Elle a toujours voulu avoir des enfants, tu sais, dit-il doucement.

— Bien sûr, murmura-t-elle, cherchant sa respiration. C'est super… Alors comme ça, tu es tonton ?

Fletcher se raidit.

— Oui. Même si je ne remplis pas très bien mon rôle, avoua-t-il. Comme je suis la plupart du temps à l'étranger, je ne vois pas beaucoup mon neveu.

Elle sentit toute l'amertume que contenait cette réponse et devina que ce n'était pas facile pour lui.

Il devait parfois lui être difficile de serrer contre lui ce petit garçon plein de vie qui lui rappelait son fils.

Elle allait poser une main compréhensive sur son bras, lorsque la voix de Jean leur parvint depuis le salon.

— Achète une voyelle ! criait-elle, entièrement absorbée par le jeu télévisé.

Ils échangèrent un sourire.

— Comment Jean se comporte-t-elle avec son petit-fils ? s'enquit Tess.

— La plupart du temps, elle ne se souvient pas de lui, répondit-il, de nouveau grave. C'est dur à vivre pour Trish, d'autant plus que maman habitait chez eux juste avant la naissance de Christopher.

— Pourquoi vit-elle chez toi, à présent ? Il me semble que dans son état, trop de changements ne sont guère souhaitables.

— Trish a eu des problèmes lors de sa première grossesse. Elle est entrée en travail à vingt-quatre semaines. A l'hôpital, on a réussi à stopper le processus et à la prolonger jusqu'à trente-quatre semaines. Or, il y a un mois, tout a recommencé. Il a encore été possible de l'empêcher d'accoucher trop tôt, mais étant donné son passé médical et son âge, l'obstétricien a ordonné le repos au lit et aucun stress jusqu'à la fin de sa grossesse.

— Bien sûr, ça ne doit pas être simple, quand on a un petit qui court partout et une mère qui demande beaucoup d'attention.

Fletcher fit la grimace.

— En effet.

Il se frotta la nuque, visiblement préoccupé.

— Trish a essayé de la mettre dans un foyer la journée, mais maman ne trouvait pas ses marques et rentrait complètement stressée, ce qui se répercutait sur ses nuits. Elle est devenue insomniaque et a commencé à errer dans le noir, si bien qu'elle a fait plusieurs chutes.

— Oh, non !

— Heureusement qu'elle a des os en béton.

Tessa laissa échapper un petit rire, se rappelant la fois où Jean avait glissé et était tombée dans l'escalier : elle avait dévalé plusieurs marches sans même se faire un bleu !

Devant sa réaction, Fletcher sourit fugitivement.

— Ensuite, on a pris une aide à domicile de jour, mais le même problème a réapparu, poursuivit-il. Le fait de voir une personne étrangère a aggravé la situation. Alors, j'ai pris un congé et suis venu de Calgary m'occuper de maman jusqu'à la naissance du bébé.

Elle hocha la tête.

Elle comprenait très bien la difficulté à laquelle Fletcher et sa sœur se trouvaient confrontés. Pour les patients atteints de démence, le cadre habituel revêtait une énorme importance. Ils se raccrochaient plus que jamais aux visages familiers, dont le nombre diminuait au fil du temps.

Pour Fletcher, venir de l'autre bout du monde pour plusieurs mois n'avait pas dû être chose facile. Mais elle savait l'importance que la famille revêtait pour lui. Il avait toujours su prendre ses responsabilités à ce sujet.

— C'est bien, ce que tu fais, lui dit-elle avec douceur.

— En famille, on se serre les coudes, Tessa.

Le regard de Fletcher était si intense qu'elle se détourna.

Y avait-il un reproche dans ses yeux gris-vert ? Lui reprochait-il d'avoir voulu partir si loin ?

D'accord, c'était elle qui avait demandé le divorce. Mais il n'avait pas fait grand-chose pour l'éviter. Il avait même paru plutôt soulagé.

Elle prit une profonde inspiration.

A quoi bon réfléchir à tout ça ? Une fois son verre terminé, elle retournerait dans sa chambre d'hôtel. Et demain, elle reprenait l'avion.

— Alors, tu ne travailles pas ? lui demanda-t-elle.

— C'était ce que j'avais prévu, mais l'hôpital de Sainte-Rita m'a fait une proposition intéressante, et j'ai signé un contrat temporaire…

— Sainte-Rita ? Aux urgences pédiatriques ? le coupa-t-elle, incrédule.

Fletcher plongea son regard dans le sien.

— Aux urgences adultes et enfants. Ils ont besoin de quelqu'un pour mener à bien une étude sur l'utilisation de l'hypothermie dans les blessures aiguës à la tête. Je n'étais pas venu pour travailler, mais comment refuser ? C'est une merveilleuse opportunité.

Elle resta un moment silencieuse, le temps de digérer l'information.

Certes, elle n'ignorait pas que, depuis que Fletcher vivait au Canada, il était devenu une autorité en matière de noyade en eau froide, effectuant plusieurs études qui avaient fait le tour du monde. Elle avait lu tout ce qu'il avait publié sur le sujet et tous les articles se rapportant à ses conférences.

Rien de tout cela n'avait ramené Ryan.

— Ce n'est qu'un temps partiel, précisa-t-il. Quelques heures par jour, sans réel rôle clinique. Je peux faire une bonne partie du travail chez moi, ce qui me laisse une grande disponibilité pour maman.

Elle hocha la tête en silence.

Cela semblait idéal. Simplement, elle ne comprenait pas comment il pouvait retourner là-bas. Elle savait pourquoi il avait choisi ce domaine de recherche particulier, tout en se demandant comment il parvenait à le traiter. Mais qu'il puisse entrer à Sainte-Rita sans s'effondrer, voilà qui dépassait son entendement.

Elle chercha ses yeux.

— Tu… Est-ce que tu es allé aux urgences ?

Il soutint son regard.

— Oui. Plusieurs fois. Je les ai même appelées en me rendant au cimetière.

Etait-il allé dans la salle 2 ? La présence de Ryan était-elle encore palpable, ou bien avait-elle été effacée par le passage d'autres enfants pendant des années et l'usage quotidien d'antiseptiques ?

Comme elle ne tenait vraiment pas à le savoir, elle ne dit rien.

Fletcher n'avait pas cillé.

— Cela n'a pas été facile, Tessa.

Ce fut elle qui détourna les yeux.

A quoi s'attendait-il ? A un mot de sympathie, une étreinte réconfortante, ou peut-être des applaudissements parce qu'il avait réussi à affronter certains fantômes ?

Une vague d'émotions la submergea, tellement forte qu'elle sut qu'elle n'avait plus qu'un seul recours : partir. S'en aller loin de Fletcher et de tout ce qui lui rappelait cette période sombre.

La seule chose qu'elle désirait à présent, c'était aller dormir, afin de récupérer du décalage horaire et de ne plus penser à rien. En ce qui la concernait, le déni avait toujours bien fonctionné.

— Bon, dit-elle après avoir vidé son verre d'un trait. On dirait que tout va bien pour toi.

— Tessa…, dit Fletcher d'un ton de reproche.

— Il faut que j'y aille.

— Tess, répéta-t-il, la saisissant doucement par le bras quand elle passa près de lui.

Elle s'arrêta, le regard fixé vers l'avant.

— Laisse-moi partir.

— S'il te plaît, reste encore un peu. Je voudrais te parler.

— Il me semble qu'on s'est tout dit.

— C'est au sujet de maman.

Elle se raidit.

— Je t'en prie, écoute-moi seulement. Pour Jean.

Elle soupira, et ses muscles se relâchèrent.

Elle cédait une fois de plus, en souhaitant ne pas avoir à le regretter.

Tandis que Fletcher remplissait de nouveau leurs verres dans la cuisine, elle s'assit à la table et contempla la vue sur la rivière.

Elle devait se pincer pour croire qu'elle se trouvait bien sur la terrasse de son ex-mari, en train de boire du vin. La situation lui paraissait surréaliste.

Il avait fallu la maladie de Jean pour la propulser dans le passé, à cette époque où tout lui semblait simple et où elle était convaincue que l'amour pouvait triompher de tout.

Qu'est-ce que Fletcher pouvait bien vouloir lui dire au sujet de Jean ? Sans doute avait-il une demi-douzaine de gérontologues dans sa manche. Peut-être avait-il besoin de conseils pratiques pour s'occuper de sa mère au quotidien ? Ou bien il souhaitait qu'elle lui recommande une bonne agence pour les soins à domicile ?

Dans tous les cas, elle souhaitait qu'il soit bref. Parce que, une fois son second verre terminé, elle partirait.

3.

Immobile au niveau de la baie vitrée, Fletcher contempla un instant le profil de Tessa, ses boucles courtes que faisait frémir une légère brise.

Il avait besoin d'elle.

Autrefois, il aurait pu compter sur elle sans hésiter, mais beaucoup d'eau avait coulé sous les ponts. Et elle était devenue si ombrageuse…

Pour clore le tout, il n'était pas très sûr de lui non plus. En théorie, son plan lui avait semblé parfait. Seulement, en la revoyant, il trouvait la situation conflictuelle à bien des niveaux. Il avait cru pouvoir tout maîtriser, mais le simple fait de se retrouver à deux mètres d'elle rendait les choses plus difficiles que prévu, physiquement et émotionnellement.

Cependant, il était désespéré, et Tessa était celle qu'il lui fallait.

Il respira profondément avant de la rejoindre sur la terrasse.

— Tiens, lui dit-il en posant le verre de vin devant elle.

— Merci.

Elle avala une gorgée du breuvage.

— Tu voulais me parler de Jean ?

Il soupira.

Tessa ne semblait pas disposée à le laisser tourner autour du pot. Il allait devoir attaquer directement le cœur du sujet.

— Je dois trouver quelqu'un pour maman. Quelqu'un qui puisse être là quand je suis absent. Lorsque j'ai accepté mon poste temporaire, je croyais être capable de concilier le tout, car elle n'a pas besoin d'une attention constante. Mais le fait est que je ne suis pas tranquille quand je la laisse seule. J'ai l'impression qu'elle n'est pas assez en sécurité. Je me sentirais beaucoup mieux si elle n'était pas livrée à elle-même.

— Tu envisages d'avoir une infirmière à domicile ?

Il secoua la tête.

— En fait, je ne recherche pas ce type d'aide. Maman est encore capable de se prendre en charge au niveau de l'hygiène et de l'habillement. C'est plutôt une compagnie que je souhaite pour elle. Et si la personne avait une certaine connaissance des cas d'Alzheimer, ce serait un avantage très appréciable.

— Il faudrait que ce soit quelqu'un de son âge ?

— Je pense plutôt à une personne qui la connaisse. La présence d'étrangers la perturbe.

Tessa fronça les sourcils.

— Evidemment, ce serait l'idéal. Tu as contacté ses anciens amis ?

— J'ai à l'esprit quelqu'un qui serait encore plus proche d'elle, répondit Fletcher sans la quitter des yeux. Quelqu'un qui la connaît vraiment bien et qui a une expérience acquise auprès des personnes âgées atteintes de démence.

Puis il attendit la réaction, qui ne tarda pas.

Tessa plissa les yeux et secoua la tête.

— Pas question.

— Tu serais parfaite, Tessa, la supplia-t-il.

Mais elle détourna le regard.

— Non, non, non, répéta-t-elle avec obstination. Indépendamment de toute autre considération, je repars en Angleterre demain.

— Je ne te le demanderais pas si je n'étais pas coincé. C'est juste l'affaire de deux mois, le temps que Trish soit de nouveau sur pied.

— J'ai un métier, Fletcher…

Il réprima un grognement.

— Je suis certain qu'ils comprendraient si tu leur expliquais les circonstances, insista-t-il. Et je peux te proposer une compensation financière, si c'est cela qui te tracasse.

Pour lui, en tant qu'infirmière hautement qualifiée, elle gaspillait ses compétences dans un service de gériatrie. En même temps, vu les circonstances, il était heureux qu'elle ait acquis de l'expérience dans ce domaine.

De nouveau, Tessa secoua vigoureusement la tête, en jetant à Fletcher un regard d'avertissement.

— Ce métier, je l'aime. J'en retire énormément de satisfaction et de respect.

Certes, il ne s'agissait que d'une petite maison de retraite rurale dans le Devonshire, mais les résidents comme le personnel dépendaient d'elle. C'était l'endroit idéal où se cacher pour panser ses blessures, et cela donnait un sens à sa vie. On l'y avait aidée à reprendre le cours de sa vie.

Avait-il vraiment cru qu'elle accepterait ? Ils avaient été des étrangers pendant neuf ans, et il s'attendait à ce qu'elle se soumette à sa volonté sans broncher ? Comment pouvait-il imaginer que l'argent soit pour elle un argument ?

Bien sûr, elle aimait profondément Jean, et il savait combien elles avaient été proches. Mais de là à tout miser sur elle…

— Alors, voilà quel était ton plan si brillant ? dit-elle. Demander l'aide de ton ex-femme qui se trouve de passage ? C'est complètement fou ! Qu'aurais-tu fait si je n'étais pas venue ?

— C'est parfaitement sensé, au contraire. Tu es la personne idéale, Tessa. S'il l'avait fallu, je serais venu te chercher en Angleterre.

Elle s'empressa de contre-attaquer.

— J'ai une autre proposition à te faire. Et si tu renonçais à *ton* travail temporaire pour t'occuper de ta maman ? C'est ce que Trish a fait pendant deux ans. Tu devrais être capable de tenir deux malheureux mois ?

Fletcher hocha la tête.

— J'y serai obligé si tu refuses. Mais l'étude que j'ai entreprise est très importante. Ses résultats pourront apporter une grande aide dans le traitement des traumatismes crâniens aigus. Ils permettront de réelles avancées sur le plan neurologique, Tess.

— Quelqu'un d'autre peut te remplacer.

— Oui. Mais ce travail m'a été confié, je l'ai commencé, et c'est tout à fait mon domaine de compétences.

La passion ressortait dans chaque syllabe qu'il prononçait, nota-t-elle. Mais toutes les études de la terre ne ramèneraient pas Ryan.

Elle se leva lentement.

— Désolée pour tes recherches, Fletcher. Mais je ne peux pas.

Tout simplement parce que le simple fait de se retrouver avec eux — lui et Jean — gissait comme un fer chauffé au rouge sur une plaie à vif. Comment pourrait-elle supporter cela tous les jours ? Le souvenir de Ryan qu'elle occultait de son mieux à l'autre bout du monde deviendrait une véritable torture.

L'expression de Fletcher reflétait l'incrédulité. A l'évidence, il ne comprenait pas pourquoi elle rejetait son plan si parfait.

Soudain, elle éprouva le besoin vital de s'expliquer. Alors qu'il se levait à son tour et ouvrait la bouche pour protester, elle lui imposa silence d'un geste.

— Je m'en sors comme ça, tu comprends ? J'arrive à vivre le jour et à dormir la nuit, et j'ai atteint un certain équilibre. Cela ne te paraît peut-être pas très excitant, car je ne révolutionne pas le monde avec mes recherches, mais il m'a fallu du temps pour parvenir à ce stade, et pour moi cela fonctionne bien ainsi. Je ne veux pas tout remettre en cause.

Fletcher se sentit fondre devant les yeux implorants de Tessa. Mais sa mère était sa priorité, songea-t-il, déterminé. Et la réponse à son problème, c'était Tessa. Il avait besoin d'elle, quelle que soit l'intensité de l'aspect émotionnel.

Il soutint son regard, ignorant l'angoisse qu'il y voyait.

— Il y a quelques jours, quand je suis rentré chez moi, l'alarme à incendie résonnait, et une fumée noire sortait du four. Maman avait préparé des biscuits et les avait oubliés…

Certes, il n'ignorait pas qu'il lui forçait la main, mais, en s'entendant parler, il se demandait si ce n'était pas exactement ce qu'il lui fallait. Peut-être était-il temps pour elle de démarrer une existence où elle ferait un peu plus que « s'en sortir ».

Quelque part, c'était dramatique de se contenter de vivre à moitié au fin fond de la campagne anglaise, où nul ne connaissait son passé et où elle pouvait faire comme si rien n'était arrivé, comme si le monde entier ne s'était pas écroulé autour d'elle, la plongeant dans le plus profond désespoir.

Peut-être était-il temps *pour tous les deux* de se confronter au passé, d'en parler et d'avoir du chagrin ensemble, plutôt que séparément. Il avait laissé Tessa dans son déni durant toutes ces années parce que lui-même souffrait trop pour se sentir capable de l'aider. Il ne l'avait pas poussée à affronter la réalité.

Le moment était peut-être venu d'insister, de la pousser en douceur dans ses retranchements.

A son regard, il savait qu'elle se sentait mal à l'aise. Qu'elle était malade à l'idée que Jean avait failli tout faire brûler.

Mais, secouant la tête, elle se détourna.

— Adieu, Fletcher.

Il ferma les yeux tandis qu'elle quittait la terrasse.

Bon sang ! Il avait été si sûr qu'il parviendrait à la convaincre. Puis il soupira, résigné à la laisser partir.

Il devait respecter sa décision.

Au salon, le générique de *La Roue de la fortune* indiquait la fin de l'émission. La pièce était vide.

— Jean ? appela Tessa en éteignant le téléviseur.

Pas de réponse.

Après tout, ce n'étaient pas ses affaires, Jean n'était que son ex-belle-mère. Et elle ne voulait pas se retrouver avec des personnes mêlées de trop près aux événements tragiques qui avaient bouleversé leur vie. Ce serait trop dur.

— Jean ?

Une voix faible lui parvint depuis la cuisine.

— Tessa… Je suis là.

Elle se précipita et trouva Jean assise par terre, le dos au réfrigérateur. Dans chaque main, elle tenait un œuf à moitié écrasé dont le jaune lui coulait entre les doigts. Elle avait les joues humides, et ses yeux bordés de rouge étaient remplis de frayeur.

— Je ne sais pas ce qui se passe, gémit-elle.

— Oh ! Jean…

Tessa s'assit à côté d'elle et passa un bras autour de ses maigres épaules.

— Ce n'est rien, tout va bien, murmura-t-elle.

Mais Jean secoua la tête.

— J'ai peur, Tessa, dit-elle, les larmes aux yeux. Quelque chose ne va pas.

Sa voix se brisa.

— Aide-moi, s'il te plaît. Je t'en prie…

Elle fondit en larmes.

Tessa sentit son cœur se gonfler d'amour pour cette femme, qui avait été comme une mère pour elle et qui se blottissait maintenant au creux de son épaule.

— Chut, répondit-elle d'une voix apaisante en la berçant doucement. C'est fini.

Levant les yeux, elle vit Fletcher qui la fixait, l'air grave. Son regard rempli de tristesse avait viré au gris.

Il s'accroupit auprès d'elles, posa la main sur la frêle épaule de sa mère.

— Je vais m'en occuper.

Tessa ferma les yeux, la voix suppliante de Jean résonnant encore à ses oreilles.

Ce n'était pas juste, songea-t-elle amèrement. Bon sang, elle était presque repartie ! Elle ne voulait pas que l'on ait besoin d'elle de cette façon. Pas Jean. Et certainement pas Fletcher.

Mais il avait raison : quand la vie s'était-elle montrée juste ? Pouvait-elle décemment tourner le dos à Jean qui ne lui avait jamais rien demandé auparavant ?

Elle rouvrit les yeux.

— Laisse-moi faire, dit-elle simplement.

Fletcher remua les lèvres sans qu'aucun son en sorte.

« Merci. Merci… »

Une demi-heure plus tard, Tessa mettait fin à sa conversation téléphonique avec le directeur de la maison de retraite où elle travaillait.

Comme elle se contentait habituellement de deux semaines de congé par an, il avait été très compréhensif. Il l'avait assurée qu'elle pouvait prendre tout le temps qu'il lui fallait. Le sort en était jeté.

Les coudes appuyés sur la rambarde du balcon, elle contempla la rivière dont l'eau s'assombrissait de minute en minute.

Déjà, les premières lumières de la ville scintillaient, et elle ne fut pas surprise de se sentir submergée par une vague de nostalgie.

Brisbane était *sa* ville. Elle s'en était éloignée depuis longtemps. Ces dernières années, c'était devenu un endroit à fuir, lié à trop de terribles souvenirs, et qu'elle ne retrouvait qu'à l'occasion d'un pèlerinage douloureux. Mais cette étrange mélancolie s'insinuait peu à peu en elle.

Irritée par le cours que suivaient ses pensées, elle tourna le dos à la rivière.

A travers la baie vitrée, elle vit Jean de nouveau installée devant la télévision, en train de siroter tranquillement une tasse de thé, ayant manifestement oublié l'incident. Assis près d'elle, Fletcher lui tenait la main. Ses cheveux noirs et bouclés contrastaient avec les fines mèches grises de sa mère.

A cet instant, il leva les yeux, et leurs regards restèrent accrochés l'un à l'autre. De nouveau, il remua les lèvres en un « merci » silencieux, puis il embrassa sa mère sur la tête avant de se lever.

D'un commun accord, tous deux se dirigèrent vers la cuisine.

— Alors, tout est arrangé ? s'enquit-il.

Elle hocha la tête.

Dans un élan de gratitude, Fletcher fit un pas vers elle, comme s'il allait la serrer dans ses bras. Mais il s'arrêta avant de la toucher.

— Je sais que c'est beaucoup te demander…

— Tu n'as pas idée à quel point, répondit-elle, faisant un pas en arrière.

Un simple coup d'œil sur son visage la faisait souffrir, la ramenant dix ans plus tôt. Ryan et lui se ressemblaient tellement…

— Crois-tu que ce soit plus facile pour moi ? dit-il.

Elle détourna les yeux.

C'était une terrible situation pour tous les deux.

— A quelle heure faut-il que je sois là le matin ?

Pour le moment, elle n'avait aucune idée de l'endroit où elle allait séjourner, mais elle trouverait. En attendant, elle pouvait toujours se rendre à l'hôtel… Enfin, pas pour plus d'une semaine, son budget ne le lui permettrait pas.

Fletcher fronça les sourcils.

— J'ai besoin que tu sois là vingt-quatre heures sur vingt-quatre, Tessa.

Elle écarquilla les yeux.

— Quoi ?

— Maman se promène parfois la nuit, et elle peut se montrer très agitée quand on veut la ramener au lit. Depuis qu'elle est partie de chez Trish, elle est particulièrement désorientée le matin. Et la première personne qu'elle réclame la nuit ou au réveil, c'est toi. Ce serait réconfortant pour elle de t'avoir auprès d'elle.

— Et quand je repartirai ?

Pour avoir fréquenté les familles de patients atteints d'Alzheimer, elle savait que celles qui s'étaient efforcées d'envisager toutes les éventualités affrontaient mieux les aléas de la maladie.

La devise de Fletcher avait toujours été : « A chaque jour suffit sa peine. » Elle avait bien fonctionné ces deux derniers mois, il n'y avait pas de raison pour que cela ne continue pas.

— Nous réglerons le problème en temps voulu, trancha-t-il.

— Il me semble que l'état de ta mère nécessite une planification à plus long terme, rétorqua sèchement Tessa.

Il haussa les épaules.

— Oui, bien sûr. C'est aussi pour cela que j'ai besoin de toi ici. Pour anticiper les problèmes. Le mieux serait que tu loges dans mon appartement, conclut-il. De toute façon, où pourrais-tu aller ce soir ?

Tessa secoua la tête avec détermination.

— J'ai des amis à Brisbane.

— Vraiment, Tessa ? Alors, comme ça, tu aurais gardé des contacts avec tes connaissances d'autrefois ?

Il n'ignorait pas qu'elle avait rompu tout lien en quittant le pays et même avant, n'ayant pas pu supporter la sollicitude de leur entourage. En même temps que le chagrin la consumait tout entière, elle avait renoncé à tout soutien. En fait, elle avait renoncé à la vie même.

Elle détourna les yeux.

— Je n'ai pas l'intention de jouer à la famille heureuse avec toi, Fletcher, déclara-t-elle enfin. Trop d'eau a coulé sous les ponts. Si nous vivons sous le même toit, cela remuera trop de souvenirs.

Il en était bien conscient. Après avoir passé deux heures en sa compagnie, il se rendait compte que ce serait plus difficile que prévu. Mais s'il fallait en passer par là pour le bien-être de sa mère…

Dix ans auparavant, Tessa s'était refermée sur elle-même, elle avait rejeté le monde et lui-même, et il l'avait laissée faire. Maintenant qu'elle se trouvait là avec une tâche à remplir et qu'elle ne pouvait plus fuir, peut-être — peut-être — pourraient-ils regarder en face ce qu'ils n'avaient pas été capables d'affronter autrefois.

— De toute façon, nous nous verrons tous les jours, répondit-il. Alors, le lieu où tu vas dormir importe-t-il tellement ?

Elle se mordilla la lèvre, l'air malheureux.

— Cela ne sera pas facile, nous devons nous y préparer, ajouta-t-il, cherchant son regard. Oui, des souvenirs douloureux vont resurgir. Mais si nous restons concentrés sur maman, je suis certain que nous y arriverons.

Il esquissa un sourire.

— Qui sait, on pourrait même devenir amis ?

Tessa le fusilla du regard.

— Nous ne sommes pas un couple de divorcés ordinaire.

Il acquiesça lentement.

— Cependant… Je n'ai jamais voulu que les choses tournent ainsi entre nous, Tess.

Il gardait tout au fond de lui, dans une boîte étiquetée « Tessa », un sentiment de culpabilité refoulé.

Peut-être était-ce lui, finalement, qui avait été à l'origine de leur rupture neuf ans auparavant ?

Cette fameuse nuit, leur mariage déjà fragile avait reçu le coup de grâce, mais en fait ils avaient rompu pour de multiples raisons. C'était elle qui avait demandé le divorce, mais il ne s'était pas battu pour la garder. Il avait fui, tout comme elle.

Et d'ailleurs, Tessa avait paru déconcertée devant une capitulation aussi aisée.

— On n'obtient pas toujours ce que l'on veut, murmura-t-elle, songeuse.

D'accord, mais il n'avait aucune envie de se perdre en conjectures pour le moment.

— Cet appartement est assez grand pour nous tous, assura-t-il. Cela nous aiderait vraiment, maman et moi, si tu séjournais ici.

A choisir, Tessa aurait préféré passer la porte et ne plus jamais revoir Fletcher. Mais elle ne pouvait pas tourner le dos à Jean, et il avait raison : c'était beaucoup plus pratique qu'elle reste ici.

Elle ne s'était pas disputée avec lui autrefois, quand ils avaient mis fin calmement à leur mariage. Pourquoi ne pas agir de même ? Elle ferait ce qu'elle avait à faire, puis elle s'en irait — tout comme la fois d'avant.

— Très bien, déclara-t-elle. Je vais aller chercher mes affaires.

Une demi-heure plus tard, elle était de retour avec ses bagages.

— Je vais te montrer ta chambre, lui dit Fletcher.

La pièce avait un air curieusement familier.

— Mais c'est *ta* chambre, dit-elle, reconnaissant les signes de sa présence.

La montre de Fletcher traînait sur la table de chevet, ainsi qu'un roman policier, sa lecture favorite. Un ordinateur portable aux lignes sobres était posé sur le bureau, près de la grande fenêtre, ainsi qu'une pile de papiers et de journaux médicaux. Une cravate était jetée sur le dossier de la chaise, et une paire de chaussettes gisait sur la moquette épaisse.

— En effet.

Elle le fixa, incrédule.

— Il n'est pas question que je partage une chambre avec toi.

— Ne sois pas blessante, rétorqua Fletcher, rembruni.

Elle croisa les bras, indignée.

— N'as-tu pas une autre chambre dans cet appartement si luxueux ? Et pas de baratin, du genre « nous sommes deux adultes, et il n'y a rien chez moi que tu n'aies déjà vu » !

Pour toute réponse, Fletcher sourit, comme s'il n'avait que ça à faire, de la regarder s'énerver. Puis il reprit son sérieux.

— La seule autre chambre, c'est maman qui y est installée. Ce n'est pas un problème, je dormirai sur le canapé du salon qui est très confortable. D'ailleurs, cela vaut mieux, avec maman qui a tendance à se promener la nuit.

Une vague de soulagement la submergea.

En fait, elle trouvait sa propre réaction un peu exagérée. Mais franchement, partager l'appartement avec Fletcher était déjà une épreuve suffisante. De là à partager un lit avec lui…

Elle n'avait pas oublié à quel point c'était fantastique. Mais des années auparavant, la culpabilité qui la rongeait avait gommé tous les bons aspects de sa vie d'alors.

— Je pense qu'il va falloir te trouver des vêtements, dit-il en posant son sac de voyage sur le lit.

— Le fait est que je n'avais pas exactement planifié de rester. J'irai faire quelques achats d'ici un jour ou deux.

Leurs regards restèrent rivés l'un à l'autre tandis qu'elle se rappelait la fois où elle l'avait entraîné dans la cabine d'essayage d'un grand magasin un dimanche matin. Ils y avaient fait l'amour, entourés de trois grands miroirs…

Elle tenta en vain de chasser cette image et, à en croire l'expression brusquement trouble de Fletcher, il avait le même souvenir qu'elle.

— Je te laisse t'installer, déclara-t-il, battant précipitamment en retraite.

Tessa se mit au lit dès 8 h 30 du soir. Le décalage horaire, le vin et les émotions de la journée avaient eu raison d'elle.

Elle avait bien essayé de rester éveillée avec Jean et Fletcher, mais sans succès. Il lui avait donné un petit coup de coude en lui ordonnant d'aller se coucher.

N'ayant pas le courage de prendre une douche ni de se changer, elle se contenta de retirer son pantalon avant de se laisser tomber sur le lit en culotte et T-shirt. Son dernier geste fut de se glisser sous les couvertures, puis elle sombra dans un profond sommeil.

Elle ignorait combien de temps elle avait dormi, quand elle entendit un bruit.

Il ne s'agissait pas d'un rêve, c'était Jean qui sanglotait.

S'asseyant dans son lit, elle jeta un coup d'œil à son radioréveil. 2 heures du matin.

Comme un automate, elle rejeta les couvertures et sortit de la chambre, le cœur battant à grands coups sourds dans la poitrine.

— Jean ?

Elle entra dans la chambre de sa belle-mère : le lit était vide.

— Jean ? répéta-t-elle avec angoisse.

— Par ici, appela Fletcher.

Seule la petite lampe près du téléviseur éclairait faiblement le salon. Jean et son fils étaient assis sur le canapé, et Fletcher s'efforçait de consoler sa mère qui sanglotait.

— Est-ce que ça va ?

Il acquiesça d'un mouvement de tête.

— Ce n'est pas bon, Fletcher, répétait Jean, en roulant d'un geste fébrile le tissu de sa chemise de nuit entre ses doigts. Pas bon du tout.

Trop fatiguée pour tenir compte du fait qu'elle était à moitié dévêtue, Tessa s'accroupit devant eux.

— Allons, ne pleurez pas, Jean. Tout va bien. Que se passe-t-il ? lui demanda-t-elle en lui frottant doucement le dos.

Jean tourna vers elle son visage mouillé de larmes et lui saisit la main.

— Quand vous vous disputez, vous ne devriez jamais laisser le soleil se coucher sur votre colère, déclara-t-elle. Le père de Fletcher et moi, nous n'étions jamais séparés la nuit. Dormez toujours ensemble. Vous ne savez pas combien de temps vous pourrez profiter l'un de l'autre.

— Non, bien sûr, murmura Tessa, sans bien comprendre de quoi il s'agissait.

Fletcher lui lança un regard éloquent.

— J'expliquais à maman que je suis rentré tard de l'hôpital et, comme je ne voulais pas te déranger, j'ai préféré dormir sur le canapé.

Ah !

Maintenant, elle comprenait la raison de la détresse de Jean.

— Non, il ne faut pas, sanglota celle-ci. Cela t'est égal qu'il te dérange, n'est-ce pas, Tessa, ma chérie ?

Tessa regarda Fletch, désemparée.

Etre réveillé au milieu de la nuit lui allait bien : le torse nu, il ne portait qu'un caleçon, et avec ses longues jambes poilues juste ce qu'il fallait, il se dégageait de lui une virilité presque excessive dans le petit cercle qu'ils formaient.

Il se frotta la nuque dans un geste d'impuissance et les petites rides d'inquiétude autour de ses yeux parurent se creuser légèrement. Ses cheveux ébouriffés et l'ombre de barbe sur sa mâchoire ne faisaient qu'ajouter une touche sexy supplémentaire à l'ensemble.

— C'est comme ça que les gens finissent par divorcer, poursuivit Jean, qui ne lâchait pas l'affaire.

Soudain, elle les agrippa par le bras.

— Oh, non, vous n'allez pas divorcer, tout de même ?

Tessa sentit son cœur s'emplir de tristesse.

Le désespoir de la vieille dame faisait peine à voir. Même si ses angoisses n'étaient qu'une création de son esprit, elle souffrait réellement. Tout en pleurant, elle faisait des gestes saccadés.

Dans un tel cas, il n'y avait qu'une seule chose à faire.

Prenant une profonde inspiration, elle posa la main sur le genou de Fletcher et la remonta légèrement sur sa cuisse.

— Bien sûr que non, Jean, murmura-t-elle en se rendant vaguement compte que la respiration de son ex-mari s'accélérait. Tout va bien entre Fletcher et moi. N'est-ce pas, chéri ?

Elle chercha son regard et lui sourit, souhaitant de tout son cœur qu'il soit meilleur acteur qu'elle.

4.

Sur le coup, Fletcher fut tellement stupéfait qu'il fut incapable de répondre. En revanche, son corps se montra beaucoup moins réticent. Le simple contact de la main de Tessa sur sa cuisse le ramena à une époque où ils n'étaient jamais rassasiés de se toucher l'un l'autre, et instantanément il fut en érection.

Autrefois, ils avaient une telle communion sexuelle qu'elle s'en serait tout de suite aperçue. Elle lui aurait souri, et sa main serait remontée encore un peu plus haut…

— Fletcher ?

La voix de Tessa le ramena à la réalité.

Son ex-femme ne le désirait plus depuis longtemps, et sa mère était assise juste à côté de lui, dans une grande détresse psychologique.

— Tout va bien entre nous, n'est-ce pas ? insista Tessa en pressant le muscle de sa cuisse.

Il dut lutter contre l'envie de fermer les yeux et de s'abandonner à son contact.

Bon sang, il était trop fatigué pour parvenir à se maîtriser, après des heures passées à se retourner sur le canapé.

— Naturellement ! répondit-il avec enthousiasme.

Sa main recouvrit celle de Tess.

— Je ne voulais vraiment pas la déranger, c'est tout.

Jean se détendit, elle tapota leurs mains réunies.

— Tu es tellement prévenant ! Mais crois-moi, si tu commences à dormir sur le canapé, tu peux te retrouver sur une pente dangereuse. Regarde tante Lynne. Elle et Joe ont maintenant chacun leur chambre parce qu'il ronfle trop fort, et c'est tout juste s'ils peuvent supporter la vue l'un de l'autre. Au début, lui aussi était sur le canapé.

Fletcher jeta à sa mère un coup d'œil affligé.

Lynne — la sœur de son père — et Joe, son mari, étaient morts depuis plusieurs années.

De nouveau, Tessa pressa sa cuisse.

— Pas de problème, Fletcher ne ronfle pas, assura-t-elle. Et maintenant, que diriez-vous d'une tasse de lait chaud ?

— Bonne idée, répondit-il, ravi de la diversion.

Il en profita pour prendre son pantalon, mais, alors qu'il se relevait, ses yeux se retrouvèrent au niveau des cuisses nues de Tess.

Même si elles étaient plus minces qu'avant et s'il avait un faible pour les rondeurs, il n'en fut pas moins troublé pour autant.

Détournant rapidement les yeux, il s'empressa d'enfiler son vêtement.

— Je m'en occupe, reste assise, dit-il en allant se réfugier dans la cuisine.

Tessa se laissa tomber près de Jean, qui bavardait maintenant sans arrêt, ayant déjà oublié l'incident.

Pourquoi avait-il fallu qu'elle surprenne le regard brûlant de Fletcher sur ses cuisses ? Etait-il possible qu'il…

Comment le simple contact artificiel de sa main sur sa jambe avait-il pu le mettre dans cet état ?

Trop de choses s'étaient passées entre eux autrefois. Trop d'angoisse et de chagrin.

Certes, Fletcher était quelqu'un de très viril, et leur vie sexuelle avait été époustouflante. Rien n'avait paru pouvoir l'altérer. Ni les horaires de travail, ni sa grossesse, ni l'arrivée du bébé.

Jusqu'à la mort de Ryan.

A partir de là, tout avait changé. Ce n'était tout simplement plus possible. Pendant longtemps, elle avait été tout juste capable de manger ou d'aligner quelques mots. Tout ce qui nécessitait un effort physique ou une implication émotionnelle était au-delà de ses capacités.

Fletcher s'était montré compréhensif, patient. Mais il avait fini par jeter l'éponge.

C'était du moins ce qu'elle avait cru… Jusqu'à maintenant, avec son érection inattendue. S'agissait-il d'une réaction masculine normale devant une femme à moitié nue, ou avait-il conservé du désir pour elle après toutes ces années ?

L'idée était plutôt choquante. Et dangereuse.

La sonnerie du micro-ondes tinta, et elle décida que le mieux qu'elle avait à faire était d'oublier la libido de son ex-mari.

— Et trois laits chauds, trois ! annonça Fletcher en posant les tasses sur la table basse.

Elle prit la sienne et tourna résolument ses pensées vers Jean.

Après avoir assuré à sa mère qu'il regagnerait le lit conjugal, Fletcher prit effectivement la direction de sa chambre.

Après les événements de la nuit, il avait besoin de prendre une douche. Une douche bien froide. Il aurait pu se laver dans la salle de bains principale, mais toutes ses affaires de toilette et ses vêtements se trouvaient dans celle de sa chambre.

Tessa s'était proposée pour accompagner Jean jusqu'à son lit, et il fallait toujours un certain temps pour calmer sa mère quand elle s'était promenée la nuit, l'obscurité exacerbant son état. En faisant vite, il serait sorti avant qu'elle ne revienne.

Rapidement, il retira ses vêtements et entra dans la douche. Il retint sa respiration sous le jet d'eau glacée qui giclait sur sa peau et, fermant les yeux, lui offrit son visage, la tête encore pleine de la vision de Tessa en petite tenue.

Il n'avait vraiment pas besoin de ça.

Pourquoi avait-il réagi ainsi ? S'agissait-il d'une réminiscence du passé ? De toutes ces heures qu'ils avaient passées dans les bras l'un de l'autre, à faire l'amour comme si c'était leur dernier jour, sans pouvoir se rassasier l'un de l'autre ?

Il secoua la tête pour effacer les images qui, d'habitude, ne lui rendaient visite qu'en rêve.

Il aurait voulu que tous ces souvenirs s'échappent par les pores de sa peau et soient emportés par l'eau qui ruisselait sur lui.

Mais dans sa tête, le même son revenait sans cesse, comme un leitmotiv.

Tessa. Tessa. Tessa.

A la surprise de Tessa — et à son soulagement —, son ex-belle-mère s'était endormie très facilement. Elle avait pourtant passé de nombreuses heures nocturnes avec des patients atteints d'Alzheimer à tenter de les calmer, et la tâche avait rarement été facile.

Quand elle regagna sa chambre, elle était si fatiguée qu'elle faillit ne pas entendre le bruit de la douche.

Fletcher ?

Elle s'immobilisa, éprouvant une impression de déjà-vu.

Une curieuse sensation, oubliée depuis longtemps, envahit son bas-ventre. La même que tout à l'heure, quand elle avait surpris son regard sur ses cuisses nues.

Indépendamment de sa volonté, son corps avait répondu…

Autrefois, elle aurait poussé la porte — à supposer que Fletcher l'ait fermée —, aurait retiré ses vêtements et l'aurait rejoint sans hésiter.

Naturellement, il n'en était plus question. Elle se trouvait dans sa chambre et se considérait plutôt comme une intruse. La première chose à faire était de s'habiller un peu plus décemment.

Elle ouvrit son bagage à main, qui était tout ce qu'elle avait cru bon d'emporter pour un aller et retour en Australie. A l'intérieur, elle y avait glissé le T-shirt pour homme taille XXL qui lui tenait lieu de chemise de nuit.

Durant son mariage, elle portait toujours ceux de Fletcher, et elle avait conservé cette confortable habitude, même si les T-shirts n'appartenaient plus à aucun homme.

Comme l'eau de la douche coulait toujours, elle ôta le haut qu'elle portait et passa sa tenue de nuit qui lui arrivait tout de même à mi-cuisse.

Elle se glissa sous les draps — dans le lit de Fletcher — et attendit. Malgré la fatigue, elle s'efforça de garder les yeux grands ouverts.

Il fallait qu'ils parlent. De Jean. Même si le sujet était difficile. Tout à l'heure, en étant assise avec elle, elle avait pris une décision. Une décision complètement folle, la simple pensée de ce qu'elle allait lui proposer la faisait trembler. Mais c'était la seule juste. Plus tôt ils auraient cette conversation, plus vite elle pourrait dormir.

A condition que Fletcher soit d'accord…

La porte s'ouvrit d'un seul coup, et elle respira profondément.

Fletcher retint une exclamation en la voyant.

— Oh ! Désolé. Je croyais que tu serais encore avec maman.

Involontairement, elle s'emplit les yeux du spectacle qu'il offrait, avec sa poitrine nue et ses longues jambes dont le haut était heureusement couvert par le boxer-short.

— Pas de problème, murmura-t-elle. Jean s'est endormie tout de suite, elle était épuisée.

Fletcher sentit les muscles tendus de sa nuque se relâcher légèrement.

Sa mère ne s'était jamais apaisée aussi vite avec lui. La présence de Tessa portait déjà ses fruits.

— Merci. Tu es super avec elle.

Pour ce qui était de la tension du reste de son corps, elle avait peu de chances de disparaître tant que Tessa et lui se retrouveraient sous le même toit. Cependant, en restant concentré sur la raison de sa venue — sa mère — et en gardant avec Tessa autant de distance que le permettaient les limites de l'appartement, il devrait pouvoir survivre à cette épreuve.

Elle remonta l'encolure trop large de son T-shirt pour couvrir son épaule, mais le vêtement s'empressa de glisser.

Vite, détourner le regard.

— Bien, dit-il d'un ton hésitant. Alors, bonne nuit. A demain matin.

Il fit demi-tour, mais s'arrêta au son de la voix de Tessa.

— Fletcher…

— Oui ?

— Je pense que tu devrais dormir ici avec moi.

Le choc fut si grand que pendant quelques secondes il fut incapable de répondre, se sentant complètement stupide.

— Mieux vaut éviter que la même scène se répète la nuit prochaine, non ?

Il haussa les épaules.

— A son réveil, elle ne se souviendra de rien, assura-t-il.

Depuis que sa mère était venue s'installer chez lui, deux semaines plus tôt, il avait eu tant de nuits interrompues qu'il finissait par trouver cela normal, même si c'était dur à vivre.

Tessa entoura de ses bras ses jambes repliées, appuyant le menton sur ses genoux.

— Justement. As-tu envie qu'elle éprouve la même angoisse chaque fois qu'elle te trouvera sur le canapé en se promenant au milieu de la nuit ?

La réponse était évidemment non. Mais si la solution paraissait évidente pour Tess, cela faisait longtemps que plus rien n'était facile entre eux. La mort de leur enfant et leur divorce étaient passés par là. Cela pesait son poids, dans un lit qu'ils n'avaient pas partagé depuis neuf ans.

— Si tu n'es pas sur le canapé, Jean n'aura pas de cause d'anxiété, ajouta Tessa d'un ton calme et professionnel, comme si elle était en train de parler au parent d'une patiente.

— Je pourrais peut-être dormir par terre ? suggéra-t-il en détournant les yeux comme si le lit était un nid de vipères.

Tessa eut un geste d'impatience.

— Ne sois pas ridicule ! Tu ne vas pas dormir par terre pendant deux mois.

Il chercha son regard.

— Tu proposes donc que je dorme dans le lit… avec toi ?

Jamais il n'aurait cru qu'elle lui redemanderait un jour une chose pareille. La tension était maintenant palpable dans son bas-ventre.

— Pourquoi ? C'est donc si difficile que ça ?

Il déglutit avec peine.

— Non. C'est bien ce qui m'inquiète, ajouta-t-il avec un sourire désabusé.

Quelque part, il trouvait la situation plutôt drôle dans son absurdité. Il avait toujours été prompt à se décider et à prendre des initiatives. C'était étrange de se sentir aussi décontenancé.

— Tu sais, nous ne sommes plus des ados, expliqua patiemment Tessa. Je ne suis pas en train de te proposer une sorte de réconciliation. Nous sommes juste deux adultes faisant de leur mieux pour arranger une situation qui est loin d'être satisfaisante. Je suis certaine que nous pouvons nous contrôler.

Il se retint de lui rappeler qu'autrefois, elle était plutôt la dernière à se maîtriser quand ils se retrouvaient au lit ensemble… Du moins, jusqu'à la mort de Ryan.

Ensuite, tout avait radicalement changé. Elle avait cessé d'avoir besoin de lui, cessé de le désirer la nuit. Mais lui, il avait toujours eu besoin d'elle. Terriblement.

Debout au pied du lit, il hésita encore.

— Je pourrais glisser un traversin entre nous…

Tessa le surprit en pouffant de rire.

— Voilà une attitude bien chevaleresque !

Il rit à son tour.

— Etant donné ton goût pour les romans d'amour, tu devrais apprécier.

— Tu sais, il est bientôt 3 heures du matin et je ne suis toujours pas remise du décalage horaire. Il serait temps de dormir.

Il retrouva son sérieux.

Elle avait raison. Et ils étaient deux adultes.

— Bon. Je vais juste vérifier que tout est bien fermé.

C'était devenu un rituel. Sa hantise était que sa mère trouve le moyen d'accéder au balcon pendant la nuit et qu'elle se rompe le cou. Mais cette fois, alors qu'il faisait le tour de l'appartement, son cœur battait tellement fort qu'il craignait de la réveiller.

Il était sur le point de dormir avec son ex-femme. Avec Tessa. Même si cela n'avait rien de sexuel, il avait l'impression de coucher avec une femme pour la première fois.

Après avoir vérifié que sa mère dormait toujours paisiblement, il regagna sa chambre, cherchant désespérément quelque chose d'anodin à dire pour briser la glace en se mettant au lit.

N'importe quoi valait mieux qu'une phrase du genre : « Laisse-moi te faire l'amour. »

Déjà, au bout de quelques heures passées en compagnie de Tessa, il éprouvait le besoin de se perdre dans son corps. Il avait repris l'habitude d'elle avec une facilité déconcertante. Au bout de dix ans, il la désirait autant qu'avant.

Un terrible sentiment de culpabilité le submergea, et il s'efforça de chasser de son esprit les images de leurs corps emmêlés.

Il ne la méritait pas. Il s'était montré indigne d'elle.

Mais il n'eut pas besoin d'ouvrir la bouche : Tessa s'était endormie. Couchée sur le côté en chien de fusil, elle dormait si profondément qu'il percevait un léger ronflement. La lumière de la lampe de chevet accentuait les cernes sous ses yeux. Même endormie, elle semblait porter le poids du monde sur ses épaules.

Prenant une profonde inspiration, il se glissa avec précaution dans le lit, prenant soin de ne pas la toucher, et resta un moment à la contempler avant d'éteindre la lumière.

Il ferait n'importe quoi pour la soulager de ce fardeau. S'il le pouvait, il reviendrait dix ans en arrière, il réparerait cette maudite serrure, soulagerait la migraine de Tessa, rangerait le seau, stopperait le déluge nocturne, ferait venir l'ambulance plus vite…

De nouveau ce sentiment de rage et d'impuissance : quand sa famille avait eu besoin de lui, il avait été incapable de la protéger.

Bon sang, il était si fatigué. Il avait besoin de dormir.

Au début, il resta immobile, tout raide, collé contre le rebord du lit. Puis il se mit sur le dos, tourna la tête et fixa la nuque de Tessa dans l'obscurité.

Autrefois, il aurait promené sa main le long de son dos et l'aurait attirée contre lui.

Elle remua, et il retint sa respiration. Elle marmonna dans son sommeil, s'agita pendant quelques secondes. A présent, elle était plus proche et lui faisait face. Il sentait sa respiration sur son épaule.

Il fixa le plafond.

La nuit était bien avancée, il ne restait plus beaucoup d'heures avant le jour. Mais il avait dans l'idée qu'il les verrait toutes défiler l'une après l'autre…

Vaincu par la fatigue, il s'endormit finalement juste avant l'aube.

En reprenant conscience quelques heures plus tard, il resta un instant complètement désorienté.

Quelque chose de chaud et de doux, quelque chose de féminin était blotti contre lui. Sous sa main, il sentait un tissu et, sous le tissu, une fesse ferme. Quant à une certaine partie de son anatomie, elle était parfaitement réveillée.

Il ouvrit tout grand les yeux, le cœur battant la chamade.

Puis Tessa remua et carra la tête dans le creux de son épaule, murmurant des mots incompréhensibles. Ses lèvres frôlèrent sa peau, et sa main glissa tout contre lui, beaucoup trop près de son ventre.

Il se retint de bondir hors du lit comme si le matelas était en feu.

Certes, il s'était attendu à ce que ce soit difficile, mais là, en la sentant contre lui, il prenait toute la mesure de la difficulté. Encore d'autres matins comme celui-ci, et il risquait d'oublier la raison de la présence de Tessa.

Ils ne faisaient que faire semblant, bon sang ! Pour le bien de sa mère ! Il devait veiller à ce qu'ils ne débordent pas, même en dormant. Car émotionnellement, il ne serait pas capable de tenir le coup, et il doutait que Tessa en soit plus capable.

Déjà à cet instant, il lui était difficile de résister. Il sentait son souffle chaud sur sa poitrine, son corps qui s'abandonnait contre le sien. Ses narines étaient pleines de son odeur — un mélange de fruit de la passion, de miel et de quelque chose de résolument féminin.

Retenant sa respiration, il savoura son contact.

Il bougerait plus tard. Mais pas encore… Pas tout de suite.

Tessa émergea lentement d'un sommeil profond, avec une sensation de confort et de solidité. Une main ferme était posée sur ses fesses. En se tortillant pour s'en rapprocher, elle sentit sous elle une jambe poilue. Ses lèvres s'appuyaient contre une peau chaude et douce, et une odeur très masculine lui titillait les narines.

Mmm. Fletcher avait toujours senti si bon !

Sous sa main, quelque chose frémit et se durcit. Quelque chose de très familier.

Machinalement, elle le caressa… Et brusquement elle ouvrit les yeux.

Fletcher ?

Sa main se figea, et son cœur se mit à battre à grands coups. En une seconde, elle fut tout à fait réveillée et consciente de la situation.

D'un mouvement brusque, elle s'écarta de Fletcher comme d'un pestiféré.

— Qu'est-ce que…

Il haussa les épaules dans un geste d'impuissance.

— C'est le matin, dit-il pour sa défense. Ce sont des choses qui arrivent. Surtout si tu viens te frotter contre moi.

Elle se sentit rougir en se rappelant les nombreuses fois où sa vitalité matinale les avait amenés à faire l'amour à peine sortis du sommeil. Elle ne parvenait pas à croire qu'elle l'avait… excité. Ils étaient divorcés, tout de même !

Certes, Fletcher était coupable de ne pas avoir pris ses distances plus tôt, mais c'était elle qui l'avait cherché dans son sommeil.

— Désolée. Je devais être en train de rêver, et… Excuse-moi.

Fletcher poussa un soupir et se frotta la tête avec embarras.

— Non, c'est moi qui suis désolé. C'était probablement inévitable, Tessa. Pendant le sommeil, nos corps ont juste repris leurs anciennes habitudes.

Sans doute avait-il raison. Elle aurait dû se douter que cela arriverait, que leurs corps seraient naturellement attirés l'un vers l'autre. Au niveau subconscient, chacun avait recherché l'affection de l'autre. En fait, dès qu'elle avait senti son regard sur ses cuisses, la veille, elle avait su qu'ils se trouvaient en terrain miné.

Mais ça n'en était pas moins un choc. Elle n'en revenait toujours pas. Elle qui n'avait pas eu une seule pulsion sexuelle en dix ans, au point qu'elle doutait d'avoir encore une libido… Mais elle s'était sentie si bien, abandonnée contre lui !

A l'évidence, si elle avait cru ces sensations disparues pour toujours, elle s'était trompée.

Elle fit la grimace.

— Peut-être que nous allons avoir besoin de ce traversin, après tout. Inutile de partir, ajouta-t-elle alors qu'il se levait. C'est tout à fait gérable.

C'était tout de même son lit à lui.

Fletcher lui jeta un coup d'œil incertain.

— Tu en es sûre ? Parce que, s'il y a une chose que j'ai pu constater au fil des années, c'est que les érections matinales font partie intégrante du réveil masculin, et je ne peux rien contre ça. J'ai aussi la possibilité de m'acheter un sac de couchage.

Au moins, il ne semblait pas plus heureux qu'elle de cette situation. Néanmoins, ce n'était pas une raison pour le laisser dormir par terre. Il suffisait qu'ils se montrent vigilants.

— Ce n'est pas un problème pour moi, du moment que tu te réveilles de ton côté du lit.

Fletcher hocha la tête.

— Entendu. Je vais voir comment va maman.

Elle le regarda s'éloigner, hypnotisée par ses larges épaules nues.

Et dire que la veille encore, à la même heure, elle avait cru sa vie bien engagée sur ses rails ! En une journée, à son corps défendant, elle avait été comme aspirée par le passé.

Mais elle s'était engagée auprès de Fletcher. Si elle devait pour cela rester sur ses gardes même en dormant, elle tiendrait bien le coup pendant deux mois, pour Jean.

Elle se renfonça dans le lit, songeant aux moyens de rendre la vie de sa belle-mère plus facile au quotidien.

— Toujours endormie, annonça Fletcher au bout de deux minutes. C'est souvent le cas après une nuit agitée.

— Justement, j'y réfléchissais, dit-elle, toujours troublée par son torse nu. Il y a peut-être quelque chose qui l'aiderait.

— Ah oui ?

— Que dit ton bail à propos des animaux de compagnie ?

5.

Après un début quelque peu chaotique, la journée s'écoula normalement. Tessa profita des horaires de travail flexibles de Fletcher pour se rendre dans les boutiques de vêtements dès leur ouverture. Accessoirement, cela lui permit aussi de respirer un peu.

Elle s'efforça de chasser de son esprit l'incident du réveil. Pour nier les choses, elle était devenue très forte, et aussi pour faire semblant. Faire comme si elle vivait un mariage sans nuages, par exemple.

Il lui fallut deux heures pour trouver de quoi étoffer sa maigre garde-robe, et elle fit aussi quelques courses alimentaires.

Pendant le petit déjeuner, Fletcher et elle avaient meublé la conversation en établissant le menu du jour, mais elle décida de son propre chef de rajouter les ingrédients nécessaires pour confectionner des cookies.

Souvent, chez les personnes atteintes d'Alzheimer, on mettait trop l'accent sur ce qu'elles ne pouvaient plus faire ni se rappeler, au lieu d'encourager les capacités qu'elles avaient encore. Jean avait toujours aimé cuisiner, elle avait même été la reine de la pâtisserie. Il n'y avait pas de raison qu'elle ne puisse pas s'y remettre, avec un peu d'aide. Il était important que ses aptitudes soient entretenues et conservées le plus longtemps possible.

Lorsqu'elle fut de retour à l'appartement, Fletcher partit pour quelques heures à Sainte-Rita afin de rencontrer le comité d'éthique au sujet des aspects juridiques de son étude.

Il lui avait expliqué que ce n'était pas la phase qu'il préférait dans le processus de recherche, mais c'était nécessaire pour protéger l'hôpital et lui-même sur le plan légal.

Ensuite, il revint les chercher, sa mère et elle, pour choisir un animal.

Quand elle lui avait assuré que cela contribuerait à calmer l'anxiété de Jean, Fletcher s'était montré sceptique. Mais dès qu'ils pénétrèrent dans le refuge, le visage de sa mère s'illumina malgré la cacophonie générale d'aboiements.

— Qu'est-ce qu'on fait ici ? demanda-t-elle.

— Nous venons chercher un chaton, répondit patiemment Fletch, pour la dixième fois en une demi-heure.

Jean le gratifia d'un sourire radieux.

— Vraiment ? s'exclama-t-elle en battant des mains. Je peux aller les voir ?

Tessa se mit à rire devant l'enthousiasme enfantin de Jean. Cela la récompensait de sa peine : elle avait eu un mal fou à convaincre Fletcher de ne pas tenir compte du bail de location interdisant les animaux.

Cependant, elle avait souvent constaté les bienfaits qu'un animal pouvait apporter dans la vie d'une personne atteinte de démence et avait fini par le convaincre de passer outre.

Elle aurait volontiers opté pour un chien, mais dans un appartement, un chat dressé à la propreté était préférable.

— Tu peux aller les voir pendant que Fletcher et moi bavarderons avec la responsable du refuge, répondit-elle.

Dix minutes plus tard, accompagnés de la gérante, ils retrouvèrent Jean accroupie devant une cage, en train de parler d'un ton animé à l'animal qui l'occupait.

— Regarde, Fletcher, s'exclama-t-elle avec enthousiasme, c'est Tabby !

Tessa la rejoignit, ravie.

Apparemment, Jean avait déjà choisi son chaton, et elle lui avait même trouvé un nom !

— Grâce au ciel, vous l'avez retrouvée, dit-elle à la responsable. Trish serait catastrophée d'apprendre que sa chienne adorée s'était perdue.

Le sourire de Tessa disparut.

Une chienne ?

Elle s'approcha de la cage et vit un vieux labrador trapu de couleur sable, aux moustaches blanches.

— On dirait que tu n'as pas maigri pendant ton absence, pas vrai, fifille ? roucoula Jean.

Elle glissa ses doigts décharnés à travers les barreaux de la cage et caressa la chienne derrière l'oreille. Celle-ci gémit de plaisir et pencha la tête pour lui faciliter la tâche.

— Tabby ? murmura Tessa en jetant à Fletcher un coup d'œil interrogateur.

— C'était la chienne que Trish avait quand elle était enfant.

Jean se releva.

— Allez, viens, dit-elle à la chienne. On te ramène à la maison.

Fletcher fixa l'animal d'un air horrifié.

Evidemment, outre le fait qu'il habitait un appartement au dix-neuvième étage, ce labrador paraissait sur le point d'expirer à tout moment en raison de son âge ou d'un excès de graisse — ou les deux.

— Génial, marmonna-t-il en décochant à Tessa un regard peu amène.

Elle fut prise d'une soudaine envie de rire qui lui monta du creux de la poitrine, et elle dut se mordre l'intérieur de la joue pour l'empêcher d'exploser.

— Euh… Jean, dit-elle à sa belle-mère, la prenant doucement par le coude. On est venus pour un chaton, rappelez-vous. Faisons d'abord un peu le tour, d'accord ?

Peut-être qu'entre-temps, Jean aurait oublié le chien ?

Celle-ci se raidit et la regarda d'un air de reproche.

— Tessa ! On ne peut pas abandonner Tabby ici. Trish en aurait le cœur brisé. Cette chienne fait partie de notre foyer.

L'animal posa ses grands yeux marron remplis de gentillesse tour à tour sur elle et sur Fletcher.

Ce dernier secoua énergiquement la tête.

— On s'était mis d'accord pour un chat, grommela-t-il.

Tessa leva les yeux au ciel et fit une nouvelle tentative.

— C'est entendu, dit-elle à Jean. On peut la ramener avec nous. Mais pourquoi ne pas aller voir aussi les chats ?

Elle désigna une cage non loin de là, dans laquelle un chaton était en train de jouer avec une petite balle en caoutchouc.

— Regardez celui-là ! N'est-il pas adorable ?

Mais Jean ne voulait rien entendre. Elle se tourna vers son fils d'un air indigné.

— Fletcher ! s'exclama-t-elle avec angoisse. C'est Tabby. On ne peut tout de même pas la laisser ici !

Se laissant tomber à côté de la cage, elle commença à se balancer lentement, d'avant en arrière.

— Tout va bien, Tabby. Je vais te faire sortir de là.

Fletcher passa une main nerveuse dans ses cheveux, et Tessa leva les mains en un geste d'impuissance.

— Je peux peut-être vous aider ? intervint la responsable, une femme d'une cinquantaine d'années.

Ils l'avaient mise au courant de la situation.

— Notre brave Queenie nous a été amenée il y a deux jours, après quatorze ans passés auprès d'une vieille dame qui vient de mourir à l'hôpital. Cette dernière était tombée et s'était fracturé le col du fémur. La chienne avait passé toute la nuit à côté d'elle jusqu'à l'arrivée de l'infirmière qui venait quotidiennement, et elle a refusé de la quitter jusqu'à l'arrivée de l'ambulance. Elle serait une compagne parfaite pour votre mère, ajouta-t-elle à l'intention de Fletcher.

En écoutant cette touchante histoire, Tessa se sentit fondre.

Jean s'était remise à caresser Tabby/Queenie à travers les barreaux, et ses mouvements agités se calmaient.

Que leur fallait-il de plus pour se décider ?

— Pourquoi a-t-elle atterri ici ? s'enquit-elle.

— C'est le fils de son ancienne maîtresse qui l'a amené. Il voyage beaucoup pour ses affaires et n'a pas le temps de s'occuper d'un vieux chien arthritique et sourd.

— Sourd ? répéta Fletcher, anéanti. Décidément, c'est le bouquet.

— Oui, poursuivit la responsable avec un large sourire. Elle est grosse et vieille, a de l'arthrose dans les hanches et n'entend pas bien. Certes, elle n'est pas très jolie, mais elle serait idéale pour votre mère. Elle ne déborde pas de vie, ne court pas dans tous les sens et se contentera de rester assise à ses côtés. Et elle est d'une loyauté sans faille. Croyez-moi, vous ne le regretterez pas.

Tessa tourna vers lui des yeux suppliants.

— J'habite au dix-neuvième étage ! protesta-t-il d'un ton exaspéré.

— Elle est dressée à la propreté, répondit la responsable du tac au tac.

— L'exercice est excellent pour les personnes souffrant d'Alzheimer, renchérit Tessa. Nous pourrons faire plusieurs petites balades par jour, ce sera aussi une bonne routine pour Jean.

Il baissa les yeux sur la chienne, qui le regarda à son tour et remua la queue en gémissant, ce qui lui fit soupçonner qu'elle ne devait pas être si sourde que ça.

Trois femmes contre lui, plus une chienne, il n'avait plus qu'à rendre les armes.

— C'est entendu, maman. Nous allons ramener Tabby à la maison.

Tessa lui sourit par-dessus la tête de sa mère, et ses yeux d'ambre brillèrent.

Pendant qu'ils remplissaient les papiers, Fletcher observa sa mère assise tranquillement dans la salle d'attente et couvant du regard la vieille Tabby couchée à ses pieds.

Il pouvait déjà constater l'effet calmant que la chienne avait sur elle. C'était tout ce qui comptait.

Il était minuit lorsque Fletcher alla se coucher. Auparavant, il s'était plongé dans ses papiers — c'était du moins ce qu'il avait voulu croire —, mais il ne s'était pas montré très productif.

A 7 heures du soir, il avait ordonné à Tess, visiblement épuisée, d'aller dormir. Depuis, il n'avait pu penser à rien d'autre qu'à elle, couchée dans *son* lit. Et à la façon dont ils s'étaient réveillés.

Qu'allait-il se passer demain matin ?

Cela faisait cinq bonnes heures qu'elle devait dormir. Quant à lui, il était si exténué qu'il finissait par voir trouble.

Il passa par la chambre de sa mère et s'attarda un moment sur le seuil.

Celle-ci était couchée sur le côté, une main posée sur la tête de Tabby.

A son arrivée, la chienne bougea et releva le museau pour le regarder, ce qui le fit une nouvelle fois douter de son degré de surdité. Elle poussa un faible gémissement.

— Tout va bien, Tabby, ce n'est que moi. Brave fille. Tu viendras me prévenir si ta maîtresse sort du lit, d'accord ?

Tabby remua la queue deux fois en guise d'assentiment — du moins l'espérait-il — avant de reposer la tête sur le lit.

Il entra dans sa chambre le sourire aux lèvres… et trouva Tessa assise dans le lit, en train de lire un roman policier.

— Oh ! Désolé. Je croyais que tu dormais.

— C'était le cas, mais avec le décalage horaire… Je me suis réveillée il y a une heure avec l'impression d'avoir dormi une semaine. Après être passée voir Jean, j'ai voulu me rendormir, mais pas moyen.

— Eh oui, murmura-t-il, s'efforçant de ne pas fixer son épaule nue. Il est difficile de retrouver un rythme normal.

Il resta immobile, indécis.

Il lui serait impossible de se glisser dans le lit tant que Tessa serait réveillée. Cela ferait trop… couple légitime.

— Je suis venu prendre ma douche, puis je retournerai travailler, dit-il.

Il était résigné à passer une nouvelle nuit blanche.

— Parfait.

Tessa retourna à sa lecture et poussa un soupir de soulagement quand Fletcher eut disparu de sa vue.

Ces deux mois allaient être très, très longs.

Ses efforts pour ignorer le bruit de la douche furent vains : elle se surprit à relire trois fois la même page.

Difficile d'empêcher les souvenirs de surgir en présence de Fletcher… Et pas seulement ceux de Ryan, mais aussi ceux qui les concernaient tous les deux. Surtout après ce matin.

Mais elle s'était engagée à aider Jean. Et puis, ce n'était pas pour toujours. Cela devrait rendre les choses plus faciles.

Dix minutes plus tard, Fletcher réapparut en boxer-short et T-shirt à la porte de la salle d'eau. Appuyé contre le chambranle de la porte, il la regarda en souriant.

— Depuis quand t'es-tu mise à lire des romans policiers ?

Elle leva les yeux par-dessus son livre.

— C'était ça ou tes brillantes revues médicales.

Il se mit à rire.

— J'aurais pensé que c'était un bon moyen de t'endormir.

— A vrai dire, les récentes études sur la mitochondrie ou l'ADN me donneraient plutôt envie de tourner les pages plus vite.

Cette fois, Fletcher éclata franchement de rire, en rejetant la tête en arrière.

Elle en eut un frisson.

Depuis combien de temps n'avait-elle pas entendu ce son énorme et joyeux, tellement sexy ? Etait-ce juste avant la mort de leur fils ? Dix ans ?

Son regard s'attarda sur son cou puissant et hâlé, et elle se revit des années plus tôt, au saut du lit, allant l'embrasser par surprise juste à cet endroit.

Les pointes de ses seins se dressèrent.

Bon sang !

— On dirait que maman passe une nuit très paisible avec Tabby à côté d'elle.

L'observation de Fletcher la calma, et elle hocha distraitement la tête.

— Je crois que nous avons fait le bon choix. Tabby s'est déjà attachée à Jean, et réciproquement. C'était super de les voir regarder la télévision ensemble, la tête de la chienne posée sur les genoux de Jean.

— En revanche, Trish n'a pas compris grand-chose quand maman l'a appelée pour lui annoncer que l'on avait retrouvé Tabby et qu'elle devait faire plus attention à sa chienne.

Elle se mit à rire au souvenir de la conversation téléphonique à laquelle ils avaient assisté tous les deux.

Heureusement, Trish avait réagi rapidement et s'était adaptée à l'histoire de sa mère.

— Désolée, s'excusa-t-elle, reprenant son sérieux. On ne devrait pas rire en de telles circonstances.

Fletcher haussa les épaules.

— Faut-il en rire ou en pleurer ? dit-il avec philosophie.

Elle ne répondit pas.

Qu'aurait-elle pu dire ? En s'installant en Angleterre, elle avait décidé de fermer la porte à sa peine et d'aller de l'avant, et cela avait marché. Mais il n'y avait pas beaucoup d'occasions de rire dans sa vie. Maintenant, ils se trouvaient dans cette situation, que cela leur plaise ou non. Le chemin était encore long, et ils avaient aussi besoin de se distraire d'une morne réalité.

— En tout cas, le fait que maman se soit calmée cette nuit est plutôt encourageant, ajouta Fletcher.

— J'en suis certaine. Des études montrent qu'il y a beaucoup moins d'errance nocturne quand un animal de compagnie est présent. Et même si la personne se promène, il reste avec elle et peut donner l'alarme.

— Sauf que nous avons un chien sourd, objecta Fletch.

— Les animaux sentent ces choses-là de façon intuitive, assura-t-elle. Je pense que Tabby a déjà compris que Jean a besoin d'une attention spéciale.

Fletcher resta silencieux, et elle se demanda s'il n'était pas en train de penser à un autre chien, dans d'autres circonstances.

Patch était le petit Jack Russel qu'ils avaient offert à Ryan pour son premier anniversaire. Il avait tenté de les alerter de ce qu'il arrivait à leur fils, ce jour terrible de sa mort. Il avait essayé de le sauver.

Le souvenir de Patch était toujours douloureux. Elle lui en avait voulu pendant longtemps de ne pas en avoir fait assez : de ne pas avoir aboyé assez tôt, ni assez fort. Mais Ryan avait adoré son petit chien, qui le lui avait bien rendu.

— As-tu emmené Patch au Canada avec toi ? s'enquit-elle au bout d'un long silence.

— Non. C'est Trish qui l'a pris chez elle. Il est mort d'une morsure de serpent trois ans plus tard.

— Oh !

Elle se sentait coupable d'avoir rejeté le petit chien. Mais après la mort de son fils, elle ne pouvait tout simplement plus supporter de le regarder.

— Il a fait de son mieux, murmura Fletcher, observant les émotions qui se mêlaient sur le visage de son ex-femme. Le seau était enfoncé dans le bac à sable. C'était trop lourd pour un petit chien.

Il se souvenait de ce jour comme si c'était hier. Les aboiements incessants de Patch, d'une autre intensité que d'habitude, qui avaient fini par le réveiller avant même qu'il n'entende le cri affolé de Tess. Il s'était précipité derrière elle hors de la maison, et là…

Il aurait pour toujours la vision de ce seau vers lequel il avait couru pour le renverser, le vider de l'eau qu'il contenait. Et puis les lèvres pâles, bleuies de Ryan…

Il ferma les yeux un instant pour ne plus voir les images du corps encore tremblant de son fils.

Oh ! Ne plus le sentir contre sa poitrine, mou comme une poupée de chiffon !

— Je sais, proféra Tessa d'une voix à peine audible. Je sais.

Il aurait voulu la prendre dans ses bras. Mais, comme au cimetière ces neuf dernières années, il se retint. Elle ne semblait pas davantage prête à accepter son réconfort que durant tout ce temps, et il avait été trop souvent rejeté pour se risquer encore sur cette voie. Alors, il se contenta d'attendre qu'elle se ressaisisse.

Enfin, elle le regarda et fit la grimace.

— Désolée.

— Il ne faut pas. Je sais que ce n'est pas simple de te retrouver ici avec nous, cela te rappelle trop de choses. C'est difficile pour nous deux… Mais merci de m'avoir laissé en parler.

Durant l'année qui avait suivi la mort de leur fils, il aurait voulu en discuter avec Tessa. Parler de Ryan. Mais elle ne supportait même pas que l'on prononce son prénom devant elle. Elle avait décidé que la seule façon de s'en sortir était l'évitement, sans se préoccuper du désir qu'il avait de s'exprimer. Elle s'était fermée à lui, et il ne l'avait pas supporté. Alors, il avait renoncé. Il avait tout gardé pour lui, et le fossé s'était creusé entre eux.

A n'en pas douter, le simple fait de se trouver quotidiennement en présence de lui devait être une épreuve pour elle. Mais il n'avait pas imaginé à quel point l'épreuve serait aussi pour lui.

Tessa referma son livre avec un soupir.

— Je crois que je vais essayer de dormir de nouveau.

— Bien sûr. J'ai encore du travail à faire, je reviendrai plus tard.

Il attendit encore deux heures pour regagner son lit afin d'être sûr qu'elle soit endormie.

Le même scénario se répéta durant les deux semaines qui suivirent : Tessa allait se coucher la première. Fletcher se glissait entre les draps après minuit et lui tournait aussitôt le dos, de crainte de faire quelque chose d'insensé.

Etre couché près d'elle nuit après nuit se révélait de plus en plus difficile. Evidemment, il y avait eu d'autres femmes depuis leur divorce. Quelques-unes. Elles avaient constitué de brefs épisodes, lorsqu'il avait dû céder aux injonctions de son corps. Mais sans jamais impliquer son cœur.

Avec Tess, c'était impossible. Sa proximité lui rappelait douloureusement à quel point l'amour avait été fort entre eux, à l'époque où ils étaient libres de s'aimer. Et dans la phase trouble entre sommeil et réveil, il était tentant de croire que rien n'avait changé entre eux.

C'était sûrement l'avis de son subconscient. Celui-ci refusait de se contenter d'une simple façade. Pendant les heures de sommeil où sa volonté n'avait pas le contrôle, il retrouvait Tessa comme à l'origine et la reconnaissait comme sa moitié. Au réveil, il devait remettre les choses en place pour maîtriser de nouveau la situation.

Chaque jour s'écoulait avec son lot de sourires forcés et de fausse gaieté, à faire comme si tout allait bien. Mais pour son pauvre cœur en pleine confusion, les peurs et les erreurs du passé étaient toujours là, sans possibilité d'y échapper.

L'embarras du matin n'arrangeait rien. Ils avaient beau rester scrupuleusement à distance l'un de l'autre en s'endormant, au matin, leurs corps avaient inconsciemment recherché la chaleur et le réconfort qu'aucun des deux n'aurait demandés consciemment.

Souvent, Fletcher se réveillait lové contre Tessa, pressant son érection contre son doux postérieur, ou bien le bras étendu et la main posée sur son ventre en un geste possessif, ou encore son genou plié recouvrant les deux jambes de Tessa.

Il y avait aussi les fois où, à son réveil, il la trouvait contre lui, la main sur son propre ventre, ou sa jambe bloquant les siennes.

Le seul moyen d'éviter la gêne était de se lever tôt sous le prétexte d'emmener Tabby faire sa promenade matinale, et de faire comme si rien ne s'était passé.

Pendant la journée, Tessa faisait profiter Jean de ses talents d'organisatrice et d'animatrice, prévoyant chaque jour une activité pour la stimuler. Parfois, elles faisaient la cuisine. Ou bien elles louaient de vieux films que Jean connaissait bien, ou encore elles rendaient visite à l'une de ses vieilles amies. Il leur arrivait aussi d'aller au musée, ou bien de déjeuner dans un salon de thé.

Sa mère appréciait beaucoup les balades qu'elles faisaient avec Tabby. Il arrivait à Fletcher de remplacer Tessa, et parfois ils sortaient tous les trois.

Il savait que sa mère aimait qu'ils se promènent tous les trois, mais franchement il préférait être seul avec elle. Lorsque Tessa les accompagnait, il était obligé de se forcer, de jouer à être ce qu'ils n'étaient plus depuis longtemps et qu'ils ne seraient plus jamais, même si leurs corps les trahissaient pendant leur sommeil. Il trouvait cela malhonnête, même pour la bonne cause. Et il connaissait suffisamment Tessa pour savoir qu'elle ressentait la même chose.

6.

Tessa porta la main à sa gorge, prise d'une douleur insoutenable.

L'enfant qui se trouvait dans les bras de Fletcher était la copie conforme de Ryan.

Fletcher repassa le petit Christopher à son père.

— Tessa ? dit-il en s'avançant vers elle.

Elle s'empressa de reculer en secouant la tête.

— Tout va bien, assura-t-elle.

Pas question qu'il la touche ni qu'il la réconforte. Elle avait juste besoin d'un instant pour se ressaisir.

Bien sûr, il y avait eu d'autres enfants pendant ces neuf dernières années : ceux qui venaient rendre visite à leurs grands-parents à la maison de retraite. Le sourire aux lèvres, elle avait fait face en assurant qu'ils étaient les plus beaux bébés du monde, avant de poursuivre son travail.

Mais ça, c'était de l'autre côté du globe.

Elle regarda les trois adultes à l'attitude figée, qui n'osaient plus parler ni bouger de crainte qu'elle ne s'effondre. Seul l'enfant, ignorant le trouble qu'il semait, remuait joyeusement dans les bras de Doug, faisant des bruits de bouche pour imiter le moteur d'un camion.

Tout comme le faisait Ryan.

Mon Dieu. Elle allait être malade.

— Excusez-moi, balbutia-t-elle avant de se précipiter dans la salle de bains.

Là, elle se délesta de tout son repas, et peut-être même du petit déjeuner.

On frappa doucement à la porte.

— Va-t'en, cria-t-elle, sachant qu'il s'agissait de Fletcher.

Elle s'assit sur l'abattant de la cuvette et ferma les paupières pour retenir les larmes qui lui montaient aux yeux.

Elle avait assez pleuré au cimetière, quelques semaines auparavant. Si elle recommençait maintenant, elle risquait de ne plus jamais s'arrêter. Il y avait des limites qu'elle se fixait elle-même, et cela devait fonctionner. Il fallait qu'elle reprenne le contrôle d'elle-même.

Trish et Doug étaient les invités de Fletcher, elle avait mis tout le monde dans l'embarras.

Et puis, bien sûr, il y avait Christopher…

Elle se leva pour se regarder dans le miroir.

Elle était pâle comme si elle venait de voir un fantôme.

Elle ouvrit le robinet, se frotta vigoureusement le visage sous l'eau froide pour se redonner un peu de couleurs. Enfin, après une dernière inspection, elle se sentit prête.

— Allons-y, ordonna-t-elle à son reflet.

Par bonheur, ses jambes lui obéirent, et elle réussit à rejoindre le petit groupe, les battements de son cœur résonnant dans ses oreilles.

Ils étaient tous avec Jean dans le salon et riaient en regardant Christopher jouer avec Tabby.

Fletcher se leva immédiatement en la voyant.

— Ça va ? lui demanda-t-il avec inquiétude.

Elle hocha la tête, avant de s'excuser auprès de Trish et Doug dont l'attention s'était à présent reportée sur elle. Heureusement, Jean était distraite par son petit-fils et par Tabby.

— Je suis désolée, mais j'ai eu un véritable choc.

— Ce n'est rien, assura gentiment Trish. Leur ressemblance est vraiment incroyable. Tu viens te joindre à nous ?

Tessa hésita.

Elle aurait aimé refuser, prétexter un mal de tête ou des choses à faire dans la cuisine. Mais elle s'était déjà montrée suffisamment grossière.

— Je comprendrai si tu ne veux pas, murmura Trish.

— Ne sois pas ridicule, intervint Jean en fronçant les sourcils. Bien sûr que Tessa va se joindre à nous.

Elle tapota l'emplacement libre à côté d'elle, sur le canapé.

— Viens t'asseoir près de moi, ma chérie. Trish a amené un des chérubins de son centre en visite.

Elle jeta un regard de reproche à sa fille.

— Tu sais combien Tessa adore les enfants. Pourquoi ne voudrait-elle pas se joindre à nous ?

Visiblement, Jean n'avait aucune idée que Christopher était son petit-fils.

Pendant un instant, tout le monde se tut. Tessa lut la peine dans les yeux de Trish et vit Doug serrer l'épaule de sa femme en un geste de réconfort.

— C'est avec plaisir, bien sûr, dit-elle en souriant à Jean.

Radieuse, cette dernière lui montra Christopher.

— Viens faire la connaissance de… Comment as-tu dit qu'il s'appelait ? ajouta-t-elle en se tournant vers sa fille.

— Christopher, maman, répondit celle-ci avec un sourire las.

Jean battit des mains.

— Quel joli prénom !

Elle tapota le ventre de sa fille.

— Tu pourrais peut-être le donner à celui-là, si c'est un garçon. Tess, savais-tu que Trish était enceinte ? Vous autres filles, vous êtes de ces cachottières !

Heureusement, le rire de Christopher vint distraire le petit groupe, si bien qu'il ne fut pas nécessaire de répondre.

Tabby le reniflait, et ses moustaches lui chatouillaient le cou.

— Toutou ! s'écria-t-il.

Trish sourit.

— Oui. Et elle s'appelle Tabby. Est-ce que tu peux le dire ?

— Yabby, Yabby, Yabby ! répéta-t-il avec enthousiasme.

Cette fois, tout le monde se mit à rire. Même Tess, malgré sa douleur quand elle regardait le neveu de Fletch.

Au bout d'une interminable demi-heure, Doug décida qu'il était temps que Trish aille se reposer malgré les protestations de celle-ci. Jean et Fletcher raccompagnèrent la petite famille jusqu'à la porte, tandis que Tessa les regardait s'éloigner, la gorge nouée.

Christopher agita sa menotte dans sa direction par-dessus l'épaule de son père.

Durant tout le temps de leur visite, elle ne s'était pas adressée à lui une seule fois, ne l'avait pas touché. C'était juste un enfant heureux qui disait au revoir en partant, même sans obtenir de réponse.

Ryan aussi était un petit garçon joyeux et aimable.

Ce ne fut qu'une fois la porte refermée qu'elle put enfin se détendre.

Fletcher gagna le lit un peu avant minuit. Avec précaution, il se glissa entre les draps.

D'habitude, il tournait immédiatement le dos à Tessa, mais cette fois cela lui fut impossible. Appuyé sur un coude, il la contempla un moment.

Sa respiration était profonde et régulière, mais même dans le sommeil elle avait le front plissé d'inquiétude.

La journée avait été fertile en événements…

Il avait vainement tenté de commenter la visite de sa sœur. Tessa lui avait dit qu'elle allait bien et qu'elle ne voulait pas en parler.

Il savait par expérience combien il était difficile de la faire changer d'avis. Il y a dix ans, il aurait dû la mettre face à son attitude d'évitement. Lui dire les choses qui devaient être dites.

Mais à présent, il ne s'agissait plus d'analyser leur mariage. Tessa lui rendait un immense service pendant deux mois. Il ne pouvait pas changer ce qu'il s'était passé après la mort de Ryan, la façon dont le chagrin les avait éloignés l'un de l'autre. Ni ce qu'il avait fini par faire quand il s'était trouvé à bout. Tant de choses s'étaient accumulées entre eux ! Et cela ne s'arrangerait pas par une intimité forcée.

De nouveau, une sensation de nausée l'envahit à la pensée de ce qu'il avait fait ce mois de septembre, et qui le hantait.

Malheureusement, cela non plus ne pouvait pas être changé. Il l'avait su à la seconde où il l'avait fait.

Alors, il fit comme toutes les nuits depuis que Tessa était de nouveau dans son lit, et comme toutes celles qu'il avait passées après la mort de Ryan quand elle se fermait à lui.

Il s'écarta d'elle et ferma les yeux.

Tessa se réveilla avec une sensation d'humidité sur la main et ouvrit les yeux.

Les bons yeux de Tabby la fixaient, la chienne gémissait doucement.

Elle se redressa d'un bond comme si elle avait reçu une décharge électrique, frôlant au passage le corps de Fletcher. Le cœur battant, elle essaya de rassembler ses pensées.

Ce fut Fletcher qui parla le premier.

— Qu'y a-t-il, Tabby ? Est-ce que c'est Jean ? demanda-t-il en sortant du lit.

Tessa le suivit comme un automate jusqu'à la chambre de Jean… Qui était vide, ainsi que la salle de bains.

Personne non plus dans le salon.

A leur grand soulagement, ils la trouvèrent dans la cuisine, en train de faire les cent pas en marmonnant des paroles sans suite.

— Maman ?

Le cheveu en bataille à la manière d'un savant fou, elle les regarda, l'air égaré.

— Où est Ryan ? demanda-t-elle avec angoisse. Tessa, où est-il ? J'ai cru l'entendre pleurer, et je l'ai cherché partout, sans résultat.

Ses yeux s'agrandirent de terreur et elle porta la main à sa bouche.

— Et s'il avait été kidnappé ?

Tessa s'était attendue à tout sauf à ça. Fletcher lui avait pourtant dit que Jean ne se souvenait pas de leur fils ni du petit Christopher. Mais après la venue de Christopher, inconsciemment, celle-ci avait fait le lien entre lui et Ryan.

C'était comme si son ex-belle-mère l'avait mise K.-O. d'un coup de poing dans l'estomac, surtout après avoir vu le neveu de Fletcher qui lui rappelait de façon si poignante son petit garçon.

Elle dut se retenir à la banquette pour ne pas vaciller et resta muette, incapable de répondre.

— Il est chez Trish, répondit calmement Fletcher. Elle voulait nous permettre de passer une nuit tranquille tous les deux, ajouta-t-il en posant la main sur l'épaule de Tessa, qui ne put s'empêcher de tressaillir.

C'était le même geste que Doug avait eu envers sa femme.

L'agitation de Jean cessa presque aussitôt. Tabby lui lécha la main, et sa transformation fut complète.

— Pourquoi ne pas me l'avoir dit ? questionna-t-elle d'un ton de reproche. Je me faisais un sang d'encre.

Elle tapota distraitement la tête de Tabby.

— Cela ne m'étonne pas de Trish. J'espère que ces deux-là se décideront bientôt à faire un bébé. Je suis certaine qu'ils feront d'excellents parents.

— Veux-tu un lait chaud, maman ?

Elle sourit à Fletcher, ayant visiblement déjà tout oublié.

— Avec plaisir. Et toi, Tessa ?

Tessa remua les lèvres, mais aucun son n'en sortit.

Il y avait cette douleur dans sa poitrine, juste au centre du cœur, qui s'étendait si rapidement qu'elle pouvait à peine respirer.

— Tessa ? Que dirais-tu d'un lait chaud ?

La voix grave de Fletcher la tira de son inertie. Elle secoua la tête.

La douleur gagnait les côtes, puis la gorge, et appuyait maintenant derrière les yeux. Impossible de rester ici, à boire du lait et à faire comme si l'incident ne l'avait pas affectée.

— Tessa ?

Fletcher tendit la main vers elle, mais elle s'écarta.

— Non, merci. Je crois que je vais directement aller me coucher, il est tard…

— Bien sûr.

Il scruta son visage avec inquiétude.

— Je te rejoindrai un peu plus tard.

Mais elle l'entendit à peine, trop pressée de battre en retraite.

Allongée dans le noir, elle garda les yeux au plafond, fourbue et meurtrie, pendant que son corps hésitait entre sommeil et chagrin.

Elle aurait voulu pouvoir fermer les yeux, dormir, qu'une sorte de marée noire l'emporte dans un repos sans rêves. Et il fallait absolument qu'elle s'endorme avant que Fletcher ne la rejoigne.

Mais les images de Ryan — tous ces souvenirs qu'elle avait mis une décennie à supprimer — refusaient de se laisser ignorer. Elle était hantée par l'odeur délicieuse de son petit garçon. Son petit rire de gorge. Ses doigts potelés qu'il laissait courir dans ses cheveux après avoir sucé son pouce. Les mêmes yeux gris-vert que son père, brillants de joie ou d'étonnement : la moindre découverte qu'il faisait était accompagnée d'un émerveillement total. Et le regard qu'il posait sur elle quand elle lui donnait le sein, rempli de tant de confiance et d'amour...

Une confiance qu'elle avait complètement trahie en dormant ce matin-là, dix ans plus tôt, pendant que son fils était en train de se noyer.

Une demi-heure plus tard, Fletcher s'approcha du lit.

Sa mère s'était endormie paisiblement en compagnie de Tabby, inconsciente du bouleversement émotionnel qu'elle avait déclenché.

— Tessa ?

La chambre était sombre, et celle-ci avait le dos tourné vers la fenêtre, mais il savait qu'elle ne dormait pas. Il pouvait sentir sa détresse comme s'il avait vu son visage en plein jour.

Il la rejoignit et s'assit sur les draps, le dos appuyé contre la tête de lit.

— Je suis désolé, Tessa. Elle n'avait pas parlé de Ryan depuis plus d'un an. C'est probablement la vue de Christopher qui a déclenché sa réaction.

Les yeux fermés, Tessa continua de l'ignorer.

Il mourait d'envie de toucher son épaule nue, de lui apporter un peu de réconfort. Et aussi d'en chercher auprès d'elle. Mais il n'aurait pas pu supporter de la sentir se contracter à son contact.

— Tessa ?

Ouvrant enfin les yeux, elle roula sur le dos.

— Tout va bien, Fletcher. Rendors-toi.

— Je ne peux pas, murmura-t-il.

Ses yeux s'habituant peu à peu à l'obscurité, Tessa distingua le visage de Fletcher, vit ses yeux brillants de larmes contenues.

Lui aussi avait été bouleversé par l'épisode de la nuit.

Elle s'assit dans le lit à côté de lui, s'assurant qu'il y avait une distance décente entre eux.

— C'est moi qui suis désolée, proféra-t-elle avec difficulté, au bout d'un long silence. J'ai eu un terrible choc, quand Jean a dit… Je ne m'y attendais pas du tout.

— Je sais.

Tous deux redevinrent silencieux.

— Il me manque, dit-il enfin.

— Ne fais pas ça, Fletcher, supplia-t-elle en fermant les yeux.

— Il aimait beaucoup Jean. Tu te rappelles, quand il l'appelait Ninny ?

Il se mit à rire.

— Et elle, elle l'appelait Rinny…

Relevant les genoux jusqu'au menton, Tessa secoua la tête.

Elle ne voulait pas se rappeler cette époque où leur vie était parfaite, quand elle croyait que rien ne pourrait les atteindre. La pression devenait insupportable.

— Fletcher !

Il dut sentir l'avertissement dans sa voix tendue.

— Bon sang, Tessa, je n'en peux plus de ne pas pouvoir parler de lui et de n'avoir personne avec qui l'évoquer. Au bout de dix ans, nous devrions être capables de le faire sans être aussi… stressés ?

Sa voix était devenue rauque, et elle sentit que le barrage intérieur qu'elle avait érigé était en train de se fissurer.

Il voulait juste, pendant quelques minutes, se rappeler son fils avec la seule personne qui l'avait aimé autant que lui. Ne pouvait-elle pas lui accorder au moins ça ?

Mais elle se sentait incapable de répondre. Elle craignait qu'en ouvrant la bouche, elle ne donne libre cours à tout le chagrin enfermé en elle depuis si longtemps, et qu'elle n'y survive pas.

Fletcher se tourna vers elle pour la supplier.

— Tessa…

Ne pouvait-il donc pas se taire ?

Ses épaules tremblèrent, et elle poussa malgré elle un faible gémissement, tel un animal blessé. Un sanglot s'échappa de sa gorge. Une larme coula, puis une autre.

Brusquement, Fletcher eut l'impression qu'une main géante l'agrippait au ventre.

Il toucha l'épaule de Tessa, s'attendant à un mouvement de recul, mais déterminé cette fois à passer outre et à la réconforter.

Elle continuait de sangloter. Des sanglots presque muets, pitoyables, mais il savait combien ils avaient dû lui coûter. Quand elle lui avait annoncé, deux mois après la mort de Ryan, qu'elle ne pleurerait plus, elle avait tenu parole.

Pourtant, il n'avait pas voulu la bouleverser. Il avait juste besoin…

De communiquer.

— Je t'en prie, Tess, ne pleure pas, murmura-t-il en se rapprochant.

Il glissa les mains dans ses cheveux et essuya ses larmes avec ses pouces.

— Chut, chérie, c'est fini.

Même s'il savait que si quelqu'un avait besoin de pleurer, c'était bien Tessa, ses gémissements pathétiques lui brisaient le cœur. C'était plus qu'il ne pouvait supporter.

Se penchant davantage vers elle, il lui embrassa le front, les paupières, puis les joues, et frôla le coin de sa bouche.

— Chhh…, murmura-t-il contre ses lèvres.

Puis, le cœur battant à tout rompre, il goûta ses lèvres comme s'il ne pouvait pas s'en lasser. Il était comme envoûté.

Cela faisait si longtemps… Il ignorait où tout cela les mènerait, mais il ne s'en souciait guère. Il avait simplement besoin de ce moment. Et besoin d'elle.

Peu à peu, les effleurements d'ailes de papillon de Fletcher se transformèrent, se précisèrent. Tessa sentit quelque chose d'inhabituel et de familier à la fois se réveiller au fond d'elle. Quelque chose qui était séparé de son chagrin. Et elle s'en empara et s'y accrocha désespérément.

Sa bouche s'ouvrit sous la sienne, et leurs langues se cherchèrent. Fletcher émit un sourd grognement, qui résonna en elle dans des endroits dont elle avait depuis longtemps oublié l'existence. Des endroits qui se rappelaient à sa mémoire avec une force insoupçonnée.

Fletcher glissa la main dans son dos pour la rapprocher de lui.

Elle passa les bras autour de son cou, ce qui eut pour effet d'écraser ses seins contre sa poitrine, et la tête lui tourna.

Elle sentait la chaleur de Fletcher passer par ses lèvres et se répandre jusqu'à sa moelle, dans chaque cellule de son corps, réchauffant des zones restées longtemps froides et désolées.

Quand la main de Fletcher se posa sur sa poitrine, elle poussa un gémissement de plaisir, cambrant le dos pour se rapprocher encore. Il émit un son guttural, et elle remua les hanches pour mieux sentir l'évidence de son désir.

Elle ne se posait pas de questions. Elle ne savait qu'une chose : cela lui faisait du bien. Dans la tempête de sensations qui se déchaînait en elle se trouvait le répit auquel elle aspirait. Les images de Ryan qui la hantaient depuis les errances de Jean s'éloignaient. Soudain, elle n'était plus une mère éplorée ni une épouse ratée. Elle était une femme. Et elle se sentait de nouveau complète.

« Complète ».

Le mot résonna en elle, et elle se figea dans les bras de Fletcher.

Depuis quand avait-elle besoin d'un homme pour être complète ? Et surtout de cet homme, qu'elle avait trop aimé et qu'elle connaissait trop bien ?

Elle était partie à l'autre bout du monde pour s'éloigner de Fletcher, pour obtenir la distance émotionnelle dont elle avait besoin pour survivre. Depuis dix ans, elle n'avait pas regardé un seul homme, et il suffisait qu'il la touche pour qu'elle monte au plafond ?

Qu'était-elle en train de faire ?

Elle était sur le point de démolir son dur travail, d'abattre toutes les barrières émotionnelles qu'elle avait dressées pour survivre dans un monde qui ne tournait plus rond.

Elle ne pouvait pas avoir besoin de Fletcher pour se sentir de nouveau complète. C'était impossible. Elle avait une vie qu'elle allait retrouver et qui fonctionnait. Une vie sans lui. Elle n'était pas ici pour ça. Elle ne le voulait pas, elle n'en avait pas besoin !

Fletcher dut se rendre compte qu'elle avait cessé de lui répondre, car il se redressa, haletant, les yeux encore embués de désir.

— Tessa ?

Elle le repoussa.

— Lâche-moi.

— Quoi ?

— Je ne peux pas faire ça. Laisse-moi ! cria-t-elle presque.

Rapidement, elle s'écarta, et il lui sembla que le lit sombrait avec lui.

— Tess, non…

Il voulut la prendre par la main, mais elle s'assit de nouveau contre la tête de lit, à bonne distance. Puis elle tira sur son T-shirt trop grand pour qu'il la recouvre jusqu'aux doigts de pied.

— Je suis désolée, mais je ne peux pas, murmura-t-elle.

Fletcher réprima un grognement de frustration.

Le message était clair : défense d'approcher.

Cette scène, il l'avait vécue des dizaines de fois après la mort de Ryan. Il avait eu le besoin irrépressible de la tenir dans ses bras, de réaffirmer leur amour, et il s'était heurté à un mur.

Pourtant, pour la première fois en dix ans, elle avait eu besoin de lui. Cela, il en était sûr. Et alors que cette fois elle ne l'avait pas repoussé, son soudain revirement était d'autant plus éprouvant.

— Je ne comprends pas ce qu'il s'est passé, marmonna-t-elle, devant son désarroi.

— Ce n’est rien, répondit-il avec effort.

— Je n’ai pas… Cela m’a prise comme ça, je me suis laissé emporter.

Pour lui, ce fut comme une douche froide.

En fait, Tessa l’avait juste utilisé ? Elle s’était amusée avec lui ?

La colère le prit et, roulant sur le côté, il bondit hors du lit.

— Attends, Fletcher. Ce n’est pas ce que je voulais dire. Ce n’était pas comme ça…

Il se retourna, le visage fermé.

— Si, justement, Tessa, répondit-il froidement. C’était exactement comme ça.

Avant d’ajouter quelque chose qu’il pourrait regretter, il fit ce qu’il avait toujours fait : il se détourna et sortit de la chambre.

7.

Longtemps après le départ de Fletch, Tessa resta allongée dans le noir, parfaitement éveillée, même si elle savait qu'il ne reviendrait pas se coucher. Elle finit par s'endormir à l'aube et n'ouvrit pas les yeux avant que le soleil ne soit haut dans le ciel.

Même alors, elle ne parvint pas à bouger. Couchée sur le côté, elle regarda passer distraitement quelques nuages blancs vaporeux par la grande baie vitrée, toutes ses pensées concentrées sur Fletcher.

Et sur leur baiser.

Il était temps d'admettre que le fait de vivre dans une telle proximité avec lui avait fait resurgir des sentiments qu'elle croyait depuis longtemps enfouis. Fletcher s'était bonifié avec l'âge, la maturité le rendait encore plus sexy. Elle était attirée par lui, elle ne pouvait pas le nier. Depuis le premier instant, quand elle l'avait revu au cimetière.

Pour quelqu'un comme elle, qui n'avait plus éprouvé de désir depuis longtemps et avait même fait une croix dessus, c'était difficile à admettre, mais voilà : elle avait été stupide de croire qu'ils ne pourraient plus reprendre les choses où ils les avaient laissées, avec cette attirance mutuelle qui couvait au fond d'eux.

Elle n'avait jamais eu l'intention de se servir de lui. Simplement, pendant un instant, elle avait trouvé si bon d'oublier les intrusions perturbantes de Jean dans leur passé…

Au souvenir de leur baiser, elle sentit son ventre se contracter, et pendant une seconde elle regretta de l'avoir repoussé.

Peut-être aurait-elle dû se perdre en lui comme autrefois, laisser la magie de leurs corps unis tout effacer. La période entre le moment où elle se couchait et celui où elle s'endormait était toujours la plus dure. Fletcher aurait pu l'aider…

Mais non. C'était impossible. Elle aurait réveillé des émotions trop dangereuses, un torrent auquel elle avait difficilement survécu la dernière fois. Sa vie était trop bien réglée pour qu'elle prenne la peine de courir ce risque.

Après leur séparation, elle était partie loin et avait tout recommencé. Elle s'était forgé une existence simple, avec un niveau d'émotion toujours contrôlé. Elle voyait de temps en temps quelques amies et décourageait toute tentative d'approche masculine. Elle travaillait, dormait. Pendant ses loisirs, elle faisait des recherches sur l'histoire de la société locale…

Non, se lancer tête la première dans une liaison avec Fletcher dans le but de neutraliser les souvenirs durant son séjour chez lui, c'était de la pure folie. Jouer la comédie de l'heureux couple devant Jean était déjà suffisamment pénible sans ajouter de sexe au milieu.

En dix ans de séparation, elle s'était affirmée en tant qu'individu et se suffisait à elle-même. Quand elle en aurait terminé ici, elle retournerait en Angleterre où elle retrouverait sa parfaite vie tranquille dans le petit village du Devonshire où tout le monde connaissait son nom et ignorait sa peine.

Elle prit plusieurs profondes inspirations avant de gagner le salon.

Le son des assiettes et des couverts entrechoqués lui parvenait de la cuisine, ainsi que les voix de Jean et de Fletcher.

C'était un bruit si familier qu'elle avait l'impression étrange d'avoir remonté le temps. A chaque pas qui la rapprochait d'eux, elle avait un peu plus envie de s'enfuir pour retrouver son confortable isolement.

Mais auparavant, elle avait encore plusieurs semaines à passer ici. Elle s'était engagée à rester jusqu'à la naissance du bébé de Trish, et elle ne reviendrait pas sur sa parole.

Appuyé à la rambarde de la terrasse, Fletcher regardait le soleil se refléter sur la rivière.

Il avala une longue gorgée de boisson glacée aux fruits rouges, songeant machinalement que leurs propriétés anti-oxydantes étaient censées être bénéfiques pour la mémoire de sa mère.

Selon lui, cette assertion n'aurait pas résisté à un examen scientifique rigoureux, mais, en revanche, les qualités nutritionnelles des baies étaient indéniables. Avec un peu de glace et de crème, c'était un vrai délice par cette chaude matinée, après la balade que sa mère et lui venaient de faire au bord de l'eau avec Tabby.

Etouffant un bâillement, il songea que le manque de sommeil le rattrapait. Sa nuque était douloureuse après sa nuit passée à faire semblant de travailler sur son ordinateur, penché sur la table basse.

En fait, il n'avait cessé de rejouer dans sa tête la scène de l'incident avec Tessa.

Quand il était sorti de la chambre, il était en colère contre elle, et ce n'était pas parce qu'ils n'étaient pas allés au bout de l'acte sexuel. Ni parce qu'elle s'était servie de lui afin de distraire ses pensées. En tout cas, pas seulement. Ce qu'il n'avait pas supporté, c'était qu'elle avait fini par le rejeter de nouveau, par refuser d'être près de lui, de lui parler.

C'était toujours la même histoire qui se répétait.

A 7 heures, lorsque sa mère s'était levée, c'était à lui qu'il en voulait.

Pour commencer, comment avait-il pu croire qu'il parviendrait à partager son lit avec Tessa sans avoir envie de la tenir nue contre lui ? Malgré leur passé douloureux, il était toujours dangereusement attiré par elle. Il le savait depuis le premier soir, quand elle avait posé la main sur sa cuisse.

Ensuite, il s'en voulait d'avoir trop vite renoncé à elle, et à eux. Il aurait dû insister pour qu'ils consultent quelqu'un, exiger qu'elle l'accompagne, la porter jusque là-bas si nécessaire.

Peut-être alors seraient-ils toujours ensemble ?

Et puis, il aurait dû refuser de divorcer.

Cependant, la situation s'était déjà beaucoup dégradée entre eux, et il avait fait cette chose répréhensible. Bien sûr, il s'était trouvé toutes sortes d'excuses et de justifications, mais il n'y avait pas vraiment cru, et le temps qui passait ne l'avait pas rendue plus légitime. Il n'avait plus pu la regarder en face, ni se regarder lui-même.

Quand elle avait souhaité divorcer, il n'avait pas eu d'autre choix que de la laisser partir loin. Il n'aurait jamais pu lui dire ce qu'il avait fait.

Commencer quelque chose avec elle pendant son séjour n'était pas une solution, avec tous les non-dits qui demeuraient entre eux.

Il vida son verre et retourna à l'intérieur.

Sa mère était debout devant l'évier, en train de faire tranquillement la vaisselle. Elle lui sourit quand il posa son verre dans l'eau savonneuse et prit un torchon.

— Tessa n'est toujours pas levée ? s'enquit-elle.

— Elle a pris un jour de congé et se repose, répondit-il pour la sixième fois de la matinée.

C'était douloureux de voir la mémoire de sa mère régresser ainsi. Et pire pour Trish, qui l'avait portée à bout de bras ces deux dernières années. Il ne s'était absolument pas attendu à ce que Jean se souvienne de Ryan la veille. Si elle avait eu toute sa lucidité, il savait qu'elle aurait été navrée de ce qu'elle avait provoqué.

Comme il aurait aimé savoir ce qu'il se passait dans sa tête, pour pouvoir l'aider à guérir !

Mais il y avait des choses que l'on ne pouvait tout simplement pas réparer. Il était bien placé pour le savoir.

En se retournant pour ranger les verres dans le placard, il sourit en voyant un Post-it sur lequel était écrit le mot « verres » d'une petite écriture nette.

Grâce à Tessa, pratiquement chaque surface de l'appartement était recouverte d'étiquettes diverses : étagères, lampes, appliques. La trace de son passage était partout. *Elle* était partout. En peu de temps, elle avait réussi à tout transformer : placards et tiroirs portaient certains symboles, les étiquettes placées au-dessus des prises de courant rappelaient à Jean d'éteindre l'électricité quand elle n'en avait plus besoin. Elle avait ajouté dans le cahier commencé par Trish des informations de base importantes, comme le nom, l'âge, l'adresse, en plus des rendez-vous. Il contenait également une carte et la description de trajets pour rentrer chez elle. Chaque jour, Tessa y écrivait le programme de la journée, et ce cahier était devenu un véritable outil de communication.

De plus, elle avait acheté à Jean un journal et l'encourageait à y noter ses pensées et ses idées afin que son cerveau continue de s'exercer. Pour clore le tout, elle avait même pris rendez-vous chez le notaire de la famille, afin qu'ils réactualisent les documents légaux et financiers qu'il avait mis en place cinq ans plus tôt, lorsque le diagnostic d'Alzheimer était tombé pour sa mère.

Et puis, bien sûr, il y avait la chienne.

Pas de doute là-dessus : Tessa s'était rendue indispensable. Sa mère était plus stable et plus sereine qu'il ne l'avait vue depuis longtemps.

Mais la présence de son ex-épouse était à double tranchant. Elle lui rappelait sans cesse ce qu'il s'était passé et la manière dont il avait tout fichu en l'air.

Il la regarda entrer dans la cuisine.

Elle portait un pantalon corsaire en denim qui s'arrêtait aux genoux et un débardeur. Ses cheveux étaient ébouriffés et humides, ses pieds nus, et elle n'avait aucun maquillage.

Ainsi, elle était absolument sublime. Un réel apaisement pour ses yeux fatigués.

Dix ans auparavant, il l'aurait taquinée pour avoir paressé au lit… Mais non, il serait resté couché avec elle !

Il se contenta de sourire poliment, bien que leur baiser de la nuit précédente demeurât presque palpable entre eux.

Mieux valait tourner la page sur l'incident de la nuit.

— Bonjour…

Tessa lui répondit par un hochement de tête las.

— Tu t'es levée tôt ? lui demanda Jean.

— Pas aujourd'hui.

Elle restait debout, immobile, l'air embarrassé.

Il lui proposa de lui apporter une boisson glacée aux fruits rouges sur la terrasse, ce qu'elle accepta avec reconnaissance, avant d'aller directement s'appuyer à la rambarde.

Deux minutes plus tard, il s'emplit les yeux de l'image qu'elle offrait.

Tessa ne l'avait pas entendu approcher. Les yeux fermés, elle était tournée vers le soleil comme une fleur en train d'éclore, son visage pâle levé en une sorte de supplication muette.

Il eut envie de passer le verre glacé le long de son bras nu, de picorer sa nuque de baisers.

Ce qu'il s'était passé pendant la nuit avait modifié leurs rapports. Même après avoir été repoussé, il avait encore envie de la toucher.

Il lui tendit le verre tout en restant à bonne distance.

— Merci, dit Tessa en évitant son regard.

S'appuyant sur la rambarde à côté d'elle, il la laissa avaler tranquillement quelques gorgées avant de parler.

— Je tiens à m'excuser pour cette nuit.

Le regard fixé sur la rivière, elle secoua la tête.

— Ce n'est rien.

— Non, j'ai été grossier.

— Tu avais raison.

Il lui jeta un coup d'œil acéré. Il ne s'était pas attendu à cette réponse.

— Je me suis servie de toi, tout au fond de moi, même si je n'en étais pas consciente, avoua-t-elle.

Sa franchise ne l'aidait pas à se sentir mieux.

— Je regrette que les choses nous aient ainsi échappé, Tessa. Je ne t'en voudrais pas si tu choisissais de repartir d'ici.

Elle posa enfin les yeux sur lui.

— Je me suis engagée pour une certaine période, et je resterai tout ce temps.

Leurs regards s'accrochèrent l'un à l'autre.

— Merci, murmura-t-il. Je me demandais… Puisque maman semble plus tranquille maintenant avec Tabby, je pourrais peut-être regagner le canapé ?

Etant donné ce qui s'était passé, c'était une suggestion sensée.

Tessa détourna les yeux.

— Elle continue à se promener la nuit.

— Pas très souvent.

— C'est vrai. Mais tu te rappelles comme elle était bouleversée la fois où elle a cru qu'on divorçait. Je n'ai aucune envie qu'elle revive ça, ce n'est pas bon pour sa tension. Et d'ailleurs, ce n'est bon pour personne.

Elle avait raison, mais…

— Ce serait plus facile pour nous, argumenta-t-il.

Pour lui, en tout cas. Déjà, avant la nuit dernière, il avait trouvé particulièrement difficile de partager le lit avec Tess. Alors maintenant, après s'être rendu compte qu'il était plus attiré par elle que jamais après y avoir de nouveau goûté ? Il savait qu'il était incapable de se réveiller collé contre elle sans laisser parler la nature.

— Il ne s'agit pas de nous, répondit-elle.

Il la regarda longuement.

Ses yeux d'ambre étaient calmes. Naturellement, elle avait raison.

Mais il n'était pas sûr de pouvoir rester aussi détaché qu'elle. Dans ce domaine, c'était elle l'experte.

Quelques nuits plus tard, tous deux furent de nouveau sortis du royaume des songes au petit matin.

Instantanément, Fletcher fut lucide.

La tête de Tessa reposait sur son épaule, son corps imbriqué dans le sien, sa main posée sur son ventre, à une proximité dangereuse d'une partie de son anatomie qui s'était manifestement réveillée avant lui.

Par chance, cette fois, c'était son biper, et non sa mère.

Du temps de leur mariage, cela se produisait si régulièrement que Tessa remuait à peine. Mais cette fois, elle fut désorientée pendant un moment.

— Quel est ce bruit ? marmonna-t-elle, émergeant peu à peu du sommeil.

— Chut, tout va bien, murmura-t-il. Ce n'est que mon biper.

Il s'écarta doucement pour atteindre l'appareil, dégageant ses jambes de dessous sa cuisse.

Il aurait aimé que ce soit aussi simple de se défaire du parfum enivrant de ses cheveux et de la sensation de chaleur que son corps avait imprimée au sien.

Dérangée, Tessa se redressa.

— Tu as un biper ? s'étonna-t-elle pendant qu'il lisait le message.

— Je suis de garde pour les cas qui concernent ma recherche, expliqua-t-il. On a besoin de moi pour une autorisation, ils n'ont personne à cette heure-ci qui puisse s'en occuper. Rendors-toi.

Elle tenta de se recréer un coin confortable dans son oreiller.

— Quelle heure est-il donc ? demanda-t-elle en bâillant.

— 2 h 30, répondit-il en se levant.

Il n'obtint pas de réponse et se retourna.

Elle avait suivi son conseil à la lettre.

L'envie de déposer un baiser sur sa bouche fut si forte qu'elle le surprit.

C'était certainement ce qu'il aurait fait s'ils avaient encore été mariés.

Le temps était souvent un élément essentiel pour les blessures à la tête. Il fallait qu'il se dépêche.

Vingt minutes plus tard, il arrivait au service des urgences de Sainte-Rita après s'être habillé à la hâte.

Toutes les femmes présentes dans l'unité lui sourirent sur son passage. A 3 heures du matin, toute distraction était bonne à prendre, et le côté « coiffé avec les doigts au saut du lit » recueillait tous les suffrages.

— De quoi s'agit-il ? demanda-t-il au Dr Joella Seaton, l'interne de nuit.

— Kyle Drayson. Un garçon de dix-huit mois sorti de l'eau du côté de Toowoomba.

Elle lui tendit la fiche et poursuivit son explication en marchant, sans se rendre compte qu'il avait sursauté.

— L'incident s'est produit juste après minuit dans un

trou d'eau naturel qui sert de piscine, près de l'endroit où la famille campait. L'enfant s'est réveillé et est allé se promener. L'ambulance est arrivée au bout de vingt minutes. Ils ont réussi à faire repartir le cœur.

Joella s'arrêta, attendant qu'il fasse un commentaire.

Il s'aperçut alors qu'ils se trouvaient à l'entrée de la salle 2.

La salle 2.

— Docteur King ?

Il lui jeta un regard vide. Qu'avait-elle dit ?

— Désolé, Joella. Continuez.

— La maman l'a accompagné en hélicoptère, elle est anéantie. Elle est en compagnie de l'assistante sociale de garde.

Il hocha la tête distraitement.

Ses démons s'étaient rassemblés devant les doubles portes closes. Une vitre lui permettait d'apercevoir les infirmières qui s'activaient à l'intérieur, s'efforçant de stabiliser le patient.

Un patient de dix-huit mois. Qui avait failli se noyer. Un petit garçon.

Et il fallait que lui, Fletcher, il pénètre dans cette pièce, se tienne au pied du lit et observe le petit Kyle comme il l'avait fait avec Ryan, dix ans plus tôt. Mais cette fois en tant que médecin, pas en tant que père.

Pendant un moment, il douta d'en être capable : pas dans cette pièce. Ni avec un autre petit garçon de dix-huit mois.

Il ferma les yeux, son pouls résonnant dans ses oreilles.

Il aurait payé une fortune pour ne pas avoir à entrer. Il aurait voulu pouvoir remonter le temps et effacer les dernières heures. Il aurait voulu empêcher Kyle de quitter sa tente. Empêcher Ryan de sortir du salon en passant par cette porte que Tessa lui avait maintes fois demandé de réparer. Les yeux fermés, il revoyait le visage de son fils, ses cheveux blonds, ses yeux verts. Il avait l'impression qu'ils étaient tatoués à l'intérieur de ses paupières.

Mais il croyait en cette recherche. Il croyait aux effets de l'hypothermie thérapeutique sur les traumatismes aigus du cerveau. Il avait constaté que la température corporelle d'un patient pouvait diminuer les effets nocifs de l'ischémie en réduisant le taux du métabolisme cellulaire, et par conséquent les besoins du corps en oxygène. Elle stabilisait aussi les membranes des cellules et modérait la pression intracrânienne. Il était persuadé qu'il pouvait donner à Kyle et à d'autres enfants comme lui — comme Ryan — un meilleur résultat neurologique avec une thérapie simple et non invasive.

Pour arriver à cela, il devait faire son travail. Il devait entrer dans la salle 2 et agir en médecin.

Quand Fletcher regagna la chambre, environ deux heures après l'avoir quittée, Tessa retournait au lit après un passage aux toilettes de Jean. Le réveil indiquait 4 h 30.

Il y eut un moment embarrassé, mais il détourna rapidement le regard et se dirigea vers la salle de bains pour se changer.

— As-tu obtenu le consentement ? demanda-t-elle.

Fletcher ne répondit pas. En fait, elle n'était pas certaine qu'il l'ait entendue.

Quelques instants plus tard, il rouvrit la porte de la salle de bains, et le temps d'un éclair elle surprit son reflet dans le miroir avant qu'il n'éteigne la lumière.

Elle étouffa une exclamation.

En l'espace de deux heures, il avait vieilli de dix ans : il était pâle et hagard, les traits tirés et le regard tendu — la même expression que le jour de l'accident de Ryan.

Alarmée, elle se redressa brusquement.

— Est-ce que ça va ?

Il se laissa tomber sur le lit, lui tournant le dos.

— Ça va, répondit-il, laconique.

Elle était peut-être séparée de lui depuis neuf ans, mais elle le connaissait encore suffisamment pour savoir que ça n'allait pas du tout. Quoi qu'il ait vu à l'hôpital, cela n'avait pas dû être facile. Elle avait travaillé aux urgences, et elle se rappelait trop bien les fois où c'était tout simplement trop, même pour les médecins chevronnés.

— C'était dur ? demanda-t-elle.

Fletcher soupira.

— Ça va, répéta-t-il, d'un ton qui signifiait clairement qu'il voulait qu'elle le laisse tranquille.

Mais il avait l'air trop mal pour qu'elle l'abandonne ainsi.

— C'était chez les enfants ou les adultes ? insista-t-elle.

— Les enfants.

— Est-ce que… tu veux en parler ? Cela pourrait t'aider, murmura-t-elle.

Du coup, Fletcher tourna les yeux vers elle.

— Ah oui, et comment pourrais-tu le savoir ?

Elle accusa le coup.

Combien de fois ne l'avait-il pas suppliée de lui parler ? Il avait raison, un conseil psychologique venant de sa part, c'était hypocrite à l'extrême.

Cependant, quelque chose n'allait pas, et elle ne supportait pas de le voir aussi perturbé. Elle avait été aveugle à sa souffrance dix ans auparavant, mais elle la voyait clairement à présent.

Elle avança une main timide et lui toucha l'épaule.

— Fletcher ?

Il eut un mouvement de recul.

— Laisse tomber, grommela-t-il rageusement, en remontant les couvertures.

Puis il couvrit son visage de ses mains et resta ainsi quelques secondes.

Elle le regarda, muette, se sentant totalement impuissante face à sa douleur.

— Désolé, dit-il enfin en relevant la tête. C'était un petit garçon aux cheveux blonds et aux yeux verts. Dix-huit mois. Immersion. Ils l'avaient mis dans la salle 2.

Elle eut l'impression que ses paroles pesaient des tonnes. Elles furent suivies d'un long silence.

Que dire après cela ? Il n'y avait plus de mots.

Alors, elle fit la seule chose qui lui vint à l'esprit. La seule qu'il lui semblait devoir faire : elle posa de nouveau la main sur son épaule.

Cette fois, Fletcher ne recula pas, mais la recouvrit avec la sienne.

Elle se rapprocha jusqu'à se coller contre lui, l'enserrant de ses jambes, sa joue sur son T-shirt qui sentait le propre, le soleil et l'homme. Elle écouta les battements sourds de son cœur, y trouvant un certain réconfort.

Combien de temps restèrent-ils ainsi ? Elle n'en avait aucune idée.

Quand elle murmura : « Allez, viens », il la laissa l'attirer contre elle et reposa la tête sur son épaule tandis qu'elle l'entourait de son bras.

— Quel est son prénom ? demanda-t-elle enfin.

— Kyle.

— Ses parents ont-ils donné leur consentement pour ta recherche ?

Il hocha la tête.

— Sa mère a accepté.

Comme aucun des deux n'avait envie de parler de Kyle ou de Ryan, elle lui caressa les cheveux et lui posa des questions purement médicales. La médecine était un sujet sûr, clinique, sans bagage émotionnel.

— A-t-il fait partie du groupe de traitement ou du contrôle ?

— Du traitement. Quand je suis parti, il avait une couverture rafraîchissante sous lui, et ils s'activaient à le refroidir.

— Dans quel but ?

— Nous cherchons à provoquer une hypothermie modérée pendant quarante-huit heures.

Rien qu'à cette pensée, elle frissonna.

En quelques heures, avec l'eau glacée circulant dans l'alaise en latex, la peau de Kyle serait froide comme de la glace. Il serait inconscient, conservé dans un coma provoqué.

Elle fut heureuse de sentir le bras fort de Fletcher enserrant sa taille.

— Cela change de tes recherches précédentes, murmura-t-elle.

Il se redressa pour la regarder.

— Tu as vraiment lu les résultats de mes travaux ?

Elle esquissa un sourire.

— J'ai lu tout ce que tu as publié.

Fletcher en resta un instant sans voix. Puis il se mit à parler de ses recherches les plus récentes, et elle écouta le bourdonnement de sa voix.

Ses expériences au Canada avec immersion en eau froide avaient eu de meilleurs résultats sur le plan neurologique que celles effectuées en Australie. La mort de Ryan avait développé en lui pour ce sujet un intérêt particulier qui était devenu une obsession.

Curieusement, le fait de l'entendre prononcer le prénom de leur fils alors qu'ils étaient l'un contre l'autre maintenait les démons à distance et n'était pas si douloureux.

Pourquoi lui avait-il fallu dix ans pour réconforter Fletcher ?

C'était ce qui lui avait manqué le plus. Il le lui avait demandé souvent, mais elle en avait été incapable. Aux moments où il avait eu le plus besoin d'elle, elle l'avait repoussé.

Elle aurait dû être plus attentive. Elle n'avait été là ni pour Ryan ni pour Fletcher.

8.

Deux semaines plus tard, Tessa était en pleine activité pâtisserie avec Jean quand le téléphone sonna.

Elle décrocha l'appareil pendu au mur, sans quitter des yeux les doigts ridés de sa belle-mère en train de créer une rose en sucre glace.

Tabby était couchée à leurs pieds, guettant les miettes qui pouvaient tomber par terre.

— Oh ! bonjour, Tessa. C'est Trish. Comment vas-tu ?

Le ton de sa voix trahissait la déception. Chaque jour, elle appelait pour parler à sa mère.

— Veux-tu que je te passe Jean ?

— En fait, non. J'espérais avoir Fletcher, si c'est possible.

— Il est à l'hôpital et ne sera pas de retour avant cinq heures. Ses recherches lui prennent beaucoup de temps en ce moment. Quelque chose ne va pas ?

Trish soupira.

— J'avais espéré qu'il pourrait me garder Christopher pendant quelques heures. Je dois passer une échographie pour ma trente-deuxième semaine de grossesse, et normalement je l'emmène avec moi. Mais il n'est pas bien en ce moment. Le médecin a dit que c'était un virus, il n'est vraiment pas en forme, et je n'ai pas envie de le traîner dehors. Je ne peux pas le laisser chez mes amies, elles ont toutes des enfants. Bon, il va falloir que Doug reste à la maison avec lui au lieu de m'accompagner. Sa mère est dans le nord, chez des amis.

Tess compatissait sincèrement.

Fletcher avait été présent à toutes ses échographies. Il avait apprécié cette expérience autant qu'elle. Cela les avait encore plus rapprochés de partager ainsi les images de leur futur enfant, de voir son petit cœur battre et ses jambes s'agiter.

— Vous ne pouvez pas reporter le rendez-vous ?

— Ils sont toujours surbookés, et j'avais pu avoir une place grâce à une annulation…

Elle resta silencieuse.

Elle savait ce qu'elle aurait dû faire. Autrefois, elle n'aurait pas hésité à proposer ses services. Mais la seule perspective de devoir s'occuper de Christopher la terrifiait.

— Doug ne s'en formalisera pas, assura Trish très vite. Il est très arrangeant.

Un malaise s'était installé entre elles : Trish n'osait même pas s'adresser à elle, songea Tess. Avant, sa belle-sœur l'aurait fait sans hésiter, certaine de sa réponse.

Elle ferma les yeux.

Tout de même, elle ne pouvait pas empêcher Doug d'assister à ce moment, alors qu'elle était parfaitement capable de s'occuper d'un jeune enfant.

— Je… je peux le faire.

Sa voix tremblait, son cœur battait à tout rompre, mais elle s'était proposée.

Il y eut un silence.

— Oh ! Tessa ! Tu n'y es pas obligée, tu sais.

— Doug ne doit pas rater ça.

Un nouveau silence.

— Je comprendrais très bien que tu ne veuilles pas. Je sais que je n'ai pas été fiable dans le passé…

Elle ne put continuer, songeant à l'accident qu'elle n'avait pas su éviter.

— Quoi ? Mais pas du tout ! s'exclama Trish. Je réfléchissais juste que Christopher ne te connaissait pas vraiment, c'est tout.

Elle poussa un long soupir.

— Je ne te reproche pas ce qui est arrivé à Ryan, Tessa. Pas plus que maman, ni Doug. Et certainement pas Fletcher.

— Je sais.

Et cela comptait beaucoup pour Tessa que Trish lui fasse confiance. Mais elle, elle se le reprocherait toujours.

— Sincèrement, j'apprécierais beaucoup que tu viennes veiller sur Christopher.

Soudain, elle fut prise d'une terrible envie de se rétracter.

Mais c'était trop tard. La voix de Trish était devenue plus légère, elle était manifestement soulagée.

— Le rendez-vous est dans une heure. Pourrais-tu amener maman avec toi ? J'aimerais beaucoup qu'elle assiste aussi à l'échographie. Cela lui fera un premier contact avec son prochain petit-enfant. Même si elle ne s'en souvient pas…

Il y avait un fond de tristesse dans la voix de Trish.

— Je suis désolée. Ce doit être très difficile de la voir changer ainsi, hasarda Tess.

— C'est terrible. Elle était une grand-mère tellement extraordinaire… Mes enfants ne la connaîtront jamais comme elle était vraiment.

Elle avait été aussi merveilleuse avec Ryan, oui. Tous deux étaient pratiquement inséparables. Jean disait de lui qu'il était l'enfant le plus adorable de la planète.

— Mais tu la garderas vivante pour eux, Trish. Avec Fletcher. Vous leur raconterez la personne intelligente, bonne et drôle qu'elle était, et qui vivra toujours un peu en vous.

— Je sais, excuse-moi. Cela me prend certains jours, ce sont sûrement les hormones.

Toutes deux se mirent à rire. Ce n'était pas un rire très gai, mais cela allégea la conversation.

— Allons rendre visite à Trish, dit Tessa après avoir raccroché.

— Oh, oui ! s'exclama Jean, les yeux brillants.

Tessa était nerveuse en entrant avec Jean dans la belle demeure ancienne.

— C'est magnifique, dit-elle à Trish, admirant les parquets cirés et les riches motifs des tapis d'Orient.

— Merci. Nous avons accompli un gros travail de rénovation et y avons mis beaucoup d'amour.

Se rappelant le cottage qu'elle et Fletcher avaient entrepris de retaper autrefois, Tessa comprit la fierté qu'elle voyait sur son visage.

— Christopher dort dans le salon, poursuivit Trish. Je viens de lui donner quelque chose contre la fièvre.

Elle lui désigna la petite silhouette endormie derrière elles, sur le canapé.

Il portait une couche, et le ventilateur du plafond soulevait quelques mèches blondes à chaque rotation.

Après lui avoir laissé leurs numéros de portable « au cas où », Trish fit la grimace en lui montrant l'éruption de boutons rouges sur son torse.

— Le médecin m'assure que c'est une réaction postvirale.

Tessa hocha lentement la tête.

Il était si tranquille. Une image de Ryan aux urgences lui revint à la mémoire : il était très pâle et immobile.

Pendant une seconde, elle ne fut pas certaine de pouvoir assurer sa mission.

Mais Trish se tourna vers elle et sourit au moment où son mari les rejoignait.

— Merci, Tessa. Cela signifie beaucoup pour Doug et moi.

Elle lui montra la cuisine et ce qu'elle avait préparé dans le réfrigérateur.

— Tu pourras lui donner un verre d'eau et une tasse de lait s'il se réveille. Comme il n'a pas beaucoup d'appétit, je lui ai cuisiné toutes sortes de choses pour le tenter. Maman ?

Jean avait trouvé un petit arrosoir et était en train d'arroser les plantes d'intérieur.

— Allons-y.

Elle sourit à sa fille, puis fronça les sourcils.

— Où allons-nous ?

— A l'hôpital, pour l'échographie, répondit Trish en tapotant son ventre rond.

— Oh, splendide ! On pourra déposer Tessa à son travail en passant.

Tessa lui sourit.

— C'est mon jour de congé, aujourd'hui. Je vais en profiter pour rester avec Christopher.

Jean jeta un regard perplexe à son petit-fils endormi.

— Quel charmant enfant, dit-elle distraitement.

Trish soupira.

— Allez, viens, maman.

Quelques instants plus tard, Tessa se retrouvait seule avec Christopher.

Elle s'assit au bord du canapé, le plus loin possible de lui.

Au début, mal à l'aise, elle posa les yeux sur tout ce qui n'était pas lui : les tableaux sur les murs, une collection de DVD, des étagères de livres…

Elle aurait infiniment préféré ouvrir la baie vitrée et faire un tour au jardin. Mais elle n'osait pas le laisser seul. Il était si pâle et immobile…

Alors, elle sortit un livre de son sac et essaya de se concentrer sur le roman policier de Fletcher, qu'elle n'avait toujours pas terminé.

Inévitablement, son regard était attiré par le chérubin endormi. Sa petite bouche arquée, si semblable à celle de Ryan, lui étreignait le cœur. Elle se surprit à compter les mouvements de sa respiration.

Elle réussit à retourner son attention sur le livre et lut pendant une vingtaine de minutes.

Puis Christopher se réveilla et s'assit.

En la voyant, il fit la moue, et son front se plissa.

— Maman, maman, appela-t-il, cherchant Trish des yeux.

Le cœur de Tessa se mit à battre à grands coups affolés. Elle se leva pour consoler l'enfant qui, après tout, n'était autre que son neveu.

— Tout va bien, Christopher.

En la voyant s'approcher lentement, il commença à pleurer.

— Maman et papa seront bientôt là.

Elle s'assit près de lui, et il pleura plus fort.

— Je sais, mon ange. Tu ne te sens pas bien, et tu voudrais ta maman, dit-elle en posant une main timide sur ses épaules.

Mais l'enfant ne se calma pas. Ses traits se contractèrent, il devint tout rouge et hurla à pleins poumons, les joues pleines de larmes. En quelques secondes, il était l'image même de la désolation.

A présent, elle comprenait la réticence de Trish : Christopher ne la connaissait pas. Comment le consoler ? Peu à peu, la panique s'insinuait en elle.

Et s'il n'arrêtait pas de pleurer jusqu'au retour de ses parents ?

Allons, elle avait été infirmière en pédiatrie, tout de même. Et mère. Qu'aurait-elle fait dans un tel cas s'il s'était agi de Ryan ?

Le problème, c'était qu'elle avait lutté si longtemps pour ne pas penser à son fils que son intuition maternelle s'était endormie...

« Le distraire. »

— Veux-tu boire quelque chose, mon chéri ?

Christopher ne parut même pas l'entendre.

Elle se rua dans la cuisine et prit dans le réfrigérateur les deux boissons préparées par Trish pour les présenter à son neveu, qui les repoussa.

— Tu en es sûr ?

Elle les lui proposa de nouveau.

Christopher cessa de pleurer et pointa du doigt le lait. Elle le lui tendit en souriant, et il but peu à peu tout le verre sans la quitter des yeux.

— Est-ce que tu as faim ?

Il secoua la tête et montra l'étagère de livres.

Cet enfant savait ce qu'il voulait. Tout comme Ryan. Fletcher estimait qu'il était têtu, elle le trouvait juste volontaire.

Elle proposa à Christopher cinq livres d'images différents avant qu'il se décide pour une histoire de voitures.

— Ouatures, ouatures ! répéta-t-il avec enthousiasme.

Au début, il se tenait assis près d'elle, puis il se rapprocha insensiblement et, à la fin du livre, il était sur ses genoux.

Elle se figea quand il remua pour s'installer confortablement.

Cela faisait dix ans qu'elle n'avait pas tenu un enfant contre elle, et la sensation était douce-amère.

En baissant les yeux sur ses cheveux blonds, elle eut l'impression de revivre le passé. La joue appuyée sur sa tête, elle inspira profondément, les yeux pleins de larmes non versées.

Elle lui lut d'autres histoires, mais, au bout d'une demi-heure, il eut l'air d'avoir très chaud et se mit à pleurnicher.

Tessa lui toucha le front.

— Mon Dieu, tu es brûlant, murmura-t-elle en le recouchant sur le canapé.

Il se laissa faire un peu trop docilement quand elle introduisit le thermomètre dans son oreille et attendit le bip. Elle fut choquée de voir que la température était remontée rapidement. Rien d'étonnant qu'il ait de nouveau l'air léthargique et misérable.

Etant donné que Trish lui avait déjà donné un médicament contre la fièvre, elle ne pouvait qu'utiliser une éponge humide pour le soulager un peu.

— Tout va bien, mon chéri. Je vais te donner quelque chose de frais pour que tu te sentes mieux.

Pendant qu'elle était dans la cuisine, elle regarda par-dessus son épaule.

Christopher était couché tranquillement, suivant des yeux ses mouvements.

Rapidement, elle prit un bol qu'elle remplit d'eau tiède et trouva une pile de torchons propres sous l'évier.

Christopher ne la fixait plus. Alors qu'elle arrivait à deux pas de lui, il poussa un petit cri, et ses membres se raidirent.

Elle étouffa une exclamation et lâcha le bol dont le contenu se répandit sur le parquet.

Il faisait une crise d'épilepsie !

— Christopher ? Christopher ! s'écria-t-elle en se jetant à ses pieds.

Le corps du petit garçon s'agitait dans tous les sens. Terrorisée, elle ne savait que faire.

— Christopher, gémit-elle de nouveau, n'osant même pas le toucher. Mon Dieu, mon Dieu, mon Dieu !

« Ne meurs pas, ne meurs pas, ne meurs pas. »

Elle le regardait, impuissante, comme paralysée. Incapable même de penser, elle ne savait comment l'arrêter.

Quelque part, venue du fin fond de son cerveau, une voix lui parvint.

« Une ambulance. »

D'une main tremblante, elle prit son téléphone et composa les trois zéros. Une voix qu'elle entendait à peine tant son cœur battait fort lui demanda si elle voulait la police, les pompiers ou l'ambulance.

— L'ambulance, l'ambulance ! cria-t-elle, s'efforçant de ne pas penser à une autre fois où elle avait composé les trois zéros.

Cette fois-là aussi, elle n'avait été qu'un amas d'incohérence.

Une autre voix lui répondit au bout de quelques secondes.

— Il me faut une ambulance, tout de suite ! Mon neveu est en train de faire une crise d'épilepsie.

La voix apaisante lui demanda son nom et son adresse. Pendant un horrible instant, elle fut incapable de se rappeler le numéro de la maison de Trish. Puis il lui revint en un éclair.

— C'est au numéro 16, haleta-t-elle. Je vous en supplie, dépêchez-vous. Il est toujours en crise.

Elle ne se sentit pas plus rassurée lorsque la voix lui répondit qu'une voiture était déjà partie. Christopher était toujours raide, agité de mouvements saccadés. Depuis combien de temps maintenant ?

Trop longtemps. Ses lèvres avaient perdu leur couleur.

— Ses lèvres sont en train de bleuir, gémit-elle.

— Bon. Voilà ce que je veux que vous fassiez.

Tessa ne sut comment elle réussit à suivre les instructions de son correspondant.

Tout cela, elle le savait, mais elle était trop paniquée pour agir par elle-même. Elle tremblait de la tête aux pieds, sa tête résonnait comme un tambour, et elle avait envie de vomir.

Après avoir allongé son neveu par terre sur le côté, il lui sembla qu'il reprenait des couleurs.

Son correspondant la rassura en lui répétant qu'il restait au bout du fil jusqu'à l'arrivée de l'ambulance.

— Pourquoi la crise ne s'arrête-t-elle pas ? s'inquiéta-t-elle.

— Cela ne devrait pas tarder.

A ce moment, les secousses devinrent des soubresauts, puis cessèrent tout à fait.

— C'est fini ! annonça-t-elle victorieusement.

— Parfait. Restez à côté de lui. Il va être très somnolent pendant quelque temps. L'ambulance devrait être là dans une minute.

Soudain, elle entendit la sirène, et une vague de soulagement la submergea.

— Ça y est, je l'entends.

— Je vous laisse à présent. Allez ouvrir aux ambulanciers.

— Merci. Merci beaucoup !

Pendant ces horribles moments, la voix de ce correspondant avait été sa bouée de sauvetage.

En un instant, les paramédicaux se retrouvèrent dans le salon et s'agenouillèrent près de Christopher, sur le splendide tapis turc qu'elle avait admiré en arrivant.

Au moment où ils installaient un moniteur et tentaient de le réveiller, le petit garçon poussa un nouveau cri, et ses membres se raidirent de nouveau.

— Il repart, annonça l'infirmière.

Tessa plaqua une main sur sa bouche, affolée.

Un des paramédicaux parla dans sa radio.

— Il est 13 h 53. Nous administrons du midazolam.

Incapable de regarder, elle détourna les yeux.

Il lui fallait… Elle avait besoin de Fletch. Et… Oh ! mon Dieu ! Elle devait prévenir Trish. Comment pourrait-elle lui annoncer une chose pareille ?

Fletcher lui parlerait. Il saurait quoi faire.

Pendant que les paramédicaux s'activaient autour de Christopher, elle prit son téléphone et s'isola dans la véranda.

Ne pas regarder. Il était en de meilleures mains à présent. Elle avait été complètement nulle.

Elle dut s'y reprendre à trois fois pour composer le numéro de Fletcher, tant ses mains tremblaient.

Elle tomba sur son répondeur.

— Fletcher, c'est Tessa. Rappelle-moi de toute urgence !

Si elle avait recouvré tous ses esprits, elle ne lui aurait pas laissé un message aussi alarmant. Ni les cinq autres qui suivirent. Mais elle n'était pas en état de réfléchir posément.

Une autre ambulance arriva, et un homme seul entra en courant dans la maison. Elle entendit quelqu'un dire que Christopher avait cessé de respirer. Qu'ils allaient devoir l'intuber.

Et toujours, cette sensation de déjà-vu. Cette impression de revivre le même cauchemar. Ryan…

Bon sang ! Où était donc passé Fletcher ?

Elle l'appela de nouveau.

— Fletcher ! Je t'en supplie, rappelle-moi !

De retour à l'intérieur, elle vit Christopher, immobile. Un masque posé sur son visage insufflait de l'air dans ses poumons. La femme était en train de mettre en place une perfusion.

— Il s'est arrêté de respirer, commenta l'homme arrivé en dernier. C'est probablement une réaction au médicament que nous avons utilisé pour stopper la crise. Cela arrive parfois. Nous allons introduire un tuyau dans sa gorge pour l'aider à respirer.

Elle hocha la tête. Elle savait tout cela, elle l'avait vu des centaines de fois. Mais il s'agissait de Ryan.

Non, non. Christopher. C'était Christopher.

— Dépêchez-vous, supplia-t-elle, les poings serrés.

Impossible de détourner les yeux à présent.

Se laissant tomber par terre non loin de son neveu, elle les regarda pendant qu'ils l'intubaient, exactement comme on l'avait fait avec Ryan. Elle entendait le *bip, bip* du moniteur.

En cinq minutes, ils eurent installé l'enfant sur un brancard.

— On l'emmène à Sainte-Rita. Voulez-vous nous accompagner en ambulance ? demanda la femme.

Elle aurait voulu dire non. Christopher était en de bonnes mains, et elle n'avait plus qu'une envie : s'enfuir. Courir jusqu'à l'aéroport et prendre un billet pour le Royaume-Uni.

Mais elle ne pouvait pas le laisser. Il avait l'air si petit et fragile, avec tout cet équipement…

Elle hocha la tête et suivit comme dans un brouillard, sans même prendre son sac ni fermer la porte d'entrée.

L'ambulance démarra, toutes sirènes hurlantes.

Pendant le trajet, son portable sonna et elle mit plusieurs secondes à sortir de sa léthargie.

— Fletcher ?

— Que se passe-t-il ? demanda-t-il d'une voix rongée par l'angoisse. Il y a un problème avec maman ?

Elle mit du temps à comprendre qu'il n'était pas au courant de son arrangement avec sa sœur.

— Non. C'est Christopher.

— Quoi ?

— C'est une longue histoire, soupira-t-elle.

— J'entends une sirène…

Elle ignora sa remarque.

— Je l'ai gardé chez lui pendant que Trish allait passer son échographie. Il a eu des convulsions. On lui a donné du midaz, et… et il a arrêté de respirer. Il a été intubé. Nous sommes dans une ambulance pour Sainte-Rita.

Elle déglutit avec peine pour tenter de défaire le nœud d'émotion qui lui enserrait la gorge.

— Tout va s'arranger, Tessa, assura-t-il calmement. Je vais venir t'attendre à l'arrivée de l'ambulance.

En entendant sa voix tranquille et posée, elle sentit les muscles de sa nuque commencer à se détendre.

— Promis ? insista-t-elle. Tu seras là ?

— Je te le promets. Comment te sens-tu, Tessa ?

— Mal. Mais si tu es présent, ça ira.

Elle était surprise de se rendre compte à quel point c'était vrai.

— Je serai là.

C'étaient les trois mots les plus beaux qu'elle ait jamais entendus de sa vie.

9.

Fletcher tambourina impatiemment du bout des doigts sur sa cuisse en écoutant la sirène se rapprocher, tentant d'assimiler ce qu'il venait d'entendre.

Qu'avait-il bien pu se passer ?

Quand il était parti travailler quelques heures plus tôt, Tessa et Jean avaient prévu de cuisiner. Et voilà qu'il se retrouvait à l'entrée des urgences, attendant que son neveu intubé arrive dans une ambulance, accompagné par une Tessa dans tous ses états.

Il ferma les yeux.

Quoi qu'elle ait vécu aujourd'hui, elle n'était pas équipée sur le plan émotionnel pour faire face à cette situation.

Les choses allaient trop bien récemment, il aurait dû se douter que cela ne pouvait pas durer. Sa mère était plus heureuse et apaisée, sa recherche avançait, et avec Tessa la situation se stabilisait. Ce n'était pas spectaculaire, mais néanmoins tangible.

Depuis qu'elle l'avait réconforté l'autre nuit, il n'y avait plus la même tension entre eux. La gêne qui existait depuis qu'ils partageaient le même lit, et qui avait été exacerbée par leur baiser, avait disparu. A certains petits détails, on aurait pu croire qu'ils étaient de nouveau mariés : il trouvait de la glace à la mangue au congélateur, il lui préparait sa brosse à dents quand il avait fini de se laver.

Même pour aller se coucher, il n'attendait plus qu'elle soit endormie pour la rejoindre, et il ne se levait plus avant son réveil le matin. Ils se couchaient et s'endormaient ensemble. Parfois, ils parlaient un peu de leur journée et discutaient de Jean, ou bien ils lisaient chacun de son côté. Ou encore Tessa lisait pendant qu'il travaillait sur son ordinateur. Mais l'appréhension s'était envolée.

Et si, avec cet incident, les avancées qu'ils avaient accomplies étaient perdues pour toujours ?

La sirène mourut quand l'ambulance s'arrêta. Deux paramédicaux sautèrent du véhicule, tandis qu'un médecin et une infirmière venus des urgences se joignaient à lui.

Il alla directement ouvrir la porte du passager, et le visage pâle de Tessa lui apparut.

— Tessa !

Elle avait l'air sonné.

Il était devenu à moitié fou d'inquiétude en écoutant sa série de messages de plus en plus désespérés, et il s'attendait à la trouver totalement hystérique comme le jour de l'accident de Ryan. Mais elle avait les yeux secs et paraissait relativement calme.

C'était bien Tessa : stoïque et sous contrôle.

Mais ce qu'elle venait de traverser aurait ébranlé n'importe qui. A plus forte raison quelqu'un qui avait déjà connu une autre terrible épreuve.

Il lui tendit la main pour l'aider à descendre.

— Je ne sais pas ce qu'il s'est passé, proféra-t-elle d'une voix blanche. Brusquement, il a fait une crise d'épilepsie.

Son regard encore effrayé et confus lui serra le cœur, et il eut une envie irrépressible de la protéger.

L'entourant de ses bras, il déposa un baiser sur le haut de son crâne.

— Tout va bien se passer pour Christopher.

Elle se blottit contre lui.

— Je ne savais pas quoi faire, Fletcher. Je me suis sentie inutile.

Il la prit par le haut des bras pour focaliser son attention.

— Tu as appelé l'ambulance, n'est-ce pas ? C'est ce que tu devais faire.

Tessa se mordit la lèvre.

— J'ai eu tellement peur que ce soit… comme avec Ryan.

C'était lui que je voyais allongé, avec ses cheveux blonds et ses lèvres bleues…

Fletcher l'attira de nouveau contre lui.

Les mêmes images — qui n'étaient jamais loin — envahissaient son esprit. Il aurait donné n'importe quoi pour effacer ce qu'elle venait de traverser. Personne ne devrait jamais vivre un tel traumatisme deux fois.

— Je suis navré que tu aies dû revivre ça, Tessa. Mais tu y es arrivée. Trish n'aurait pas pu laisser Christopher entre des mains plus sûres.

Tessa s'écarta brusquement de lui.

— Mon Dieu, Trish ! Je… je n'ai pas pu l'appeler. Elle n'est encore au courant de rien.

Il hocha la tête, appréhendant déjà cette conversation.

— Je m'en charge. Allons d'abord voir exactement ce qu'il en est, puis je lui téléphonerai.

Tessa suivit docilement Fletcher.

Toute une équipe s'activait autour de Christopher, lui administrant des anti-épileptiques et lui installant une autre perfusion. On avait une impression de chaos, mais elle savait que chacun avait sa place et que c'était leur travail d'équipe qui permettrait à son neveu de s'en sortir.

Néanmoins elle avait du mal à respirer.

Les flash-backs se succédaient dans sa tête. Rien n'avait changé depuis le jour où ils avaient amené Ryan dans cet endroit.

Un médecin se mit à la bombarder de questions, comme avec son fils.

Oui, un virus… Non, elle ne savait pas depuis combien de temps il n'était pas bien… Non, elle ignorait s'il avait déjà eu une fièvre convulsive. Pas d'après Fletch… Oui, sa température était remontée… Non, elle ne savait pas depuis quand il avait cette éruption.

Cela n'en finissait pas, et sa tête était devenue une énorme caisse de résonance.

Elle se tourna vers Fletcher, en train de parler à un collègue, et le tira par la manche.

— Je ne peux plus rester ici. Fais-moi… fais-moi sortir de là.

Il la dévisagea, l'air anxieux.

— Allons-y, dit-il en la prenant par les épaules.

Une fois dans le couloir, il s'adressa à une infirmière d'âge mûr en uniforme.

— Margie, puis-je vous emprunter votre bureau ?

Un seul coup d'œil dans sa direction suffit à l'infirmière.

— Le premier sur la gauche au bout du couloir, dit-elle rapidement.

En un tournemain, Tessa se retrouva loin du tumulte, assise dans un fauteuil.

Fletcher s'accroupit devant elle.

— Le consultant pense que c'est la fièvre qui a déclenché la crise, et que c'est l'administration de la dose de midaz qui a provoqué l'arrêt respiratoire. Ils vont attendre qu'il se réveille et lui retireront le tuyau.

Posant une main sur son genou, il la secoua légèrement.

— Il est tiré d'affaire, Tessa.

Elle hocha la tête en silence.

Il fallait juste un peu de temps pour que l'information parvienne jusqu'à la soupe épaisse qu'était devenu son cerveau.

Fletcher fronça les sourcils, étonné de ne pas voir Tessa se réjouir de la nouvelle.

— Tessa ?

— Oui, oui, c'est génial, répondit-elle en esquissant un sourire. Tout ça, c'est un peu beaucoup, tu comprends ?

Il comprenait très bien. Elle était encore en état de choc.

— Je vais téléphoner à Trish. Est-ce que je peux te laisser seule ici ?

— Bien sûr. Va appeler ta sœur. Ils devraient bientôt être sur le chemin du retour.

Au bout de dix minutes, il la rejoignit.

— Comment est-elle ? s'inquiéta Tess.

— Bouleversée. Ils venaient juste de sortir de l'échographie et seront là dans cinq minutes.

Il s'assit près d'elle, mais elle secoua la tête.

— Tu ne dois pas laisser Christopher tout seul.

— Mais il est entouré de gens compétents, Tessa. Je ne peux rien faire pour lui pour l'instant.

Alors qu'il pouvait la réconforter, elle.

Tessa secoua vigoureusement la tête.

— Il n'a pas près de lui de personnes qui l'aiment. Il est si petit, Fletcher. Et si fragile ! Tu dois rester avec lui.

Sa respiration s'était accélérée, ses joues devenaient rouges.

Il n'osa pas discuter.

Elle n'avait pas voulu laisser Ryan tout seul non plus. Même après qu'il eut été déclaré mort. Elle était restée assise près de lui pendant des heures, à lui tenir la main.

— Entendu, j'y vais, répondit-il d'un ton apaisant. Je resterai avec lui jusqu'à l'arrivée de Trish. Apparemment, maman est avec eux. Si tu veux, je la ramènerai avec moi.

Avec tout ce drame, il avait un peu oublié sa mère.

Tessa consulta sa montre toutes les minutes pendant le quart d'heure qui suivit.

Elle se doutait que ces quelques minutes représentaient pour Trish une éternité. Elle savait intimement ce que sa belle-sœur ressentait. La crispation dans le ventre, le nœud dans la poitrine, et cette peur insidieuse contractant tous les muscles.

Elle connaissait bien aussi la litanie des « si seulement ».

« Si seulement j'avais été là. » « Si seulement j'avais annulé l'échographie aujourd'hui. ». « Si seulement je l'avais emmené à l'hôpital pour un deuxième avis… »

Il y avait sur le mur un panneau couvert de cartes postales et de photos d'infirmières et de médecins souriants. Apparemment, c'était un lieu de travail agréable où les gens s'entendaient bien.

Mais comment chacun pouvait-il traiter tout ce qui arrivait entre ces murs — comme Christopher et Ryan — et rester en apparence aussi normal, voilà qui dépassait l'entendement. Ils méritaient tous une médaille. Ou de se faire examiner le cerveau.

Fletcher apparut enfin dans l'encadrement de la porte, accompagné de Trish, les yeux rouges, et de Jean qui semblait inquiète.

— Voilà Tess, annonça-t-il gaiement à sa mère.

— Ah, enfin ! s'exclama Jean avec un soupir de soulagement. J'ignore pourquoi nous sommes dans cet hôpital, est-ce que tu as une idée ?

Tessa la rassura d'un sourire et jeta un coup d'œil inquiet à Trish, qui semblait sur le point de s'évanouir.

Heureusement, le bras ferme de Fletcher la soutenait.

— Tout va bien, Jean. Je vais te ramener à la maison, je crois que Tabby a besoin d'être promenée.

— Oh ! mon Dieu, oui !

— Assieds-toi juste quelques instants.

Tessa se retrouva face à Trish, et ce fut comme si elle voyait son propre reflet dans un miroir.

— Comment va-t-il ?

— Oh ! Tessa, gémit Trish en l'étreignant avec force. Il est si petit…

— Je suis désolée, murmura Tessa, la serrant contre elle.

Sa belle-sœur s'essuya les yeux d'un revers de main.

— Ce n'est pas ta faute, il a eu une fièvre convulsive. Il faut que je te remercie, au contraire. Heureusement que tu étais là, j'aurais été complètement perdue.

— Je n'ai fait qu'appeler l'ambulance.

— Exactement.

Elle se moucha, recouvrant peu à peu ses esprits.

— Je sais que cela n'a pas été facile pour toi, aujourd'hui. Déjà, accepter de garder Christopher était un pas énorme, alors ensuite… Cela a dû te rappeler des tas de choses que tu aurais préféré oublier.

Tessa se figea.

Pendant toute cette épreuve, elle s'était efforcée de ne pas penser à Ryan, même si au plus profond d'elle-même quelque chose ne demandait qu'à s'exprimer. Elle ne pouvait pas le laisser sortir.

— Ce n'est rien, assura-t-elle, désireuse de changer de sujet.

Mais Trish secoua la tête.

— Je ne crois pas que je pourrais survivre si quelque chose arrivait à Christopher. Je ne sais pas comment tu as fait, Tess.

— Certains diraient que je ne me suis pas si bien débrouillée que ça, répondit-elle avec un coup d'œil à Fletch.

— Il faut que j'y retourne, dit Trish en reniflant. Doug est resté avec notre fils, mais il ne se sent pas très à l'aise dans les hôpitaux. Les médecins pensent pouvoir retirer le tuyau d'ici quelques heures. Veux-tu venir le voir ?

Maintenant que le cauchemar était terminé, Tessa n'avait qu'une envie : le ranger au même endroit que tout ce qui concernait Ryan : le plus profondément possible, hors d'atteinte.

Jean, qui commençait à ne plus tenir en place, lui fournit une excellente excuse.

— Il faut que je ramène Jean. Je crois que son anxiété augmente dans cet endroit. Et Doug et toi avez besoin de vous concentrer sur Christopher.

Trish approuva de la tête.

— Prends notre voiture, lui dit-elle en lui tendant ses clés. Elle est garée sur le parking des urgences, et nous devions la retirer de toute façon. Doug et moi n'allons pas repartir de sitôt.

— Je te rejoins bientôt, annonça Fletcher à Tessa.

— Il vaut mieux que tu restes avec ta sœur, elle a besoin de toi, ainsi que Doug, assura Tessa.

Certes, ce serait dur pour lui de rester assis avec eux, à regarder une machine respirer pour leur fils. Ce serait terrible de revivre le même cauchemar qu'à la mort de Ryan, pendant qu'elle allait se réfugier chez lui.

Mais elle avait tout donné. Et Trish et Doug ne devaient pas traverser seuls ce moment, alors qu'ils avaient un médecin doté une grande expérience des urgences dans la famille. D'autant plus qu'eux-mêmes avaient été très présents dix ans plus tôt.

— Je sais que c'est beaucoup te demander, mais j'aimerais que tu restes, lui murmura sa sœur à l'oreille.

Il lui sourit.

— Bien sûr. Je suis avec toi.

Les deux jeunes femmes s'étreignirent et Tessa disparut rapidement, emmenant Jean, trop heureuse de sortir enfin.

— Crois-tu qu'elle s'en remettra ? demanda Trish.

Il fit la grimace.

— Je ne sais pas. J'ignore combien de temps elle peut continuer ainsi à tout garder à l'intérieur.

Sa sœur lui serra le bras.

— Tu l'aimes toujours, n'est-ce pas ?

Il la regarda fixement, comme si ces paroles expliquaient tout d'un coup le tumulte émotionnel qui s'était emparé de lui depuis que Tessa avait resurgi dans sa vie.

— Je crois que je n'ai jamais cessé.

Et le sentiment de culpabilité qu'il éprouvait pour ce qu'il avait fait autrefois grandit encore en lui.

De retour à l'appartement, Tessa ne cessa de s'activer.

Les événements de la journée avaient remué trop de souvenirs. Si elle restait tranquille trop longtemps, elle craignait qu'ils ne prennent le pas sur tout le reste.

Elles promenèrent Tabby, firent cuire deux plaques de muffins — dont une pour Trish et Doug — et préparèrent un énorme plat de lasagnes pour pouvoir leur en donner aussi la moitié. Elles nettoyèrent la cuisine, regardèrent les jeux télévisés de Jean, puis elles ressortirent la chienne pour ses derniers besoins avant la nuit.

A leur retour, Fletcher n'était toujours pas là.

Tessa sentit l'inquiétude monter en elle.

Tout allait bien se passer. Christopher allait s'en sortir…

Elles mangèrent les lasagnes sans Fletcher, et elle lui prépara une assiette qu'elle recouvrit d'un film transparent. Puis elles firent la vaisselle.

— Oh ! regarde, ils passent *Vertigo* à la télé ! s'exclama Jean. James Stewart est magnifique dans ce film, tu ne trouves pas ?

Tessa s'émerveilla des complexités de la mémoire humaine et de la bizarre progression d'une maladie comme Alzheimer : Jean ignorait ce qu'elle avait fait dans la journée, mais elle pouvait se rappeler un film d'Hitchcock vieux de plus de cinquante ans.

— Et si on le regardait ? proposa-t-elle.

A la fin du film, Fletcher n'était toujours pas rentré, et Jean décida d'aller se coucher, accompagnée par Tabby.

Ensuite, il n'y eut plus que Tessa dans un appartement très calme, avec toutes ces choses qui s'agitaient dans sa tête et auxquelles elle ne voulait pas penser.

Elle envoya un texto à Fletcher.

Tout va bien ?

La réponse ne tarda pas.

Extubé il y a vingt minutes. Bientôt de retour.

Ouf !

Bien sûr, elle était soulagée que Christopher soit sorti d'affaire, mais la journée avait été très chargée en émotions. Elle craignait que Fletcher n'en ressorte épuisé, non seulement physiquement, mais aussi mentalement.

Elle se rappelait combien il avait été ébranlé, la nuit où il avait été appelé pour la noyade de cet autre petit garçon. Dans quel état serait-il après avoir passé des heures dans l'endroit même où son fils était mort, en compagnie de sa copie conforme sous assistance respiratoire ?

Déterminée à ne plus y penser, elle alla prendre une douche et se mit à chantonner pour chasser de son esprit les images de Christopher et Ryan. Puis elle se frotta le corps vigoureusement.

— Tessa ? appela la voix de Fletcher.

Son cœur s'affola dans sa poitrine.

— Je suis là ! répondit-elle. Juste une seconde.

Comme il n'était pas encore rentré, elle n'avait pas emporté de tenue de nuit dans la salle de bains. Elle enfila à la hâte le T-shirt qu'il avait porté la nuit.

Elle fut aussitôt submergée par son odeur : un mélange subtil d'after-shave, de déodorant et de phéromones dont la combinaison créait un parfum sauvage et grisant qui n'appartenait qu'à lui.

Elle inspira profondément avant de regagner la chambre.

Fletcher était assis de son côté du lit et ôtait ses chaussures.

— Mais… tu portes mon T-shirt, observa-t-il avec un pâle sourire.

— Euh, oui. Désolée, c'est tout ce que j'avais sous la main.

— Ne t'excuse pas. Mes T-shirts te vont mieux qu'à moi.

Elle fit le tour du lit et s'arrêta devant lui.

— Est-ce que ça va ? s'enquit-elle avec douceur.

Il leva lentement la tête.

— A ton avis ?

Elle scruta son visage.

Sa barbe de trois jours poivre et sel semblait plus blanche que d'habitude. Il avait les yeux rougis et les traits creusés par la fatigue. Sa cravate était de travers, son bouton de col ouvert, et des mèches ébouriffées indiquaient qu'il avait dû se passer constamment la main dans les cheveux — signe de stress chez lui.

— Je suis navrée, murmura-t-elle. Mais je ne pouvais pas… Je n'ai pas pu rester.

Fletcher lui serra rapidement le bras.

— Je sais. Tu en as fait bien assez aujourd'hui.

— Comment va Christopher ?

— Ronchon. Quand je suis parti, il était blotti sur les genoux de sa mère.

A cette nouvelle, elle se relâcha enfin.

Elle ne s'était pas rendu compte à quel point elle s'était contenue jusque-là. Grâce à son expérience acquise aux urgences, elle savait que l'amélioration de l'état de son neveu faisait partie de l'évolution normale des choses, mais elle avait été trop proche du drame, et inconsciemment elle s'était préparée au pire.

— Oh ! Dieu merci, murmura-t-elle en joignant les mains sur la poitrine.

Fletcher se gratta le menton. Dans le silence de la nuit, on aurait dit du papier de verre.

— Il… il ressemble tellement à Ryan, proféra-t-il d'une voix sourde. Chaque fois que je regardais sa poitrine se soulever et s'abaisser, je pensais à notre fils.

Elle vit ses yeux s'embuer et sentit qu'elle prenait le même chemin. Les larmes qu'elle avait retenues toute la journée — non, depuis dix ans — brûlaient de s'échapper enfin.

Mais elle ne les laisserait pas. Si elle commençait, elle ne pourrait plus s'arrêter.

— C'était terrible, lâcha-t-il.

— Je sais.

Elle-même avait eu toutes les peines du monde à séparer Ryan et Christopher dans son esprit.

Il lui parut tout naturel de se rapprocher de Fletcher et de l'entourer de ses bras pendant qu'il lui enlaçait la taille.

En premier, elle sentit sa bouche chaude sur son ventre.

Avec un gémissement, elle glissa les doigts dans ses cheveux.

Puis il posa les mains sur le haut de ses cuisses nues, et le désir lui échauffa les reins.

— Tess…

Le souffle de Fletcher balaya ses dernières hésitations, et les images d'ambulances et d'hôpitaux se perdirent dans le brouillard avec les souvenirs de Christophe et de Ryan.

Elle ne pouvait se rappeler un moment où elle avait eu plus besoin de lui.

— Fais-moi l'amour, murmura-t-elle.

10.

Fletcher laissa échapper un long soupir tremblant.

Cela, il pouvait le faire : aimer Tessa avait toujours été facile. Il ne se sentait même pas nerveux à l'idée de recommencer après une aussi longue interruption. Avec elle, son corps savait quoi faire.

Il laissa courir les doigts sur son corps : le creux de sa taille, la rondeur de ses hanches…

Quand ses paumes parcoururent la peau chaude et souple de ses cuisses, il comprit qu'elle était nue sous son T-shirt, ce qui eut une répercussion immédiate dans son bas-ventre.

— Lève les bras, ordonna-t-il contre sa bouche.

Elle s'exécuta sans le quitter des yeux, et il fit disparaître le T-shirt.

En la voyant totalement nue devant lui, il eut le souffle coupé.

Son corps avait changé. Elle était plus mince, avec moins de rondeurs, une poitrine plus petite et une ossature plus proéminente. Mais il y avait toujours cette légère cambrure de la taille, et les larges aréoles de ses seins devenues plus foncées le fascinaient. Il mourait d'envie de les sentir sous sa bouche.

Il lui déposa un baiser dans le creux du cou pendant qu'elle défaisait d'une main fébrile les boutons de sa chemise.

— Tessa. Ma Tessa.

Oui, elle était bien *sa* Tessa. Elle l'avait toujours été.

Il posa une main sur ses fesses douces, tandis que l'autre montait plus haut, à la recherche de la sensation de plénitude que procure la rondeur d'un sein féminin.

Il ne pouvait plus attendre. Cela faisait trop longtemps qu'il en rêvait, durant de trop longues nuits solitaires.

— Tess, souffla-t-il. J'ai besoin de toi…

— Je suis à toi, murmura-t-elle contre son oreille.

Ce fut comme si un air glacial l'environnait. Il se figea.

Ces mêmes mots avaient déjà été échangés, dans un autre endroit. A une autre époque. Avec une autre femme.

Il ne pouvait pas faire ça. Il ne pouvait pas poursuivre comme si de rien n'était. Il savait au plus profond de lui qu'il aimait Tessa, et il voulait plus qu'une simple nuit. Il les voulait toutes. Il voulait retrouver sa femme. Mais auparavant, certaines choses devaient être dites.

Se rendant compte qu'il ne répondait plus à ses caresses, Tessa s'écarta de lui, cherchant son regard.

Il se mit à reboutonner sa chemise, son sang bouillonnant encore dans ses veines.

— Désolé, mais… Je ne peux pas faire ça, dit-il d'une voix sourde. Il y a quelque chose que tu dois savoir. Avant notre divorce…

Attrapant vivement le T-shirt, elle l'enfila de nouveau.

— Si c'est en relation avec Ryan, je ne veux pas l'entendre. Tu sais parfaitement que je ne veux pas en parler. Que je ne supporte pas d'entendre prononcer son prénom.

Devant son attitude, il faillit renoncer.

Mais c'est ce qu'il avait toujours fait avec elle, face à son immense chagrin et au sentiment de culpabilité qui le rongeait. Il avait préféré lui rendre la vie plus facile, la laisser éviter et nier les choses parce qu'il ne savait pas comment l'aider.

A présent, c'était terminé. Il voulait reconstruire une vraie relation avec elle, pour le meilleur et pour le pire. Cela impliquait certaines décisions difficiles, mais il était décidé à se battre pour cela au lieu de la laisser s'échapper de nouveau.

— J'ai *besoin* de t'en parler.

Tessa croisa les bras.

— Bon sang, Fletcher ! Nous ne sommes pas là pour ça, surtout après une journée comme celle-ci. Pour ce que nous voulons faire, il n'est pas nécessaire de parler.

Il secoua la tête.

— Je ne te crois pas. Tu veux plus que ça.

— Non.

Il sentit un mélange de frustration et de colère monter en lui.

— Si tu voulais juste t'envoyer en l'air, pourquoi m'avoir demandé de te faire l'amour ?

— Oh ! je t'en prie ! Ne me dis pas que tu n'essayais pas toi aussi d'oublier cette journée ?

— Je te faisais l'amour, Tessa. Comme tu me l'avais demandé.

Haletants, ils se toisèrent un moment, face à face.

Il se passa les doigts dans les cheveux.

— Ce n'est pas au sujet de Ryan, précisa-t-il. En tout cas, pas directement.

Car il n'ignorait pas que, depuis, tout dans leur vie découlait de sa disparition.

— S'il te plaît, non, supplia-t-elle.

Il aurait été si facile de l'écouter, de choisir la voie de la lâcheté. Pourquoi ne pas continuer comme neuf ans auparavant ?

Parce qu'à l'époque, leur relation s'était détruite à petit feu, et il ne tenait pas à recommencer. Il voulait être vraiment avec elle pour lui faire l'amour. Mais c'était impossible avec ce qu'il avait sur la conscience et qui l'avait fait fuir toutes ces années au lieu de lutter. Ils avaient du travail à accomplir ensemble pour reconstruire leur relation. Il leur faudrait du courage pour affronter le deuil qu'ils n'avaient pas fait et les sentiments non exprimés en rapport avec Ryan. Cela nécessitait de l'introspection et une totale honnêteté. Il en était persuadé, c'était le seul moyen pour que leur relation redevienne fiable. Il était sûr au fond de lui que Tessa aussi l'aimait encore. Cette fois, il se battrait pour cet amour. Si, pour y parvenir, il devait la traîner derrière lui sur le chemin, il le ferait.

Et il fallait commencer maintenant.

— Je te préviens, Tess. Je ne te laisserai pas disparaître de nouveau de ma vie.

Tessa sursauta, indignée.

— Mais tu n'as pas ton mot à dire ! Je retournerai en Angleterre dès que Trish sera ressortie de l'hôpital.

Il se contenta d'ignorer sa réponse.

Comme il lui restait plusieurs semaines avant que sa sœur n'accouche, le temps travaillait pour lui. De toute façon, il ne rentrerait plus dans son jeu.

— Avant d'aller plus loin, je dois te dire quelque chose.

Elle lui jeta un coup d'œil furieux.

— Nous n'irons pas plus loin, Fletch.

De nouveau, il l'ignora.

— Il y a eu une femme.

Ces dernières paroles restèrent comme suspendues dans l'espace.

Lorsque enfin elles redescendirent, Tessa eut l'impression que chacune d'elles était une balle de revolver qui lui pénétrait en plein cœur.

Fletcher l'avait trompée ?

— Tu veux dire que…

— Oui.

Elle le fixa en silence.

A l'époque, elle avait été consciente d'avoir aggravé les choses en se refermant sur elle et en se montrant injuste envers lui, mais jamais — jamais — elle n'aurait imaginé qu'il chercherait quelqu'un d'autre. Elle avait une confiance absolue en sa fidélité.

Fletcher détourna le regard.

— C'était à l'occasion de la conférence sur les soins intensifs à laquelle je me suis rendu le week-end qui a précédé notre rupture, raconta-t-il d'une voix éraillée. Il était tard, le samedi soir, et cette femme se trouvait au bar. Je ne pouvais pas dormir. Elle m'a souri, nous avons commencé à parler…

Il secoua la tête.

— En fait, c'était juste une fois. Je ne connais même pas son nom. J'ai quitté sa chambre juste après, mais… Je n'arrivais pas à croire que je l'avais fait. Je savais que je ne me le pardonnerais jamais, que cela signifiait l'arrêt de mort de notre mariage. Alors, lorsque je suis rentré à la maison le dimanche soir et que tu m'as annoncé que tu voulais divorcer, je… j'ai accepté.

Elle se souvenait très bien de ce week-end, et de la sensation de soulagement qu'elle avait éprouvée en pensant qu'elle n'aurait pas à poser les yeux sur lui pendant deux jours. C'était alors qu'elle avait compris que leur mariage était terminé. Ils s'étaient trop éloignés l'un de l'autre.

A son retour, le dimanche soir, sa demande de divorce avait été son premier acte de courage en un an.

Le manque de combativité de Fletcher l'avait surprise, mais en même temps elle s'était réjouie de sa capitulation, trop heureuse de ne plus avoir à l'écouter parler de Ryan, ne plus analyser elle-même jusqu'à la nausée le moindre détail de ce qu'il s'était passé. Elle avait salué la fin de leur mariage comme un nouveau départ, loin de ce qui la faisait tant souffrir.

D'ailleurs, tout s'était bien passé — jusqu'à maintenant.

A présent, elle devait affronter le fait que son mari avait ramassé une femme au bar d'un hôtel pendant qu'elle était seule à la maison avec son chagrin.

Cela faisait mal, beaucoup plus qu'elle ne l'aurait cru.

— Pourquoi me raconter ça maintenant ? Tu aurais pu continuer à le garder pour toi.

— Ce n'est plus possible, Tessa. Je t'aime, et je te veux de nouveau à moi. Ce remords me rongeait, il aurait fait échouer toute chance d'un nouvel avenir pour nous deux.

Elle le repoussa violemment de ses deux mains en pleine poitrine.

— Alors, tu as décidé de te soulager en me faisant souffrir ? Vraiment, merci beaucoup !

Il recula d'un pas.

— Je suis navré, Tessa. Tu aurais peut-être préféré que l'on fasse l'amour d'abord et que je te le dise après ?

Elle le regarda, bouche bée.

— J'aurais préféré que tu ne le fasses pas au départ, espèce de…

Consciente que Jean dormait à côté, elle se contint.

Fletcher poussa un grognement.

— La plupart des femmes demanderaient pourquoi je l'ai fait, et non pourquoi je te l'ai dit.

— J'imagine que toute une année sans sexe, c'était le maximum que tu pouvais supporter, et tu as saisi la première occasion qui se présentait, dit-elle froidement.

Il serra les poings.

— Tu n'y es pas du tout. Il ne s'agissait pas de sexe.

— Ah, non ? Il s'agissait d'amour, peut-être ? railla-t-elle.

Cette fois, il faillit visiblement exploser et dut attendre de se calmer pour pouvoir lui répondre.

— Ni l'un ni l'autre. D'affection. Elle a vu en moi un homme attirant, qui avait des choses intéressantes à dire. Pas un père affligé ni un époux raté. Elle ne me regardait pas comme si je l'avais laissée tomber, ou comme si je ne faisais pas ce qu'il fallait avec elle. Ni comme si j'avais tué notre enfant.

Choquée, Tessa enserra sa taille de ses bras.

— Je n'ai pas fait ça, protesta-t-elle.

— Elle ne se révulsait pas quand je la touchais, poursuivit-il, imperturbable. Elle me regardait et ne me jugeait pas.

Il poussa un soupir.

— Cela n'excuse pas ma conduite. J'ai été faible, et je l'ai toujours regretté depuis. Je comprends que tu aurais préféré n'en rien savoir, mais je veux redémarrer à zéro avec toi, Tessa. Pendant tout ce temps, nous avons évité de communiquer, je voudrais à présent que ce soit l'inverse.

Elle commençait à peine à assimiler les révélations de Fletcher. Apprendre sa faute avait été un choc. En découvrir les raisons la mortifiait. L'entendre dire qu'il voulait la reprendre, c'était la goutte d'eau qui faisait déborder le vase.

— Moi aussi, je suis désolée, murmura-t-elle, tremblante.

— Qu'est-ce que tu fais ? demanda-t-il en la voyant se diriger vers le dressing.

Elle s'empara du bagage à main avec lequel elle était arrivée un peu plus d'un mois auparavant.

— Je fais mes bagages.

Fletcher s'empressa de la rejoindre.

— Je croyais que tu t'étais engagée à rester jusqu'à l'accouchement de Trish…

— Plus maintenant, répliqua-t-elle en commençant à vider les tiroirs qu'il avait libérés pour elle.

— Ne fais pas ça, dit-il, enfonçant les mains dans ses poches. C'est complètement fou. As-tu pensé à maman ?

Mais elle refusait de se sentir coupable d'avoir rompu sa promesse, même si elle devait durcir son cœur.

— C'était avant ta petite révélation de ce soir.

Elle prit ses affaires de toilette dans la salle de bains et acheva de remplir son sac avec l'impression étrange qu'elle pouvait s'écrouler en mille morceaux à tout moment.

— Où vas-tu aller ? On est au milieu de la nuit.

— A l'aéroport, répondit-elle, affectant un calme qu'elle était loin de ressentir.

Il fallait qu'elle parte, tout de suite. Si elle restait jusqu'au matin, il suffirait que Jean et Tabby la regardent avec leurs grands yeux pour qu'elle craque. Il était plus facile de condamner un homme adultère et de s'en aller.

— Tu n'as même pas de billet…

Elle prit sa montre sur la table de nuit et la glissa à son poignet.

— J'ai une carte de crédit. Je prendrai le premier vol pour Londres.

Il ne lui restait plus qu'à enfiler ses chaussures et à empoigner son sac.

— Tessa…

Fletcher posa la main sur son bras.

— Je t'en prie, ne pars pas ! Ne t'enfuis pas encore une fois. Reste, et aide-moi à réparer tout ça.

Elle fixa sa main, glaciale.

— Ne me touche pas. Ne me touche plus jamais.

Pivotant sur ses talons, elle quitta l'appartement sans un regard en arrière et ne s'arrêta pas avant d'avoir trouvé refuge dans sa voiture.

Là, après avoir verrouillé les portes, elle fondit en larmes.

11.

Six semaines plus tard, Tessa avait épuisé toutes les larmes de son corps.

Durant les vingt-quatre heures de voyage en avion, elle avait pleuré de grosses larmes silencieuses. Les hôtesses de l'air s'étaient inquiétées pour elle, l'avaient entourée de leur sollicitude.

— Mon mari m'a trompée, avait-elle fini par leur avouer, parce que cela faisait trop mal de le garder pour elle et que c'était plus facile que de raconter toute la vérité.

La solidarité féminine avait alors pleinement joué. Sans savoir comment, elle s'était retrouvée en classe affaires afin d'avoir un peu plus d'intimité. Dans la voiture qui la ramenait chez elle, elle avait continué de pleurer. Elle avait encore pleuré en s'endormant, en se réveillant, et sur son lieu de travail. Elle avait même pleuré la veille au supermarché, quand un bébé assis dans sa poussette lui avait décoché un sourire à faire fondre le cœur.

Jamais elle n'aurait cru pouvoir verser autant de larmes en toute une vie. Pas même pendant les deux mois qui avaient suivi la mort de Ryan. Maintenant encore, assise devant la cheminée en cette fraîche soirée de novembre, une photo de Ryan sur les genoux, elle avait les yeux humides.

— A présent, cela suffit, décida-t-elle enfin.

La sonnerie du téléphone la fit sursauter, comme chaque fois depuis son retour.

Son répondeur était bourré de messages de Fletch, qui avait appelé plusieurs fois par jour durant les deux premières semaines : il voulait lui parler, lui faire comprendre. Et il voulait qu'elle revienne.

La dernière fois qu'il avait appelé, c'était quinze jours plus tôt, pour lui annoncer que Trish avait donné naissance à une petite fille en pleine santé et qu'il était oncle de nouveau.

Elle avait senti son cœur se gonfler de joie à la pensée du bonheur de Trish. Elle était restée près du téléphone à écouter le message qu'il laissait et avait bien failli décrocher pour partager l'événement avec lui.

Au lieu de cela, elle était allée se coucher et avait pleuré de plus belle.

Le répondeur clignota.

C'était Dulcie Frobisher, la secrétaire de la société historique, qui l'informait qu'elle lui envoyait Peter avec des pots de confiture parce qu'elle savait qu'elle adorait ça.

Tessa leva les yeux au ciel.

Cette dame entre deux âges essayait de caser son neveu célibataire qui, d'après elle, aurait bien besoin de l'amour d'une charmante jeune femme comme Tessa, au demeurant la seule libre du coin.

Tessa était ainsi entourée de plusieurs voisines bien intentionnées. On lui avait même présenté un veuf.

Elle baissa les yeux sur son alliance censée garder les hommes à distance.

Elle avait toujours cru à ce qu'elle représentait : l'amour, l'engagement, la fidélité…

Comme on frappait à la porte d'entrée, elle étouffa un grognement.

Il était 8 heures du soir. Habituellement, elle ne recevait pas de visiteurs à cette heure. Dulcie avait dû mettre le pauvre garçon dehors en le sommant de ne pas perdre une minute.

Elle alluma la lumière extérieure et ouvrit la porte.

— Bonsoir, Tessa, dit Peter avec un sourire d'excuse en lui tendant trois pots de confiture.

— Bonsoir, Peter, et merci. Voulez-vous entrer ?

— Non, merci. Je n'ai pas encore rempli tous mes pots.

Il ne semblait pourtant pas pressé de repartir.

— Alors, où en êtes-vous ? s'enquit-elle.

— Toujours pareil, soupira-t-il.

— Vous devriez vraiment aller vivre quelque temps à Londres, suggéra-t-elle. Ici, les homosexuels sont un peu perdus dans la nature.

— Je sais. Mais je ne peux pas laisser Dulcie ni la galerie d'art. Et je crains d'être un peu trop rustique pour les grandes villes.

Elle posa la main sur son bras.

— Vous êtes un homme charmant, Peter. Et très agréable à regarder. Vous êtes intelligent, cultivé, et vous avez la fibre artistique. N'importe quel homme serait heureux de vous avoir.

Il laissa échapper un petit rire.

— Vous flattez mon ego, répondit-il en se penchant pour l'embrasser sur la joue et la serrer dans ses bras.

C'était bon de pouvoir se détendre dans les bras d'un homme sans arrière-pensées…

Elle y resta un peu plus longtemps que nécessaire, jusqu'à ce qu'une toux éclate derrière eux, les faisant sursauter.

Fletcher ?

Debout dans l'allée de son jardin, les mains dans les poches de son manteau, celui-ci avait les mâchoires serrées, et son regard allait de l'un à l'autre.

— Bonsoir, Tessa.

— Fletcher ? s'étonna-t-elle. Qu'est-ce que tu fais ici ?

— Il faut que nous parlions, répondit-il, sans quitter l'autre homme des yeux.

Peter lui rendit son regard, se disant probablement que s'il y avait à Londres beaucoup d'hommes aussi superbes, il ne devait plus hésiter.

— Est-ce que tout va bien ? demanda-t-il à Tess. Voulez-vous que je reste ?

Elle s'empressa de présenter les deux hommes avant que l'atmosphère ne devienne plus tendue.

Malgré son air fatigué, Fletcher lui semblait plus solide et sexy que jamais, et Peter avait l'air de cet avis.

— Prévenez Dulcie que je l'appelle demain, lui dit-elle avant que ce dernier ne s'éloigne.

Fletcher le suivit des yeux jusqu'à ce qu'il ait passé le portail.

Son attitude disait à l'évidence que même si Peter était gay, aucun homme ne devait poser les mains sur elle, excepté lui.

Il se retourna vers elle, s'empara de son regard, et aussitôt chaque cellule de son corps fut en alerte.

— Puis-je entrer ?

Elle ne s'était pas attendue à ce que la journée se termine ainsi. Mais il faisait froid dehors.

— Bien sûr.

A l'intérieur, il retira son manteau.

Il portait un pantalon noir et un fin pull bleu marine faisant ressortir chaque muscle de son torse. Mais il avait l'air si fatigué que, pour une fois, il faisait ses quarante ans.

— Tu as une mine épouvantable.

— Merci… Il fait bon, ici. Aurais-tu un café décent ? demanda-t-il. Je viens d'effectuer le plus long vol transpacifique de l'histoire de l'humanité, coincé entre un bébé hurleur et un homme à la toux tonitruante.

Malgré son état de confusion, elle sourit et alla dans la cuisine leur préparer deux tasses.

Ils prirent leur mug fumant et allèrent s'installer dans le salon devant la cheminée, assis à chaque extrémité du canapé.

— Comment vont Trish et le bébé ? s'enquit-elle, préférant commencer leur conversation par un sujet neutre.

Fletcher prit une gorgée de café revigorante, qu'il apprécia les yeux fermés avant de lui répondre.

— Très bien.

Sortant son téléphone portable de sa poche, il toucha l'écran pour faire apparaître des photos de bébé Katrina et le lui tendit.

Elle se sentit fondre devant les images du bonheur de la petite famille. Sur l'une des photos, Christopher tenait sa sœur avec beaucoup de précautions.

— On voit tout de suite qu'ils sont frère et sœur, murmura-t-elle, le cœur serré. En tout cas, il ne semble pas avoir gardé de traces de sa crise.

Un des nombreux messages de Fletcher lui avait appris qu'il était sorti de l'hôpital deux jours après la crise d'épilepsie et que les examens n'avaient rien révélé de particulier.

— En effet, confirma Fletcher. Retour à la normale.

La photo suivante le montrait, tenant sa nièce dans les bras. Il souriait, mais elle le connaissait suffisamment pour savoir que c'était un sourire sans joie.

Il avait toujours voulu une fille.

Puis ce fut le tour de Jean. Elle avait l'air gaie, mais à son expression on devinait qu'elle ne comprenait pas qui était le petit paquet qu'elle portait — contrairement aux centaines de photos qui la montraient avec Ryan dans les bras, le regard rempli d'amour et de fierté.

Au passage, elle effleura la joue de sa belle-mère sur l'écran.

— Comment va ta maman ?

— Relativement bien. Pas aussi sereine que quand tu étais là, bien que Tabby l'aide énormément.

Dans la voix de Fletch, elle ne releva aucune trace d'accusation.

— Je suis désolée de t'avoir quitté sans crier gare.

Fletcher haussa les épaules.

— Je m'en suis sorti. Maman est retournée chez Trish hier… Ou la veille, selon l'endroit où on se place, ajouta-t-il en jetant un coup d'œil à sa montre.

Elle sourit devant les effets classiques du décalage horaire. Elle lui rendit son téléphone, et ils restèrent un long moment à contempler le feu en silence.

— Moi aussi, je suis désolé, dit enfin Fletcher. Tout d'abord, de n'être pas venu plus tôt. J'aurais voulu te suivre, mais…

Elle hocha la tête. Elle avait fui à l'autre bout du monde parce que c'était ce qu'elle savait faire de mieux, et aussi parce qu'il était coincé chez lui avec Jean.

Mais à présent, il était ici.

La dernière fois, elle lui avait demandé de la laisser seule, et il s'était exécuté. Cette fois, il était venu la retrouver.

Fletcher, boosté par la caféine, posa son mug sur la table basse.

Il avait fait le vœu de ne pas retourner en Australie sans Tess, et le moment était venu de se faire entendre.

Il saisit une photo encadrée posée sur la table : un portrait de Ryan, auréolé de ses cheveux blonds, qu'il avait pris le jour de son premier anniversaire.

Surpris, il leva les yeux vers Tessa.

Elle avait fait disparaître toutes les photos de Ryan deux mois après sa mort, déclarant qu'elle ne pouvait plus supporter de les voir. Et il avait eu l'impression que leur fils n'avait jamais existé.

— Je regarde cette photo depuis six semaines, expliqua-t-elle d'une voix douce, les yeux fixés sur son mug. Et cela ne me fait plus mal.

— C'est très bien, répondit-il sur le même ton.

Tessa semblait enfin affronter les choses au lieu de les renfermer en elle. La dispute qui avait précédé son départ avait-elle agi comme un catalyseur ?

— Tu ne m'as jamais fait de reproches. Pas une seule fois, ajouta-t-elle en le regardant.

Il fronça les sourcils et se rapprocha du milieu du canapé.

— Ce n'était pas ta faute, Tessa, dit-il en posant la main sur son bras.

Elle secoua la tête, et de grosses larmes coulèrent sur ses joues.

— Je me suis endormie. J'étais censée le surveiller, et j'ai dormi.

Fletcher secoua la tête.

Lui-même avait été de garde cinq nuits de suite et dormait à poings fermés dans la chambre. Normalement, dans ces cas-là, Tessa emmenait Ryan dehors pour qu'il puisse se reposer tranquillement, mais il avait beaucoup plu pendant la nuit, tout était mouillé. Et ce matin-là elle avait trop mal à la tête pour sortir.

Alors, elle s'était installée dans le salon avec Ryan et ses cubes de construction. Et à un moment, elle s'était assoupie sur le canapé.

— Tess, tu avais été debout toute la nuit parce qu'il faisait ses dents, et tu avais une terrible migraine pour laquelle tu avais pris des cachets. Tu étais épuisée.

Normalement, dans ce genre de situation, Jean aurait dû venir s'occuper de Ryan, mais celle-ci était partie passer la journée sur la côte. Il avait proposé à Tessa de rester avec Ryan quelques heures, le temps qu'elle aille dormir un peu, mais elle lui avait assuré que ça irait, et il lui en avait été reconnaissant car il était lui-même complètement exténué.

Et le destin s'était mis en marche.

— Il était enfermé dans le salon avec toi, poursuivit Fletcher. Tu avais toutes les raisons de penser qu'il était en sécurité. Si j'avais réparé le verrou de la porte comme tu m'avais demandé de le faire depuis une semaine, il n'aurait pas pu sortir.

Mais Tessa continua de secouer la tête, le visage baigné de larmes.

— J'aurais dû retourner le seau la veille et le ranger comme je le faisais toujours.

Pendant l'après-midi, Tessa avait joué avec Ryan dans le bac à sable. Elle avait sorti le grand seau de la remise parce qu'il adorait le remplir de sable. Comme il avait des gestes maladroits et le renversait souvent, elle l'avait en partie enterré dans le sable pour le stabiliser. Puis le téléphone avait sonné. Tessa était rentrée en courant avec Ryan dans les bras, et elle avait complètement oublié le seau dans le sable.

— Tu ne pouvais pas savoir qu'il allait pleuvoir à verse toute la nuit, Tessa. C'était un accident. Un terrible enchaînement de circonstances, sur lesquelles on pourrait revenir indéfiniment. Tu n'aurais pas dû t'endormir. J'aurais dû réparer la porte. On aurait dû ranger le seau. J'aurais dû entreprendre mes recherches plus tôt…

Posant la main sur sa joue, il essuya une larme avec son pouce.

— Il arrive un moment où l'on doit se pardonner à soi-même.

Tessa recouvrit sa main de la sienne.

— Il est mort, Fletcher. Notre petit garçon est mort.

Elle le regarda d'un air implorant.

— Tu sais, je continue de souhaiter pouvoir revenir en arrière pour changer juste une chose : je resterais éveillée. Parce qu'alors, si je l'avais surveillé, rien d'autre n'aurait eu d'importance.

Il aurait tout donné pour faire disparaître la douleur de ses yeux d'ambre. Mais il savait qu'en parlant, elle faisait enfin le premier pas qui lui permettrait de libérer sa mémoire. De vivre de nouveau pleinement sa vie, au lieu de cette moitié d'existence qu'elle s'était accordée au milieu de nulle part.

L'attirant contre lui, il l'enveloppa de ses bras. Et pour la première fois depuis les funérailles elle le laissa faire.

— Et moi, je réparerais cette porte, et il n'y aurait plus de problème.

Dans les paroles de Fletcher, Tessa trouva un écho à sa propre angoisse. Quand un sanglot lui échappa, elle n'essaya pas de le retenir, pas plus que le long gémissement qui suivit, si douloureux à sortir.

Fletcher la tint contre lui pendant tout le temps qu'elle sanglota. Il mêla ses larmes aux siennes, et ils pleurèrent ensemble leur fils. Quand elle releva enfin la tête de son épaule, elle se sentait mieux, plus légère.

Elle lui sourit.

— Je suis désolée. Pour tout, murmura-t-elle.

Il secoua la tête.

— Il ne faut pas.

Du bout de l'index, elle suivit le contour de sa mâchoire.

— A propos… Pourquoi ne m'as-tu pas parlé plus tôt de cette autre femme, une fois divorcés ? Etais-je si fragile ?

— Oui. Mais surtout, j'avais tellement honte de moi que je pouvais à peine te regarder en face. Je pensais qu'après avoir fait ça, je ne te méritais pas. Et quand tu m'as donné l'occasion de mettre fin à cette situation par le divorce, je l'ai saisie à bras-le-corps. Cela me semblait une meilleure solution que d'avoir à t'avouer ça.

Elle suivit le bord de sa lèvre inférieure avec son pouce.

— Il est certain que ça ne doit pas être une chose facile à reconnaître.

— Tu n'as plus l'air de m'en vouloir autant, dit-il.

— Je me suis moi-même beaucoup livrée à l'introspection depuis mon retour. Je sais que je n'ai pas été facile à vivre. Chaque jour, tu essayais de me parler, tu t'es montré si patient avec moi. Mais j'étais tellement prisonnière de mon déni, occupée à éviter la moindre mention de Ryan, que j'en oubliais que tu souffrais aussi, que tu avais besoin de quelqu'un sur qui t'appuyer. Alors, je ne peux pas te reprocher d'avoir cherché ailleurs un peu de consolation pendant quelques heures.

Elle laissa retomber sa main.

— Bien sûr, ça fait mal… Mais j'ai aussi ma part de torts.

Fletcher reprit sa main et y déposa un baiser.

— Pardonne-moi. Je n'ai pas cessé de t'aimer, même quand tu t'étais éloignée de moi, mais toutes les nuits, on regagnait notre lit, et il y avait cet immense fossé entre nous, qui me semblait impossible à combler malgré mes efforts.

La gorge serrée, elle hocha la tête.

Dire qu'elle avait été tellement centrée sur elle-même qu'elle ne s'était pas rendu compte à quel point lui aussi souffrait !

— Mais je veux que nous soyons de nouveau ensemble, Tessa.

Il lui souleva le menton pour mieux plonger dans ses yeux.

— Je pense que tu m'aimes toujours, et je ne veux plus vivre sans toi.

Il avait raison, elle l'aimait toujours. Simplement, elle avait cessé d'écouter son cœur. En vérité, leur mariage ne s'était pas terminé par manque d'amour, mais parce que tout le reste était devenu trop dur à supporter.

— Oui, je t'aime, avoua-t-elle en essuyant une dernière larme. Mais tu crois vraiment que nous méritions une seconde chance après avoir échoué de cette manière la première fois ? Crois-tu que nous puissions encore être heureux ?

Fletcher lui caressa le visage comme pour mieux la rassurer.

— Mais oui ! Tout le monde mérite une seconde chance, même si je ne prétends pas que le chemin sera jonché de roses. Après avoir passé dix années avec notre chagrin et ce sentiment de culpabilité, nous devrons avoir recours à un psychologue tous les deux, ensemble et séparément. Cela risque d'être parfois pénible. Je sais que tu n'avais jamais voulu qu'on en parle, mais on ne peut pas continuer ainsi. Nous devons agir différemment, cette fois.

Dans ses yeux gris-vert, elle lut l'amour et la détermination.

— Tu as raison, je ne veux plus garder tout ça en moi, Fletcher. Je suis si lasse de tout porter…

Il se pencha et lui effleura la bouche d'un baiser.

— Tout va bien se passer.

Elle le regarda et sentit sa poitrine se gonfler.

Il était chaleureux, solide et calme, et elle avait besoin de lui plus que jamais.

— Je t'aime, murmura-t-elle.

— Alors, tout le reste suivra, répondit-il avant de réclamer de nouveau ses lèvres.

Et, pour la première fois depuis dix ans, elle eut envie de regarder vers l'avenir.

BLANCHE

La clinique de Thorney Island, de Louisa Heaton - N°1543

Thorney Island. L'île écossaise est aussi belle que dans ses souvenirs d'enfance. C'est là que Jessica vivra désormais tout en exerçant son métier de médecin dans la petite clinique locale ! Troublée par ce changement de vie, Jessica l'est aussi par les sentiments qu'elle commence à éprouver pour le Dr Adam Campbell, son nouveau patron. Pourtant, elle n'a pas le droit d'écouter son cœur qui bat pour l'irrésistible médecin, en raison du secret qu'elle lui dissimule…

Son plus grand rêve, de Sue MacKay

Déçue par l'amour, le Dr Lily Scott se résout à faire un bébé toute seule. De retour à Auckland pour mener à bien son projet, elle y retrouve le Dr Max Bryant. Avec lui, elle a vécu autrefois une liaison torride à laquelle elle a mis un terme, craignant que le don Juan ne lui brise le cœur. Aujourd'hui, hélas, Max lui fait toujours autant d'effet. Pire, il se rapproche de la figure du père idéal qu'elle s'est forgée…

Une maman à aimer, de Tina Beckett - N°1544

Quel bonheur de se retrouver seule avec sa fille ! Après un divorce difficile, Maddy va enfin prendre un nouveau départ, avec sa petite Chloe. Les hommes, c'est fini pour elle : elle veut rester célibataire, et pour toujours ! Pourtant, quand Kaleb McBride, un de ses collègues de l'hôpital, lui murmure à l'oreille un soir de bal qu'il aimerait passer plus de temps avec elle, Maddy est troublée…

Une étonnante proposition, d'Annie Claydon

Sophie Warner, la célèbre actrice, souhaite qu'il devienne son médecin personnel ? Une proposition surprenante, que Drew refuse d'abord : les strass, les paillettes et l'hypocrisie qui règne dans le milieu du cinéma, très peu pour lui ! Pourtant, lorsqu'il se retrouve face à la sublime Sophie, il est déconcerté. Car, derrière son sourire de façade, il décèle en elle une fragilité qui l'émeut plus que de raison…

HARLEQUIN

Leur mission : sauver des vies.
Leur destin : trouver l'amour.

HARLEQUIN
www.harlequin.fr

BLANCHE

La famille d'un docteur, de Lynne Marshall - N°1545

SÉRIE : PAPAS ET MÉDECINS - 1/2

Julie est prête à tout pour remettre son fils, James, qui traverse une adolescence difficile, dans le droit chemin. Y compris à retourner dans sa ville natale et à devoir y travailler avec son premier amour, Trevor Montgomery, avec qui elle a connu il y a longtemps une nuit de passion... qui n'a pas été sans conséquence. Après des années de silence, Julie va révéler à Trevor le secret de sa paternité...

Un père pour sa fille, de Lynne Marshall

SÉRIE : PAPAS ET MÉDECINS - 2/2

En arrivant dans le Wyoming avec Flora, son bébé, pour un remplacement, jamais Lizzie n'aurait pensé tomber sous le charme de ce médecin aux allures de cow-boy, passionné par son travail. Non seulement Cole l'attire, mais encore il se révèle tendre avec Flora. À tel point que Lizzie se surprend à rêver de la famille qu'ils pourraient former... Cependant, Cole est-il prêt à s'engager avec elle ?

HARLEQUIN

Leur mission : sauver des vies.
Leur destin : trouver l'amour.

HARLEQUIN
www.harlequin.fr

Harmony

Espoir. Tendresse. Romantisme.

Retrouvailles inattendues, retour aux sources, demande en mariage bouleversante, arrivée d'un adorable bébé…
Harmony est la collection qui remet la tendresse au cœur de la romance !
Découvrez des femmes et des hommes qui aspirent à une vie remplie d'amour, et évadez-vous grâce à des histoires ancrées dans des paysages authentiques.

3 romances à découvrir tous les mois.

DIVERTIR • INSPIRER • ÉMOUVOIR

HARLEQU
www.harlequi